求知斋里话书缘

关于图书的日记

初耀民◎著

中国财富出版社

图书在版编目（CIP）数据

求知斋里话书缘：关于图书的日记/初耀民著．—北京：中国财富出版社，2015.11
ISBN 978－7－5047－5820－0

Ⅰ.①求…　Ⅱ.①初…　Ⅲ.①散文集—中国—当代　Ⅳ.①I267

中国版本图书馆CIP数据核字（2015）第170652号

策划编辑　赵笑梅　　**责任编辑**　王　波　赵笑梅
责任印制　何崇杭　　**责任校对**　饶莉莉　　**责任发行**　敬　东

出版发行　中国财富出版社
社　　址　北京市丰台区南四环西路188号5区20楼　　**邮政编码**　100070
电　　话　010－52227568（发行部）　　010－52227588转307（总编室）
　　　　　010－68589540（读者服务部）　　010－52227588转305（质检部）
网　　址　http：//www.cfpress.com.cn
经　　销　新华书店
印　　刷　中国农业出版社印刷厂
书　　号　ISBN 978－7－5047－5820－0/I·0200
开　　本　787mm×1092mm　1/16　　**版　　次**　2015年11月第1版
印　　张　16.25　　**印　　次**　2015年11月第1次印刷
字　　数　416千字　　**定　　价**　46.00元

序 一

读初耀民先生《求知斋里话书缘——关于图书的日记》的前言和目录，数遍之后，浮想联翩，可归纳为六字：感动、钦佩、受益。感动者，我已逾古稀，阅人多矣，爱书者亦不少见，可是如初先生这样自幼与书结缘，痴恋于买书、读书、品书、藏书、写书，与书为伴，以书为师，把读书作为生命第一需要，一生不变初衷，老而弥笃，使读书成为退休生活的主要内容者，是难以遇到的，即使在学界也属少数，这份深厚的书情使我感动。钦佩者，我也算是个读书人，大部分时间在书田里耕耘，所存书典亦在六千册以上，但就读书的入迷、精细的程度而言，是比不上初先生的；自己所存书，有的精读，有的泛读，有的查阅，却做不到初先生那样恭敬、虔诚，未能即读即摘、即品即论，他还能结合现实活读，积累起三十多万字的读书日记，这是何等精进的功夫，故钦佩不已。受益者，我的学术研究重心在思想史、中国哲学与宗教，虽喜欢古典文学，但阅读不多不深，对于当代文学更是隔膜；而初先生博览群书，尤钟情于古今中外小说，且读后皆有深切体会并形诸文字，可使更多的人受惠，也使我这个沉醉于抽象理论、缺少文思雅趣的人大开眼界，提醒自己要加强文学素养；不仅如此，本书的序言更使我增加了关于书的论说和历代名人读书格言的知见，因此应当向作者表示礼敬。

古人云："开卷有益"，而孟子又说："尽信书，不如无书"，是否矛盾？非也。前一句是说读书的必要性，后一句是说读书要活读。书是人类知识和经验的凝结，是文化传承、发展的载体，因此要倡导全民读书，以提升社会文明程度。而书又是在不同时代不同领域不同人们的作品，所以读书要有选择、有解读、有发挥。在旧时代科举制度情况下，曾流行"书中自有黄金屋，书中自有颜如玉"，那是把读书利禄化、庸俗化了。我们应当这样说："书中自有智慧海""书中自有百花园""书中自有大世界"。读书能够使人突破有限的生活时空，涵泳于人类积累的思想海洋，怡养于真善美的精神乐园，遨游于无边无际的神妙宇宙，那是多么令人惬意的事！有的书给我们以启迪，有的书给我们以警示，关键在于读书人的眼界和修养。即使同一本书，不同的人、同一个人在不同的人生阶段也会读出不同的效果，还有可能成为该书的"后续作者"。例如不朽的古典文学名著《红楼梦》，有佛教情结的人从中读出"人生无常"的禅机，亲近道教的人从中读出"超凡成仙"的道心，有民主主义思想的人从中读出"婚姻自由"的追求，有革命理想的人从中读出"豪门将倾"的趋势。红学家蒋和森指出："《红楼梦》不仅是小说，也是诗，是无声的音乐，是抒情的哲学。"他认为"《红楼梦》既是伟大的惊叹号，又是伟大的问号，而且还是伟大的省略号。书中人物刘姥姥说：'这一顿螃蟹的钱够咱们庄稼人过一年了！’这不是令人骇然的惊叹号吗？‘都云作者痴，谁解其中味？’这不又是令人思索的问号？”小说写得“言有尽而意无穷”，“这种意不尽于言外，不是可以称之为伟大的省略号吗”？所谓省略号就是未完成，即是老子所说的“大成若缺，其用不弊”。美学家王朝闻认为“文艺欣赏是文艺创作的继续”，是另类创作，所以《红楼梦》等好书是永远读不完的。

初耀民先生爱书、读书、品书已达到“书我一体”的程度。他一方面广泛搜集古今中外论述读书的名言，仅“前言”所引就有十六条之多；另一方面依据其大半生的读书感悟，加以提炼，形成理论，用文雅清丽的话语表述出来，对于读书的目的、功能、态度、方法，有系统的论述，这须有很深的功夫。我身边有一套《现代书话丛书》（北京出版社，1996年出版），共八本，包括鲁迅、郑振铎、巴金、唐弢、黄裳等名家的书话选编，生动感人。编者指出，当代文学评论家唐弢编过《晦庵书话》，开拓出“书话”这一文体。唐弢先生还有这样的题词：“平生不羡黄金屋，灯下窗前长自足。购得清河一卷书，古人与我话衷曲。”我觉得初先生此书，就属于“书话”类新作品。初先生作为退休十年的知识分子，真切体验到人生开始了“真正自由、随性、惬意的生活”，读书为乐，以书养生，活得潇洒、精彩，这些话深得我心。其读书人生对于社会上逐渐增多的老年朋友来说，无疑有榜样的作用，起码是退休生活的一种高雅健康的选择，即使达不到初先生那样投入的程度，只要能坚持经常读书看报，也会充实精神生活。

我希望并相信初先生这部关于读书的书，在出版发行之后，能够受到社会各界的欢迎，因为它是真积力久之作，具有感人的内容和动人的文采。至于作者关于一系列文学作品的读后感，我无法再往下评说，理由很简单：大部分相关原作未曾读过，也一时读不了，何敢说三道四？故就此打住，只停留在宏观层面发点议论，以表达本人发自内心的诚敬和祝福。

牟钟鉴

2015年5月25日于北京耕耘斋

牟钟鉴，当代著名学者，教授、博士生导师，享受国务院1992年颁发的政府特殊津贴。在中国哲学史和宗教学领域卓有建树，是当代中国宗教学的开拓者和探索者，著有《吕氏春秋与淮南子思想研究》《中国宗教与文化》《中国道教》《中国宗教通史》《探索宗教》《走近中国精神》《儒家价值的新探索》《涵泳儒学》《新仁学构想》《在国学的路上》《老子新说》和《道家与道教论稿》等专著十余部，主持或参与主持了多项国家或省部级项目，发表学术论文380余篇，兼任中国宗教学会顾问、国际儒学联合会副会长、中国孔子基金会学术委员会主任等职。2007年，牟钟鉴教授在中央政治局第二次集体学习会上讲解宗教问题。2012年，获得由文化部和山东省政府设立的国际奖项——孔子文化奖。

序　二

书，每次看到这个字眼，脑海里浮现的都是那案盈几堆的景象，心头涌起的则是一种温暖踏实的感觉。一介书生以买书、读书、品书、藏书为乐；以与书结缘、与书为伴为荣，这是无数人内心的自许吧？我想，我是其中一个，初耀民先生也一定是其中一个。

书之贵重，在于它是文字的载体，而文字则记录着人类数千年的经验与思想，知识与信息，是人类文明薪火相传、推陈出新的秘密所在。因而，书在人类社会各种文明中都占有极其重要的地位，佛经、《圣经》《古兰经》《道德经》、四书五经，各种文明都保留有自己奉为经典的神圣之书。它们传之千年而不朽，流转久远而不衰，被人类当作珍宝，视为圭臬，其价值无与伦比。当然，随着科技的发展，社会的进步，信息渠道的广泛和知识爆炸时代的到来，书的制作流通逐渐变得简易、快捷，书的内容也显得杂而多端，一定程度上，这是由人的复杂趣味和多元追求造成的。而且，有史以来，不同的时代，不同的人，出于不同的原因，对图书也表现出截然不同的态度。

书是人类智慧的源泉，“书是人类进步的阶梯”。爱书还是毁书，是判断一个国家，一个民族，乃至一个人文明还是愚蠢的试金石；禁书还是读书，是分析明智、聪慧还是愚昧、混沌的分水岭。

在我们这个素有文明古国之称的国度里，古往今来，普通百姓尚且知道敬惜字纸，而富有万方的皇帝却常常禁毁书籍。秦始皇悉焚“诗、书、百家语”，有敢言诗书者弃市，只留下了医药卜筮种树之书。而百家后学出于对书的尊重与爱惜，或藏匿，或记诵，以种种方式挽救了书，也挽救了我们这个国度的文化血脉。明太祖为维护专制统治，曾试图剥夺孔孟儒学对皇权的限制，一度下诏：“孔庙春秋释奠，止行于曲阜，天下不必通祀。”更骂孟子：“使此老在今日，宁得免耶?”下令将孟子逐出文庙，不得配享。只是迫于众臣的坚持与民议汹汹的压力，朱元璋才不得不收回成命，但仍命人尽删《孟子》书中“大不敬”之文。清代不唯“文字狱”鲜血淋漓，即便光鲜亮丽的“盛世修典”，其背后也有出于统治目的的删毁篡改的恣意妄为。较为切近的，则是“文革”中各种文化典籍遭遇的灭顶之灾，其破坏程度与前代相比，真是“自古已然，于今为烈”！历史就是这样残酷，真相就是这样清楚，图书的遭遇就是这样惨烈。有人著书，有人焚书，有人删书，有人藏书。有的书因此永远地消失了，徒令后世悲叹；有的书得以幸存下来，幸存下来的一仍其旧，顽强而忠实地记载着文明的轨迹，发挥着它不可替代的作用。这就是书在人类历史中的遭际、命运，也证明了记载着人类经验、智慧的经典图书必将彪炳史册，光耀千秋。

初耀民先生既嗜读书，又善藏书，虽觉过多，欲罢不能，已成书癖。我以为这既是知识分子爱书惜书的天性使然，也是数十年前图书之浩劫造成的心理反弹。体验过大灾荒之后，人们往往多屯粮；经历过文化的大灾难之后，书生焉能不屯书？无书可读，蹉跎时光，对于书生而言真有如抽筋剥骨般痛苦。放翁诗中说得很妙："人生百病有已时，独有书癖不可医。"爱书成癖，读书成瘾，买书成习惯，写书为自然，这大概是书生们的"通病"吧？初先生如今藏书已超六千，徜徉其间的那份富足之感，与书交流的那份契合之情，非我等书生不能体会。青灯黄卷，沉吟默诵，或有心得，挥笔成文，适意如此，夫复何求？儒家"三不朽"中有"立言"一条，著书立说，传世不朽，历来是无数文人士子孜孜以求之事。我们不敢自比古圣先贤，不敢希图传世不朽，只求言为心声，一吐为快。看初先生《求知斋里话书缘——关于图书的日记》一书中的文章，确乎也是实实在在呕心沥血写将出来，字字句句凝结着丰富的阅历与独到的思考，展现了其端方的品质、高远的格调、深沉的情感和厚笃的学养，语重心长，情深意切，我由衷赞赏。这样的作品乃是作者自己灵魂的告白，这样的作品也需要同样赤诚的心灵之间相互的呼应与印证。希望有更多的人阅读并喜欢他的新作。

赵士林

2015 年 6 月 7 日

赵士林，中央民族大学哲学与宗教学学院教授、博士生导师，美国哈佛大学高级访问学者，日本东京大学特邀研究员，美国（波士顿）美中文化研究所研究员。主要作品有《心学与美学》《当代中国美学》《李泽厚美学》《交叉的视野》《国学六法》《不识时务》及译著《中国的思想》等。

前　言

八月酷暑，骄阳似火。二十个月的笔耕，六百天的书写，当我在挥汗如雨中写下《求知斋里话书缘——关于图书的日记》最后一个标点符号时，我热泪盈眶，情不能已，千言万语涌上心头，缠绵思绪挥之不去，我陷入深沉的思索之中。

2011 年，我出版了自己的第一部散文、随笔集《展开心灵奋飞的翅膀》，赠送给亲友们阅读。为了安慰我，大家说了不少鼓励的话，肯定我的文章都是宣扬正能量、突出主旋律的，希望我再接再厉，写出更有分量的东西来。

人贵有自知之明，我有几斤几两、几把刷子，自己是清楚的。我的作品既登不上大雅之堂，也成不了人们茶余饭后的谈资。我之所以不揣冒昧地拿出来，主要是通过写作自娱自乐，自己督促自己，鞭策自己——不要荒废了退休后的宝贵光阴，活到老，学到老，奋斗到老，老有所为，让夕阳绽放出灿烂的色彩。

苏联作家奥斯特洛夫斯基说过，人的一生应当这样度过：当他回首往事时，不因碌碌无为而羞耻，不因虚度年华而悔恨。人生在世，活法各异；人生有涯，追寻不同。老天垂怜，让我们在大地上潇洒走一回，总要留下雪泥鸿爪，身影轨迹，总要做一些于己、于人、于社会有意义，大家又认可的事情。林语堂说得好：“人生不可无梦，世界上做大事业的人，都是由梦得来的，无梦则无望，无望则无成，生活也就没有生趣。”国家有小康梦，民族有复兴梦，我等平头百姓，退休老人，也应有自己的梦想，自己的追求。庶几，精神才会健旺，生活才会充实，奋斗才有目标，前行才有力量。才不会面对夕阳冷月，孤单寂寞，无所事事，徒叹奈何。

叶剑英有诗云：“老夫喜作黄昏颂，满目青山夕照明。”这诗句道出了我的心声，表达了我的心愿。在我看来，人生分为两个阶段，退休之前属于社会支配；退休之后才真正归己所有。在一定意义上说，真正自由、随性、惬意的生活，是从退休开始；随心所欲不逾矩地做自己，也是从退休开始。

人的健康由生理健康、心理健康和社会健康三部分构成。年龄只是生理指标，心态才是精神标准。30 岁的人可以跳动着 60 岁的心脏，60 岁的人也能呈现 30 岁的风貌。塞缪尔·厄尔曼在《年轻》一文中说：“没有人仅仅因为时光的流逝而变得衰老，只是随着理想的毁灭，人类才出现了老人。”“岁月可以在皮肤上留下皱纹，却无法为灵魂刻上一丝痕迹。”有理想、有追求、有尊严、有自律、勇于有梦、敢于追梦、勤于圆梦地活着，活出潇洒，活出精彩，这就是我退休后的抱负。我现在之所以孜孜以求，奋蹄不已地奔跑、忙碌，就是为了圆我来自少年时的一个梦。

我的梦想就是买自己称心如意的书，读自己心仪、仰慕的书，写表达自己观点、抒发自己感受的文章，收藏珍爱有加的图书，使自己成为一个知识渊博的文化人、明辨是非的写作者、储备充足的藏书家，使自己的一生不虚度、不空耗，刻石有迹，打铁有痕。

有梦就要圆，有理想就要奋斗。圆梦之路充满艰辛，实现理想之途苦难重重。没有恒定的信念，顽强的毅力，拼搏的精神，坚持的劲头，一步一个脚印的挣扎，一点一滴的积累，是断不可能登临高山之巅，远眺喷薄而出的红日的。这正如作家陈彪所指出的："人生如果没有精神力量的支撑，它将是无力的；如果没有习惯力量的扶持，它将是脆弱的。"我的精神力量就来自图书，我的习惯力量就来自在买书、读书、品书、藏书、写书等实践活动中产生的浓厚兴趣。

我与图书结缘已近60载，儿时的读书情景犹历历在目，仿佛就发生在昨天，我似乎与生俱来就喜欢阅读。上小学时，正值抗美援朝时期。爸爸拿回家的报纸、杂志，我虽然不能全部看懂，但也要悉数翻阅。爸爸的旧藤条箱子里有一本高尔基的《母亲》，缺头少尾，残破不堪，我也如获至宝。小学没毕业，爸爸因车祸突然离世，经济条件一落千丈，生活拮据，家无隔夜粮，哪有钱订报刊、买图书？但我的读书兴致丝毫不减，对图书的渴望愈加强烈。怎么办？只能借书以观。听说谁家有书，我就惦记上了。我和母亲就死乞白赖地求人家，约定还书的时间，保证不损坏。对不愿借书给我的人家，我就和他家的孩子拉关系，把我心爱的陀螺、玻璃弹子送给他们，求得图书的阅读权。上初中后，身体渐长，力气渐足，我就采用给人家拣牛粪、搂柴火的方式，为他们谋利，把他们的藏书借来，在昏黄的灯光下挑灯夜读，生怕耽误了还书时间。这情形和宋濂在《送东阳马生序》中描写的颇为相似，也验证了"书，非借不能读也"的道理。我的读书基础也许就是那个时候打下的，求学精神可能也是那个时候奠定的。虽然转瞬间50多年过去了，但那个时候读过的《水浒传》《说唱西游记》《三国演义》《说岳全传》《新儿女英雄传》等印象还很深刻，其中一些精彩段落现在还能讲述出来。

上初二、初三后，暑假就去建筑工程队当小工，每天工资1.5元。除大部分上缴外，自己还能留点"私房钱"。于是，我有了购书资金。每星期跑一趟书店，买上一两本既便宜又喜欢的书。积少成多，等我高中毕业时已装了满满一木箱。1966年，我调外地工作不久，"文化大革命"爆发了。二弟怕引火烧身，一把火把我的藏书全烧了。幸亏母亲发现了，只为我抢出了《古文辞类纂》和《十八家诗钞》（上卷），这意味着买书又要从头开始了。

"文化大革命"的十年，百业凋敝，文化遭殃，几乎无书可读。百无聊赖之时，只有翻翻单位的一本《中国人名大辞典》，只能学习"评法批儒""批林批孔"的材料。那是黑白颠倒的十年，是传统文化惨遭屠戮的十年，是我与图书隔绝的十年。买的书只有一本郭沫若的应景之作——《李白与杜甫》。读书几乎是空白，大好时光就这样白白糟蹋了，真痛煞人也！

党的十一届三中全会以后，正本清源，拨乱反正，禁锢被打破，思想得解放。出版物日渐丰富，选择余地越来越大，再加上个人收入增加，购书能力显著提高。

从20世纪70年代末到现在，我以每年200～300本的速度疯狂买书，只要是相中的书，千方百计也要淘弄来。总的看来，除了少量因鉴别不当，看走眼，而误吃了苍蝇的垃圾书外，绝大多数图书都是有品位、具价值、成系列、有可读性的古今中外名著。鉴于20世纪五六十年代藏书几乎是空白的状况，我下力量、花工夫到各地淘书、访书，也委托亲友为我寻觅。《给战斗者》《长长的流水》《遥远的戈壁》《夜谭十记》《杨朔散文选》《刘白羽散文选》《白居易诗选》就是这样淘到的珍宝。至今，我的以社会科学为主的藏书已经基本成龙配套，在纵横两个方向上，形成了比较完整的体系；在数量上，除开那些被我淘汰掉的书，也已达6000册的规模。

英国的穆勒说："一个人的情趣就像他的观点和钱袋，是他自己特有的东西。"我买书、读书、藏书的爱好陪伴了我几十年，使我的生活充满阳光，使我的头脑充实、灵光，使我分析问题、辨别是非的能力日益增强，使我的精神、情绪更加健康，书籍已成为我须臾不能离开的伙伴和立身行事的老师。

古今中外的大家们不吝笔墨，对图书的作用给予了崇高的评价和由衷的赞美。我最认可的语录有："人不读书，其犹夜行。"（唐·段成式语）"书是人类进步的阶梯。"（高尔基语）"读过一本好书好像交了一个益友。"（臧克家语）"读书可以使人心旷神怡。"（法·杜阿美语）"读本好书就是和许多高尚的人谈话。"（法·笛卡儿语）在我看来，图书作为人类智慧的结晶、思想的宝库、心灵的展现和文化传承的硕果，既可以传授知识，又可以介绍经验；既可以抚慰人的心灵，又可以陶冶情操；既可以像朋友那样与你促膝谈心，又可以丰富生活，获得美感享受。确如有人论述的那样，书籍就像水、空气、阳光，是"活着"的必需品，时刻不能缺乏。

我非常赞同汉代刘向的论断："书犹药也，善读可以医愚。"大千世界，五光十色；知识信息，应接不暇，而读书就是获取知识、掌握信息的最重要渠道。书籍可以让我们接触到不曾接触过的东西，学到过去不曾了解的知识，吸收方方面面的经验，获得林林总总的信息，开阔视野，高屋建瓴，克服狭隘性，避免局限性，在更丰富、更广阔的层面上阅人处事，成长进步。读书是一种高雅的享受，"不读书就没有真正的学问，没有也不可能有欣赏能力、文采和广博的知识。"

"书，是这一代人对下一代人精神上的遗言，是行将就木的老人对刚刚开始生活的青年人的忠告，这是准备下岗的哨兵向前来换岗的哨兵的命令。"俄国哲学家赫尔岑的话很契合我对图书的认识。书是对我尽职尽责的心灵抚慰师。它不仅是我寂寞时的良伴，苦闷时的朋友，而且是我彷徨无助时的灯塔。

人生在世，命运多舛。忧愁烦恼，不离左右；苦辣酸甜，常伴身边。何以解忧？不是杜康，我从图书中寻觅解脱之方。快乐时，图书给我以力量；烦恼时，图书帮我调情绪；忧愁时，图书开导我摆脱；困难时，图书教我以破解之法；痛苦时，图书鼓励我走出阴霾。"择书如择友"，选择了好书，就等于找到了宽厚仁爱的朋友。在她真心诚意的辅导下，不但不良情绪、消极思想能够驱除，精神品格也将向更高层次升华。

以书为师，以书为伴，不仅要取恭敬的态度，更要有虔诚的行为；不仅要雷打不动地坚持读书，而且要认认真真地读，仔仔细细地读；不仅要心到、眼到、口到，而且要摘抄、做卡片、写笔记；不仅要具备韧性、记性和悟性，而且要边读边品评、边总结、边提高。不仅要学习当代材料，而且要阅读经典，带着当代的问题进入经典，又将经典的力量带回。在这样的往返中，经典活了，当代的问题也才可能豁然开朗。不仅要解决“为什么读”的目的问题，而且要明晰“如何读”的方法问题，即找到阅读的位置。既可以为了回应时代的命题而读，也可以为了纯粹的知识而读，还可以为了心灵的愉悦而读。上学时的我，读书有韧性，而且记忆力超强，模仿能力也不差，我的作文经常得到老师的夸奖，被作为范文展示。走上工作岗位后，业务繁忙，头绪繁多，心浮气躁，疲于应付。虽然也能抓业余时间读书，但“好读书不求甚解”，心不能如止水，思想不得安生，焉能读进去且有收获？心态非常重要，读书需要安静的环境，平衡的心态。退休之后这十年，是我读书较多、收获较大、鉴赏能力提高较快、写作水平日益进步的十年；是我平心静气、精神集中、专注淡定、从容读书品书的十年。我不但在读书时写眉批、做摘抄、写读书笔记，还对每读过的一本书或一篇重要文章在日记上有所反映，谈感受、寓褒贬、作评价、提意见，我三百多万字的日记中，这样的内容占了相当大的比重。有时读完一本书，我还会在书的底页及时写下我观书的印象。我的鉴赏能力恐怕就是在这样的过程中逐步提高的。

历史学家吴晗指出：“读书是学习，摘抄是整理，写作是创造。”他论说得非常有道理。好记性不如烂笔头。头脑里的东西只有化为文字才能凝铸成为物质成果。我利用两年时间，完成了《展开心灵奋飞的翅膀》的写作，接着就投入到了本书的创作之中。两度寒暑，两度春秋，我经受了高温炙热的煎熬，也挨过了严冬低温的打击。我几乎放弃了玩牌、打麻将、喝烧酒等一切娱乐活动，电视也看得很少，外出时也要构思文章的写作。我每天的“工作”日程，就是读书、写作，边读边写，边整理旧日的读书日记，因为书中的许多篇章取材于日记，需要加工润色，提高质量。写作不是我的负担，而是乐趣。每天不写出点东西来，心里就空落落的。每写出一个好的句子，每想出一个好的创意，每生出一个好的观点，心里就甜滋滋的，很有成就感。可以说，这本书既是我读书心得的积累，又是我心血的结晶。

本书30多万字，是我一笔一画用中性笔写出来的。它分为“买书”“读书”“品书”“藏书”四个部分，其中，“读书”与“品书”是重点。

“买书”主要记述了我从少年到老年这几十年来与书结缘，选书、买书、淘书、访书的经历。近些年来买书、访书的有趣过程占的比重较大，尤其是在北京潘家园逛古旧书市，淘弄、寻觅“宝书”的情形更是费了不少笔墨。这主要是为了写出我买书的乐趣与收获。

“读书”主要反映了我这些年来的读书体会，以及对一些书籍、文章的品评、鉴赏。涉及的范围较广，古今中外都有染指。既有对古文名篇的赏析，又有对当代文学的品鉴；既有对长、短、中篇小说的评议，又有对历史、文学理论著作的介绍；既有对马尔克斯经典作品《百年孤独》的读后感，又有对获得2013年诺贝尔文学奖的加拿大女作家艾丽丝·门罗短篇小说集《逃离》的鉴赏。杂七杂八，不成体系，只能视为兴之所至，胡乱涂鸦吧！

评论、鉴赏文章既是“读书”部分的重点，也是全书的中心内容，所占比重较大，有近60篇文章。其中评析短篇小说的10篇、中篇小说10篇，长篇小说10篇，古文10篇，余为杂论。写这些文章颇为辛苦，因为既要精读原著，深刻了解其内涵，又要抓住核心主旨，凝神聚思，阐幽发微，概括出原著的菁华，阐述其微言大义。我的功力欠佳，有可能言不及义，隔靴搔痒，事倍功半。

“品书”是专对《最受读者喜爱的100篇文章》（中国戏剧出版社出版）和刘兴雨的杂文集《追问历史》等两本书的品读文字。这两本书一本是抒情散文，一本是议论性杂文，风格不同，文笔各异。对两书中的绝大部分文章，我用精短、凝练的文字进行了点评。这些文字凝聚了我的心血，表达了我的感情，反映了我的观点，彰显了我的认知，是我着力最多、思考最深的地方。它们传达出了我对历史、现实、人生、遭际的一些粗浅认识，吐露了我的心声。

“藏书”一节，在书中的份额最少，只有十多篇文章，但它们足以反映出我对藏书的认识与理解，足以反映出我的藏书旨趣与基本情况了。写这几篇，主要是为了和广大书友交流藏书的经验与体会，以促进我的藏书水平向更高层次提升。

我是个不太入流的读书人，也是一个不太成熟的业余书评人，我对图书价值的认识，对读书意义的体会，对别人作品的评价，肯定是浅薄的，言不及义，难以瘙到痒处，这就需要专家学者批评、雅正，也需要读者们直言臧否了。而作为写作者来说，把我要说的话都说出来了，把要表达的观点都表达出来了，我的目的就达到了，我的心愿就实现了。我将认真听取各方面的宝贵意见，在今后的读书、写作生涯中，争取新的进步，获得新的成果！

清代的张潮说：“少年读书，如隙中窥月；中年读书，如庭中望月；老年读书，如台上玩月，皆以阅历之深浅为所得之浅深也。”年龄是资本，阅历是经验。我虽已年届古稀，但精气神不衰，从容淡定之态不减，读书写作的劲头不退。我要以“长风破浪会有时，直挂云帆济沧海”的抱负时时激励自己，朝着“庾信文章老更成，凌云健笔意纵横”的方向努力再努力！

读书最乐！

初耀民

2014年8月10日（农历七月十五），于求知斋

目　录

买　书

读　书

品　书

藏　书

买　书

喜购《东方人生智慧珍品》丛书记

——买书之乐（一）

明、清两代是资本主义经济形态萌芽、生长的时代，也是人性逐渐觉醒、思想观念缓慢多元化的时代。适应这一形势，语录体小品著作渐趋繁盛。此类著作被称为“清言集”，其主要内容要言之有“性命”与“人性”两方面，即是一为形而上的玄微之义，一为世间日常必备的有关知识，概括起来就是人生感受与生命领悟，精神修养与处世要诀。这些微言大义的语录体著作不唯风行于古代，就是在今天也广受欢迎，为注重道德修养、精神升华、立身处世的人所必读。

1996 年，我买到了浙江人民出版社出版的梁一群述论的《尘外三昧——〈菜根谭〉一日一语》。这本书从《菜根谭》中择要选精，按照一年四季 12 个月，每日一语的形式，用 365 则语录概括介绍了《菜根谭》的奇思妙语，并用佛道观念阐释了这些语录的现实意义，其中不乏睿智警世之言，读来颇受启发。明代学者于孔兼评价该书时说：“谭性命直人言微，道人间曲尽岩险。”它虽无深奥艰涩的哲理，也无华美艳丽的辞藻，却体现了中国几千年的一种人文精神。

1998 年，我又购买了北京燕山出版社出版发行，由张鸣、李东亮主编的大十六开本的《文白菜根谭大系》上中下三卷书。全书共分八卷，第一卷：修身菜根谭；第二卷：为学菜根谭；第三卷：治家菜根谭；第四卷：为政菜根谭；第五卷：用人菜根谭；第六卷：治道菜根谭；第七卷：处事菜根谭；第八卷：出世菜根谭。煌煌 2960 页，内容宏富，收集广泛，既有警语格言，又有经典名篇；既有家训家书，又有日记、逸闻，是《菜根谭》系列图书的集大成者。文白对照的形式方便了阅读理解，又为查找相关论述、语录开辟了捷径。《菜根谭大系》已成为我案头的工具书，我在写作《展开心灵奋飞的翅膀》时，经常翻阅，它为我提供了许多帮助。

有位哲人说过：“人生最大的快乐不在于占有什么，而在于追求什么的过程。”我从未停止过追求古今中外关于品格修养、道德铸造方面图书的步伐，凡是有指导价值、有收藏品位的，我都会千方百计地寻觅、搜罗，有时是踏破铁鞋无觅处，有时却是得来全不费工夫。今天，我就轻松加愉快地获得了一套宝书，花 20 元钱买了 10 本装帧素朴、封面清雅、寓意深厚的书。

我平日爱去金石书店淘宝。这是一家经营过期社科类图书的书店，经常有一些曾经的畅销书和名著与读者见面，且价格又便宜，到这里看书、购书的读者很多。

我在一个不起眼的书台上发现了《东方人生智慧珍品》丛书，5 种 10 本。它们分别是明代陈眉公的《小窗幽记》（上下），明代吴从先的《小窗自纪》（上下），明代吕坤的《呻吟语》（上下），清代王永彬的《围炉夜话》（上下），清代张潮的《幽梦影》（上下）。这套书由中国社会出版社 1997 年出版，我看到的是 2004 年 1 月的第二版，也就是修订版，由李安纲、刘耀述论，故每本书的书名前都加上“漫话”二字，便于读者领会精神实质，掌握内容精华。

《小窗幽记》分“集醒篇”“集情篇”“集峭篇”“集灵篇”四部分，共 194 条人生的回味和处世的格言，精练隽永，富涵哲理、雅致从容，透辟练达，堪称世事洞明皆学问的阐幽发微之作。

《小窗自纪》不分篇章，共400则人生的反思和心灵的写照语录，宇宙万物融于心灵之中，小小芸窗涵盖了大千世界，人生灵感，处世境界，泾渭分明。

《呻吟语》分性命、存心、伦理、谈道、修身、问学、应务、养生、天地、世运、圣贤、品藻、治道、人情、物理、广喻、辞章等，共189条语录，较全面地探讨了人之良心伦理与处世智慧，阐释了世人应遵道的道德规范，说明了欲得自由，先受约束，约束就是自我超越的道理。格言警策，鞭辟入理，极具渗透力。

《围炉夜话》亦不分篇章，共184条关于人生哲理和行为标准的语录。研读这些精辟、典雅、充满人生智慧的格言，犹如寒冷的冬夜坐拥温暖的炉火，与知心朋友讨论着人是什么、如何做人等"性命之学"的问题。炉旺火红，心地纯清，空气温馨，思想觉悟，快意哉！

《幽梦影》共219条关于人生的领悟和自然静赏的语录。清风朗月之下，帘花影深之中，用幽静的态度去观察人生与自然，如梦一般的迷离，似影一般的朦胧，难怪此书在写作过程中即得到清初120余位大学者和艺术家的赞赏和评点，影响极大，感人至深，不能不读也。

《增广贤文》里说："观今宜鉴古，无古不成今。"中华民族文化传统悠久绵长，哲人智者的睿智深思，穿透历史的岁月在熠熠闪光。在当今物欲横流、金钱至上、人情冷漠、道德滑坡、世心焦虑、思想浮躁的状态下，很有必要重温这些春风化雨、丽日观照的话语，让涓涓细流荡涤身上的污泥浊水，重新萌生"吾日三省吾身"的热情，加强修养，提高素质，以适应社会，锻造人生。德国的格里美尔斯豪森说得好："没有教养，没有学识，没有实践的人的心灵好比一块田地，这块田地即使天生肥沃，但倘若不经耕耘和播种，也是结不出果实来的。"自重、自觉、自律、自强，为达到生命的崇高境域而注重日常生活的修为，提升道德情操境界，这是每一个有志于奉献社会的人的必然选择，而《菜根谭》系列的"东方智慧珍品"丛书就是修炼的良师益友。

在今天，现代化的城市喧嚣已经湮灭了古代风情，并带给我们与日俱增的焦虑、烦燥、不安乃至一天天的失眠和纵欲时，《菜根谭》系列图书如一溪清泉，能涤去我们焦躁的尘埃，化解我们心中的积烦，让我们敞开心扉去呼吸这清爽宜人的空气吧！

2008年1月15日，农历十二月初八

百联书店里的收获

——买书之乐（二）

人生充满欲望，对欲望要具体分析。有些欲望是消极有害的，如嗜烟、酗酒、吸毒、赌博等；有些欲望则是健康有益的，如买书、集邮、收藏、旅游等。发展良好欲望，抑制腐朽欲望，是决定人的品格价值和生活质量的重要方面。

我喜欢书，喜欢买书、读书、品书、藏书。书是我的精神伴侣；书是我的良师益友；书是我的生活大餐；书是我的宝贵财富。我和书结下了不解之缘，一天不读书，心里就空落落；几天不买书就手痒痒；买到一本好书心里就乐开了花；读到一本好书就甘之如饴；见到喜欢的书就挪不动腿，不买到手就心不甘。尽管老伴一再下令限制买书，但我偷着也要把相中的书买到手，这大概就是“上瘾”了吧？瘾头一来，好衣服可以不穿，饭馆子可以不下，名贵鞋可以不要，但书却非买不可。

今天又去了百联书店，明亮睿智的眼睛在各个书架搜寻，很快就发现了猎物，找到了目标。人民日报出版社编辑出版了一套《当代文学作品阅读经典》，是 2007 年 7 月面世的，整套书定价 560 元，估计有 20 本，我在书店只见到了七八种。这套书设计优美，装帧雅致，尺幅适中，书体偏薄，属普及性读物。随意翻了几本，发现所选文章短小精悍，轻松活泼，但内涵深刻，富蕴哲理，具有感染人、启发人的动力。这说明选家眼光独特，慧眼识珠，所选文章都很值得一读，我自然是爱不释手。但考虑到同类题材、体裁的图书我已收藏众多，怕重复购买造成浪费，就使用优中选精的办法，购买了《哲理小品》（中国卷、外国卷）、《精短散文》和《卷首语》。还有一本《名家名篇散文精选》我也相中了，但因价格过高就放弃了，不过心里却在惦记着。没想到下午去金石书店闲逛时，竟意外发现了一本《名家名篇散文精选》，虽然封底有点残破，但并不影响全书质量，遂以 5 元钱的价格买下，真是天遂人意，大快我心！金石书店是专门经销过期正版书刊的书店，价格便宜不说，还经常能淘到“宝”，这就是我经常光顾这里的原因。

2008 年 3 月 29 日，农历二月二十日

在深圳逛中心书城

——买书之乐（三）

春节期间随女儿一家去澳大利亚旅游了10天。回到深圳，擦掉热汗，洗去征尘，我就想尽快到还未光顾过的中心书城转一转，以窥见其庐山真面目。今天夙愿得偿，喜不自胜。

我2005年在深圳时，莲花山南侧的文化中心——包括深圳图书馆、音乐厅、电影城、中心书城正在热火朝天地建设，听说是2006年竣工的。

原来，深圳有个书城，在蔡屋围。那座书城上下三层，经营面积足有几千平方米，分为文学书店、科技书店、医药书店、外文书店等许多专业书店。双休日及节假日进出书城的人络绎不绝，比超市还热闹，那简直是川流不息。据说一天的营业额就达100多万码洋。在这座书城买书可不容易，因为书架前人头攒动，我等年老体衰之人，常常挤不到书架前，交款也要排长长的队伍。买书本来是高雅的趣事，却变成了麻烦的闹心事。人们都急切地盼望改变这拥挤的情势，给读者一个优雅、舒适、方便的购书环境。

深圳市政府体察民情，深谙民意，本着文化强市、文化育人的理念，决心为广大市民创造宽松、舒适、惬意、方便的文化环境，斥巨资建设文化中心，其执政为民、情系百姓的公仆意识令人称道。

文化中心是一座外观黑褐色、造型别致、规模宏伟的大建筑物，中心书城位于东北侧。在书城的一楼大厅，我看到了介绍中心书城概况的铭牌，才得以了解其来龙去脉。中心书城占地60亩，建筑面积8万平方米，是全国书城中单层建筑面积最大的。书城中有上下两层的中心书店。一层是社科类图书，地下一层是科技、医药及少儿图书。我进入中心书店后，竟一时不辨方向，分不清东西南北，因为它的空间实在是太大了，一眼望不到边。到处是林立的书架和五颜六色、琳琅满目的图书。开始时，我竟不知从何处看起。如果仔细些浏览，没有一天时间是逛不完中心书店的。中心书店的西侧是音像书店，其规模之大，出售品种之多，令人咋舌，这是迄今为止我所看到的最大的音像书店，北京图书大厦的音像店亦无法与其比美。

一楼还设有南、北两个讲座厅。上二楼的台阶即为座凳，虽然简易，但实用。据说从周一到周五，每晚都有文化讲座。听者踊跃，座无虚席。由此可见深圳人的文化品位之高和追求知识欲望之强烈。

二楼设有24小时书吧，昼夜为读者服务。还有一些精品图书店，为高端和专业用户提供精神食粮。一二楼还有各色小吃店、面包店。读者选书、看书累了，可以轻松地到各色小吃店里听音乐、吃吃饭，休息一下。这种人性化的服务理念真是大大方便了读者，综合性的服务措施得民心，顺民意，大大提升了书城的价值和档次。

新年逛书城，好运自然来。我在中心书城浩瀚的书海中寻珍觅奇，淘到了三本我经常惦记又必须购买的图书，这让我喜出望外，由衷增强了对深圳中心书城的爱慕之情。

第一本书是朱大路主编的《世纪初杂文200篇》，这是朱氏选编的系列杂文的第三本。前两本分别是《中国杂文300篇》《世纪末杂文200篇》，都是豪华精装本。这两本杂文选，我早已购买、阅读、收藏。这两本书里选收的杂文精辟、警策、鞭辟入里，内容深刻，论说有力，经久耐读，我非常喜欢。现在发现了它们的续编，我岂能错过？

我购买的第二本书是王剑冰主编、漓江出版社出版的《2011 年度散文》，这是该社年选系列图书中的一种。如果记得不错的话，这已是第 15 本年度散文选集了。从漓江社出版年选图书以来，散文选本我全部买到，一本不缺。搜罗各年度散文选集的过程，趣事多多，足可以单独写一篇“传奇”了，我将专门撰写文章以记之。

我搜罗到的第三本书是上海辞书出版社的《古代小品文鉴赏辞典》，这是 2011 年 1 月的初版本，未标明主编者，但有 120 位学者、专家撰写了有独特感受的鉴赏文章，著名学者吴小如作序，为本书增色不少。

《古代小品文鉴赏辞典》以汤高才、沈伟麟、吉明周三位先生所主编的《历代小品大观》为选目基础，由专家作了深入修订并进而大量扩充，精选历代小品文 681 篇，力图从文学艺术的角度，鉴赏、评介古代小品文的显著成就，帮助读者了解其发展和流变，汲取其中有益的养分，编者的企望并不过高。我想，这些短小精悍、言简意赅的小品文，一定会让我们大快朵颐，获得无尽的精神享受。

第一次逛深圳中心书城，给我留下了十分美好的印象。这是个能满足人精神需求的地方，是能淘到“奇珍异宝”的处所，以后要勤来，多来。

2012 年 1 月 30 日，农历正月初八

潘家园觅书记

——买书之乐（四）

北京的潘家园可能是中国北方最大的旧货市场，其营业面积之大，经营品种之多，人场顾客之众，声名远播之广，足可上“吉尼斯世界纪录”了。来北京的外地人，如果不逛逛潘家园，领略一下其火爆、热烈的气氛，淘弄点“宝贝”装潢门面，那将是非常遗憾的。

我对青铜器、玉器、木器、名石、书画，既缺乏兴趣，也无研究。我光顾潘家园是奔着旧书去的。每周的星期六、星期天都是旧书交易日。卖书的、买书的遍布市场，要价、还价声声不断，每个爱书、喜书的人都希望在陈旧的故纸堆中淘到“奇珍异宝”，觅到“真金白银”。

我原以为市场是上午8：30才开张营业的，可到了现场才知道，星期六、日凌晨4：30就开市了，难怪每个区域都是人头攒动，众声喧哗了。

我的运气还真不错。转了近三个小时，走了几十个摊位，竟淘到了14本书，厚厚一大摞。这些书都是20世纪七八十年代的文学著作，而且大部分是由权威出版社——人民文学出版社出版的。其厚重的分量、久远的价值不容怀疑，而且正可以填补我的藏书中这段时间作品门类、数量的不足，提升我藏书的品位。

时间是最厉害的销蚀剂。在岁月的流淌中，在空气、粉尘、蠹虫的腐蚀下，这些书大都已经陈旧不堪，封面斑驳陆离，纸张泛黄，页码卷曲，文字漫漶，有的甚至连封面都缺失了，闻起来有一股发霉的味道。它们是地地道道的“老、旧书”了。但正如俗语所说，酒香不怕巷子深。书籍的年代越久远，传播的范围越广泛，越能经受住时间的检验，越能体现出其深沉的价值来。在大浪淘沙的过程中，一些图书被人遗忘了，一些图书被当作废纸抛弃了，而有些图书却历久弥新，价值被重新发现，地位被重新肯定，这样的老书、旧书，才是真正的好书、“新书”。

我淘到的这些宝贝，身上留下了历史档案的印记。它们中的大多数是从单位的图书馆、资料室流入民间的。有的是崇文区职工大学中文系资料室的，有的是北京教育学院丰台分院图书室的，有的是北京第九十七中学图书馆的。一些书中还夹有图书借阅卡片，记载着流通情况，留下了历史的记忆。

我今天淘到的图书基本上都是精品，这足以令我欣喜若狂、甘之如饴，比捡到个金元宝还高兴。

自从观赏了电影《让子弹飞》后，就萌生了购买马识途的小说集《夜谭十记》的愿望，恨不得马上到手，一睹为快。但多方寻觅，四处购买，始终未见其芳踪。心里悠悠陌陌，很不安生。想不到今天在一个光线灰暗的地摊上竟与它不期而遇。这本纸质黑黄、页码卷曲，印刷工艺粗糙的书，连封皮都不存在了，卖书者用一张画报纸粘贴上充数，不知面世以来经过多少人的翻阅、转手、才到了书贩手里。这也说明了这本书没有在书架上赋闲，而是在匆忙的“工作”中损毁了容颜，在读者的辗转阅读中失去了本来面目。但“面相”虽丑陋，内页却完整，文字也清晰可辨，阅读起来毫无障碍。我当然不会因书贩要价高达8元，超出原价5倍之多而错失购买机会。这是老天的馈赠，我顶礼膜拜，心存感激。

杨朔是我喜欢的散文家，他的散文热情洋溢，情感奔放，充满阳刚之美。虽然这些年来，有文章批评他的散文有程式化、概念化的弊端，但并不影响他的散文创作成就和他在文学史上的地位。我今天淘到的《杨朔散文选》大概就是他比较全面的散文结集了。这本书是人民文学出版社1986年出版的，林林为之作序，收录了60篇散文。阅读这些优美的文章，回忆他的悲惨际遇，就越能体会到他的赤子情怀和激越火热的豪迈诗情，领略到他散文中那诗化般的语言和深邃迷人的意境。

王汶石是20世纪五六十年代以短篇小说的创作驰名于文坛的。他的《新结识的伙伴》和《严重的时刻》等名篇佳作，风靡全国，倾倒了多少读者。我也是他的忠实粉丝，他的每一个短篇好像都读过。我被作者刻画的典型环境中的典型人物，浓郁的陕西风土人情，以及个性化的语言所吸引，对王汶石本人也是崇拜有加。今天，我在潘家园旧书市场终于寻觅到了人民文学出版社1977年出版的王汶石短篇小说集《风雪之夜》，得偿所愿，心情无比激动。这是一本珍贵的、价值不菲的、有纪念意义的书，因为它出版于刚刚粉碎"四人帮"、百废待兴的第二年，它保留着那个时代独特的痕迹。书的封面设计、装帧、纸质、印刷工艺、价格都体现出20世纪70年代粗俗、灰暗、简单、质朴的特点，尺幅逼仄，页面斑驳，纸质黑中透黄，一幅老态龙钟的样子，这是时代风云镌刻下的沉重的烙印。

此外，值得一提的，我还淘到了苏叔阳的长篇小说《故土》，浩然的长篇小说《苍生》，孟伟哉的长篇小说《昨天的战争》，高缨的长篇小说《云崖初暖》，柳溪的长篇小说《功与罪》，这些都是20世纪七八十年代的初版书，而且基本上是由人民文学出版社出版的，其分量自然加重了许多。

2012年4月22日，农历四月初二

地摊寻书记

——买书之乐（五）

应友人之邀，中午去饭店就餐，酒足饭饱之后与于俊卿夫妇步行去他家玩对调。人生在世，事业为重，不能游戏人生。但也要享受生活，该紧张时紧张，该悠闲时也要放松身心，适当娱乐，此所谓文武之道一张一弛也。

当我们边走边谈路过北馨花园时，发现有人在路边摆地摊卖旧书。我是个见书就挪不动腿的人，遂马上俯身浏览。经询问摊主得知，她家开的书店转兑出去了，但对方不要图书，只好自己低价处理。

我仔细观察了一下，地上散乱摆放的图书都已有些年头，在书店也不知被人翻拣了多少回，大都破破烂烂，陈旧不堪。有的封面、封底、书脊已经破损，页面污渍斑斑，发出不小的霉味。附庸风雅，以图书装饰门面，假充斯文的人是不屑于看它们一眼的。这些书以青少年读物为主，也有一些当代的长篇小说和港台的武侠小说，其中不乏盗版书。

今年以来，除亲友赠送的一些图书外，我自己还没有买过一本书，这在以前是从未有过的。今天既然有缘巧遇这个地摊，索性认认真真检视一番，说不定鸡窝里能飞出金凤凰，也许能淘弄到有价值、有可读性的宝贝来。

我弯下腰，瞪大眼，一本本地扫描，一册册地翻看。因为“读者”只有我一个，任你耗时费力自由挑拣、选择。功夫不负有心人，故纸堆里出奇珍。翻腾了半天，居然找到了好几本名家名作，而且都是我未曾阅读、收藏过的。这既令我大感意外，又叫我兴奋异常。地摊之行，大有收获，书美价廉，可喜可贺！

我一共选中了六本书。这六本书的品相属下品，外观严重污染，视觉效果不雅。但正如古人所说的那样，“山不在高，有仙则名；水不在深，有龙则灵”。这几本书虽然扮相不美，但内容好，品位高，是外表腌臜、胸藏锦绣的珍品，由不得我不喜欢。

第一本书是陈忠实的长篇小说《铁牛庙》，书中介绍这是他继《白鹿原》之后的又一部呕心之作。它集家庭史、民族史为一体，反映了山东鲁南农村的风云变幻和历史脉动，以厚重的历史感和复杂的人物形象而感染读者。尽管我拿到手中时，发现书脊已开裂，书页有残破，我还是毫不犹豫地选中了它。我对这本书的真伪辨识不清，因为我未掌握确切的出版信息，有可能是一本伪书。

第二本是张平的《权力与沉浮》，这是一部纪实反腐的长篇小说。我对张平的作品很熟悉，也喜欢读。他的代表作《抉择》《国家干部》我都倾心阅读过，并受到强烈震撼，但对这本《权力与沉浮》我却把握不准这是否张平原作。因为它的封面设计很灰暗，色调很沉闷，几个人物肖像很不雅观，故而怀疑它是伪书。因为现在“伪书”大行其道，很难识别。本着“奇文共欣赏，疑义相分析”的原则，我没有抛弃它，也许阅读过程中真假就会明晰了。

第三本是周梅森的《英雄出世》，这是一部书写旧中国人与事的长篇历史小说。我知道周梅森是以写反腐倡廉的官场小说闻名于世的。他的《中国制造》《我主沉浮》《我本英雄》等小说，我都阅读过，并已大部分收藏。没想到他还能以如椽笔力书写中国旧事，以历史反映当今，给人以化腐朽为神奇的艺术感觉。正像本书的《内容简介》所介绍的那样：《英雄出世》“如同一枚别出心裁的历史透镜，为我们打开了一条了解中国历史的特殊通道，使我们不必穿过重重历史迷雾，就能够对旧中国的生活与社会进行入木三分的审视”。

第四、五本都是陆天明的长篇小说。一本是当代世界出版社2002年10月出版的反腐小说《报应》，另一本是漓江出版社2002年10月出版的陆天明的处女作《桑那高地的太阳》。我没有读过他的这部处女作，但他的成名作《苍天在上》《大雪无痕》我都不止一遍地阅读过，并被陆氏深沉的思考与触目惊心的写实风格所吸引，吴汀先生在为《桑那高地的太阳》写的序言中指出“《桑那》是一个苍茫的故事。一个朝气蓬勃的、不谙任何世俗利害关系的热血青年，来到艰苦的西北边疆，对那片土地竭尽所能奉献赤诚，却一次又一次地被所信赖、所热爱的人们打倒在地，踩进泥泞中。他崇高的精神信仰渐渐地幻化成了荆棘编成的桂冠，刺穿了他的头颅。”这个叫作谢平的知识青年、农场职工的性格核心是“拒不世故”“他誓不低头。在充满荒谬的世界上，他绝不幻想做一个赢家，却也绝不放弃自己的一寸阵地”。这就是《桑那高地的太阳》所诉说的充满血与火、愤怒与叩问、理想与失落，人性与人格坚守的故事。

这是一部像重磅炸弹一样的作品，它堪与《浮躁》《古船》《金瓯缺》《心灵史》比肩，我没有理由不首先阅读它。

最后一本书是大百科全书出版社出版的、修订版的《古汉语常用字字典》。我淘到的是2011年5月第4次印刷的“新书”，所以它的品相是最鲜明、生动的，封面、页码也是最干净整洁的。这是一部集体著作，光编委、审订者就有10多位，肯定地说都是古文字专家、学者，其学术水平不容置疑。

这部字典采用“汉语拼音音节表”和“部首检字表”两种检索方法，查找起来非常方便。字典共收古汉语常用字4900多个，古汉语词条约6000条。对每个古汉字都用汉语拼音标注准确读音，阐明它的本义、引申义、比喻义等义项，每个义项都有古诗文例句，每个古汉字义项下都有相关复音词及词组，以巩固、深化对字义的理解。

作为字典正文的补充，这本字典还附有《中国历代纪元年表》《古诗文常用文言虚词表》《文言句式知识》《古代名句精选》等内容，方便读者扩大知识面，能更顺畅地阅读、学习古汉语。

我在中学、大专读书时，也使用过几种古代汉语常用字字典，但似乎都没有这部详细、完备，我要把它作为我学习、研读古诗文的必备工具书。

上述六本书的内容、品位、价值，不再赘述。我还要说明的是买这六本书只花了20元钱，真是买了个大便宜，喜不自胜啊！

2012年6月8日，农历闰四月十九

2012 年所购图书盘点记

——买书之乐（六）

今天是 2012 年的最后一天，全世界各地的人们都在以不同的心态、不同的希冀、不同的方式迎接新的一年到来。

塞北的数九隆冬，寒风凛冽，滴水成冰，而室内则暖意融融，温润如春。我端坐于书房之中，欣赏、浏览着簇拥在我周围的大大小小、五花八门的图书，心情无比愉悦，精神格外亢奋，像抚爱心仪的宝贝一样，心头充溢着满足与快乐。

这些书是我 2012 年全年所购图书的总汇，一共 78 本。从数量上说，比往年有所减少，但种类却更加丰富，档次也上了个新台阶。从体裁上说，既有短、中、长篇小说，又有散文、历史通俗读物；既有学术著作，又有鉴赏辞典；既有人物传记，又有文化普及读本。从题材上说，既有古代的，又有当代的；既有外国的，也有中国的。从出版社来说，既有中央级的，也有省市级的；既有学术性的，也有文艺类的；既有专业性的，也有大专院校的。从出版年限来说，既有 20 世纪七八十年代的旧书，更多的是这几年面世的新书。从图书的尺幅来说，既有标准 32 开的，也有标准 16 开的；既有大 32 开的，也有大 16 开的；既有薄薄 300 多页的，也有逼逼 1000 多页的，大小不一，薄厚异样，使这些图书五彩纷呈，千姿百态，构成了一道独特的风景。

爱尔兰的狄龙说："择书如择友。"选购什么样的书，阅读什么样的书是大有学问的。"好书是生活中最宝贵的财富之一"。（英·拉斯金语）"坏书犹如毒药足以伤害心神"。（德·叔本华语）2012 年，我在选购图书时，眼光是挑剔的，把关是仔细的，比较是认真的，自认为所买之书大部分是精粹，是可以时常翻阅、永久收藏的。

首先，要提到的是韩毓海的《五百年来谁著史》一书，它的副标题是"1500 年以来的中国与世界"。此书的第一版 2009 年问世，旋即于 2010 年出第二版，2011 年 11 月又推出第三版。一本史学著作，三年出三版，这在出版界来说，是少有的。足见此书的分量之重，反响之热烈。国家图书馆文津图书奖已将其作为推荐书目，并取得了当当网畅销榜第一和全国优秀图书排行榜第一名的佳绩。何以如此？因为此书"立意高远，气势恢宏，并且新论迭出，融会贯通，涉及中国近代史的要害"，重新回答了李约瑟之谜——"近代中国何以落伍"的问题。指出了理论与现实结合，政治与民众结合，财政金融制度与生产发展和民生结合，乃是中国复兴和中国道路的三个关键点。这些观点可以说是有的放矢，振聋发聩，响如惊雷，能不引人关注吗？

其次，要提到熊培云花费 10 年心血创作的《一个村庄里的中国》。我觉得这是一部充满家国情怀的社会学著作。它以故乡村庄为起点，多条线索并进，从各个侧面重新梳理了百余年来的中国史与乡村史。既有个体生活的真切体验与细致描述，又有时代命运的整体分析，提出了故乡从哪里来，中国向何处去的问题。用作者自己的话说，这本书就是讲述"没有故乡的人寻找天堂，有故乡的人回到故乡"的百年乡村沉浮，世纪家国命运的"村庄史"。在城镇人口超过农村人口，城镇化率已达 50% 的当下，阅读此书，一定会对我们正确认识城镇化的意义，探索、寻找实现城镇化的途径具有启迪作用。

再次，值得一提的是岳南的《陈寅恪与傅斯年》，这是两位大师的合传。此书2008年6月出第一版，好评如潮。作者根据众多读者的建议，作了重大修订。我买到的就是2010年6月发行的第二版，属全新插图修订版。修订版在原版的基础上加入了新发现的珍贵史料，内容更加翔实，学术韵味也愈加浓厚。何兹全、朱大可、梁文道等数十位知名学者联袂推荐。他们一致认为，“这是一部不同寻常的个人传记，对傅斯年与陈寅恪的记忆，打开了被蓄意掩蔽的历史之门。他们在20世纪所遭遇的命运剧变，谱写了中国知识分子群体的哀歌”。因而这无疑是一部具有历史厚重感的、值得认真研读的好书。

最后，我还可以写出一长串我所购买的，自认为有品位、有价值、有教益、有口碑的好书名单来。像长江文艺出版社出版的、陈国恩主编的《一世珍藏的散文130篇》《一世珍藏的美文130篇》；漓江出版社出版的《散文选刊》选编，葛一敏、乔叶主编的散文集《大地的语言》和《命运深处》，封面简洁、装帧典雅，所选文章厚重精炼，涵蕴深邃，表现手法异彩纷呈，阅读这些灵动、优美的文字，宛如徜徉在清澈的溪流中，既爽净又温馨，既熨帖又可心。

这里，我还要提到林达先生的“近距离看美国”系列图书。这个系列由4本书构成，其中的第一本我于5年前就读完了，此后一直搜寻其他3本书的踪迹，但长期未果。直到今年4月，我才在北京生活·读书·新知三联书店发现了它们的身影。当时，顿觉眼前一亮，神清气爽，心里像吃了蜜糖一样香甜。“近距离看美国”之二是《总统是靠不住的》，它从“美国总统是什么?”这样一个问题开始，用一连串的故事，层层铺排出美国政治法律制度的基本原理和操作细节，使读者更深刻地了解美国是如何在自身的制度系统中，通过“平衡和制约”去实现对权力的监督和限制。之三是《我也有一个梦想》，它通过精彩动人的故事，展示了与美国种族问题相关联的社会意识和法律演进史，介绍了在契约社会里，立法的民众基础，法律对人性的思考，法律的变化与社会进步的关系等问题。之四是《如彗星划过夜空》，它通过1787年美国费城制宪会议前后的一系列故事，梳理美国宪法民主从源头，发展到相对成熟和付诸实践的基本过程。

和第一本一样，这三本书都以通信的形式展开叙述。在娓娓道来的、由舒缓到紧凑、由浅显到深入的讲述中，体现出了灵活、便捷、亲切、生动的特点，读者在不知不觉中就被深深吸引住了。尤其值得一提的是，书信中穿插了不少引人入胜的传神故事，使干巴巴的法律条文，枯涩的制度律令，变得易懂易记，读起来不再佶屈聱牙，使读者在轻松的氛围中得以近距离地观察美国，并得出自已的判断。

外国文学作品和学术著作是我阅读和收藏的一个重要方面。这正如英国的卡莱尔所说：“世界性的好书是人类灵魂最纯洁的精华。”读书人和藏书人必须放眼世界，开阔视野，而不能夜郎自大、抱残守缺。2012年，我所购买的翻译自外国原著的或中国人撰写的研究外国的图书数量不少，种类较多，自认为选择得恰切而精当。试举两部书为证。

曾获得诺贝尔文学奖的俄国著名作家亚历山大·索尔仁尼琴的纪实性名著《古拉格群岛》（三卷本）是我寻觅已久的书，今年终于如愿以偿，购买到手，岂不快哉！

索尔仁尼琴是俄罗斯作家、政治家，1970年他因“继承了俄罗斯文学传统中不可或缺的道德力量”而获得诺贝尔文学奖。他所创作的《古拉格群岛》是苏联劳改营文学的代表作，时间跨度是1918—1956年，157万字，分三卷七大部分，全面揭露了苏联一个历史时期内的劳改内幕。“古拉格”是“苏联劳改营管理总局”的俄文缩写译音，用它作书名，也有其新颖别致之处，具有高度浓缩的政治含义，它表明劳改营宛如一个个岛屿遍布全苏。

作者以讽刺、幽默的笔调，夸张激越的描述及意味深远的比喻，对苏联官方极尽嘲讽、揶揄之能事，以自然主义的手法详尽描写了劳改营的非人待遇，使读者能更全面地了解苏联80年来社会主义建设中的得失成败，足以引史为鉴。从这个意义上说，《古拉格群岛》是一部奇书，每个渴望了解苏联历史真相的人不能不读。

和《古拉格群岛》有关联的还有一套书，是我在北京商务印书馆涵芬楼书店购买的，由沈志华主编、社会科学文献出版社出版的《一个大国的崛起与崩溃》（三卷本）。这是以专题形式研究1917—1991年苏联历史的权威性著作。全书共分28个专题，有的综合论述整个苏联时期的某项政策实施的全过程或某一领域的状况；有的是研究某一事件的始末缘由；还有的专门讨论某一制度、政策或现象。但无论在哪个层次，或哪个侧面，无论题目大小，这些研究都力求把事情的始末说清楚，把问题的本质讲明白，都是要告诉读者一个相对完整的过程，以求透过树木窥见森林，接近了解历史的全貌和事物的真相。

本书的另一个显著特点是开拓了许多新的研究领域和研究课题。在所选28个专题中，有接近一半的题目是以往中国的苏联史研究中很少涉及甚至根本没有出现过的，而且引入了新的视角，让读者看到了问题的各个侧面，从而对这段历史可以有一个更加全面和深入的解读。

上海辞书出版社是以编纂语言类工具书兼文学赏析辞典为宗旨的出版社。20世纪80年代以来，其出版的“中外文学鉴赏大系”图书已问世几十种，其权威性、工具书性、可读性、无可替代性征服了无数读者。我随时关注着它的出版信息，每出一种必尽快罗致到手，但有时也因种种原因失之交臂。今年我购买的《元明清词鉴赏辞典》《微型小说鉴赏辞典》和《演讲名篇鉴赏辞典》分别于2002年、2006年、2009年就出版了，而我至今才得窥其庐山真面目，岂不惭愧！

《微型小说鉴赏辞典》由微型小说学会会长江曾培主编，精心选录中国微型小说200篇，外国微型小说120篇，基本上可以反映现当代微型小说的创作概貌。

这部鉴赏辞典按照“好中选好，优中选优”的原则，选收的作品多为被广泛赞誉的拔尖之作，有些已经具有公认的经典性与权威性。所以，阅读辞典中的经典微型小说，无疑具有审美价值，它既能给人以瞬间的感染，又使人经久咀嚼，深长回味，尽现微型小说特有的美妙意境。

关于《演讲名篇鉴赏辞典》，我也要说上几句。这部辞典在“文学鉴赏辞典大系”中似乎有些另类，因为它不是真正意义上的文学作品。我们姑且从演讲稿亦具备文采这点上来理解吧，因为优美、典雅、庄重的演讲稿，本身就是鲜活、生动、感人的散文。

这部辞典选收了古今中外经典演讲稿200多篇，从古罗马西塞罗的《我们已遍地燃起自由的希望》到林肯的《葛底斯堡演说》；从马丁·路德·金的《我有一个梦想》到萨达特的《和平属于大家》；从丘吉尔的《热血、辛劳、汗水、眼泪》到戴高乐的《反法西斯的火焰决不会熄灭》都尽在其中，真是千姿百态，精彩纷呈。

按照本书“序”的作者郑必坚先生的评介，这部辞典的第一个特点是选得很精。第二个特点是对每一篇演讲稿都作了精确评析。因而，它是一部有品位、有价值、有震撼人心力量的文化读物。阅读、欣赏它，将会享受精神的盛宴，获得思想的共鸣。

盘点2012年购书的账单，满足、欣悦感丰沛而温润。我为自己觅珍寻宝的收获而欣喜，为日益提高的鉴书、选书水平而自豪，但也为某些失误而遗憾。我竟然买到了伪书。在某书店，一本封面设计形象，寓意深邃，名为《通天人物》的长篇小说吸引了我，遂毫不犹豫地买下。可是回家一看，才知道上当了。这本书其实是抄袭李佩甫的《羊的门》的，而《羊的门》我早已收藏。这种吃苍蝇的事今后必须严加注意了！

2012年12月31日，农历十一月十九

我终于买到了《邓小平时代》

——买书之乐（七）

春节前夕就从报章上获悉，美国哈佛大学教授傅高义撰写的《邓小平时代》简体中文版在中国大陆出版了。此书甫一上市，首印80000册就抢购一空。生活·读书·新知三联书店应广大读者之需，紧急加印50万册，也很快订购出去。盛况空前，洛阳纸贵，足见此书分量之重，求购之急，读者之广，反响之烈。

春节刚过，我就跑到市新华书店去购买《邓小平时代》。当我急匆匆地赶到营业大厅门口时，却发现铁将军把门——没人。原来，书店正月十五前下午两点就休息了，而我到达时已两点四十分。

好不容易熬过了正月十五，十六一大早我就往市新华书店跑，待营业大厅门一开，我第一个进入。找了半天，不见踪影。经询问营业员，才被告之：断货了！这犹如滚烫的身子掉进了冰窟窿，心一下子凉了。

抱着一线希望，我又前往市内最大的民营书店——洪森书城去碰运气。在相关书架搜寻了很久，也未见《邓小平时代》的芳踪。一打听，才清楚：货未到。我只好悻悻离开，期望有一天能买到这可居的奇货。

今天是洪森书城金卡会员日，金卡会员当天买书可享受8折优惠。我这次来，一是继续寻找《邓小平时代》，二是想买到漓江出版社出版的《2010年度散文》。俗话说，有心栽花花不开，无意插柳柳成荫，我已经对能否买到《邓小平时代》不抱太大信心了，却想不到真碰上了。一本像砖头一样厚重、沉稳的大书赫然摆在书架上，拿过来一看，正是日思夜想的《邓小平时代》。

《邓小平时代》为大16开的尺幅，煌煌754页，64万字，2013年1月出版。这本书给我的第一印象是庄重、沉稳、大气、洒脱，以瓦灰做为主色调，和追溯历史风云的内容协调。整个封面除上部红色的楷体字《邓小平时代》几个大字和下方生活·读书·新知三联书店的一行红色小字外，几乎全被邓小平的头像所覆盖。额头上三道清晰的皱纹，象征着他经历过风霜雨雪，领略过惊涛骇浪；一双明亮、睿智的眼睛，显示出他深邃的观察力和准确的判断力，他不但见证了过去与现在，而且预见了未来；那端直、挺拓的鼻梁，证明了他的刚直不阿和泰山崩于前而面不改色的伟岸、坚贞；那厚实、方正的耳朵，衬托出他在聆听四海风雷，品鉴人民呐喊，并在复杂、艰难的形势下，依据民意，做出大胆、坚定、执着、正确的判断和决策；他那微闭而又含笑的嘴唇，意味深长，他似乎有满肚子的心里话要对民众诉说，有深思熟虑的改革宏图向世界展示。我们从这幅肖像中既体味到了邓公深谋远虑的博大胸怀和坚忍顽强的人格魅力，又预见到了《邓小平时代》所反映的伟人波澜壮阔、惊心动魄的人生经历，从而产生无尽的遐想……也许《邓小平时代》正是体现了“一个志向高远的人，不仅要超越他的行为和判断，甚至也要超越公正本身”这样的理念吧？

本书的作者傅高义是美国哈佛大学亨利·福特二世社会学荣休教授，费正清东亚研究中心前主任。他花费10年心血，潜心研究邓小平的传奇一生。他除了广泛收集、阅读浩瀚的史料外，还“访问其他了解邓小平的人，包括他的家人”。“我尽我所能同对邓小平有不同看法的人交谈，其中既包括非常崇敬邓小平的人，也包括批评他的人。”“我尽力摒除自己可能有的偏见，尽量客观地看待邓小平领导时期的种种状况。”“在写他和他所处的时代时，既要写在他的领导下所取得的成就，也要写错误。”总之，傅高义是按照邓公“实事求是”的教导，力求真实、客观、公正地写邓小平的。也就是说，这本巨著是经受得了考验的，没有人为炒作、拔高、作假、美化之嫌，称为邓公的“信史”当不为过。

全书史料丰富，奠基于国内外重要的研究成果、档案资料和为数众多的独家访谈。

傅高义对邓小平满怀崇敬之情，他在《中国大陆版序》中毫不掩饰地表露了他对邓小平仰之弥高、尊之甚深的深厚感情。他说：“我尽力客观地对待邓小平的言行，也没有掩饰我对邓小平的钦佩。我认为他对世界有着巨大影响，改变了一个当时还承受着‘大跃进’和‘文革’后果的国家的前进方向”。一个外国人尚能秉持公允、公开、公正的原则，展现一代伟人跌宕起伏、激荡壮阔的一生，相信我们中国的广大民众在认真阅读本书后，更会生发出对邓小平真诚的感激和由衷的敬仰之情吧！

《邓小平时代》全景式地描述了邓小平起伏跌宕的政治生涯和中国风云变幻的改革开放进程。从中可以重温历史，重思沿革，重现过程，重见波澜，重新经受心灵的洗礼。

全书人物、事件繁多，既有对毛泽东、周恩来、邓小平、陈云等人相互关系的细致解读，又有对十一届三中全会、权力过渡、中美建交、政改试水、经济特区、一国两制、八九风云、九二南行等重大事件和决策的深入分析。

全书持论严谨，脉络清晰，观点鲜明，叙述生动，力图使人物言行符合历史情境。一部传记作品能达到理论与情感、史实与评价、叙事与文采和谐统一的高度，实在是很不容易。难怪许多中外名人纷纷赞扬和推荐《邓小平时代》。本书的译者冯克利教授评价说：“这是世界上第一本全面研究和记述邓小平政治生涯的著作。”此书面世后，先后被《经济学人》《华尔街日报》《华盛顿邮报》等报刊评为2011年最佳图书，荣获2012年莱昂内尔·吉作伯。它之所以声誉日隆，众相称赞，除了傅高义先生写得准确，写得传神外，恐怕主要得益于传主那澎湃、纵横的传奇经历，洞悉世界的深邃目光，博大、坦荡的胸怀和拨乱反正、追求真理的勇气。“一个人只要强烈地坚持不懈地追求，他就能达到他的目的。”这也许就是《邓小平时代》要传达给我们的信息吧！

2013年4月10日，农历三月初一

2013年所购图书盘点琐记

——买书之乐（八）

记得去年盘点、整理自己当年购买的图书是在2012年的12月31日。时隔一年，我又坐在书房，一边欣赏，一边“装扮”我今年购买的各类图书。

英国大文豪莎士比亚说：“生活里没有书籍，就好像没有阳光。”虽然我的书柜已近20个，许多隔板已被压弯了腰；虽然两处住宅和车库到处是书，书房已无下脚之地；虽然图书总量已超5000册，而人一年只能读几十本书，许多书还未来得及认真阅读，但我还是不听亲友劝阻，执意买书、藏书。原因无它，“如果没有书，我将无法生存”。书籍已成为我的良师益友，须臾不能离开。“世间何物贵，无价是诗书”。我宁肯生活上节衣缩食，也一定要拿出一些钱来购买精神食粮。

“择书如择友”“好书是生活中最宝贵的财富之一”“而坏书犹如毒药，足以伤害心神”。随着“读龄”的增加，阅读能力的提高，鉴别图书优劣、良莠的眼光也日渐明亮。2013年，我在互联网上和实体书店共购买了100本书，90%以上是精品书。看着这些封面五光十色、形制大小不一、体裁五花八门、题材迥异有别的图书，我的内心充溢着满足和喜悦，它们如同我亲爱的孩子，让我怜爱有加。

今年购买的图书，种类繁富，题材多样。既有纯文学的小说、散文、诗歌，又有网络通俗读物；既有严肃庄重的历史著作，又有用幽默、风趣的语言讲述历史的普及性图书；既有阐述成功之道，发挥正能量的心理学著作，又有阐述宗教教义，指导民众日常生活的小册子；既有古代名人传记，又有当代领袖及学者的人生传奇。九川归海，百书上架，它们为我的藏书增色多多，为我的读书生涯提供了可优先选择的新品种。

在这辞旧迎新的时候，面对林林总总的图书，我喜上眉梢，感想多多。我想重点抒发一下对今年新购到的几类图书的直观感受。

一、文学类书籍

读小说，吟诗歌，品散文，享美感，是我的最爱。我的藏书中，文学方面的占很大比重。今年，我所购的文学类图书中，基本上有三个书系。

第一是中国小说学会“年度排行榜”。这个排行榜从2000年开始，到2012年已排了13年。小说学会每年组织二三十位学者、教授，从已发表的大量短、中、长篇小说中，披沙拣金，好中选优，评出中、短篇小说各10篇，长篇小说5部，并结集出版，每年一册。短、中篇全文刊载，长篇提要介绍。每篇小说都附一篇相关评委的评介文章，提要钩玄，阐明主旨，以指导读者深入阅读。因而，这个排行榜最具权威性。因为它是作为行家里手的学者、教授评选出来的，真正符合文学本质要求，体现了社会批判、人文关怀和人性开掘的深度，必然受到广大读者的欢迎。购买、收藏这一书系，成为我必然的选择。但2007—2012年的小说排行榜，辗转多地，历时六年，竟一无所获，内心非常纠结。今年在亲友们的提醒下，上互联网查询，终于在当当网和亚马逊网全部买到，真让我涕泪交流，喜不自胜。更叫我高兴的是，2001年的长篇小说上榜作品、红柯的《西去的骑手》，我在多地的实体书店寻觅了十几年，杳无音信，而上网一搜，赫然在目，能不让人由衷感谢互联网的帮助吗？此外，像张者的《老风口》，杜光辉的《大车帮》，关仁山的《麦河》等上榜小说，我也是在网上轻松搞定的。

第二是陈国恩等主编的、长江文艺出版社出版的“一世珍藏”书系。这个书系包括四本书，即：《一世珍藏的诗歌200首》《一世珍藏的散文130篇》《一世珍藏的美文130篇》《一世珍藏的微型小说130篇》。这套书的鲜明特色有这样几点：一是精挑细选，篇篇珠玑；二是短小精悍，典雅隽永；三是耐读耐品，历久弥香。这些中外名篇，均经历了时间淘洗和风雨打磨，愈益显现其经典的本色。品读它们，自然是如饮美酒，如品甘茗，如沐春风，如览美景，馨香充溢腑中，甘甜徜徉胸间。

第三是漓江出版社策划出版的“一本杂志和一个时代”书系，我不清楚这个书系选择了多少家杂志，我自己去年买到了《散文选刊》之《大地的语言》和《命运深处》；今年又陆续买到了《杂文选刊》之《对话》和《生命的尊严》；《小说选刊》之《冰雪美人》和《浮生记》；《小小说选刊》之《简单爱》和《在别处》。这八本书的共同特点是设计简洁大方，装帧精致素朴，而所选篇目均为2001—2010（间或有2011）年，相关杂志选发作品中的佳品。选编者殚精竭虑，煞费苦心，本着好中选优、优中觅精的原则，奉献给读者的自然是文苑中的奇葩了。

二、历史类书籍

今年所购图书中，历史题材的占比很大，这和我喜读史书，乐于钩沉史事，增加史识有关。因为历史是一面镜子，它可以烛照千古，鉴古知今。了解历史的风云变幻，掌握史事的来龙去脉，探索发展脉络，总结经验、教训，不唯对民族、国家的复兴有益，对个人的做人、处世、生活、创业也极具借鉴意义。

今年我购买的历史类图书中，有一套书是必须首先提及的，它就是中国戏剧出版社的“细说”书系。这个书系包括《细说大汉》《细说大唐》《细说大宋》《细说大明》《细说大清》五函共20本书。和我去年买的，也是这家出版社出版的“王朝”书系是姊妹书，不过体例不同，侧重点不同，内容也不尽相同。“王朝”书系是专题史，它将中华史分为许多的问题，以条分缕析解答问题的方式来阐述相应的历史脉络，厘清今人的困惑。它的好处是从横向上可以明晰一个个历史事件、历史人物的来龙去脉，是非功过；但从纵的方面看，缺乏有机联系，难能有系统化、全局性的认识。“细说”书系正相反，它以时间为经，以重大历史事件、历史人物为纬，纵横交织，经纬结合，力图从纵深上、系统上介绍清楚某一王朝的兴衰沉浮，给读者以“信史”的认知。作为文化层次较低、历史知识不算丰厚的人来说，阅读这套书是不错的选择。因为它的语言平实、晓畅、是以讲故事的方式讲史，相信会引人入胜、启人深思的。

冷成金是我熟悉且敬佩的历史学家，他的历史著作凡能收集到的，我基本上都收藏了。今年我又淘弄到了他的最新著作——《三千年来谁著史》。这套书共分四本，第一册是《先秦时期的权谋游戏》，第二册是《两汉时期的生存法则》，第三册是《隋唐宋元时期的霸权博弈》，第四册是《明清时期的进退定律》。这四本书的体例是一致的，每册分为几编，编下列条目，每一条目的阐释，都由“引言”“事典”“评议”三部分构成。“引言”引出这一条阐释的要义、题旨；“事典”举历史典绩来证明；“评议”是“事典”

的分析、概括，提炼出其中的要义，以引起读者注意和鉴戒。总的来看，这三方面结合得很紧密，问题阐释得较清楚。阅读这套书相信会对中国历史上的政治权谋、统治智慧、人性与谋略的关系，智慧与文化的交织，即所谓“内谋谋圣、外谋谋智”有更深刻、确切的了解。

在历史书籍中，还必须说一说袁腾飞的“塞北三朝”书系。它分为“辽”、“金”和“西夏”三本书。“辽”史，袁先生已在中央电视台“百家讲坛”栏目讲述过。据说，观（听）者如云，粉丝众多，我以为这是有可能的。因为我读了“辽”史后，感觉袁先生以讲故事的方式讲历史，以诙谐、幽默的语言说史实，既平实、质朴又鲜活生动，避免了干巴、僵化。尽管缺乏严谨和系统性，但对于普通百姓来说，在轻松的氛围中学习、领略历史知识已足够了。

奎文阁的《唐宋间迷失的帝国》和包丽英的《蒙古帝国》是我今年购买的重量级历史小说。这两套书对于了解五代十国那段纷繁无序的历史和蒙古民族的崛起、发展、兴旺、成功以及元帝国的建立、灭亡，无疑具有重要的认识作用。历史小说虽然不是历史教科书，但它毕竟以基本的史实为依据，从一定意义上说，它们也有“史书”的功能。

三、人物传记类书籍

人物传记是通过记述一个人的生平事迹来彰显传主的性格、秉行、作为、贡献及影响的，当然也必须和他所处的那个时代相呼应，传递出风云变幻和历史演进的信息，收到见微知著的效果。

今年，我购买的人物传记，首推美国人傅高义的大作《邓小平时代》。这本书是生活·读书·新知三联书店2013年1月出版的，首印80000册，很快销售一空，一时洛阳纸贵，芳踪难觅。春节期间，我跑了几趟新华书店，均空手而返，直到四月才买到，足见此书受欢迎的程度。

这本皇皇巨著64万字，对邓小平跌宕起伏的政治生涯和中国风云变幻的改革、开放进程作了全景式描述。对十一届三中全会、权力过渡、中美建交、政改试水、经济特区、一国两制、八九风云、九二南行等重大事件和决策进行了深入分析。全书持论严谨，脉络清晰，观点鲜明，叙述生动，力图使人物言行符合历史情境，对改革开放的历史进程亦有独特看法，引人关注。对于想了解中国改革开放总设计师邓小平功绩，对于想知悉中国第二代领导集体领军人物跌宕起伏一生传奇的人来说，此书不可不读。

古代人物传记方面，今年收获了三本有分量、有质地的书。一本是曾纪鑫的《晚明风骨袁宏道》，一本是刘小川的传记小说《苏东坡》，第三本是徐志频的《帝国最后的鹰派左宗棠》。这三位古代名人，都是我非常崇拜的。苏轼和袁宏道的著作我读过不少，渴望全面了解他们的生平业绩，这三本书就提供了这样的方便。必须说明的是，这三种人物传记，都是近年来对苏轼、袁宏道、左宗棠最新研究成果的展示，相信会有翔实的叙述、中肯的评析、精到的见解和权威的论断。但究竟如何，只能仔细阅读后再发表评论了。

岁末盘点，意义不凡；总结购书经验，指导来年实践；愿好书不断出现，伴我愉悦安然。

2013年12月28日，农历十一月二十六

潘家园淘书记

——买书之乐（九）

北京的天气变化莫测。物候刚刚进入春天，想不到突然就热起来了，今天白天的气温竟高达23摄氏度，出乎意料。我还穿着羊绒衫，汗流浃背是难免的了。

每年来北京，双休日我都要到潘家园旧货市场去逛逛。因为这两天不但旧书市场营业，跳蚤市场上售卖旧书的摊位也比平日多出不少。如果你仔细搜寻，常常能淘到自己心仪的旧书。

我的关注重点是20世纪50～70年代的社科类图书。因为那个时候，家里生活拮据，一日三餐都捉襟见肘，哪有孔方兄去买人们口中所谓的“闲书”？故而，我的藏书中，这三十年的书较少，也就有那么几本，这是令我十分遗憾的。作为一个藏书家，书籍断代是不应该的。

这些年来，我殚精竭虑，四处撒网，已在多地陆续淘到了一批20世纪七八十年代时以人民文学出版社为主的图书。体裁以长篇小说居多，也有一些散文和中短篇小说集。虽说这些书面目陈旧，伤痕累累，但我却视为珍宝，爱惜有加。因为它们不仅让我重温了那个年代图书的氤氲气氛，也填补了我藏书的空白，丰富了我收藏的范围。每当忆及淘书时既企盼又激动的情形，内心的喜悦及满足之感无以言表。

在潘家园淘弄旧书的人很多，既有北京人，也有外地人；既有藏书家，又有书贩子；既有年逾古稀的老者，又有精力旺盛的中年人，青年人则并不多。也许是他们不屑于翻检这些霉味浓重、细菌堆积的“古董”吧？

每个书摊前都挤满了人。许多老年人戴着花镜，费力地翻检、审视着，有的干脆拿着放大镜观察。弯腰、下蹲对他们来说很困难，但他们为浏览得仔细，不得不把自己弯成90度的角，这种执着的学习精神令我钦佩，也激发了我淘书、买书的热情。

转了两个多小时，逛遍了所有书摊，一本本翻，一眼眼看，生怕漏掉了有品位、有价值，又有可读性和收藏性的书。尽管眼睛花了，腰酸了，背痛了，但我顽强坚持，乐此不疲，终于收获了一些自认为质量上乘、内容厚重的旧书。

我淘到的第一部书是朱春雨著、人民文学出版社1984年出版的《山魂》。它分上下两卷，74万字，算是大部头著作了。这是一部初版的长篇小说，封面设计、纸张及装帧质量比20世纪70年代以前的出版物提高了许多。版权页已臻于完善，字迹也十分清晰，虽然已出版发行了30年，但书页无缺损、卷曲，表面干净，保存完好，让人心里舒服。

这部长篇，通过东北山区一个小县发生的故事，反映了中华人民共和国建立最初年代的社会生活，再现了新旧时代急剧更迭期间独有的风起云涌的现实生活场景，塑造了一些栩栩如生的鲜明人物形象。30年后重读它，一定会勾起对逝去岁月的美好回忆。

第二本书是苏联作家伊凡·斯塔德纽克著、凌林翻译，中国青年出版社1983年4月出版的三卷本的长篇小说《战争》。看到它那铁黑色的封面，深黄色、行书体的“战争”二字的书名，我就知道这是一部题材宏富、内容厚重的书。但它又是一部令我感到奇怪的书，第一部和第二部的最后一页均缺失，我怀疑是被人故意撕掉了，真够缺德的！虽然只少了一页，但上、下部之间的连接就断了线，脉络发展的头绪也不好猜想，这就破坏了整部书的意蕴，让读者像吃了苍蝇般恶心。另外奇怪的一点是，这部书既无“前言”，又无“后记”；既无译者说明，也无内容提要，你要想了解它，评价它，只有亲自阅读、体验了。我读书的阅历不算短浅，这样突兀的书还是第一次碰到。是不是译者和出版人有难言之隐？个中缘由只能猜想了。不过小说的内容还是很严肃的，它是反映伟大的苏联卫国战争的。我们有理由相信，阅读此书，会对那场艰苦卓绝、充满血与火的战争有更加全面、透彻的了解。

第三部书是美国作家赫尔曼·沃克著，王对珊、方平、陈良廷、鹿金等多人合作翻译，由人民文学出版社 1982 年出版的四卷本的长篇小说《战争与回忆》。赫尔曼·沃克是美国当代著名作家，他的长篇小说《战争风云》1979 年在我国出版后，受到广大读者的热烈欢迎，好评如潮，众声赞扬。我至少收藏了两个版本的《战争风云》。这部《战争与回忆》是《战争风云》的续篇，《战争风云》中的主要人物都重新出现在《战争与回忆》中。作者通过他们悲欢离合的遭遇和生死存亡的命运，描写了亚洲、非洲、欧洲的重大政治，外交和军事行动，从而以艺术的手法反映了第二次世界大战后半期的历史。整部书场面宏大，情节错综复杂，人物形象丰满，可读性强。从另一个角度说，《战争与回忆》也可以说是一部政治小说，作者的一段话可资证明：“战争是一种古老的思想习惯，一种古老的心理状态，一种古老的政治手段，就像人的牺牲和人的奴役已成为历史陈迹那样，战争今后也一定会成为历史陈迹。”

我淘到的这套《战争与回忆》尽管表面陈旧，但无污染，无破损，无缺页，无卷曲，封面、封底均完整，且价格低廉，仅花 12 元钱就买到了，令我欣喜万分。

更让我高兴的是，我竟千辛万苦，于鱼龙混杂的故纸堆中觅到了秦牧的散文集《长河浪花集》。它完全可以与我前些年淘到的《秦牧序跋集》比美。这本书是人民文学出版社 1978 年出版的，至今已 35 年。那质朴的封面设计，那粗糙、灰暗的纸质，稚拙的装帧、短小的尺幅，都深深镌刻下了那个时代的印迹，让我们想起了那恶魔铲除、百废待兴的峥嵘岁月。

这本集子是作者从“文化大革命”前出版的《花城》《潮汐和船》两个集子中精选出来的，包含各种类型的散文 50 多篇。用作者自己的话说：“这个集子里所收集的散文，尽管形形色色、林林总总，但也可以用一句话把它们概括起来，就是我所写的，都是曾经使我激励、感奋、欢乐、愤恨或者思索、寻味的事情。我以为这些事情都有告诉旁人的价值，这才动笔写了它。”秦牧以朋友的身份、亲切的口吻、诚挚的感情告诉读者，这些散文都是情动于衷、有感而发的。它们不但感动了作者自己，也一定会感染千千万万的读者。我就是秦牧的崇拜者，也是他声情并茂、思想性与艺术性相融合、知识性与趣味性相统一的优秀散文的忠实阅读者。我收藏他的作品集总有几种了吧！

最后要说的，是我淘到了由周红兴主编的，作家出版社 1986 年 2 月出版的《中国文学名篇选读丛书》之二《现代散文名篇选读》。去年，也是在潘家园，我寻觅到了这套丛书的第一本《现代小说名篇选读》。两本书在两年间相逢，也是缘分。另两本书——《古代诗歌名篇选读》《现代诗歌名篇选读》一直未露面，还得下功夫搜寻。

这本《现代散文名篇选读》编选了 46 位作家的 68 篇代表作品，以叙事、抒情的散文为主。作者大都是知名且有影响的作家，作品都是脍炙人口的代表作，可读性自不待言，美感享受也浸润身心。我迫切希望能尽快读到这套丛书的第三本、第四本……

从 11 本旧书中，我发现了几个有趣的问题。

一是这些书是从不同渠道流入旧书市场的。除少数几本是个人购买的外，大多数是单位图书馆的。个人购买者有在扉页上签名、封底注明购买时间和地点的，有加盖名章和收藏章的，这说明购书时，他们是很在意、很喜欢这些书的，但不知为什么放弃了自己喜欢的图书，是通过自己之手，还是借阅者之手，让它们灰头土脸地在旧书市场任人千挑万选、蒙受欺凌？这既是对图书的不尊重，也是购买者缺乏敬畏心的表现。

我特别留意了单位图书的收藏章，有北京市邮政局南区局工会图书馆的，有北京冶金地质机械厂图书馆的，有北京印染厂图书馆的。这些图书的流失可能是单位改制造成的。厂子撤销、倒闭了，国有资产流失了，小小的图书自然也逃脱不了流浪的命运。可悲啊！

二是单位图书馆的图书管理较正规和严谨，既有分类、编号（总号、书号），又有图书借阅卡、卡片袋、借阅登记表，扉页和页眉上还盖有图书馆收藏戳记，显示了图书管理人员认真、负责的工作态度。但我却发现，这些书从未被人借阅过，因为“借阅卡”上一笔登记都没有。这么好的书，这么敬业的管理人员，竟无人问津，岂不可惜！这说明这些单位还没有形成读书风气，文化氛围还不浓厚，他们的教训值得深思。图书是用来阅读的，不是装门面、压箱底的。书再多，无人阅读，又何用之有？我以为，单位的图书馆不但要管理图书，还要大力引导职工读书，使阅读蔚然成风，让图书真正发挥作用。

为了尊重图书管理人员付出的辛勤劳动，保持图书的原貌，我对来自单位图书馆的图书一无改动。借阅卡、卡片袋继续保留，戳记毫不遮掩，让历史的陈迹延续下去吧！

2014 年 3 月 22 日，农历二月二十二

朝阳公园书市上的意外惊喜

——买书之乐（十）

多年前，北京就开始举办书市。先是在劳动人民文化宫，后来移师到地坛公园，今年又挪到更宽敞大气的朝阳公园举办。去年书市停办了一年，主要原因是受网购的影响，实体书店的经营江河日下，不太景气。书市展销的新书最大折扣是8.5折，比在网店购买还是贵了许多。销售不畅，效益不佳，出版社和大型实体书店兴趣锐减，导致书市不得不歇业一年。

但书市是深受广大读者欢迎的，它已成为北京一张亮丽的文化名片。逛书市，遛书摊，观新书，觅珍宝，感受时尚、浓厚的文化气息，领略丰富多彩的文化知识，成了广大读者的最爱。北京市政府应人民之所需，偿人民之所愿，恢复书市，扩大规模，活跃交流，丰富内容，是深得民心的正确抉择，我为之拍手叫好。

朝阳公园书市4月11日开市，4月20日结束，为期10天。其间展销各类图书30万种，其中许多为畅销书、精品书。为了减轻家长负担，园内开展以旧书换新书活动，吸引了大批小读者。书市上还有一些以出售旧书为主的书摊，陈列着20世纪各个年代的图书，既有成套的，又有单本的，为图书收藏者寻珍觅宝提供方便。展销期间，还有许多场文化讲座、文艺表演，任凭读者自由选择。

朝阳公园虽距中心城区较远，路上又堵车，但挡不住广大读书爱好者急迫的脚步。我大女儿家在东二环，我乘坐650路公交车，途经十几个站点，颠簸一个多小时，才到达朝阳公园。我发现，和我持同样心态的大有人在，大家不怕路途远，不惧车子颠，不畏热和累，一心观书展，从各路公交车纷纷而下的人群大都涌向了朝阳公园。

今年的书市场地宽敞，布局清晰，分为“精品图书区”“名出版社图书区”“古旧图书区”“民俗礼品区”“文体用品区”和“阅读咨询区”6大板块。每个展区都有许多展位，每个摊位前都人满为患。男男女女、老老少少，看书、选书、买书，人人怀里都抱着多少不等的图书，手里提着沉甸甸的兜子，有些人还专门带来了小拉车，车里面堆着小山样的图书。

三联书店、商务印书馆、人民出版社、人民文学出版社的联合展厅是最吸引读者的地方。一是因为他们所出图书基本上都是精品，具备可读性和收藏性；二是价格便宜，所有图书全部五折，比在网上购买还合适。

我钻进拥挤的人群，睁大眼睛，集中精神，搜索能吸引我眼球的图书。好书真多，美不胜收，我只能优中选精，一个小时就相中了8本书。它们是《中国文化导读》《当代小说二十家》《新编中国哲学史》（上下册）、《散文中的散文》《散文百人百篇》《宋诗选注》和《王充闾散文》。这些书不但思想独到，学术性强，而且文笔老辣，论辩精当，岂能失之交臂？

不过，我这次逛书市的主要目的，在于寻觅20世纪五六十年代的出版物。我相信，众多的旧书摊，肯定会遂我所愿，满足我的要求，能淘弄到几本令我心旌摇荡、激动莫名的“宝书”。

功夫不负有心人，几分努力几分收获。我很幸运，确确实实地寻觅到了两本足可做我“镇馆之宝”的图书，我哪能不激动万分，足之蹈之呢？

第一本书是1954年由人民文学出版社出版的“鼓点诗人”田间的诗集《给战斗者》。我知道，这个以街头诗、叙事诗为主的集子1943年在解放区出版过，1954年版恐怕是新中国成立后的第一个版本。文字是繁体字，定价使用的是第一版人民币的币值，版权页相对简单，纸质发黄变脆，但整本书却洁净、完整。无污染、无损坏、无短缺，无页面卷曲。书籍最初的拥有者是“北京钢铁工业学院图书馆”。管理者为了保护此书，专门给它加了一身厚外套——用硬纸板包装起来，书脊上印上《给战斗者》的书名，不经意观察就好像是精装本似的。正是由于图书管理人员的精心保护，使这本已发行了60年的诗集仍然完好、齐整、使它能堂而皇之地入驻我的藏书馆，成为我藏书链中的重要一环——唯一一本20世纪50年代的出版物，其价值不言自明。

第二本书是人民文学出版社1963年出版的刘真的短篇小说集《长长的流水》。这本书命运多舛，坎坷流离，岁月的侵蚀几乎使它面目全非。封面和封底已经失去了，封二、封三的右上角缺损了一大块，“后记”第二页右上角残缺，文字阙如，不能连贯阅读。回到女儿家，我不得不马上动手术予以修补：将损坏的页码粘好，理平；将残损的页面补齐，并加装封面，使其变为一本较完整、重新换了妆容的书。至于纸质发黄变黑，纸面变脆，非人为所能改变，乃历史之陈迹，只能在阅读时小心，保管时经心了。

我20世纪60年代就知道刘真的这本书，因为它被批判过。说是它宣扬了小资产阶级的温情主义，消解了阶级斗争意识。事实证明，这些无中生有的批判都是错误的。50多年后的今天，重读刘真的这本小说集，也许会别有一番滋味在心头。静下心来后，我首先要读的就是这本书。不知道我会生发出什么样的感受？

两本镇馆之宝尽入囊中，填补了我藏书的空白，这是我此次朝阳公园书市行的最大收获。

2014年4月12日，农历三月十三

潘家园访书记

——买书之乐（十一）

坐邮轮到日本福岗、长崎旅游归来后，第一个想去的地方就是潘家园旧货市场。今天是星期六，正是旧书交易的日子。我心里惦记着两本书，想去碰碰运气，说不定能让我遇上。

我在前些天的《潘家园淘书记》中曾经提到过，作家出版社1986出版过一套《中国文学名篇选读丛书》，由周红兴主编，共四本。分别是《现代小说名篇选读》《现代散文名篇选读》《古代诗歌名篇选读》和《现代诗歌名篇选读》。前两本我已在潘家园淘到，后两本曾在今年的北京朝阳公园书市的旧书摊上邂逅。但摊主坚持四本书打包成套卖，要价80元，比原价高出近6倍。考虑到前两本我已购买，再买两本岂不是多余？另外，觉得价位太高，心里的坎儿过不去，就打消了购买的念头。谁知一念之差竟与该到手的另两本书失之交臂，使这套品相不错的书不能团团圆圆地在我的书房相聚，岂不遗憾！

我转遍了所有旧书摊，腰弯了不知多少次，眼睛瞪得生疼，仔仔细细地搜索了两个多小时，也未觅到其芳踪，见到其面影。看来，我是大大的失策了。

俗话说，有心栽花花不开，无意插柳柳成荫。失之东隅，收之桑榆。此次潘家园之行，我虽然没有淘弄到我想买的书，却意外收获了年代更久远、价值更贵重的几本书。这令我心花怒放，喜不自胜，懊恼的心情一扫而光。

我收获的第一本宝书是顾肇仓、周汝昌选注的《白居易诗选》。这本书是作家出版社1961年出版的，距今已50余年。岁月的风霜侵蚀了她的容颜，时间的利剑磨损了她的肌肤。封面皱折，左下角缺损，纸页泛黄，纸质变脆，她委屈地蜷缩在一堆烂书中间。但也许与我这个爱书人有缘，我第一眼就发现了她。摊主还未开张，我是第一个顾客，以10元的价格让我为她开了市。

这本书虽然陈旧不堪，但在我看来却是古色古香。它的价值不仅在于出版、发行的时间已达半个世纪，是名副其实的旧书，而且能让我们透过它，窥见那个时代的图书出版概貌，觅到时间长河中的朵朵信息浪花。书的体例是竖排版，繁体字，无版权页，扉页和底衬，只在封底的下方印有“书号×××××号”的字样。纸质粗劣无光华，装帧不精致，说明那个时候的印刷水平还不高，纸张也没有现在精良、优质，这是技术的局限性使然。

此书由学者王士菁撰写“前言”，客观地评价了白居易诗的特点和影响，说明了出版此诗选的缘由，等于是为阅读此书作了个“导读”。正文后附有“白居易年谱”（简编），便于读者了解诗人的生平和创作概貌。顾、周的注释简明扼要，既有对每首诗思想内容的概括，又有诗歌写作背景和时间的交代。对疑难词语也作了简约、明晰的解释。这些工作对读懂、弄通“白诗”都是大有裨益的。虽然，时间过去了50多年，但其选择、注释的水平并不落伍。

我意外获取的第二本书，是内蒙古作家敖德斯尔的短篇小说集《遥远的戈壁》，1962年由作家出版社出版。书的扉页上盖有“胡宗安藏书”的戳记，不知通过什么渠道流入了旧书市场，我真为原藏书者惋惜。这么有品位、有价值，散发着草原青草气息的书，你为什么不好好珍藏，而弃之如敝屣，让它流落到书贩的手中呢？

说起来，我和敖德斯尔还颇有渊源，他是我翁牛特旗的老乡，是喝着西拉木伦河水成长起来的蒙古族知名作家，一直用蒙古语写作。我的一位作家同学喜欢敖德斯尔的创作风格，有意学习，曾让我给他买过敖德斯尔的作品集。我这位同学后来也出名了，这和他作品里弥漫着敖德斯尔的风格、气息大有关系。

这本《遥远的戈壁》饱经沧桑，颠沛流离，伤痕累累，面目皆非。书的表面斑驳漫漶，页码翻卷，封面撕裂，字迹褪色，但整体形象还说得过去。扉页、底衬、正文都齐全，不影响阅读，比我前些天在朝阳公园书市淘到的刘真的《长长的流水》品相好得多，它们亦足可称为我的镇馆双珍，让我藏书的品位大大提高。

更令我高兴和惊奇的是，在阅读了杜鹏程的长篇小说《保卫延安》50 多年后的今天，我竟在旧书摊上看到了 1984 年版的《保卫延安》。审视着这部劫后重生的大作，翻阅着那些熟悉的文字，欣赏着封面杜鹏程那流畅的签名，我百感交集，情不能已。我为《保卫延安》艰难多舛的命运而浩叹，为作者遭受的迫害和屈辱而愤怒，为本是英雄史诗的杰作却被诬陷为“为反党野心家彭德怀树碑立传的大毒草”而悲伤，为作品被批判、被勒令下架、全部销毁的文字狱悲剧而痛惜！那真是是非颠倒、人妖不分、歪取历史、篡改事实的大罪恶啊！

好在阳光总在风雨后，祸国殃民的“四人帮”被粉碎了，彭老总的冤案平反了，《保卫延安》又重见天日了，杜鹏程也彻底解放了，历史又恢复了本来面目，广大读者又可以坦坦荡荡地阅读《保卫延安》，重睹彭老总的伟大光辉形象了。

作者以 1958 年的第三个本子为基础，对全书作了修订。“但是按照许多读者的意见，基本上没有动，为的是让没有阅读过此书的读者看一看，被‘四人帮’泼了那么多污水的书，到底是什么样子。”我佩服作者的胆识，“心底无私天地宽”，只有能经受住历史考验的杰作，它的作者才有这样的胸襟和气度。信念是摧毁不了的．力量来自责任。我希望能在重读《保卫延安》时，领略和感受作者博大的胸怀与坚忍的毅力。

最后要提到的一本书，是王英先的《枫香树》，我对此书和它的作者均不太熟悉。相较于其他几本书，这本书的封面设计、印刷装帧、纸张质量及整体形象都优于它们。因为它虽然 1964 年就发行了第一版，但我淘到的却是 1980 年 6 月第四次印刷的本子。此书由中国青年出版社出版，煌煌 600 多页，是一本大部头的长篇小说。它的主要内容是描写全国解放初期鄂西地区剿匪反霸斗争的。其题材的特殊性，决定了小说既有惊险曲折的情节，又有鲜明、独特的人物形象，因而一定具有引人入胜的吸引力；否则，它不可能连续四次印刷，发行量达到 482000 册。

作者对 1964 年的版本，做了大量修改、充实，书名《枫橡树》改为《枫香树》，相信我寻觅到的这个本子更具可读性，众多的读者会成为它的拥趸。

潘家园是我的福地，是我寻珍觅宝的源泉，我必须一如既往，时常光顾，让更多的“宝书”入我囊中。

2014 年 4 月 26 日，农历三月二十七

山寨书店的兴衰

《韩非子》中有一句话说得非常精辟："万物必有盛衰，万事必有弛张。"它道出了事物发展规律，具有很强的警示作用。古往今来，无数事例的演绎、变化，证明了这一论断的哲学内涵，山寨书店兴旺与衰败的过程，也为这一精当语录增添了实证案例。

20世纪90年代以来，图书、影视业盗版猖獗，山寨产品肆虐。由于打击力度不够，强制措施不严，致使非法出版物、盗版图书、影视光碟，甚至黄色出版物大行其道，充斥街头巷尾。不但有流动销售、地摊销售者，山寨书店、音像店也堂而皇之地出现，且数量迅速增加。笔者所在城市的一个小区就有出售盗版图书的书店五六家，音像店四五个。

初期的盗版图书、音像制品，急功近利，粗制滥造，质量极差，欺瞒世人。图书错别字连篇，装帧装订的工艺低劣，纸质粗糙，印刷质量粗俗，不能卒读。音像制品图像模糊或干脆放不出来，伴音断续，色泽暗淡，使多少人上当受骗。人们纷纷用拒绝购买的实际行动来抵制粗制滥造的盗版图书和音像制品。一段时间内，山寨文化产品几近销声匿迹。

但道高一尺、魔高一丈，巨大的利益诱惑迫使盗版商们也与时俱进。进入21世纪以来，盗版工艺日益改进，印刷、制作质量显著提高，山寨产品的错谬之处大为减少，几乎达到了以假乱真的程度，尤其是高仿产品，如不仔细辨认，就会误认为正版。音像制品由于普遍采用了压缩技术，生产线工艺先进，质量有了保证，一部电视剧两张碟就解决问题了。既容易保管，价格又低廉，人们不趋之若鹜地购买就怪了。

这几年，我注意观察了一些山寨书店和音像店的销售情况，买卖都很红火，生意普遍兴隆，销售十分火爆，财源滚滚而来。大多数店铺都是批发零售兼营，进出顾客络绎不绝，有的书店两三个店员还忙不过来。这种红火的景象说明了一个道理：因为需求旺盛，才催生了盗版图书、音像制品的泛滥成灾。

笔者偏居一隅，且见识浅陋，仅能就目之所见、身之所触的范围探讨一下盗版图书、音像制品需求旺盛、销售火爆、读者成群的原因。

一是价格的原因。20世纪90年代迄今，图书、音像制品价格扶摇直上，像火箭一样蹿升。80年代6~7元的一本书，90年代末卖到30多元，现在则高达60~70元，一本薄薄的200~300页的图书价格均不低于20~25元。一部正版的电视连续剧动辄300~500元，令人咋舌。不要说工薪阶层不敢问津，就是白领阶层的人谁又舍得花这么高的价去买图书、音像制品呢？难道他们不过日子了？总而言之，书价虚高、价格超越价值，违背了价值规律，人们承受不起，自然造成正版书店门前冷落车马稀的状况。

而盗版书呢？因为它是盗印的，既不交版税，又不付作家稿酬，甚至连印刷税都漏掉了，成本自然很低。据了解，书商花定价的一折费用，就能批发到手。读者2.5~3折就能买到称心如意的读物，等于买3本才是一本正版书的价格。你说谁不想占便宜、谁愿意当冤大头呢？音像制品正版、盗版的差价就更大了，一部山寨的电视剧，两张碟，10元就能搞定，只相当于正版的1/20，大多数人买碟主要是为消遣，专门收藏的人凤毛麟角。谁愿意花大把银子买正版呢？

二是时效、种类和质量的原因。进入21世纪以来，盗版图书、音像制品质量有所提高，上市速度大飞跃、种类大丰富。据说，每个盗版商的手下都有多个“书探”，他们混迹于各大书店，刺探图书的发行销售信息，倾听读者的呼声，观察社会的反映，留意媒体上的“书评”“剧评”，一旦发现有品位、有价值、有可读性的好书、畅销书，则快马加鞭予以盗印。印刷速度之快、“出版”周期之短，“发行”渠道之简，上市速度之快，都是正规出版社不可企及的。有很多正版书，二、三、四线城市的正规书店还未露面，盗版书已经遍布各地，连小县城都在销售了。在追求速度与效率的今天，在先睹为快理念的支配下，谁不愿意捷足先登，尽快弄到手呢？另外，山寨书店的社科类图书种类多、品种全，凡是正规书店买不到、看不见的，在这里几乎都能觅到芳踪，买到所需。

三是监督管理方面的原因。“积雨无干土，疾风无静林”，世上的万事万物有因才有果、无因难成果。盗版的图书、音像制品等非法出版物之所以在一些城市、一些地方有恃无恐地销售，无节制地宣传，就是因为监管缺位、打击不力。必须指出，在监管这方面，省会以上城市做的是到位的，管理是严格的。在北京、深圳，近些年我没有见到过山寨书店和音像店，在白天也未见过摆摊或推车叫卖的，只有在夜晚才有人像幽灵似的向行人推销盗版光碟。而在中小城市，监管状况就不容乐观了。笔者所在的城市，也有文化市场监管队伍，也定期检查，重大活动期间也突击检查，但却是雨过地皮湿，图形式、走过场、例行公事而已，并未见检查之后山寨书店、音像店有所收敛，一仍其旧，照卖不止。还听说，检查之前，有的检查人员先给相关书店、音像店打招呼，让他们早做准备，避避风头。还有的检查人员经受不住考验，收受礼品、慰问金，成了盗版物的保护者。在这种情势下，文化市场能净化吗？盗版图书、音像制品能绝迹吗？

但是，最近情况似乎大有改观，我听到了好消息，看到了新景象。一些山寨书店、音像店的老板告诉我：近期文化监察部门对文化市场的检查日益频繁，检查力度加大，检查手段严格，处罚尺度也比较严厉。该停业的停业，该没收的没收，该处罚的处罚，一丝不苟，决不手软，极大地震慑了这些以盗版文化制品发财的业主们。我看到一些书店的文学、哲学、历史、经济、艺术类盗版书全都下架了，书架上只剩下了儿童图书和字、辞典之类的工具书；音像店的电视连续剧光碟也基本上停止了销售，只允许卖CD、VCD、DVD的歌碟。这些店目前冷冷清清，顾客稀少，门可罗雀，销售量一落千丈。

我为文化监察部门的果断行动叫好！你们的行动巩固了“扫黄打非”的成果，清除了文化垃圾，净化了文化市场，这是贯彻落实十八大精神的需要，也是人民群众拍手称快的举动。但是我又担心，这样的监管能否持续？这样的力度能否保持？这样的成果能否巩固？如果一阵风刮过、一顿拳打过，就大事已毕，马放南山，盗版物还会卷土重来，山寨业还会故态复萌，危害的态势还将陈渣泛起，这是大家都不愿看到的。

古人云：“兴一利，不如除一害”，盗版的图书、音像制品，是用“窃取”的伎俩生产的，既偷逃了税费、偷盗了版权，又“无偿”占有作家的劳动成果，是严重的侵权、疯狂的攫取，是社会主义法制所不允许的，非打击取缔不可。摒弃盗版图书、音像制品，保证文化市场的纯净，消除精神污染，是一项长期而又艰巨的任务，专业监察队伍、广大人民群众都应积极、自觉地履行职责。加强监督，严管市场，自觉抵制非法出版物，使山寨产品没有市场。但更为重要的是从源头上斩断魔爪，卡断利益链条，使盗版的东西印不出，发不出，卖不出。发现一起，查处一起，发现线索，紧抓不放，追根溯源，直捣盗窟。只有严格管理、严密监察、严肃追究、严正处理，才能弘扬正气，打击歪风，维护出版市场的正常秩序，保证著作人和出版社的权益，为广大人民群众提供健康有益的文化产品。

要扼制山寨图书、音像制品泛滥的态势，还必须把虚高的书价降下来，使书价回归本位，使广大读者能买得起书，而不是望书兴叹。这就要挤掉水分，克服定价的随意性。我们知道书价的虚高和发行渠道长、中间环节多大有关系。要降低书价，就必须整顿发行渠道，尽量做到短而直，精简中间环节，减少二、三级批发，尽可能做到出版社和书店直接挂钩。书店也要灵活经营，通过办理不同类别的会员卡，让利于读者，调动他们购书的积极性。印刷单位也要缩短印刷周期，节约成本、压缩印刷费，给书价留有余地。只要书价回归合理的档次，人民群众承受得起，正版图书的销售一定会蔚为壮观、兴盛不衰的。

但愿山寨书店不能再卷土重来！

2012 年 10 月 10 日，农历八月二十五

我喜欢网上购书了

“人生何谓富？山水绕吾庐。人生何谓贵？闭户读我书。”我在日常生活中与书结缘，买书、读书、品书、藏书是我的最爱，书籍是我最知心的朋友。

过去几十年，买书都是到实体书店。在固有意识里，看得见、摸得着的书店，才是卖书的真实所在，而对近些年来逐渐发展起来的网上书店则从心里有抵触感。全国大大小小的书店不知逛了多少，到台湾去旅游也要找书店转一转。凡到一个地方，第一要去的就是书店。每逛一个书店，无论图书品位优与劣，档次高与低，至少要买上一本，盖章留存，绝不空手而归，我与实体书店结下了深厚的情谊。观看林林总总的书架，欣赏五光十色的图书，翻阅吸引眼球的读物，吮吸沁人心脾的书香，搜寻自己关注的书籍，犹如置身风光宜人的书山，其愉悦、畅快之情难以言说。

近些年来，电商活跃，网购火爆，网上书店走红，青睐者越来越多，对实体书店的冲击亦越来越大。屡屡从媒体上获悉实体书店风光不再，每况愈下，经营困顿，有一些较有名气的书店都倒闭了。听闻这些信息，当时还颇为不解：过去稳稳占据销售制高点的实体书店怎么这么快就江河日下了呢?

我过去没使用过电脑，对电脑的功能不甚了解，对网上购书更是毫无知晓。今年春节，我的大女婿韩朝辉知道我在写书，为了减轻我的写作负担，为我配置了电脑，教会了我打字、下载、发邮件、QQ 聊天、上网浏览、购物等基本操作技能，为我在当当网、亚马逊网建立了账号，我得以从生疏到熟练地在网上购书，这才对实体书店的困境与无奈有了切实的体会，萦绕于心的疑惑，才逐渐得以澄清。

现在的实体书店分为国营和私营两种。国营书店经营死板、毫无变通，几十年一贯制：按定价售书（个别书店实行会员制，九折优惠）。笔者所在城市的新华书店，除六一儿童节九折售书三天外，其他 362 天都是外甥打灯笼——照旧（舅），一分钱都不优惠。现在的书价虚高得厉害，价格严重偏离价值。薄薄的一本书，动辄几十元。喜欢书而又囊中羞涩的读者只能望书兴叹，徒唤奈何。而书店也有它们的苦衷：人员多、场地大，中间环节重叠，流通渠道不畅，成本居高不下。不打折，购书群萎缩；打折过头，赢利减少，日子难过。这两难的选择，让实体书店处境艰难。

另外，实体书店由于规模不同，营业面积不同，经营的图书类别不同，吸引的读者群也就不同。再加上进书者的文化品位差异，对读者需求掌握不准确，图书的种类、档次参差不齐。同题材的书只有 1 ~ 2 种就不错了，过了销售期的又随时下架，读者鲜有比较、选择余地。你想要的书没有，你不需要的琳琅满目，你填了“缺书登记”，长久无消息，因为书店根本不屑于为你的一两本书去搜寻。

而到网上购书，又是另一番景象。实体书店存在的问题在这里都不成为问题。鼠标一点，轻松上网；键入搜索引擎，你所需要的图书在荧屏上立现。输入账号、登录密码，点击“结算”“提交订单”，一笔交易，从容搞定。

根据我几个月的网上购书经历，我认为网购有以下优点：

一是资源丰富。上网查询图书，那简直是在书海里遨游，让你领略无限风光。举凡近些年国内著名出版社出版的图书，无论原创的，还是翻译的；无论古典的，还是当代的；无论自然科学，还是人文科学，几乎应有尽有，能满足各类读者的需求。例如，我想买一本“万年历”，引擎搜索后，出现了几十种按照各种不同方式编辑、实用目的各不相同的“万年历”，弄得你眼花缭乱。仔细检索一番后，才能定夺。而实体书店有一两种就不错了。“物以稀为贵”，哪容你挑挑拣拣？许多在实体书店多年买不到的图书，在网上就可轻松买到。中国小说学会从2000年起，评选短、中、长篇小说年度上榜作品，并结集出版，每年一本。我费尽周折，辗转多地，才买到了2000—2006年的小说排行榜图书。可从2007年开始，我跑了北京、深圳、赤峰的许多书店，怎么也买不到这种书了。这令我既着急又无奈，因为年选系列图书是我的收藏重点，中间断档，于心不甘。我抱着试试看的心态，今年6月上当当网和亚马逊网搜寻。不查不知道，一查真奇妙。2007—2012年全有货，真让我喜出望外，六年心结一下子解开了，能不高兴吗？几天后，当我收到快递公司送来的图书时，抱在怀里，久久不愿放下，欣喜之情难以言表。此外，像今年获得诺贝尔文学奖的加拿大女作家艾丽丝·门罗的短篇小说集《逃离》、纪实报告文学《将军决战岂止在战场》、人物传记《陈寅恪的最后20年》《晚明风骨袁宏道》这些在实体书店很难遇见的书，我都是在网上淘到的。

二是价格便宜。网上书店由于人员、场地、周转方面的优势，运营成本低、回旋余地大，所以销售方式灵活。它不是铁板一块，毫不松动，而是根据图书的品位、价值、畅销程度、销售数量、销售周期，及时调整价格，让利促销。遇有重大节日、店庆日，也搞一些吸引读者的封顶甩卖活动。网上图书价格一般在6.5～7折，“双11”期间，降到了5折，这就吸引了大批读者，因为这个价格可以承受。今年“双11”我一次就买了八本书。今年在网上购买的图书比去年同期在实体书店买的多出一倍，证明了网上购书的价格优势。俗话说，“图贱吃穷人”，网上书店低价售书确实为读者减轻了负担，刺激了购书欲望。实体书店就做不到这一点。国营书店不用说了，私营书店金卡会员在会员日才只能享受八折待遇，能和网购比吗？半年多来，我在购书过程中摸索出一个门道：定期去实体书店“侦察”，发现自己喜欢的好书记下来，尔后到网上购买。既提前熟悉了图书的内容，避免了网购的盲目性，又省了钱，一举两得。

三是购买方便。我曾经留意过，上一趟实体书店，连走路带浏览，没有半天时间是不够用的，还往往一无所获。而到网上搜寻图书，就是当当网、京东商城、亚马逊网全上，个把小时就可把所需图书搞定，足不出户完成了交易。因为它的检索非常方便，你既可用书名、作者名搜索，又可键入图书类别、出版社名称浏览，轻轻松松就完成了购书全过程，省却了大量时间，减少了体力消耗，何乐而不为？对我等老年人来说，快递公司直接送书上门，不用购书者负重，你接过书就可阅读，你说方便不方便？

虽然，我上网购书只有短短半年的历史，但我却迅速成为一个狂热的网上书友。我越来越喜欢上网了。每天不上，感觉好像有什么任务未完成。十天半月的就要在网上书店买一些书，支出大大增加。老伴半开玩笑地批评我：“你可学会上网了，真是‘椰风挡不住啊’！”没办法，谁让我沾染上了网上购书瘾呢？

2013年11月12日，农历十月初十

读　书

美的生活，美的情致
——读刘庆邦短篇小说《遍地白花》

我喜欢读刘庆邦的短篇小说，这是因为他的小说看似质朴、平实，却韵味淳厚，意蕴深长。他的短篇小说题材基本是平头百姓的日常生活，但主题却是透过琐屑，发掘、展示平凡日子、平凡人的美，弘扬普通人的道德美、心灵美，让读者品味人生的意为：境况和情味，领略精神的升华，享受美感的愉悦。他的小说悲天悯人，深怀善意，沉稳、细腻、从容、淡定；叙述语言如涓涓小溪自然流淌；细节描写似精雕细刻的工艺品，纤毫毕现。结构精巧，见微知著，小中见大，平中出奇，是他短篇的鲜明特点，好读、耐读、经得起咀嚼，是读者的一致评价。难怪人们称赞他是“短篇王”。

《遍地白花》是刘庆邦于2001年发表的作品，也是他较有代表性的作品。这篇小说以一个女画家到一个远离“大地方”的小村写生、画画为切入点，描写了她在创作过程中发现美、表现美、宣传美，以及小村的人们接受美的启示，并逐渐萌生对美的朦胧认识，进一步领略美、向往美的过程。从而提醒人们：平凡的生活中蕴藏着无尽的美，人的生命过程应该有一种美的体验，美的向往。

小说开头别具匠心，制造了一个悬念，“地里没了庄稼，村里没了葫芦架，树上的果子也摘光了，”地了场光，万物萧疏，“背着箱子的女画家”来画什么呢？这自然吸引了小村人及小扣子的目光，想获得答案。当然也一下子吸引住了读者的目光。

随着刘庆邦沉静、从容、有条不紊的叙述，谜团逐步被揭开。“女画家画了张家古旧的门楼子，画了王家一棵老鬼柳子树，画了街口一座废弃的碾盘，又画了一辆风刮日晒、快要散架的太平车，等等。”这些老物件有什么值得画的？罗曼·罗兰说：“真实的东西才是最美好的，它不会使人失望，叫人对未来充满信心。”这就是女画家画它们的原因。而在村民们看来，这些东西入画，虽然又像又不像，但却体现出了它们的价值，让他们在朦朦胧胧中感受到了美。太平车的主人说：“还是大地方的人识货啊！”感动之余，他用手巾包了几枚新鲜鸡蛋给女画家送去。老汉的说法使全村人都对女画家高看起来，以致全村人“回到各家的院子里，他们转着圈东看西看，把石榴树、柴草垛、鸡窝、树身上的一块疤瘌眼、墙上挂着的红辣椒串子，甚至连头顶的天空停着的一块云，都看到了。”“这些他们过去看似平常的东西，说不定经女画家一看，就成了好看的东西；经女画家用笔一点，就成了一幅画。凡是被女画家取过材的人家，都像中了彩一样，神情有些骄傲。还没有被女画家画过东西的人家，也希望女画家能到他们家里画一回。”这就像过节一样，使小村的人们、小村的生活获得了一种新的内容、新的意义和新的希望。“爱美之心，人皆有之。”“美是到处都有的，对于我们的眼睛，不是缺少美，而是缺少发现。”小村的人们透过女画家的眼和画，受到了美的启迪，追求美、欣赏美也就在情理之中了。女画家为房东儿媳画的一幅硕大的红莲花，光彩照人，被剪成了花样子。这“花样子一传十，十传百，全村很快就开遍了红莲花”。“美是生活”，美是客观存在，就掩藏、渗透在生活中，只是需要人们去发现，去感受，去体验。小村人在女画家的带动下，美的意识苏醒了，爱美的观念萌生了。

小说中有两个重要人物，女画家和村童小扣子。小扣子是小说的叙述线索，以他为纽带，编织全篇经纬，结构整个故事。女画家和她的画，是小扣子观察、认识、体味美的客体对象。女画家是美的寻觅者、发现者、表现者，也是启蒙者和宣传者；小扣子则是小村村民美的感受者、欣赏者和向往者的代表。小村之美是由他们的眼光来发现，是由他们的感受来体验的。

女画家有着敏感而成熟的眼光，能在寻常事物中捕捉美、发现美。按照村民的说法，她“用长尺一样的目光量来量去”，把门楼子、老鬼柳子树、废弃的碾房、快要散架的太平车都入了画，而且“并不是原封不动把东西搬到画板上”，她抓住了平常物件的精髓，又加以艺术提炼，所以笔触所至，处处生辉。村民们之所以说“不像”，是因为这画面已融进了她的审美体验、审美观照，因而会展现出与原来不同的光彩。这就是源于生活，高于生活。

小扣子是个童心未泯的儿童，也是渴望用眼睛和心灵领略美、追寻美的少年。他“是热切盼望女画家到他们家做画中的一个”。“自从女画家来到这个村，小扣子天天跟着女画家转悠。女画家走到哪里，他也走到哪里。女画家看什么，他也看什么……可以说，女画家到这个村所作的每一幅画，都是在小扣子的注视下完成的。”这不仅是童稚的好奇，也是成长过程中对美的认识和向往。小扣子实际上是小村人的代表和化身。通过他，我们看到了小村人的审美意识被唤醒，寻美行为被激活，欣赏美的习惯被培养，追求美的愿望被强化，小村人再也不是混混沌沌了，生活再也不是了然无波了。在追随女画家作画的过程中，他们也逐渐培养起了发现美、审视美、领略美的心境。女画家和小扣子以纯真未泯的童心，实现了对生活的纯美的注视。女画家对美的追寻、体验和表现，既开拓了小扣子的视野，培养了兴趣，也是对其心灵的一种冲击和熏陶。说不清为什么，小扣子的内心充满了激动和喜悦。

最显著的例子是女画家为房东家的祖父画肖像。这“老人的主要特点是脸上的皱纹多，多得数都数不清。”另外则是“神情十分平静安详，他像是带有孩子般的笑意，又像是含有老人般的沉思”。而女画家在作画时，“微微眯着眼，把老人看看，在画面上画几笔。再看看，再画几笔。她下笔很果断，也很有分量……”画作完成后，小扣子是欣赏、品鉴者，在他眼里，“老人的面容黑得一点也不发乌……透着温暖的古铜色调……更让小扣子感到亲切和动心的，是女画家所画的老人的眼睛……平和得跟日光下的湖水一样……看着这样的画像，小扣子不由得想起自己的祖父。”“他以为祖父又复活了……看着看着，小扣子的眼睛渐渐地有些发湿，有些模糊，他差点对着画像喊一声爷爷。”孩子的注视是诚实的，感觉是纯真的，情愫是发自肺腑的，这实际上是美的感召，美的呼唤，是美所产生的震撼效应。

不仅如此，美还可以让人产生惬意的联想，享受幸福的陶醉。小说中写道，女画家画茅草地时，小扣子感到，这片茅草地“远看近看都白茫茫的，让人怀疑是走进了月光一样的梦境”。在小扣子眼里，女画家画的画是有声音的，是有温度的，是有气味的。一个稚气未脱的小孩子从静止的画面上，听到了声音，感受到了温度，闻到了气味，不仅说明女画家的画作优美、形象、雅致，富有动感，而且也说明小扣子在追随女画家的过程中，鉴美的灵感萌生了，品美的体会深化了，追寻美的愿望更强烈了。难怪他在听了女画家介绍儿时在荞麦地里看荞麦开花时“遍地白，把半边天都映得明晃晃的”，“跟着了迷一样，天天去看荞麦花，吃饭时父母都找不着她”时，非要让妈妈也种了一块荞麦。“荞麦终于开花了！荞麦花开得跟女画家的回忆一样恍如仙境，把小扣子感动得都要哭了。”这是情感的震撼，更是美的震撼。这种震撼式的体验是小扣子过去所没有的，这是女画家启蒙的结果，也是小扣子追寻美的收获。他和母亲一起向远方张望，盼望着女画家重游旧地，分享这快乐，也是希望和女画家一起欣赏、领略这份美。或者也可以说，他想宣示乡村的景色美，乡下人的纯朴美。

读罢小说，我的心头暖暖的，眼睛湿湿的，我为小说营造的氤氲着温馨、甜蜜味道的气氛所感染，为那平淡生活中蕴藏着的美的事物所感化，为那人与人之间平和、淡泊、敦厚的温情所感动。小说虽然没有紧凑的故事情节，没有复杂的矛盾冲突，没有鲜明的人物形象，但读起来却有滋有味，欲罢不能。原因就在于它创作的意境和氛围。小说整个地是在叙述一种美，小说也整个是一种美的叙述。作者气定神闲，文笔从容有致，细腻、生动，文意馨香扑鼻，沁人心脾。而在叙述的节奏上，作者又把握得收放自如，舒缓有度，不疾不徐。特别是细节刻画和场景描摹，鲜活传神，使描写对象的生动和美感展示得活灵活现。就是在这种描写中，氛围出来了，感觉出来了，情绪出来了，人物也出来了，这大概就是细微处传精神，平实中显纯真的功夫吧！

（本文在写作中参考了张渝生的鉴赏文章）

2002 年 6 月 20 日，农历五月初十

干涸的不仅仅是土地

——读张抗抗短篇小说《干涸》随想

张抗抗的短篇小说《干涸》我看了几遍，越看越觉得它精致而且经典；越咀嚼越觉得内蕴深邃；越品评越自觉难以说透，也许这就是短篇小说奇思巧构、意在言外的魅力吧。

《干涸》是取材于知青生活的故事，它以主人公“我”学生时代和知青岁月打捞“掉桶”为叙事过程，以寻觅俄式小桶“畏得罗”为叙述主线，将井水喻为深不可测的生活，以桦木杆子为丈量生活底蕴的尺度，编织了一幅形成于冰封雪裹的北大荒知青的苦难生活图景。透过这一图景，我们见识到了他们的青春与活力，观察到了他们的拼搏与奉献，体会到了他们的追求与梦想，验证了他们的苦涩与迷茫。让我们认识到，干涸的不仅仅是土地，还有人的感情、人的信念、人的期望、人的命运。

“畏得罗”这只俄式小桶，曾经提在哈尔滨知青罗娜的手上，后来成了“祝排”（菜排排长）与罗娜“热恋”的信物。对他们的恋爱，小说中充满温情地写道，“去年夏天，那只桶曾经出现在祝排手里，桶里装满了成熟的西红柿，放在罗娜宿舍窗台上；后来罗娜拎着那只桶，桶里装着洗干净的湿衣服，放在祝排的宿舍窗台上。冬天来了，一个下大雪的日子，我曾在风雪中迎面看见一只小桶在移动。走近了，只见两只没有戴手套的手，冻得通红，一只大手在下，一只小手在上，几乎叠在一起，紧紧握着那只‘畏得罗’的木头桶把。假如手掌有汗，那两只手就会一起被冻在桶把上了……他们抬着一桶新雪在走，雪堆高出了桶沿，桶里尖尖的白雪顶，多么像我垂涎欲滴而遥远的童年梦中，那一只奶油冰激凌。”这是多么温馨、浪漫的“热恋”啊！这是多么纯洁无瑕、晶莹剔透的“爱情”啊！然而，这不过是幻象，是镜中花、水中月，就像掉在深井里的铁桶，随着罗娜因病回哈尔滨，这场经受冰天雪地考验的“爱情”就偃旗息鼓了。究竟是什么使这场爱得抓狂的热恋戛然而止了呢？这就要读者猜想了。是两人门不当、户不对？或是两地分离？抑或是罗娜攀上了高枝？有了体面的工作？在我看来，原因其实很简单，那就是命运的作弄，处在社会最底层，又放逐到蛮荒之地知青命运的作弄。生活处处是陷阱，苦难中的爱情，在寒冷而干涸的土地上生长，缺少足够的水分滋润，难以健康、茁壮成长。其实，“畏得罗”那只小桶只不过是个象征，在祝排饱受煎熬的日子里是根本不存在的。但他却怀揣梦想，还在苦苦地痴心寻找。除了本连，附近的连队、场院、大车班、村屯都跑了个遍，捞出了两位数的铁桶，却唯独没有那只白色的“畏得罗”小桶。这说明，在那个不正常的年代，人与人的关系，人的思维方式都异化了。祝排的失恋，非但没有博得同情，还处处碰壁。人间的冷漠，社会的无情，令人心寒。那么祝排为什么宁可工不上，排长不当，甚至下到菜地那口井里面丢掉了性命也要寻找“畏得罗”呢？其实，“畏得罗”里盛着心里残存的微茫希望，想照亮黑暗中的自己，支撑荒凉的岁月，但注定了没有结果，最后变成一种幻觉。这是理想的消失、希望的破灭、活下去勇气的丧失，是以消极遁世的死来对抗生活中的陷阱和世俗的荒谬。

我在阅读过程中反复思考着两个问题：我们穷一生之力打捞的究竟是什么？是像祝排

那渺茫的希望和破灭的理想吗？今天我们还有什么可以去打捞？

小说中的水井和掉到井下的桶都是极具象征意味的物件。江南的井和塞北的井，虽然形制不同，提水的方式不同，建筑材料不同，打水工具不同（北方还用藤条桶），但它们却具有相同的特点，那就是表面了然无波，干净清洌，实则冷酷无情、藏污纳垢，像一个秘密水下仓库，隐藏着多少秘密。多少铁桶被它吞没了，多少污垢被它藏匿了，多少知青的朝气、热情被它消弥了，多少爱情之火、理想之花被它冰冷的水无情浇灭了。这苦难之井、世俗生活之井、戕害人性之井实在是太可怕了。

作者以拟人化的手法，对掉到井里的铁桶，作了形象、夸张的比喻。例如说，"吊桶披头散发地出水，很像一个绿毛水怪"，"它们（铁桶）犹如两个垂死的男女，在水面上荡出一圈涟漪，然后一前一后迅速沉没"，"像一个丑陋的海底魔怪，水花四溅，白沫飞舞，似乎马上会醒过来咬人一口"。作者语带感情，辞寓褒贬，把水桶写得腌臜不堪，丑陋无比，意在反讽社会上对知青的负面评价。他们就像被抛弃到井底生锈、腐烂的水桶，被放逐至荒野，形同废物，无人同情，无人关心。"我"之所以热衷于捞桶，就是企图打破这一井死水的沉闷格局，掀起点点浪花，让掉桶重见天日，让知青受到社会关注，让温情、爱心、公平、正义、诚信回归人间，让互相关心、互相帮助的观念重新走进人们心中。

小说的结尾，笔锋陡转，耐人寻味，因为它提出了一个人人都要思考，都要回答的问题。那就是我们民族的"根"哪去了？在灯红酒绿、五光十色的喧嚣面前，我们应如何保持清醒的头脑、冷静的思维，摒弃浮躁，正本清源，寻回已丢弃的宝贝。作者写道，20世纪70年代末，"我"回城后，发誓从此不再捞桶。但是，"那个故乡城市的水井，在20年中一口一口地被埋掉了。铁皮桶没有掉到井里去，却自己莫名其妙地消失了……如今的市场有各色鲜艳的塑料桶，它们红黄蓝绿，无所事事地躺在地摊上，无水可依、无井可去"。这是一段对比强烈、意味深长的寓言：在现代化的形形色色"文化"的进攻下，传统文化受到严重挑战，有些已经消失了。而那些时髦、炫目的货色又是经受不住时间筛选的无源之水，无井之桶，是没有灵魂的垃圾。井水已经干涸，水桶已经闲置，思想已受污染，道德正在沦丧。在此情境下，我们唯一的选择就是坚守。我们该打捞什么？又怎样去打捞？难道任由那些哗众取宠、无所事事的玩意儿躺在地板上优哉？我们有什么理由让那些无根、无凭、无传承、无创新的污物无拘无束、自由自在地逍遥下去？我们是不是应该行动起来，把那些使中华民族生生不息的优秀文化、优秀道德品质、优秀伦理节操打捞回来，让它们在新时期重放光彩呢？

2005年7月20日，农历六月十五

平淡的日子，美好的希冀

——读陈忠实的短篇小说《日子》

陈忠实的短篇小说《日子》上了2001年“中国小说排行榜”，位列第二；又被评为首届“蒲松龄短篇小说奖”获奖作品，足见其品位之高，声名之盛，评价之好，反响之烈。

《日子》是一篇用平实的语言、质朴的风格，叙写平凡人的平淡日子，刻画人物纯真、善良、坚忍、执着性格的短篇小说。它没有曲折、离奇、惊险、刺激的情节，没有惊心动魄、高潮迭起的故事，有的只是一对农民夫妻庸常生活的描述。初读，觉得平平淡淡，不温不火，寡然无味；再读，则体味到了平淡背后的激情，安于现状后的追求，平凡、琐屑后的崇美、达观。反复咀嚼，仔细琢磨，越发感觉出作品极为深厚的内蕴，近乎白描的叙述中渗透出的炉火纯青般的艺术功力。

小说主人公是一对在沙滩上支罗网筛砂石、连姓名都没有的农民夫妇。他们的劳作工具是罗网、笼筐和水担。“从罗网上筛落下来的石头堆积多了，用铁锨装进铁笼，用水担的铁钩钩住铁笼的木梁，挑在肩上，走出沙坑，倒在十余米外的干沙滩上。”这就是他们每天的劳作工序，这样的工序他们每天要重复无数次。“他们重复着地劳动已经十六七年了”，但从不觉单调、平庸，仍然劲头十足地重复着这种劳动，“从来不说风霜雨雪什么的”。这平实、质朴的叙述，道出了这对夫妇对生活的热爱，对工作的享受。他们安于平淡，以劳为荣，以苦为乐，勤勤恳恳、扎扎实实、长期坚持、绝不厌烦，以辛劳的汗水打发着日子，维系着劳碌而又充实的生活，品味着日子中的苦辣酸甜。这就是悦纳自己的生活。平平淡淡才是真，诚实劳动才是美，日出而作、日落而息，才是顺理成章的日子。这对夫妇甘于平淡，乐于普通，用心经营适合自己的筛砂石生活，这比通过不正当手段去获取所谓的“辉煌”更有价值。这对农民夫妇的日子无疑是清贫的，这从他们劳作现场“有一个大号热水瓶，红色塑料皮已经褪色，一只多处脱落了搪瓷的搪瓷缸子”就可以证明。但他们努力了，因此，他们的内心不再有惭愧。就是说，他们钟情于自己单调而笨重的劳作，满意于自己双手创造的生活，享受着素朴而又温和的日子。

但是，如果《日子》仅仅叙写这种表层肤浅的东西，不做深入开掘的话，那日子就真成了流水账、白开水，了然无波、寡淡无味了。陈忠实不愧是短篇小说的行家里手，他深谙写作之要。他利用早春中午、早春傍晚、麦收暮色三个场景，展示这对夫妇的人生轨迹和心路历程，叙写他们性格特征的另一个侧面。在早春中午的场景中，主人公诉说其不愿到城里打工，是不想受人家的白眼，“有的干了不给钱，白干了。有的人，把人当狗使。喝来喝去没个正形，受不了。”显示了他的正直、倔强和不愿寄人篱下的品格。当男主人公看到过桥女子腰细，大赞“好腰”时，又引出了其当初对女主人公好腰迷恋的回忆。说明男主人公能欣赏美、热爱美、追求美，他的眼里并不全是砂石，还有精神层面的美感希冀。在早春傍晚的场景中，作者和这对夫妇集中议论邻县县委书记受贿卖官被“双规”的事，男主人公非常气愤，说“我听了生气，说了也生气”。这就衬托出了他疾恶如仇的正义感和对腐败现象的痛恨。但男主人公“硬熊”并不只是硬朗、刚烈，他还有柔弱、绵软的一面。当议论到贪腐书记被判刑劳改时，男主人公说，“这书记而今在劳改窑的日子可怎么过也!”“而今在号子里两个蒸馍一碗熬白菜，背砖拉车可怎么受得了?”彰显出他的善良、怜悯和富有同情心。不仅如此，他还能将心比心，把自己与劳改的书记对比，设身处地为他人着想：“享惯了福的人再去受苦，那可比没享过福只受过苦的人要难熬得多吧?”在麦收暮色的场景中，叙写女儿分班考试考砸了，被分配到普通班给男主人带来的沉重打击，“他听了就浑身都软了，连镢头、铁锨都没举起来了。”“他在炕上躺了三天了，只喝水不吃饭，整夜整夜不眨眼不睡觉，光叹气不说话。”“他遇见啥事都硬，就是在娃儿上学念书的事上心太重。他高考考大学差一点点分数没上成，指望娃儿们能……”这几句出自女主人公口中分明饱含着深厚感情的介绍，说明硬熊经受的打击够残酷，命运的磨难太闹心，他并不是没理想、缺抱负、不上进，只是命运弄人，他把自己的期望和企盼寄托在了孩子身上，希望知识改变命运，孩子们前程远大。“只要娃儿们能考上大学，他准备把这沙滩翻个过儿。”以自己的苦扒、苦干、苦熬，助推孩子们上进成才。可他的梦想却蒙上了阴影。但硬熊就是硬熊，他没有被压垮，他又来到了沙滩。“他的肩头背着箩筐，扛着镢头铁锨，另一个肩头挑着担子，两只铁丝编织的笼吊在水担的铁钩上。”“他直起腰来，平静地说：大不了给女子在这沙滩下再撑一架罗网咯!”喷石溅玉，掷地有声，一个豁达、刚强、坚忍、隐忍、不屈服于命运摆布的硬汉形象跃然纸上。读到此，我感觉男主人公的形象丰满了，成熟了，立体化起来了，让我们暗挑大指，肃然起敬。

“艺术是生活的镜子”，《日子》就是平头百姓、底层民众生活的多棱镜。陈忠实用最没有技巧的技巧把小说写活了。按照高尔基的说法，他写的是他们看到的，是什么样就怎么写，因而也最真实、最生动、最感人。

这篇小说艺术手法上有可称道之处，我认为主要有两点。

一是用现场直录式的方式叙事，用简捷、明快、质朴、带有地域特点的语言交代场景，介绍过程，推出人物，连缀情节，又在故事的客观叙写中，插入了“我”的所思所感，使人与事、场景与感情紧密交织，相辅相成，使故事的发展脉络清晰，人物性格层层推进，思想深度由浅薄而趋丰厚。正像斯大林指出的那样：“世界上没有不能用简单明了的语言表达的事物。”小说没有肖像描写、景色描写、心理描写、细节描写，但却凭借晓畅、质朴的语言，简洁而生动地叙写，将人物的性格勾勒得鲜明而传神，真实而感人。小说刻画出了男主人公这位执着坚忍、爱憎分明又善良悲悯的硬汉形象，女主人公则充满了乐天知命的意味，令人同情。

二是通过带有个人性格特点，又涵蕴丰富的人物对话展开情节，交代过程，串联故事，刻画人物，显示个性。有些对话生动、鲜活、恰当地反映了人物的性格特征。例如：在“我”问男主人公为何不去城里打工时，夫妻之间有一段对话：“有的干了不给钱，白干了。有的把人当狗使，喝来喝去没个正形。受不了啊！他说。‘那是个硬熊。想挣人家钱，还不受人家白眼。’她说。‘不是硬熊软熊的事。出力挣钱又不是吃舍饭。’”简简单单的几句对话，就把男主人性格的硬朗、刚毅与女主人公的息事宁人活灵活现地表达出来了。再如，当这对夫妇议论邻县的贪腐书记不配带领群众奔“小康”时，有两句简短的对话。“‘咱靠掏石头过日子哩’女人说。‘我早都清白，石头才是咱爷’男人说。”对话直白，甚至带有调侃意味，但却画龙点睛地透出了夫妇二人对生活的执着和坚毅。

总之，《日子》以充满乡土气息的质朴语言，描述了一对普通乡村夫妇的日常生活。这生活虽然平平淡淡，鸡零狗碎，但却充满憧憬和希望，是中国农民艰苦、顽强生存状态的真实反映。我们从中窥见了农民们的喜怒哀乐，洞悉了他们对美好生活的希冀和对美好事物的追求，领略了底层民众忧伤而不颓丧、贫穷却不悲观的乐天知命心态，让人从普普通通、波澜不惊的日子中感悟到了刚毅与坚守。而在字里行间，我们又分明感受到了作者那热烈而厚重的悯农之情。在含而不露的叙写中，作者深切赞佩的感情弥漫全篇，这恐怕也是小说获得成功的一个重要原因。“没有感情这个品质，任何笔调都不能打动人心。”

（本文在写作中参考了杨剑龙的《平淡质朴中独特的艺术魅力》一文）

2006年8月18日，农历七月二十五日

人性之美与狼性之恶

——读阿城短篇小说《白狼镇》

阿城的短篇小说《白狼镇》是一篇闪耀着蒙古民族豁达、宽厚、仁爱、善良的人性之美，鞭挞残暴、凶狠、狡猾、野蛮的狼性之恶，呼唤人间友爱、世界和谐、社会温馨、生态文明、共享美好生活的小说。读后，故事情节萦绕心头，深刻内涵认真品味，启人思、促人想，经久难忘。

为了更清晰地说明问题，我必须简单梳理一下小说的情节。

牧人餐馆是一家蒙古人开的经营民族餐饮的餐馆。原生态的桌、椅、歌舞相伴的饮宴，无拘无束的谈笑，使来这里就餐的粗犷、纯朴、剽悍、热情的蒙古人快乐而兴奋。

一个衣着整洁的小老头，“身上背着一个似乎很重的背包”走进了牧人餐馆。他叫德田村生，是日本人。作者是这样介绍他出场的：“小老头的神态非常谦卑，表情似乎有点不大自然，有一点害羞的样子。他走进大屋子，……便立刻摘下头上那顶古怪的帽子，哈了一下腰，像是鞠躬，也像是一个陌生人通常的那种‘开场白’式的动作。”这段神态、举止的描写，飘忽闪烁，给人的印象是多方面的。德田既谦恭有理、腼腆羞怯，又较做作、不自然，似乎刻意掩藏着什么。但热情好客的蒙古人仍然免费用马奶酒、烤羊肉招待他，为他唱祝酒歌。当听说，他是一个人来旅游，并且不参加旅行团，不要导游，专门去白狼镇时，人们已经对他有所怀疑，但歌手格斯尔还是自告奋勇地护送他。

半路上，他们遇到下雨，暂避到一处像巨大的蘑菇状的水泥建筑里。这是日本军国主义侵略中国时修建的军事设施。格斯尔热情有加，又是让德田吃烤羊腿，喝马奶酒，又是接雨水熬奶茶，充分展示了蒙古人纯朴、憨厚、好客、率真、表里如一的品格。作者写蒙古人的文字像阳光一样的明亮，草原一样的纯粹，蓝天白云一样的舒展，不遮不掩，直抒胸臆。这和蒙古人坦荡、豪放、宽厚、热烈的性格气质是非常吻合的。

因为日本小老头行为诡异，所以描写他自然要用曲笔，由隐到显，逐渐清晰，层层剥笋式地使其现出原形，并以他为线索，暴露出日本侵略者对中国人民犯下的野蛮罪行。德田的内心是隐蔽的，行为是怪异的，他去白狼镇的目的更是难与外人道的，必须让他在光天化日之下暴露无遗。

我们前面曾提到德田进入牧民餐馆后怪异的神态和举止，这已经让餐馆里的人心生疑惑。没有到过草原的人，第一次喝马奶酒肯定是不适应的，而德田主动要喝。他“小心翼翼地呷了一口马奶子酒，含在嘴里，然后紧闭着眼睛，皱着眉头，半天一动不动……一会儿，只见一条小细线儿似的泪水从他紧闭的眼睛里慢慢地溢了出来。”德田既是在品尝，又是在回味，触景生情，感慨良多，说明他以前是喝过这种酒的。写他吃烤羊肉时，他“迅速地用手抓起一条烤羊肉，仰着头，将带着血丝儿的羊肉片放到嘴里……接着，他才缓缓地、缓缓地笑了。那神情就像一个老贼终于打开了一把相当复杂的密码锁一样，非常的满足。”回味旧时滋味，重温昔日美好，不是吃肉老手，岂能有如此熟练的“吃功”和快感？至此，他是“第一次来中国”的谎言不攻自破。

格斯尔陪着他上路后，他马骑得娴熟，并且清楚他们行走的这条公路，原来“是森林小火车的轨道线”。一路上德田不断地用照相机拍照，“看得出来，科尔沁大草原上的一切都让他着迷。”只有故地重游的人才会有这种举动。格斯尔越来越怀疑他的身份，读者也迫切希望知道真相。当他们在蘑菇状的水泥建筑物里避雨时，听到雷声，德田“透过雨帘，自言自语地说，这一打雷，草原上又要出‘雷圈子’（蘑菇圈），中国人又有蘑菇可采啦。”雷雨后出蘑菇圈的生活常识，只有生于斯、长于斯，身临其境的人才可能知道，德田自称“从未到过中国”，却连这些知识都清楚，其本来面目不是令人疑惑吗？德田手腕上戴的一块“三道梁”牌老手表，更引起了格斯尔的注意。因为日军侵华时，有一个大尉间谍中村震太郎戴的就是这种表。他因为“把内蒙古所有的军事设施都详细地绘在一张地图上，”被中国军队抓获枪毙。德田戴的是和中村一模一样的表，他是不是日本间谍？他现在来白狼镇，是为了怀旧，还是另有企图？当他们在满蒙沟小解时，看到了山沟里到处遍布的一根根一米多高的树桩子。格斯尔故意问德田，这是怎么形成的，德田以撒尿为由，拒不作答。格斯尔告诉他，“在侵华日军将要战败之前，为了加快采伐，才把这些大树拦腰锯断的，这样干速度快很多呀。然后好把采伐下来的木头抓紧运回到日本去。”他们来到一座山时，德田故意问格斯尔：“关于这座山，你还知道些什么呢？”他以为这里的秘密中国人不知晓。格斯尔正色回答，这座山“一切从表面上看来很正常。但是这座山的里面却是空的，它曾经是诺门罕战争期间，一个日军的地下兵营……这里一共埋着几百具蒙古劳工的尸骨。修完了军事工程，日本军人就把他们全杀死了，埋在了这里……”而“德田什么也没说，似乎是不知该说什么才好吧。”至此，德田的伪装被剥去，真面目暴露无遗。他对日本侵略者在中国的血腥暴行，对资源的残酷掠夺竟无动于衷，对历史事实闭口不谈，他不是侵华日军中的一员和诸多罪恶的参与者，还能是什么？

到了白狼镇，格斯尔将德田安排在一家整洁的蒙古人家庭旅馆，受到热情接待。格斯尔称旅馆主人为巴爷爷，他对德田说：“我爷爷年轻时是和巴爷爷一块儿被日本人抓去当劳工的，那时候巴爷爷还是少年呢！后来爷爷帮助巴爷爷逃了出来，而爷爷却永远留在了那里。”简短的几句话，道出了蒙古民族舍生取义、视死如归的人道情怀，这和日本侵略者杀人如麻、不留活口的野蛮、凶残的狼性形成鲜明对比。

格斯尔临走时，意味深长地对德田说：“但愿我没送错人。”这是警告德田不要做蠢事。可侵略者的本性是很难改变的。格斯尔走后不久，他就悄悄溜了出去，来到一个当年他所在的侵华日军重要军事据点里的“阵亡日军的墓地”，“从旅行袋里取出了赤贝、鱼肉和猪肉罐头，还有日本清酒，”他是来祭奠亡友矢野的。这位叫矢野的同乡，用枪打死了一只怀孕的母狼，还用刺刀挑出了母狼肚子里的那只小狼，“雪白的狼，殷红的血，矢野觉得非常刺激，非常快乐。”这真是丧心病狂的杀戮，凶残、野蛮狼性的赤裸裸展示啊！日本侵略者不但屠杀了成千上万的中国人，连人类的朋友——动物也不放过，以杀狼为快，以残害生灵为荣，他们的罪恶真是罄竹难书。但是，别以为作了恶可以逃脱惩罚，天理昭昭，日月有眼，恶有恶报，概莫能外，矢野被狼群拖走了，祭奠矢野的德田，也被白色的狼群包围了，其命运可想而知。

通过上面的陈述、分析，我们可以认定，《白狼镇》着意刻画的是狼性与人性。它是对狼性的无情揭露，对凶残、野蛮行径的穷形尽相；是对人性美的由衷赞扬，对世界和谐、地球安宁的强烈企盼。当狼性在善良友爱的感召下具有了人性的光泽之后，世界就具有了人类童年般的真纯与美好；当人性在欲望的驱使下变成了狼性时，世界便被无边的血腥和杀戮改变了颜色。蒙古民族是与大自然和谐相处，与世人亲密相容的民族，从他们对德田的友好接待、热心陪同、纯真相处中，从餐馆主人与食客的融洽关系中，从格斯尔爷爷舍命相救巴爷爷的举动中，我们看到了这个民族不念旧恶的豁达、宽容、正义凛然与宅心仁厚。我们更从他们与狼互相维系、相生相守的关系中领略了这个民族的慈爱、善良。“蒙古人和狼是朋友”，“只要你是蒙古人，狼群就不会伤害你。”为什么？因为生活在这里的蒙古祖先，曾经救过一只难产的母狼，那只漂亮的母狼是一只狼王。所以这里的蒙古人世世代代都和狼群和谐相处。这就是为什么矢野和德田为狼群吃掉，而格斯尔和塔娜这对恋人约会时，“那只雪白的狼王也正站在开满弘吉剌花的高岗上，冲着月亮一声接一声地嗥叫着”为他们祝福的原因。马克·吐温说：“一切合乎人道的事情都是令人感动的。”“善不可失，恶不可长”是《白狼镇》对我们最大的启示。

地球上有200多个国家和地区，有四大人种，几十亿人口，成千上万种动物。人类和动物都是地球的孩子。如何在喧嚣的市声、浮躁的人心、无休止的剽掠和钩心斗角的算计中，弘扬人性、消弭狼性，创造和谐、民主、富裕、文明的世界新秩序，使地球人的生活变得更安宁、祥和、幸福，这是每一个有良知的人都应该而且必须考虑的问题。

2007年2月27日，农历正月初十

感人肺腑的《天堂口》

腊月天，正忙年，但我还是忙里偷闲，抓紧时间阅读了2010年《小说选刊》第1期的短篇小说《天堂口》。

天堂口，顾名思义，就是通往天堂的路口。而在天堂口送逝者升天的自然是火化工了。这篇小说就是描写火化工范成大的“火化”工作故事的。

在世俗人眼中，火化工属于社会底层的下九流，或根本不入流。这样“卑贱”的职业有谁愿意从事？这些“身上有死人味”的人谁又愿意接触？他们所从事的“工作”谁又肯正眼观瞧？地位低下，职业龌龊，工作肮脏，世人厌恶，就是他们生活际遇的真实写照。

可是《天堂口》里的火化工范成大却踏踏实实、兢兢业业地从事着这肮脏、污秽的工作，甚至把它作为神圣的事业来经营，把逝者的尸体当作艺术品来美化，这就令人刮目相看了。

范成大原本在城市的西边有四间青砖房，还扯了剃头门脸混生活。后来政府找到他，说要在那片地建一个新的火葬场，要动迁他的房屋。根据范成大的要求，政府把他安排到老火化场作火化工，范成大二话不说就干上了。

新火化场建成后，逝者“大都往新地方去了，新地头档次高、设施齐，去那儿，死人舒坦，活人脸上也有光。那些客死他乡的，煤矿爆炸透水的，吃低保的”，死了才会来范成大的老火化场。“凄凄凉凉、冷冷清清，随便弄弄，就粗粗糙糙地扔给范成大。”范成大本可以就势把这些尸体送进火化炉了事，既简单又省事。可是，他非要自我生事，自找麻烦。他每天6点起床，8点钟准时到火化间，“有活就干，没活就清理火化床，很仔细地那种清理，一张火化床他能折腾一上午。”对非正常死亡的逝者，对亡故的弱势人群，他同情、惋惜、尊重。他在接收遗体时，“立正身子，整了整衣衫，他的样子肃穆得不行，那样子仿佛迎接的不是一具僵硬的尸体，倒像是一个远来的贵客。”在火化前，他必须给逝者“打整”（整容），把全身洗干净，刮掉头发和胡须，自己花钱买来白布单罩上。对那些因意外事故头颈分离的尸身，他还要专注地缝合。“他低着头，把歪在一边的脑袋扳过来，和断开的脖颈凑在一起，对齐，然后仰起头穿针，他缝合得很慢，每缝一针都要抬起头长长地吐一口气。”此时此刻是范成大最享受的时候，他一直认为，人老去了，应该干干净净地进去，因为那里是通往天上的入口。

这就是一个火化工悲天悯人的情怀，就是一个普通人释放出来的仁爱、善良、宽厚、包容的美德。作者用饱含感情的文字，描写了范成大在琐屑、卑微的工作中的所言、所行，叙写了他那宛如艺术家般的为逝者整容、打理、吟诵挽歌的详细过程，让我们窥见了他真诚、美好的心灵；体认了他不怕丑、不嫌脏、不惧死者残缺肢体的恐怖，而精心为他们装扮的良行善举；体验到了在条件简陋、环境艰苦的火葬场，他将爱心、善意、道义、责任感和对死者的尊重注入“工作”之中的悲悯情怀，使我们认识到再破旧、狭小的地方也因之变得旖旎而盛大，再简单、寡味的仪式也变得郑重、庄严。这难道不是“道虽迩，不行不至；事虽小，不为不成”的最好诠释吗？

为了突出范成大的形象，彰显范成大的美德，作者运用对比和衬托的艺术手法，两相对照，烘云托月，全方位、多角度地丰富了范成大的人格特质，给读者留下较为深刻的印象。

例如：新火化场与老火化场的对比，范成大与新火化场火化工的对比，与扇子的对比，与火化场其他人员的对比，都泾渭分明，颇具匠心，在各个不同的场景中深化了范成大品格的各个侧面。

至于衬托手法的运用，更显示出了范成大不惧世俗、不畏人言、特立独行、敢于任事的人生理念。他不介意女会计不愿与他同桌进餐的尴尬；不理会梁子、扇子对他的讽刺、挖苦；不在乎食堂妹对他的蔑视；不反驳烧锅炉的癞皮对他的奚落，“他该干啥干啥，不说话，也不看奚落他的人。”这些人越是认为范成大窝囊、无能和怯懦，越是衬托出他沉稳、踏实和宽容的美德，越是使他的形象丰满升华。

印度圣雄甘地说：“最高的道德就是不断地为人服务，为人类的爱而工作。”范成大无疑是这一论断的虔诚践行者。一个火化工以他对工作的执着和对逝者的尊重，使原本阴郁而冰冷的丧事充满了温情，使火化场、火化工的面目得以净化，工作意义得以彰显，让我们的内心也湿润、温馨了起来。范成大的坚守、善良、仁爱、宽厚，使我们肃然起敬。这个普普通通、默默无闻的小人物以自己的实际行动为我们诠释了什么叫作崇高。

2010 年 2 月 3 日，农历腊月二十

温馨暖人的《正月》

很久未读到像黄丽荣《正月》这样接地气、叙人伦、畅亲情、暖乡土的短篇小说了，以致我在阅读过程中，心头发烫，泪眼婆娑，被深深吸引和感动了。

正月是春之始、冬之尽，乍暖还寒的时候，是一元复始、万象更新的节令。叙写正月里亲人之间的人情事故，正是抓住了传统中国的魂魄：文化。这文化无处不在，无时不有，它渗透于日常琐事中，缠绵于人与人的关系间；左右着你、我、他的言行，制约着错综复杂的矛盾纠葛。从中我们感受到了乡土文化的力量，品味到了充溢其间的浓浓亲情。

《正月》是一首人间亲情的颂歌，它渗透着“乐人之乐，人亦乐其乐；忧人之忧，人亦忧其忧”的人文精神。小说以女主人公杜鹃为叙述线索，联结起了婆家与娘家两家各色人等，编织起了亲人之间种种盘根错节、既友爱又纠结的矛盾关系。父子之间、兄弟之间、夫妻之间、妯娌之间、婿舅之间，因种种误会和利益算计，痛苦着、纠缠着。他们都希望能在红红火火、春意萌发的正月，在庄严的拜年仪式中，在团聚的盛宴上进行情感修复，“忘记过去的疲惫与不堪，积蓄对未来的希望与企盼”，冰释前嫌，重归于好，重新开始和睦而红火的日子。

而这一切，正是通过通情达理的杜鹃穿针引线、设席摆宴实现的。杜鹃“手不巧，心眼实”，质朴、善良、稳当、爱干净、勤俭、孝顺、有心计、会说话。作为大嫂，她处处为别人着想，事事顾全整个家庭。她为家庭的烦心事着急上火，为实现亲人间的和解、和睦尽心竭力。她盼望娘家哥正月来给公婆拜年，不仅为的是“老人们过年，盼的就是瞧见小辈”欢喜，而且是“借着哥来，借着一桌子席面，有些话才好说”。而她哥也正是通过在酒席上点评她，嘱咐她，逐一将婆家人之间的块垒消除，矛盾化解，使一家子重归于好，共享其乐融融的美好生活。杜鹃以自己的实际行动完成了哥哥交给的沉重任务。她的身上体现着中华民族传统文化的精髓，蕴含着乡土中国的深厚文化底蕴。我非常喜欢这个浑身渗透着浓郁人情味，洋溢着人性美的人物，我也为现实生活中人伦、亲情的逐渐淡化而生发出浅浅的哀愁。

这篇小说的艺术特色鲜明，作者十分熟悉农村生活，娴熟地运用北方农村生活化的语言，叙述农民的日常生活，既鲜活生动，又贴切真实，读来如临其境、如闻其声。

小说中，虽然通篇都是浅显、质朴的农民语言，但并不缺乏哲思睿语和画龙点睛的句子。像“不怕劣，就怕懒，”“那头倔驴，从来都是好话不会好说，”“日子就这么一眨巴眼，出溜就过来了。要不觉得今儿风都是柔和的呢?”这是多么形象化、生活化又渗透着生活哲理的语言啊！比起那些故作高深、佶屈聱牙，或无病呻吟、不知所云的语言来，我更欣赏这接地气，有生活气息的大白话！读这样的文字明白晓畅，活灵活现，既温馨，又惬意，我们也仿佛融于那浓浓的亲情之中了。

《正月》写得好，她温润了读者的心，净化了我们的灵魂。

2013 年元月 6 日，农历十一月二十五

亲情《归来》

春节前夕，室内暖意融融。手捧《小说选刊》，阅读王祥夫的短篇小说《归来》，一股热流涌遍全身，鼻子发酸，心头滚烫，我被《归来》传递的笃厚的亲情，深挚的关爱，善良的品格，真诚的悲悯情怀所感动。

作者用充满淡淡哀愁的笔调，写出了农耕文明的温馨，沟通的畅快，乡愁的浓烈，母爱的真挚和手足的情深。王祥夫没有像惯常那样，写母亲去世后，儿女们为争夺遗产而引起的纠纷、算计、争斗，而是在"母丧"的哀伤中，突出了兄弟之间倾心相知、互相理解、彼此关爱、相扶相携的亲情，彰显了爱意流淌和心灵净化的庄严氛围。

小说的故事情节很简单。吴婆婆在大雪天滑了一跤就去世了。婆婆的小儿子三小带着四川媳妇和已经三岁的儿子从外地赶回来奔丧。在办理丧事的过程中，三小的哥嫂们发现三小少了一只胳膊。从而引发了对过往一家人深厚绵密亲情的回顾和现实中兄嫂对三小的亲密关爱，也解答了为什么三小三年多迟迟不归来的问题。小说的背景是吴婆婆的丧事，小说的主人公是三小，叙述线索是三小缺少的那只胳膊，中心场景是"晚饭""领牲"和吴婆婆的"遗产分割"，内核是"归来"。我们透过小说琐碎而丰厚、平淡而有韵味的叙述，领略了乡俗礼仪、民间风物、血脉伦常、世道人情。认识到归来的不仅是三小一家，还有那血浓于水、情动于衷的款款深情。从兄嫂、亲人关注三小空空的袖管，我们看到了人们柔软的心弦，深沉的爱怜，友善的悲悯，也窥见了人世的艰辛与三小的厚道与隐忍。大小、二小、三小一家，不仅是忠厚传家传统道德的继承者，更是仁爱、宽厚、善良、礼让时代精神的践行者。我们从他们身上看到了光明，看到了希望。对照时下亲情淡漠的现实，《归来》就像是一面镜子，让我们洞照了自己，也洞照了世人，让我们清晰地看到了什么是高尚，什么是龌龊。"领牲"一幕是小说的核心部分，也是作者的画龙点睛之笔。阴阳两隔，生死诀别；人间与天堂对话，生者与逝者沟通。王伯的话细密、温馨，充满了人情味，问得仔细，答得周详。既是对逝者的安慰、交代，又是对生者的关怀、体贴、鼓励和期许，动人心魄、感人肺腑，悲凉中见旷达，哀伤中显真情。长歌当哭，泪飞化雨，使小说的意境更加鲜活、生动，归来的亲情更加强烈、绵厚。

王祥夫用白描的手法写《归来》，很切合现场环境。小说没有波澜起伏的悬念，也没有尖锐复杂的矛盾冲突，但是细节的精心描摹，使小说屑小处见阔大，幽微处显苍茫，在娓娓道来的日常生活叙事中，烘托出温暖、火热的情怀，彰显出悲悯、宽厚的力量。例如：吴婆婆的遗物中有 15800 元现金，"大小一家同意，二小一家也同意，全都给了三小。"因为三小残疾，生活困难。可是，过了吴婆婆的头七，哑子二小突然发现了吴婆婆包钱的那个包。"大小记起了那天晚上，三小说的那句话。'可怜我二哥是个哑子，老来老去的比我都可怜'。"三小把钱留给了二小。大小、二小、三小三兄弟"亲不亲一家人，打断骨头连着筋"的骨肉亲情不是明明白白显露出来了吗！

2013 年元月 22 日，农历十二月十一

远去的不仅仅是那清越的琴声

2013年第一期《小说选刊》在“发现”栏目选刊了东君的短篇小说《听洪素手弹琴》。我一连读了三遍，才从那涓涓流淌的清秀文字细流中品味出了它那寓意深邃的内涵，生发出淡淡的哀愁，呻吟出无奈的感叹。

古琴，又名七弦琴，是中国特有的具3000年左右历史的弹拨乐器。它是文人雅士修心养性的必备乐器，是文人四好——琴棋书画之一。古往今来，人们在传颂俞伯牙、钟子期高山流水遇知音佳话的过程中，聆听过多少优雅动听的琴曲、琴歌，心灵受到过怎样的陶冶和冲撞啊！古琴是优秀文化的传承，是人文精神的延续，是高雅艺术的象征。“古琴的弦自孔子以来一直是七根，没变过……古话说，弹琴不清，不如弹筝。”古琴“不是靠手斫出来的，而是本心所授”，斫琴是细工慢活，必须心无旁骛，从容淡定。斫琴“会把急性子磨成慢性子，慢下来了，技艺就精进了。”弹琴更是不能失去自己的本心，琴为心声，“心神无俗累，歌咏有新声。”弹琴的环境必须幽静，远离喧嚣。弹琴的人必须心如止水，不为欲望所牵，不为外物所累，从容、淡定，才能弹奏出沁人心脾、荡气回肠的激越之音。弹琴的对象必须选择。孟浩然诗曰：“欲取鸣琴弹，恨无知音赏。”对牛弹琴徒费工夫。选对了听者，就遇到了知音；滥竽充数，则糟蹋了艺术。

《听洪素手弹琴》正是讲述高雅艺术遭遇粗鄙现实而碰得头破血流的故事的；正是叹惜优秀的传统文化被世俗的功利肢解、破坏而逃逸、消遁的卑微宿命的。

洪素手手指纤长，从小就患有孤僻症，不爱说话，但喜欢抚琴，天生是块学琴的好坯子。“琴人当中流行这么一种说法：古琴难学易忘不中听。可洪素手喜欢的恰恰就是这些特性。因为不中听，所以无人听。”这更合她的心意，一个人静静地弹着，就像是自言自语。“正因为难学，所以她刻苦钻研，她很少出门，身上几乎没有一点尘土气息。”她弹出的曲子感动得师兄徐三白泪流满面，也感动了师父顾樵，称赞她“之所以弹出这么好的曲子来，是因为她没有失去自己的本心”“在她手中，琴就仿佛冬日的暖具，让冰冷的双手一点点温热起来，手指间拢着的一团暖气久久不散，那里似藏着一种被人们称为亲情的东西”。但现实不是世外桃源，在欲望泛滥、资本癫狂的今天，洪素手能脱离滚滚红尘，远离喧嚣世界，心无牵绊，专心致志，用她那纤纤素手去弹奏那“高山流水’吗？就连那超古脱俗的顾樵都不能免俗，何况一个柔弱的女子。这就是洪素手的宿命，也是洪素手的遭际。在“天下熙熙，皆为利来；天下攘攘，皆为利往”的时代潮流中，她只能逃逸，只能躲避，只能放弃自己心仪的古琴艺术，这就是现代人的生存困境。

顾樵是那种有六朝名士气质的琴师，可是在利益至上、金钱万能观念的诱惑下，也甘愿为五斗米折腰。他要买回亦樵山庄，扩大琴馆的规模，招收更多的徒弟，他需要钱。“他常常抱琴外出献艺。最常去的地方是唐书记家。”每隔三天，为唐书记弹一次琴。唐书记不懂琴艺，更谈不上是古琴曲的知音。对他来说，“琴就是一种医疗保健用品”，“可悦耳，又可悦心，能起到很好的心灵按摩作用。”唐书记的耳朵差不多聋掉了，但他还是请顾先生过来弹琴。“对唐书记来说，弹什么并不重要。他要的是有一个人坐在对面抚琴，就像把内心的皱褶一点点抚平。”古琴艺术就这样被随意地亵渎了。典雅、高贵的音乐竟成了日常生活的佐料，音乐大师竟成了他人颐养天年的附庸，岂不可悲，可叹！

更令人不解的是，唐书记去世后，他儿子唐老板为尽孝要在家住满七七四十九天。唐老板提出，让顾樵“以后你有空，就照例过来，弹琴给我们听。如果我不在，你就对照我爹的遗像弹。我给你每小时500块。”这明显是摆阔、张扬之举，也是视弹琴人为掌上玩偶之举，而顾师傅为了利益却说“好”。音乐大师就这样被金钱俘虏了，高雅艺术就这样被无情地强奸了。唐老板根本不懂艺术，他连《春天的故事》是古筝曲，《二泉映月》是二胡曲都不知道，却要附庸风雅、故作高深。实际上他既是世俗势力的典型代表者，又是粗鄙的象征。而顾大师却曲意逢迎，称他是懂行的，谄媚说“遇见唐老板您这样的行家，实是荣幸之至。”在利益面前人格可以丢弃，身段可以降低，这大概是随波逐流的社会行为使然吧！还有更让人不能容忍的是，当唐老板不怀好意，高喊“我给钱，你还不弹”，逼迫洪素手为他弹琴遭拒绝时，顾樵先是呵斥洪素手，继而又抽了她一记耳光，简直成了权力与金钱的帮凶。归根结底，是私欲导致了他人格的扭曲和行为的嬗变。《大云山房文稿》里有几句话，可以概括他的行藏：“本源秽者，文不能净；本源粗者，文不能细；本源小者，文不能大也。”

小说中的主人公洪素手，是作者着力塑造的出淤泥而不染，脱离庸俗、追求崇高的典型人物。她渴望追求纯真、自然的诗意生活，向往理想、适意的爱情，摒弃欲望汹汹的世俗社会，并依照自己的性情有所行动。洪素手弹琴只能先生或自己听，外边有人来了，她立马警觉，又不弹了。可是，她对人并不一概冷漠，对民工小瞿就热情有加。当小瞿和顾先生下棋时，洪素手就在一边静静地弹琴，这是心有所属啊！当她拒绝为唐老板弹琴、唐老板举起小香炉要砸她时，民工小瞿风也似的从外边冲进来，把洪素手带出了山馆。其实，这既是洪素手困境的解脱，又是她面对强大的世俗势力的逃离，也预示着崇高、美好艺术的消弭。当她的师兄徐三白追寻到她，并给她带去一把古琴，希望她回到亦樵山庄给师父作助教时，她再也弹奏不出那动人心魄的乐曲了，因为她的心死了。她只能又一次逃逸。这既是她的反抗，又是她的无奈。

她后来嫁给自称“蜘蛛侠”的小瞿，就是希望能有“蜘蛛侠”这样的超人出现，给这个令人窒息的世界带来新鲜空气。当“蜘蛛侠”坠楼身亡，她仍在“墙壁上挂满了各种各样蜘蛛侠玩具和图片”，既是为了怀念，也是心里仍存希冀。她在逃逸前深情告白：“我一定要告诉我的孩子，他（她）爸爸不是擦窗工，而是那个拯救世界的‘蜘蛛侠’。”她的内心充满希望。但是令人绝望的是，她连自己都不能拯救，又怎能拯救世界？当生命中最后一丝干净的空气也要被粗鄙污染之时，又有谁不会绝望呢？她的逃逸是对污秽世界的消极躲避和对粗鄙现实的无声反抗。

《听洪素手弹琴》讲述的是在粗鄙时代、喧嚣的声浪下，传统艺术、传统道德退避、消遁的故事。随着那高亢、苍凉、幽雅、辽远的琴声远去的，还有那质朴、自然、简单的生活情境和那诗意的艺术追求、美好理想的追逐。琴声喑哑意味着喧闹的世界已安放不下一张平静的琴桌，人们单纯洁净的心地，人与人之间纯真深厚的关系也渐渐逝去了。这是任何有良知的人不能不深长思之，并亟待破解的问题。

2013年4月1日，大雪天气，农历二月二十一

暖心的《清汤面》

《人民日报》2013年10月30日在“副刊”版刊发了刘庆邦最新原创短篇小说《清汤面》。编者在“按语”中说：“这篇小说以向秀玉、喜莲和杨旗等人物围绕一碗清汤面构成一个完整、柔美的故事，其对心理、细节的入微描写及细腻、朴实的叙述语言，让人看到生命在承受苦难过程中依然会欢乐地生长和开放。”

编者的评价画龙点睛，十分精当，我深有同感。这是一篇传递积极向上、笑对人生，情愫富含正能量的好小说。我在阅读这篇小说时，感动的泪水汩汩流淌，内心的激情汹涌澎湃，很久没有看到这样暖心提气的作品了。在社会上金钱拜物教肆虐张狂、人与人之间关系冷漠疏淡的今天，我们太需要这样的《清汤面》舒肠润胃，太需要温情、温润、温暖的心灵抚慰了。

清汤面，汤是清的，面是白的。一清二白，正是小说中主人公澄明、洁净心地的映照，我们从品尝清汤面中感受到了人间真情以及人与人之间的深厚关爱。

《清汤面》以朴实、细腻、热烈、动情的语言，讲述了一个柔美动人的人间有大爱，社会有温馨，人与人之间互相关心，互相帮助，当事人面对苦难，自尊、自立、自强，笑对人生的故事。清汤面是叙述线索，向秀玉、喜莲和杨旗是线索串联起来的三个主人公。她们既有共性，又有个性，她们以自己的言行艺术化地诠释了弱者怎样成为强者，苦难如何激励人生的真谛。

向秀玉和杨旗的丈夫在同一起矿难中死亡了。顶梁柱倾倒了，家庭残缺了，生活陷入困苦之中。但是矿上和矿工们并没有人走茶凉，对她们不闻不问，而是“周围的人对她的孩子就不一样了，”更加关心、同情，给予了多方面的帮助。这验证了冰心的话：“真正的同情在忧愁的时候，不在欢乐的期间。”向秀玉被安排做了拣矸工，每月有1600多元的收入。逢年过节，矿工们有的送月饼，有的给喜莲送布衫和裤子。还有时“早晨开门一看，门口放了一壶花生油和一兜刚掰下来的嫩玉米”，送东西的人连面都不照。

杨旗在丈夫死后开了个面馆，生意越来越红火。“来面馆吃饭的人不少，座位都坐满了。后来的人没空位可坐，就站在那里等位。”“她一开始每天和10斤面，不够卖。后来每天和30斤面，还是不够卖……那么多人到她的面馆吃饭，不是因为清汤面有多好吃，是矿上的人在抬她的生意。”

人间自有真情在，矿工们济危扶困、周济孤寡的精神令人感动。中华民族优秀的传统道德没有丢，“乐人之乐，人亦乐其乐；忧人之忧，人亦忧其忧”的情操没有抛弃，这是最可贵的啊！同样令读者感动的，还有向秀玉、杨旗们的自尊、自信、自立和自强。珍惜人间真情，时刻不忘感恩，以积极心态面世，以诚实劳动坚守，以完美人格自律，这是非常值得敬重的品格。用明代薛瑄说过的一句话“人心贵乎光明洁净”来评价向秀玉、杨旗真是太准确了。

向秀玉做了拣矸工，不怕脏、不怕累，认真负责，“对矸石零容忍”。工作时“全神贯注，眼疾手快，心无二用，眼无二用，手无二用……心在眼上，眼在手上，心到眼到，眼到手到……是一个敬业的、称职的拣矸工。”“下雨还水，播种还苗”，她把对社会的感激融入自己的工作中，把对矿工们的感谢化为踏实的劳动。她热爱生活，勇于担当；面对苦难，敢于抗击。“每天下班后，她来到矿上的女澡堂，都把自己洗得干干净净。”“家里的顶梁柱倒了，她得把责任接过来，把这个家支撑起来。丈夫走了，她的心气不能散，更不能丢，得打起十二分的精神，笑着面对生活，面对未来。”她把未来寄托在女儿身上，无微不至地既关心照顾，又严格教育，细心培养，使喜莲健康成长。她说：“孩子的路还长……我想让她从小就能够自强，能像别的孩子一样过正常的生活，不能让孩子成为例外，变成可怜虫。”良苦用心可圈可点。

杨旗也是这样，她时刻不忘矿上和矿工对她的帮助、照顾。她发自内心地说：“我得欠矿上的那些弟兄们多少情啊！”她除了热情周到地为矿工们服务外，还把感恩回报之情倾注在了喜莲身上。喜莲吃清汤面，她说什么也不收钱。拗不过向秀玉，每碗收3元钱，却给喜莲卧上个荷包蛋。这里面既渗透了关爱之情，又寄托了同病相怜、共渡难关的身世之感，体现了杨旗“人人为我，我也要助人”的心愿。她向向秀玉坦露心声：“咱两个，你是谁，我是谁？你的孩子就是我的孩子，自己孩子在这里吃碗面条，我让孩子花钱，我还有点人心吗？”语言热烈，感情火辣，真是情从肺腑出，情出感肺腑。

不要小看了喜莲这个“人物”，表面上看，她只是向秀玉和杨旗“矛盾”的纠结点和“冲突”的爆发点，实际上她却是小说的枢纽和主干。从一定意义上来说，小说通篇的情节，都是围绕着她来设计的。她既是矿工的后代，又是矿山未来的主人；既是革命事业的接班人，又是优良品质、传统道德的传承者。我们从她身上看到了严格家教的成效，看到了懂事、诚实、节俭、刻苦、孝老、敬亲等品德的潜滋慢长，看到了未来的希望。

喜莲为了节省点蜂窝煤，节约时间，“凉着就把饭菜吃下去了，可她却不忘提醒妈妈，你中午也不能光吃凉饭，得把饭热一热再吃才好。”她拿着妈妈每天给的3元钱去杨旗的面店吃清汤面，坚持要付钱，杨阿姨不收，她哭着告诉了妈妈。“我明天不去外边买饭吃了，中午我不用吃饭了。”一个小孩子竟能如此执着地信守承诺，在各种诈骗手段层出不穷的当下，无疑是一抹暖人的亮色。当向秀玉做通了工作，杨旗答应收钱，但每天却给她碗里卧个荷包蛋时，喜莲以不爱吃荷包蛋为理由，只“把清汤喝干净了，独独把荷包蛋留在了碗里。”从这个细节中，我们看到了坚持和坚守，自律和要强，一个人小鬼大、认真可爱的女孩形象跃然纸上。当妈妈同意她不再去杨旗面店，建议她去吃羊肉烩面，每天给她5元钱时，喜莲嫌贵而去馄饨店吃馄饨、火烧，钱可以省下一半，“5元钱够她吃两天的。”真是穷人的孩子早当家。事事想着妈妈的教导，处处不给别人添麻烦，从小严格要求自己，在成长的路上正道直行。我既敬佩向秀玉的教女有方，更感动于苦难中的母女心心相印、坚韧不拔、特立独行的精神品格。

好一碗暖心的《清汤面》！

2013年11月5日，农历十月初三

哀其不幸　怒其不争
——读晓苏的短篇小说《酒疯子》

晓苏的短篇小说《酒疯子》从表象上看，是一篇结构简单，情节平淡，场景明晰，冲突柔弱的小说。但平淡中见神奇，简单中显深邃，透过酒疯子袁作义那天马行空、漫无边际的"醉话"，我们窥见了底层人群的卑微、孱弱、无助、无奈和改变命运的希冀；又一次领略了中国国民逆来顺受、丧失自我、畏惧权力、容忍丑恶、屈辱苟活的劣根性。我们从袁作义身上看到了鲁迅笔下的祥林嫂、阿Q、孔乙己；心中油然而生发出哀其不幸、怒其不争的悲悯情怀。

小说以近乎原生态的笔法，以"饮酒"和"送人"两个场景，活灵活现地塑造了一个小人物袁作义既卑微、懦弱，又嫉妒、仇视；既蝇营狗苟、得过且过，又迷恋权力、贪恋财色的典型形象，让我们见识到了底层弱势人群复杂的性格和嬗变的心态。从这个层面上说，《酒疯子》具有较深刻的认识意义。

袁作义爱酒、嗜酒、逢酒必醉，但并不是真正的"酒疯子"。他喝酒，一是为了借酒浇愁，麻醉自己，宽慰自己，暂时排解头戴绿帽子的痛苦；二是以酒壮胆，发平时不敢发的牢骚，吐露蓄积于胸的"心声"。可以说，他是用酒麻痹神经，消弭愁怒，忘却烦恼，寻求解脱，企图以获取权力来摆脱自己屈辱、痛苦的命运。

袁作义的媳妇娃子和村长黄仁偷情，他清清楚楚。他心中有恨，但不敢揭发，更不敢斗争。"别看他的口气大，其实他的胆子比老鼠还小。"他只能以咒骂来发泄他心中的愤怒。先是说"村长死逑了"，接着又咒黄仁得了多种癌，"胃已经穿孔了，肝子上长了十几个黑瘤，肺烂得像一把米筛子。"不敢直面现实，不愿击穿丑恶，只能以阿Q式的精神胜利法来麻醉自己，安慰自己。在袁作义看来，黄仁之所以敢明目张胆地睡他老婆，是因为他是村长，大权在握，可以为所欲为。所以，他也幻想着攫取权力，行使权威，呼风唤雨，实现自己的目的。当他骑上黄仁那辆又高又大，像一匹野马的摩托车时，他就自认为是"代理村长"了。他迷恋权力，渴望行使权力，在酒桌上提出了宏伟的"八九十工程"设想。如何落实这些工程呢？一是给县长送"狗宝"，找靠山。"只要县长吃狗宝壮了阳，快活了，开心了，幸福了，那我的前途就大了，要权有权，要钱有钱。"二是编制计划上报，"只怕想不到，不怕办不到……计划一报上去，就可以找各个部门要钱了，钱一要到手，事情就好办了。"三是分配建设资金。"八九十工程要用一些，用三分之一吧，另外三分之一留在村里，好应急……还有三分之一嘛，是我的提成。"我们透过袁作义三步走的"宏伟计划"，发现他用行贿手段买靠山，弄虚作假骗资金，是在步黄仁的后尘，根本不是为了村里改变面貌，农民增加收益，而完全是为了一朝权在手，便把令来行，以权谋私，中饱私囊。底层小人物自私、贪婪、苟且、虚伪的面目活脱脱地勾画出来了。

不仅如此，晓苏还特意叙写了一个"出卖茶场"的细节，来进一步强化袁作义丑陋的灵魂，狡诈的手段，卑鄙的伎俩。茶场是村里的集体经济，每年利润10万元以上，到年终每家每户都能分到一些钱。可袁作义要把它卖掉。他大吹大擂，"老子是村长，有啥不能卖?"这茶场卖给外面的老板，"十年一百万，保证有人抢。"但袁作义却非要50万元卖给村里小卖部的老板。再让这老板以100万元卖给外面的老板，轻轻松松赚50万元，袁作义与小卖部老板6∶4分成。袁作义的精明、狡黠、工于心计、圆滑、算计的形象跃然纸上。对这样的人，我们的感情是复杂的，既不屑于他的苟且、卑鄙，又同情他的苦苦挣扎。他只能在朦胧的醉态中实现自己的“理想”，一展自己的“报复”，可笑、可怜又可气！

更令人称奇的是，这位“县长亲自任命，并亲自打电话通知他参加三干会”的村长，最大的心愿竟是“我要在村里找个相好”。他自己解释找相好的原因是“既然当了村长嘛，不管怎么说也该有个相好，不然怎么叫村长呢？要是当村长不找相好，那村长还有个鸡巴当头”。这是从黄仁那里得到的启发，一语道破天机。当村长不找个相好，没当头。袁作义和黄仁毫无二致，当村长，一为财，二为色。既然黄仁可以找自己的老婆做相好，自己也可以找黄仁的女儿黄蕊当相好。既报复了黄仁，洗了占妻之恨，又满足了肉欲，心理得以平衡。至此，他的肮脏心态，丑恶欲望暴露无遗。这正如安娜女皇所指出的，“人和天使的区别是显而易见的：天使的大部分内容是内涵的，而人的大部分内容是外露的。”袁作义口无遮拦的话语表演，为自己逼真地画了像。

俗话说，假的就是假的，伪装应当剥去。袁作义醉酒之际的豪言壮语，勾画的宏伟蓝图，不过是海市蜃楼般的愿景。酒醒之后，回到现实，即刻崩塌。当小卖部老板送他回家，到他家门口土场上“他却突然闭嘴了，一声不吭了，眼睛也闭上了，好像一下子变成了一头死猪”。当看到村长黄仁仍在他家时，他大气不敢出，屁话不敢放，“还闭着眼睛，越发像一头死猪了，我晓得他是在装死。”这段叙述，非常鲜活、生动地展示出了袁作义在迷离和现实场景中判若两人的表现。一则似虎，一则像猫。说明他这样的小人物在强权面前，只能屈服缴械、忍气吞声、无可奈何、任人摆布。这也许就是底层民众真实的生存状态吧？

《酒疯子》中的两个场景：饮酒和送人，映衬出虚拟和现实两种状态。在虚拟的豪饮中，袁作义扮演的是喜剧角色；在现实的家门前，他又陷入悲剧的氛围。以喜剧开头，以悲剧结尾，起、承、转、合，难以逾矩，这大概就是袁作义的宿命。袁作义这些被弱化的“个人”，“往往在自己生命的大事上也束手无策；任由命运的摆布，飘到哪里是哪里，甚至还会让命运之手，将自己压成残渣。”这悲屈的生存状态应当引起我们深切的思考。

2014年6月8日，农历五月十一

“伤痕文学”的警世意义

《新华文摘》2008年第22期在“文学评论”专栏刊登了刘心武、卢新华和蒋子龙三位作家回顾20世纪70年代末期创作“伤痕文学”情况的文章。刘心武回顾了短篇小说《班主任》发表后引起的社会强烈反响情况；卢新华则重点介绍了短篇小说《伤痕》得以发表的机缘巧合；蒋子龙则侧重回忆了《机电局长的一天》和《乔厂长上任记》发表后，作者所受到的冲击以及两篇小说坎坷遭际的情况。

读着这些充满血泪与深情的文字，我一下子想起了阅读这些作品时心灵受到强烈震撼、感情与作者由衷共鸣的情景，仿佛一下子回到了那乍暖还寒、欲说还休的年代。

20世纪70年代末期，刚刚粉碎“四人帮”，正是改革开放大潮的萌动期，也是思想解放的酝酿期，还是实践派和“凡是”派开始较量的时期。那个时候，虽然“文化大革命”结束了，但政治、思想、文化领域的拨乱反正、正本清源还刚刚起步。社会是混沌的，人们的头脑是麻木的，思维是盲目无序的，何去何从，似乎还没有明确的方向。

正是在这个时候，刘心武的短篇小说《班主任》在《人民文学》杂志上发表了，立即在全国引起轰动。它像一声春雷，震动了冰封大地；它似一剂良药，催化了人们心中的块垒；它又如一颗威力巨大的炸弹，炸开了封闭、沉闷的思想僵化的现实。一篇不长的小说，迅速风靡全国。

为什么一篇小说能引起如此轩然大波？因为它刺中了“文化大革命”的要害，发出了“救救孩子”的强烈呼声。它以形象化的思维，反思“文化大革命”给青年造成的精神毒害和思想腐蚀，给国家教育事业带来的灾难，饶有深意地提出了“青年人向何处去”的问题，从而引发了全国人民的心灵共鸣，引起全社会的密切关注。揭出伤痕，是为了疗救，是为了前事不忘，汲取沉痛的历史教训，把未来的路走正走好。从这个层面上说，“伤痕文学”起到了振聋发聩、警醒世人的作用。

此后，随着卢新华的短篇小说《伤痕》的发表，“伤痕文学”成了一个时期文学艺术界创作的主流。作家们怀着深厚的政治责任感，以艺术化的手法，以感慨万千的笔触，以充满深情的文字，以典型化的人物形象，揭露“文化大革命”给人们心灵上造成的创伤，给人性造成的压抑和异化，给传统文化造成的危害，给政治、经济、社会造成的破坏，使人们对“文化大革命”的罪恶有了更形象的认识，对正本清源、拨乱反正的思想解放有了更自觉的行动。“伤痕文学”功不可没！

揭开伤疤是为了治疗，捅开精神上的伤痕是为了端正思想。作家们没有老是沉湎于伤痛的感叹中，他们回顾过去是为了直面现实。从蒋子龙的《乔厂长上任记》开始，“伤痕文学”有了更多更美的亮色。不再是单调的哀怨的控诉，而是从悲愤中跳跃出来，积极地行动起来，从伤痕中找出病因，从痛苦中奋起行动，这就是“伤痕文学”的现实意义所在。

2008年11月25日，农历十月二十八

《长长的流水》读后琐议

刘真原名刘清莲，9 岁参加革命，在冀南根据地当过演员、宣传员、交通员，1951 年任文工队队长，入朝作战，是名副其实的年纪轻轻的“老革命”。革命的熔炉冶炼了她，战争的烈焰熏陶了她，她在部队学文化，搞演出，编剧本，钻创作，逐步走上了文学道路。她是新中国成立后成长起来的有才华、有个性的女作家。

1963 年 8 月，作家出版社出版了刘真的短篇小说集《长长的流水》，在读者中引起强烈反响，好评如潮。当然也有一些不和谐音，说刘真宣扬战争残酷、恐怖，流露出了悲观、消极情绪。我那个时候还不到 20 岁，酷爱读书，关心图书的出版、评论消息。我从报章上看到了一些对《长长的流水》的评论文章，赞扬的、批评的、肯定的、质疑的都有。我急切地想淘弄到一本《长长的流水》读一读，以便做出自己的评价，但未能如愿。

岁月荏苒，光阴飞渡，转眼间 50 多年过去了，我还没有见过、读过《长长的流水》。2014 年 4 月，北京市在朝阳公园办书市，里面有一些出售旧书的摊位。在一家 10 元钱 3 本的旧书摊上，我发现了缺少封面、封底，页码卷曲、残破，纸质发黄、变脆的《长长的流水》。我像干渴的人在沙漠发现了水，兴奋异常，毫不犹豫地买下，回去马上修补。配上封面、封底，抚平卷页，粘补残破，使它重新变为一本相对完整的书。尔后，便急不可待地读了起来，很快就通读一遍，我被这本小说集深深吸引了。

《长长的流水》收录了 14 个短篇小说，篇幅长短不一，题材集中明晰。其中大部分篇章反映了抗日战争、解放战争时期少年革命者的成长、进步历程，以及农民群众对革命的竭诚支持，军民之间水乳交融的亲密关系，也有一些展现了新中国成立后农村人民，特别是妇女精神面貌发生的巨大变化，比如争取婚姻自由等。

我在阅读中强烈感受到，由于作者是战争的亲历者、体验者和观察者，她亲身经历了战争血与火的洗礼，接触了战争中形形色色的农村人物，听闻了战争中林林总总的各色故事，领略了战争中人性与人格脱胎换骨的巨变。所以，她的经历极富传奇色彩，她的感受深入骨髓，真切而通透。她把这些经历、感受，融汇到小说中反映出来，既活灵活现，又韵味醇厚。

因为刘真熟悉农村生活，清楚战争环境，掌握人情世态，洞悉人物内心，所以她开掘起来才有深度、厚度，她笔下的人物才形象生动、性格鲜明，行为符合生活逻辑，语言切合生活实际。作者以当事人的身份，以少年革命者的眼光，以回忆过往的风云变幻为视角，来认识战争，体验人情，品味人间冷暖，表现人物性格，将观察、思考、分析、判断的逻辑思维，升华为形象思维，人物塑造，所以她笔下的人物就更真实、可信，具有代表性。

在革命历史题材的小说中，作家着重塑造了两类人物。一类是贫苦家庭出身，少不更事就参加了革命，在革命大熔炉里锻炼、成长、进步、成熟的少年革命者。如《好大娘》中的刘清莲，《我和小荣》中的荣荣，《灰棋山下》的赵长生，《林中路》中的旺儿等。另一类是在苦难、痛苦、屈辱、不幸的命运面前，不低头，不屈服，不沉沦，奋起抗争，勇于面对，为革命拼搏、奋斗的农村老大娘。像《好大娘》中的巩家庄老大娘，《灰棋山下》的王妈妈、红山妈，《亲家》中的冯大娘、赵大娘等。少年革命者的身上无疑有作者自己的影子。她传奇的革命经历，对革命的炽热感情，对战争残酷、激烈程度的体认，对革命同志间真挚情谊的感念，对自身成长过程中经验、教训的总结，这一切都似涓涓细流，流淌于她的笔下，凝聚成渗透着感情与思想的文字，一个个栩栩如生的少年英雄形象矗立于我们的眼前。

作者在战火纷飞的农村，接触过许多性格各异、遭遇有别的老大娘，她也亲身得到过这些老大娘慈母般的帮助。她熟悉她们的脾气禀性，了解她们的喜怒哀乐，知悉她们对子弟兵的深厚感情，她将她们的见识、品格、行为加以提炼、升华，演绎出一个个感人的老大娘形象。这其中有对小八路“心疼得不得了……给我们烧水、洗脚，又给我们烤湿衣服，”在刘清莲负伤昏迷时，出手相助，发自肺腑地说出“别怕，有你大娘，就有你”的巩家庄的老大娘；有坚毅、顽强，相扶相携，相助相帮，在悲痛中坚持，在煎熬中盼望红军归来的勇敢坚持的王大妈和红山妈妈；有在战争年代支援革命，把儿女送上前线，儿女牺牲后，不萎靡、不颓唐，积极参加社会主义建设，互相关心，互相鼓励，互相照顾，共渡难关，结成没有实际婚姻的最亲密亲家的冯大娘、赵大娘。这些老大娘坚持民族大义与做人节操，义无反顾，侠肝义胆，古道热肠的做为令人感动。我认为，这本小说集中，老大娘的形象是塑造、刻画得最感人、最丰满、最成功的，因为“感人心者莫先乎情”，作者在她们身上融入了最为纯真、浓郁的感情。

《长长的流水》中的小说，看似平实，质朴、波澜不惊，但却渗透着迷人的韵味和动人的艺术魅力。作者的文笔细腻、委婉、清丽，娓娓道来的日常话语中充满激情，平实的讲述中弥漫着强烈的爱憎感情。读刘真的这些小说，就如同听她拉家常一般，自自然然、妥妥帖帖。即使是火爆、激烈的战争场面，也是在平静、内敛的叙述中体味其火药味和残酷性的。

这些小说重在写实，虽然也有一些抒情象征的笔触，但主要手法是叙述。在叙述中引出人物，发展情节，爆发冲突，塑造形象。叙述语言如行云流水，不急不缓，不蔓不枝，沁人心脾，耐人寻味。作者出生在农村，活动在农村，对农民的语言非常熟悉，经提炼、加工，使带有地方特色的语言更清新、质朴、活泼、明快。语言的巧妙运用，使小说更活色生香，人物形象更加鲜活、生动。

刘真刻画人物，几乎全用白描，一段普普通通的介绍，就能勾勒出一个人的性格作派。如《我和小荣》中介绍小荣：“他的爹娘常常是因为送信不在家，她就成了这一家的主人。又是烧水做饭，又是缝补衣服，她完全像个大人一样地照顾大家，因此过往的同志送给她个外号‘小大人’。这个‘小大人’在我面前就变成个‘大大人’了，她又懂得心疼我，又爱管教我。”没有华丽的辞藻，没有润色的形容，一个热情、大方、泼辣、能干的女孩形象跃然纸上。再比如，写巩家庄大娘盼望刘清莲归来，“我从春盼到夏，从夏盼到冬，西邻家的小栓长成了大汉子；我种了一棵桃树也开花了，就是不见你回来呀！”以小栓子长大，桃树开花，比喻分别时间之长，盼望心情之浓，反映出大娘想念亲人的急迫心情，真是既形象，又传神。又比如，写“歪把机关枪”急于送文件，而天气变坏，他急得要死时，“我真想插翅飞上天去，拿一个能盖过天的大扫帚，赶跑黑云，把明晃晃的月亮放在蓝天的正当中；我又想把太阳——那个火红的大圆球，从地球的那一面拿回来。”这既符合孩子天真、稚嫩的身份，想象又十分奇特、贴切，把交通员急不可待，要马上出发执行任务的心情准确、灵动地表现出来了。

刘真小说的语言还具有抒情性，平实的话语中饱含深情。比如写“我”和小荣的亲密关系：“在这条艰苦的道路上，我有了个伙伴。沿路每一个村庄的名字，这蓝天底下的每一棵树，都深深刻在我们心上。我忘了的，她记得；她忘了的，我记得。不管夜再黑，风再大，我们永远不会迷失方向了。”读这样一语双关、蕴含深刻的文字，既感受到了语言的魅力，又被她营造的温馨意境所打动。我们仿佛小说中的主人公那样，洋溢在青春萌动、物我两忘的氛围中了。刘真的语言功力令人佩服。

20 世纪 60 年代，有人认为刘真的小说带有消极情绪，充斥着淡淡的哀愁，对战争的创伤有过度的渲染。这集中体现在《我和小荣》中。我特意把这篇小说连续读了几遍，发现了批评者指出的“问题”出现在小说的第五部分“家”中。八月节，“我”和小荣完成任务后，小荣一定要回村里去看看。只见她家“大门、房门，连窗棂子都被坏人挖走了。房子还站在那里，像个骷髅……地下到处是孩子们扔进来的树枝子、砖头、瓦块。房顶上塌了四五个大窟窿。”“院子里的石榴树……恐怕它的花刚开，就被淘气的孩子们摘跑了，只剩下满树的叶子。下边的土，干得都裂了。”“现在这个家，就剩下她们姐妹俩了（一指石榴树），小荣参加了八路军，它没人管了。”这些文字从表面上看，确实突出了一片凄凉、败落、孤寂的景象，谁看了都会伤心落泪。但这样写绝不是为了宣扬战争的恐怖，消弭人的斗智，而是为了控诉侵略者的野蛮、残暴、灭绝人性，激起对敌人刻骨铭心的仇恨，焕发革命的动力。我们千万别忘了这段话的前面，还有这样两句话：小院子“仍旧骄傲地站在高土坡上，老槐树迎着风，呜呜伤心地在哭似的。”这是画龙点睛的一笔，既意味着抗日军民傲然挺立，永不屈服的抗争精神，又传达出对侵略暴行的强烈控诉。作者之所以写那个环堵萧然的环境，不是表达对革命心灰意懒的消极情绪，而是暴露侵略战争给人类带来的沉重灾难；不是对家破人亡惨剧的恐惧，而是对野蛮敌人的切齿痛恨。目睹此情此景，谁能灰心丧气，消极躲避？谁都会义愤填膺地奋起抗争，投向反侵略的战场！

2014 年 6 月 26 日，农历五月二十九

无奈的现实消极的逃离
——读艾丽丝·门罗短篇小说集《逃离》

加拿大高龄女作家艾丽丝·门罗被誉为“当代最伟大的短篇小说家”，其作品被翻译成13种文字传遍全球，受到读者与媒体的高度评价。她著作宏富，获奖多多，曾先后荣获布克国际文学奖、总督文学奖等十几个奖项，2013年又获得了诺贝尔文学奖。这是对门罗创作实绩实至名归的褒奖，她当之无愧。

《逃离》是门罗2004年的作品，全书由八个短篇小说组成，其中的三篇互有关联。此书的出版使门罗第二次获得吉勒奖。评委们对此书的赞语是：“故事令人难忘，语言精确而有独到之处，朴实而优美，读后令人回味无穷。”

这八篇小说基本上以一个平凡小镇为背景，以不同年龄、不同身份、不同学识、不同教养的普通女人为主人公，以日常生活为叙述线索，以主人公的悲欢离合为内容核心，讲述的都是“逃离”的故事。逃离家庭、逃离感情、逃离真实、逃离两性、逃离自我……从而，深刻地反映出人与社会、人与家庭以及个人内心的矛盾。但这种种带着无限的犹豫、无限怅惘、迷惑的逃离，却是困难重重，举步维艰，像是脚上被绳子绊住了。这根绳子可能非常长，但终有拉直了，再也无法前进一步的时刻。书中的主人公们为了赢得社会承认，做出种种努力，却往往陷入紧张的关系与道德冲突之中。

《逃离》是这本小说集的第一篇，起到了提纲挈领的作用，奠定了本书的思想主旨和写作风格。主人公卡拉不顾家庭的反对，抛弃优裕的生活条件，逃离家庭，投向脾气火爆、心术不正的克拉克的怀抱。为的是冲破封闭，追求自由和幸福。但他并不了解克拉克，当她发现克拉克想算计、敲诈邻居贾米森太太时，心生恐惧，良心不安。在贾米森太太的帮助下，第二次逃离，坐大巴欲去多伦多，开始新生活。可是，路途中她就崩溃了。她由于对未来生活道路、生活环境不确定性的恐惧，向克拉克发出了“来接我一下吧，求求你了，来接我吧！”的哀号，重新回到克拉克身边，因为逃离是纠结的、痛苦的。她发现能拯救自己的，仍然是自己逃离的地方。卡拉之所以逃离，是因为内心恐惧；之所以中途而返，也是因为恐惧。害怕生活欺骗，婚姻破裂，身陷困境。逃离是无奈的选择和消极的抗争。这从一个侧面反映了社会急速变动之际，人们精神之脆弱，人际关系之恶劣，人的适应能力跟不上客观现实脚步的真实情况。

《激情》写了旅馆服务生格蕾丝追求热烈的情感，缠绵的爱情，却在冷酷、无情的现实面前碰得头破血流，不得不落荒而逃的故事。

格蕾丝在打工期间遇到了还算完美的对象——工程师莫瑞。他家境良好，秉性温柔，但正直、古板、不解风情，拒绝了格蕾丝做爱要求，使自幼生长在孤独、寂寞、无助环境中的格蕾丝深受打击。忽然有一天，莫瑞的哥哥尼尔出现了，她突然觉得那才是自己想要的人，想要碰触，想要拥抱，想要享受真正的激情——从压抑、孤寂、冷清、无人理解的环境中逃离出来，奔向火热、激越、动情的男女之恋——她坐上尼尔的车，家里人以为她去处理脚伤，但格蕾丝知道，她是要逃离莫瑞，开始一场探险。结果，酗酒的尼尔也不是理想的人，他只知寻求酒精刺激，全然不顾格蕾丝的情感需要。所以，无论他是自杀，还是因为酗酒出事，格蕾丝想要逃往的地方不过是毁灭。毁灭的动因，是人人都隐藏在面罩后面，人与人之间缺乏真诚的心灵沟通，而被冷漠、隔膜所遮蔽，人生冷暖真是一言难尽。

门罗通过活生生的艺术形象，隐约曲折地告诉人们，任何想要逃离的人，对现有事物的厌倦，超过了对未来的渴望。人生不断地在逃离，又不断地被牵绊的过去或失望的未来所捕获。这就难怪小说中弥漫着欲挣扎不能，欲逃离无路的悲哀了。

《机缘》中的女主人公朱丽叶，21 岁已获得古典文学硕士学位。她性格孤傲，与人关系冷淡。“她母亲希望她能多结点人缘”，“她父亲就是希望她能融入社会。”她并不喜欢那个热爱知识与文化的自己，她的心底更想要逃离。逃离家庭环境，逃离复杂的人际关系，逃离充满竞争气氛的校园。她甚至不惜与一面之缘的导师外甥在草地上草草结束自己的童贞。之后，她又千里迢迢去投奔只在火车上偶遇的那位渔夫，不顾他已有妻子和若干情人，与他共同生活。渔夫的妻子死后，两人也未办正式结婚手续。但是这种逃离并没有给她带来生活的幸福和内心的妥帖。在埃里克海上失事丧生后，她更加颓废、消极，她改换过多次工作，最后连体面的电视采访人都不做了。在婚姻上也更加随意，先后与多人同居。最终，重新拿起书本，回到“文明”的世界，并开始继续完成那篇未竟的博士论文。这说明无聊的日常生活消弥了人们的理想与信念，限制了人们的追求与奋斗，逃离以失败告终，又回归到甘于平庸、甘于落寞、自我封闭、自我孤立的层面。这是社会发展规律使然，是人生错误选择使然，更是性格决定命运使然。人生像是在哪里打了转，又回到了原来的地方。她们在明明知道已经失去却硬装着毫不知情、毫不在意的那一刻，去捕捉住生命中绝望的真相。小说中几乎所有的人，在碰到这样的时刻，都会背过身去，假装什么也没看见，什么也没听到。其实，正是这样的假装不知道，在逃离的时候，造成有些东西永远逃不开，有些东西永远回不来。

小说里，还有不少精神恍惚、神志不清的女人。清醒时，她们风光无限，法力无边，被人吹捧，被人追求，一旦陷入混沌、迷茫的境地，吹捧的人消失了，追求的人逃离了，她们自身也在逃离。某种程度上可以说，她们逃离了她们不再留恋的那个“清醒正常”的自我。她们不是在早年丢弃的宗教、信仰中徒然寻求安慰，就是在自身法力渐渐消失时被抛弃在废旧的精神病院中。逃开的自我回敬以逃不开的孤独，对动机不纯、目的不明的逃离狠狠地给予了报复。《法力》中的泰莎就是典型的代表。

这些故事里，最令人伤心的莫过于逃离家庭，给父母及家人身心造成的巨大伤害了。如果说“一切坚固的东西都烟消云散了”，那么，旧的生活理念被冲击，传统的生活秩序被破坏，家庭结构被肢解，在小说里则是显而易见的。朱丽叶逃离父母，女儿佩内洛普又逃离她；格蕾丝逃离特里弗斯家庭、德尔芬逃离女儿所造成的一幕幕悲剧催人泪下，促人深思。

逃离或许是旧的结束，或许是新的开始。或许只是一些微不足道的瞬间，就像看戏路上放松的脚步，就像在后窗边怅然的向往。《逃离》中诸多女性的逃离，展示了当今时代观念的嬗变，风俗的更迭，人性的异化和价值观的扭曲；揭示了芸芸众生日常生活的复杂、纷乱和人与人之间关系的微妙、多元，这对于我们分析、认识当今社会的生活，辨析人们的生存环境，生存意识，作用是很大的。

正如瑞典文学院声明中所说的那样，门罗的作品小中见大、平中见奇，以情节的细腻见长，文风透彻，带有心理现实主义特色。《逃离》中没有重大的政治事件，没有尖锐、复杂的矛盾冲突，没有显赫、光鲜的英雄人物，没有紧凑、惊险的故事情节，作品中所写，都是她熟悉的人和事，都是她了然于胸的生活场景，介绍的都是家长里短，人之常情。作者就像一个心地善良、极具悲悯情怀的老奶奶，将她烂熟于心的故事娓娓道来，把她认真观察到的真相公布于众，让读者沉湎其中，品尝生活的况味，知悉人生的艰难，认识人性的复杂，洞察世相百态。作者的语言平实、质朴、疏朗、精致，很见功力。往往不太长的篇幅中讲述出一个令人惊叹而又感慨的故事。在看似平淡无奇、平静如水的叙写中，我们发现了深厚的文化底蕴和生活的波澜，体味到了人情的冷暖明暗，人生的抉择之艰，命运的多舛无常；观察到了如棋的世事，如烟的往事，如歌的岁月，如泣的情怀；发现了平凡中的神奇，平淡中的深刻，平庸中的奇崛，平面化语言中的立体意蕴。每一篇小说都耐咀嚼，每一个人物都值得研究，每一句富涵人生哲理的话都值得品咂。用含蓄、深邃、丰富、广博来形容门罗小说的语言是一点都不为过的。在看似唠里唠叨的叙述中，深涵文化品位，富藏生活智慧，充溢着深刻的思想，包含着透辟的哲理。格言、警句不时出现，象征、寄托随处可见，人物肖像描写入木三分，环境衬托烘云见月，这些手法对小说思想性的阐发无疑增加了艺术性的砝码。

于细微处见精神，于平实中显经典，我认为这是门罗短篇小说最显著的特色。

2014 年 7 月 16 日，农历六月二一

可贵、可爱的《上海女人》

《上海女人》是杨显惠“夹边沟纪事”系列小说的首篇。他以回忆者、观察者的身份，用平实的语言、苦涩的情调，记叙了20世纪大饥荒年代“右派”劳改营惨痛得恐怖的生活，以及在极恶劣的环境下，人转化为非人的过程。阴森晦暗、骇人听闻。让读者洞悉了历史真相，窥见了“斗争”的荒谬，验证了“反右”灾难性的后果，从而心灵受到震撼，情感遭遇撞击：那戕害生命、灭绝人性的恶行再也不能重现了。

《上海女人》为我们勾勒出了一幅惨绝人寰、阴森可怖的“右派”劳改营的凄厉图景：住的是高一米“人四肢着地才能钻进去，进去后坐着刚能仰起脸来”的窑洞；吃的是每天7两，月不足十四斤的定量粮，“一天就吃一顿菜团和一顿菜糊糊，”营养极度缺乏，人员大批死亡。饥不果腹时，“右派”们就去捋草籽，抓老鼠，逮蚯蚓、蜥蜴，吃黄茅草籽煮的“粉汤”。因为不消化，很多人肠梗阻，悲惨地死去。死去的也不得安生，被掩埋组用车一拉，在沙窝子里浅浅埋掉。因为埋得草率，有些尸体已经暴露了出来。

这就是作者向我们叙述的20世纪50年代末、60年代初“右派”劳改营的地狱般的悲惨景象。在人间地狱里，自由是奢谈，民主是幻影，人权被剥夺，人性被践踏，生命被戕害，精神被摧残，他们过的是连猪狗都不如的生活，“享受”的是非人的待遇，人转化为非人；昔日的“精英”、人才被蹂躏为行尸走肉。

培根说：“顺境见邪恶，逆境见高尚。”杨显惠为我们客观、冷静地介绍“右派”劳改营苦难的生活情境，绝不是为了渲染恐怖和凄惨。一方面是让我们牢记历史，警示现在；另一方面是为小说中的两个主人公董建义和顾晓云设置一个幽暗、阴郁的背景，以便更鲜明、更真切地刻画他们“黑暗中闪光”的形象，塑造典型环境中的典型性格。

董建义“三十多岁，白净的面皮，高高的身材，穿一套灰制服，”他是顾晓云的丈夫，原是上海一家医院的主治医师。1956年在支援大西北建设的热潮中，不顾爱人、父母、岳父母的反对，满怀激情地来到兰州，在省人民医院泌尿科当主任。“反右”斗争时，被打成“右派”。

一个抛弃优越的工作和生活条件，离妻别子，自愿到大西北荒僻之地“支边”的知识分子，他的心里只有热忱和抱负，怎么可能反党？向党交心，却不被理解，稀里糊涂成了“右派分子”，这不是很可悲吗？更可悲的是，又将他投入蛮荒之地的劳改营，接受改造，忍饥挨饿，参加繁重劳动，承受非人折磨。为了活命，许多人挖野菜、捋草籽、逮老鼠，什么能填饱肚子就吃什么。而董建义“嫌脏、不卫生，不吃”，当别人劝他吃时，他斥之曰：“那是人吃的东西吗？”“他就吃食堂供应的那点东西，”宁肯饿死，也不放弃原则。这说明，他虽身遭厄运，但生活信念不变，做人操守不变，追求完美的性情不变，坚毅、顽强的本性不变。有许多“劳改分子”承受不住饥饿和折磨，逃跑了，而董建义不跑。他“认为自己当右派是整错了，组织会很快给自己纠正、平反。再说，总觉得劳教是组织在考验我们，看我们对党忠诚不忠诚；如果逃跑，不就对党不忠了吗？不就背叛革命了吗？”在逆境中，他仍忠于革命、忠于党，相信党组织，保持坚定的革命信念，这是多么难能可贵的品质啊！当他窥探到李文汉私下托副业队孔队长到酒泉买食品在被窝里偷吃的情况后，既没有向李索要，也未向管教干部报告。既彰显了他的要强和自律，又突出了他的忠厚、耿介。就是这样一个平时吃饭都要细嚼慢咽的白面书生，却有如此博大的胸怀、澄明的心地，怎不令人肃然起敬！更为感人的是，他自知不久于人世，向李文汉托付后事，他要清清白白地来，干干净净地走，一点污秽都不带。让李文汉在他死时，给他穿上呢子服，裹上鸭绒被和毯子，塞到窑洞的角落里，等他爱人来，把尸体运回上海去。他盼望死后体面地、有尊严地和妻子见面，完完整整地回到上海去，实现魂归故里的夙愿。岁月可以摧残人的身体，苦难可以毁灭人的生命，但折磨不了人的意志和信念，董建义的自尊、自信、坚持操守、不向邪恶低头、矢志不渝的精神令人击节赞叹！

和董建义比起来，他的妻子上海女人顾晓云更让人唏嘘感叹。

顾晓云虽然反对董建义到大西北"支边"，但董来到兰州后就全力支持他。董被打成"右派"后，她没有歧视，没有离婚，而是"自从他定为'右派'到了夹边沟，他女人三两个月就来一次，看望他，并且捎来许多饼干、奶味、葡萄糖粉之类的食品和营养品。""董建义之所以没有饿死，完全是他女人的功劳。"这说明董和顾的婚姻是有坚实基础的，顾晓云对爱情是坚贞执着的，不因风云变幻而改旗易帜。

当听说丈夫迁到高台县明水乡的一片荒滩时，不放心的顾晓云又要来探视。可是未等她来到，董建义已经死了。这个"有着鼓鼓的前额，凹陷的眼睛，很秀气的脸，尖下巴"，已经30岁的瘦弱女人，却"提着个很大且鼓鼓囊囊的花格子书包"，包里有饼干、肉松、蛋糕之类的食品，还有给老董买的两件衬衣，她亲手织的一件毛衣。千里迢迢，奔波劳碌，从东海之滨辗转来到大西北，又带了那么多东西，足见其对董建义的想念、关心、牵挂，老董的冷暖、温饱，时刻萦绕在她的心上。伉俪情深，感人肺腑。

她来到明水，先问老董在哪儿？李文汉怕她没有思想准备，没马上把真相告诉她，只说"出去了"，架不住她一再追问，李文汉才告诉她"老董去世已经七八天了"。听此消息，"她的第一声哭就像是喷出来的……泪水从她的指缝里流出来。她的哭声太惨了。"这是痛失心爱的丈夫的悲恸，是阖家团圆梦想破灭的悲号，是天人分隔、夫妻永诀的凄诉。它宣示了夫妻间的真实感情，深厚情分。接下来，顾晓云又要求带她去坟上看看，"帮我把他的坟挖开，叫我看他一眼，然后我要把他运回老家去。"但李文汉却不好答应，因为他看到了，董建义的坟被人掘开，"老董被人抛尸荒野，光溜溜地扔在河滩上，他的衣裳叫人扒走了，被子和毯子都不见了。"更糟糕的是，"老董屁股蛋子上的肉叫人剜走了。"一个斯斯文文、体体面面、死了也要保持严整和尊严的知识分子，死后竟被掘坟戮尸，曝尸荒野，体无完肤，这是怎样的惨不忍睹，怎样的悲惨绝伦啊！如果把这样的噩耗告诉顾晓云，她能经受得住刺激、挺过去吗？但是这个瘦弱、疲惫的上海女人，内心却是坚强、刚毅的，她在巨大的打击、悲惨的现实前不但挺住了，而且决心更坚定了。李文汉等人考虑到她两天两宿没吃没喝没睡的情况，怕她出意外，把她带到了董建义的尸体前。当看到董建义木乃伊般的尸体时，顾晓云"扑在木乃伊上之后，就一动不动了，没了声息……然后就伏在尸体上大哭起来……她抱着木乃伊不撒手……就像他们是一对连体婴儿无法扯开……"这生离死别的场景，这撕心裂肺的哭嚎，这一定要把尸体运回上海的执着、坚持，说明顾晓云这个外表文静柔弱和内心坚忍忠贞形成巨大反差的上海女人是忠于爱情、忠于家庭、信守承诺、敢于担当的奇女子。这是那个灾难年代里感人的星光，是孕育着的抵制错误、不公制度的正义力量。

在李文汉等人的帮助下，顾晓云终于把丈夫董建义的尸体火化，拣拾到了骨灰。李文汉用他的美国军毯把骨灰包好，并打成军人的背包形状后，顾晓云背着上路了。“她的身体是瘦小的，而背包又大，背包把她的肩膀都挡住了……”至此，顾晓云实现了愿望，也升华了她那纯洁的心灵，高尚的人格，坚毅的品质，忠贞的节操。她的形象鲜明、生动地留在了读者心中，人们为可贵、可敬的上海女人流下了同情感动之泪。

《上海女人》表现的是过去时的沉重题材，话语必须是严肃的。平实、冷静的客观叙述，是最好的表现方式。小说中几乎没有描写，没有抒情，没有运用很多的修辞方法，但正是这无技巧的技巧，成就了这篇深蕴悲天悯人情怀，呼唤人性回归，尊重生命和生存权利的小说。如果要探索艺术手法的话，我觉得有两点比较突出。

一是对比。董建义和劳改营众人思想、行为的对比，更突出了董的特立独行，坚定志向，坚持操守，维护尊严的品格。

农场管教干部和李文汉等人的对比。管教干部对顾晓云不仅不同情、帮助，反而加以训斥，并威胁“我们要通知你的工作单位，要好好教育你。”而李文汉却将入朝作战带回来的战利品——自己舍不得用、舍不得换食物的美国军毯给顾晓云包董建义骨灰，让我们体味到了劳改营的一丝人间温情。谁无情，谁有义，谁狠毒，谁善良，泾渭分明，一目了然，表达效果非常强烈。

二是细节的营造和运用。

小说中营造的细节较多，有的很典型。比如，顾晓云从上海来劳改营戴的一块绿色头巾，在不同场景中，反复出现了多次，每次出现均有不同寓意。第一次出现在她到达明水劳改营后，“她放下书包，然后抹下头上的绿色绸缎方巾，”这里的绿色头巾代表着青春和“春暖花开”的希望，是要特意戴给董建义看的，意在激励他生活的信心，企盼春天的到来。第二次是见到董建义的“木乃伊”后，“她抹下绿色的缎子头巾，想把骨头全包起来。”既然董建义生前未见到绿头巾，就让渗透着自己情感、憧憬着未来的头巾伴着他一路走好。第三次出现是在顾晓云背着骨灰包返回上海的时候，“那块绿色的头巾，她又裹在头上了……戈壁滩上刮着凛冽的寒风。头巾的尖角在她脖子上像个小尾巴一样突突地跳着。”这里的绿头巾象征着顾晓云的坚忍、顽强、不屈不挠的拼争精神，预示着“苦难终有尽，长夜终有头”，它将伴随着顾晓云向新的希望出发。可以说，这小小的绿头巾寓意丰富，给人以丰富的联想。

2001年9月21日，农历八月初五

逃避者的自白书
——读映川的中篇小说《我困了，我醒了》

文学、艺术是意识形态的产物，属于上层建筑。经济基础决定上层建筑，上层建筑又反作用于经济基础，起到或推动或阻滞的作用。唐代大诗人白居易在《与元九书》中指出："文章合为时而著，歌诗合为事而作。"即是说，文章、诗歌要源于生活，反映现实。小说，作为文学的一种样式，作为以讲故事为主的文学体裁，它必须解决讲什么故事和怎样讲的问题。是讲述温馨、浪漫、缠绵、厚重的故事，弘扬真善美，礼赞人间真情？还是讲述贪鄙、丑恶、卑劣、粗俗的故事，鞭挞假丑恶，批判人性的污秽、腌臜？这取决于作家对生活的观察程度，对现实的认识深度，对人性的剖析力度和对审美的感受广度。但无论是歌颂，还是暴露，对于读者来说，都会在认识社会，感悟人生，体验、品鉴生活上有所裨益。

映川的《我困了，我醒了》，就是一篇直面现实，亮丑、审丑、曝黑刺私、鞭挞吝啬，指斥逃避责任，不敢担当丑行的讽刺小说；就是一篇警示世人睁大眼睛，认真分辨，仔细鉴别，审慎观察的现实批判小说；也是一篇呼唤真情，呼吁救赎的心理抚慰小说。

小说以第一人称为叙述角度，以小说主人公自述的口吻，向读者"如实"交代了他醒着—困了—睡了—又醒了—又困了—又睡了的循环往复的生活历程，从而揭开了张钉以"冬眠症"为幌子，每当需要付出金钱和承担责任的时候，就长时间昏睡，从而拒绝担当、违背承诺、逃避责任、推脱职守的伎俩。让我们看清了他工于心计、狡黠算计、贪婪吝啬、虚伪奸诈的嘴脸，认识到了这个言而无信、阴阳两面的伪君子的欺骗性和蛊惑性。

张钉这个不光彩的形象是他用自己的话语，自己的行为，自行勾勒出来的，因而比较有真实感。在他向读者叙述的若干个典型场景中，透过他淋漓尽致的表演，从不同的角度，通过不同的人，使他的恶言丑行、鄙陋举止，由点到面、由浅入深地浮现出来，也使"小男人惯于、善于逃避的卑污形象逐渐清晰起来。"

第一个场景：张钉和父亲张聚德的故事。张钉的妈妈去世时，留给他八亩菜田，被张聚德卖了。为此，张钉与父亲对簿公堂，索回了菜田，但父子关系破裂。他对外宣称，他的父母都过世了。后来八亩菜田被征用，张钉在知了山庄得到一套别墅和一些现金，他连父亲都没告诉，更不用说旁人了。这个故事说明，张钉的心中除了金钱攫取、物质占有，没有亲情，连养育自己长大成人的父亲都置之不理，只能说他是不孝之子。

第二个场景：张钉和前女友李芳菲的故事。他在李芳菲家混吃、混喝、混住，但就是不娶她，也不愿意为她花钱。李芳菲相中的衣服，他以各种花言巧语拒买；李芳菲要去欧洲旅游，让他补贴旅游费，他以"参加旅游团最没意思，出去十天半月，看过的东西看过就没了，不能揣在兜里带回来，说有多虚就有多虚"为理由，软磨硬泡，就是不掏钱，使李的旅游泡了汤。李芳菲单位集资建房，要求他帮助交首付。他以"帮远房亲戚看房"为由头跑到知了山庄躲了起来。交首付头一天，"李芳菲跟我说好，第二天请假一块去取钱交钱。我好像没说好，也没说不好，当时躺在床上晕乎乎的，一睡睡了过去，一睡睡了三天，手机响没听见，电话铃响也没听见。"李芳菲看透了他，提出和他分手，最后对张钉说的一句话是“我从来没见过像你这么自私无耻的人”。这个场景的故事充分显现了张钉只知索取，不做奉献，爱财如命，虚情假意，而又狡诈、奸猾、处处逃避的性格特征。

第三个场景：张钉和李芳菲孩子的故事。两人分手三年后，李芳菲抱着两岁的孩子找到张钉，想借五万元钱。借钱，“不是为了我自己，我是为了这孩子。”孩子先天性耳道发育不良，必须人工植入耳道。这又把张钉吓住了，“我打个呵欠，眼泪水哗哗地流下来，我说真困。”他告诉李芳菲，“我的钱全投到项目里去了，等凑齐了再通知她。”这明显是在撒谎。所谓凑钱，不过是拖延之辞。对于一个爱过自己，关照过自己，眼下又有严重困难的女人，张钉竟无动于衷，毫无怜悯之情、帮助之念。其自私自利的本性昭然若揭。

第四个场景：张钉和卢兰的故事。张钉的新女友叫卢兰，“和卢兰好上，绝对不是看她的长相……我看上卢兰是因为她没有心眼，……我说什么她信什么。”把处朋友都功利化了，她看上卢兰，不是两心相通，两情相悦，而是要欺骗她，利用她。卢兰爱车，想买台车。他在夺去卢兰贞操的狂热之际，答应给卢兰买车，但他根本未去订车。当卢兰要他陪着去取车，到达汽车代理公司时，他又犯病了。“我歪倒在椅子上，嘴角边挂着黑乎乎的巧克力汁。”可把卢兰吓坏了，赶快把他送进了医院，又找到张钉的父亲张聚德。张聚德把儿子接回家照顾。张钉昏睡了27天后醒过来了。卢兰的车子没买成，张钉的钱没减少，责任未承担，狡猾的他又一次逃脱了。按照他自己的话说：“我最怕担责任了。”巧于掩饰、精于算计的小男人嘴脸暴露无遗。

第五个场景：张钉和杨吉的故事。当张钉和卢兰准备第二天结婚时，他的前同事杨吉在新房绑架了他，向他索要6万元现金，想潜逃到泰国去。张钉只交代了藏在鞋柜鞋盒里的三万元钱。当杨吉催逼他交另外三万元时，恰巧卢兰来电话了。他让卢兰“马上过来，快过来，顺便拿上三万块钱过来。”他为了自己活命，抛弃了男人的责任，竟无耻地把自己的女人骗过来，全然不顾卢兰的生死，意图让卢兰为他挡刀，这还有点人味吗？当卢兰“看到杨吉将刀架在我脖子上，就发了疯地冲过来，她的头撞向杨吉的胸口，她把全身的力气都用上了，……杨吉手中握的刀子一下挺进卢兰的身体，一点声音也没有。”卢兰一个弱女子，为了救自己的丈夫，义无反顾，宁肯牺牲自己。这大义凛然的普通女子，品格是多么高尚，行为是多么壮烈啊！而张钉呢，在卢兰鲜血喷溅的时候，在爱人生命垂危的关头，又一次想逃避，又困了，要睡着了。他竟然说，“我走不动，我想睡觉，我没办法把你送到医院，路太远了，太难了。”当卢兰忍着剧痛，从牙缝里发出，“张钉你不能睡，我要活，我明天是你的新娘”的乞求时，他才似乎良心发现，意识觉醒，睡意消失。“我直起身，我的腿很轻，步子迈得很大，我抱着我心爱的女人冲向夜色里。”这个场景是小说的高潮部分，也是善良与凶残、勇敢与懦弱、人性与狼性、宵小之徒与巾帼丈夫、敢于担当与逃避躲藏的分水岭。我们赞赏卢兰的勇敢无畏，我们痛恨张钉的自私卑鄙！

《我困了，我醒了》除了深刻的立意、鲜明的主题值得反复咀嚼、长思之外，在艺术表现手法上，也有其独到之处，值得玩味、品咂。

一是它的语言诙谐、幽默，带有强烈的调侃意味。这样的语言由一个自私、苟且、逃避、吝啬的小男人口中道出，既符合人物特质，又契合了场景氛围，强化了小说的意境。阅读起来不板滞，不沉重，让读者在看似疏淡、平和的氛围中领略到了小说深邃的思想内涵和凝重的主题意蕴。

二是对比手法的运用，使人物形象更鲜活、生动，起到了烘云托月、相互衬托的作用。

（一）是张钉和父亲张聚德的对比。张钉为了八亩菜田，竟和父亲打起了官司。他抛弃父子之情，不登家门，不尽孝道，并对外宣称，其父亲已过世。张聚德得知儿子患了“冬眠症”，毫不犹豫地把儿子接回家中，日夜看护27天，终使张钉苏醒。但醒来的儿子竟一句感谢的话都没有，竟认为父亲侍候他，是为了要钱。他给父亲打了一张1110元的欠条。他兜里有钱，本可以立即兑现，但就是要拖延。这1110元钱他以后也未还。

而张聚德呢？不仅不计前嫌，把儿子接回家精心照顾，而且在他后来和外地女人再婚后，把自己的房子过户给了张钉，并为他找到了稳定的长期租户。临到外地去时，他又把张钉小时候的玩具全都给张钉拿了过来，这是多么仁爱、厚道、仗义、有责任心的父亲啊！对比之下，张钉的所作所为是不是显得更加龌龊、卑劣了呢？

（二）是卢兰与张钉的对比。卢兰是个善良、纯朴、诚实、执着的姑娘，她具有奉献精神。张钉欺骗她去接车因“冬眠症”发作昏睡过去后，她没有生气离开，而是全力救助他，并想方设法找到张钉的父亲，妥善安排了照顾他的事宜。而张钉呢，一到承担责任的关键时候，就睡过去，就逃避，两相比较，孰清孰浊，一目了然。

李芳菲向张钉借钱，他根本不想借，而又不能公开拒绝，他把卢兰牵了进来。富于同情心的卢兰慷慨地把自己夜间兼职当校对挣的五万元钱借给李芳菲给孩子治病。她宁可自己不买车，也要急人所难。这种古道热肠、乐于助人的品格和张钉的推脱、搪塞、一毛不拔不正是形成了鲜明的反差吗？“卑鄙是卑鄙者的通行证，高尚是高尚者的墓志铭！”

当张钉被绑架，既想不破财，又要急于脱身时，他骗来了卢兰。目的就是拿卢兰做挡箭牌和牺牲品。而卢兰为了拯救他，勇敢冲上去了，与绑架者搏斗，身负重伤，而张钉却毫发未损时，卢兰乞求送她上医院。她不想死，她明天要做张钉新娘。而张钉却又要昏昏睡过去，置卢兰于不顾。这一带有强烈反差的对比，令人震撼，让人动容。谁是天空的雄鹰，谁是脚下的黄土，不言自明。

值得庆幸的是，正是卢兰这位普通女性的母性和妻性，唤醒了昏睡的张钉，肃清了他头脑中的混沌，他的清醒是女性救赎的结果。

2005年2月20日，农历正月十二

他（她）们在“寻找”什么
——读北北的中篇小说《寻找妻子古菜花》

北北的中篇小说《寻找妻子古菜花》是一篇近乎寓言式的“言情”小说，是一篇探讨在俗世红尘中，芸芸众生的精神、物质追求，灵与肉的寻觅，价值取向的思索的小说，是一篇研讨现实生活中“情为何物”，什么最值得珍惜的命题小说。它形象化地提出了一个严肃的问题，在纷乱无绪、价值多元、思想杂乱、市声喧嚣的今天，我们究竟要追求什么？寻找什么？是两心相依、两情相悦的爱情，还是立身行事的尊严？是肉欲的满足，还是精神的升华？

按照评论家谭湘的概括，“《寻找妻子古菜花》的故事可以简化为男人、女人的寻找，生命某一时刻的怦然心动，纽结起李富贵与古菜花的一段不平凡的婚姻，纽结起许木匠与古菜花不明就里的私奔，纽结起痴女奈月对李富贵的追求与放弃，纽结起痴男李富贵先寻古菜花后寻奈月之余音袅袅的结局。”这篇小说的主人公“实际就是两个人：李富贵和奈月；两件事：李富贵对于古菜花的寻找，奈月对李富贵的追求。”缠绵悱恻的爱情追求令人感慨；坚持不懈的情感寻觅让人动容。

李富贵在古家村邂逅像美丽的茉莉花一样的姑娘古菜花，一见钟情，娶而为妻。他为古菜花盖了两层楼，家里添置了电视、VCD、照相机，又打了大衣柜。用照相机为古菜花拍了各种场景、各种姿势的照片……那真是关怀备至、疼爱有加。但古菜花却悄无声息地和为她家打衣柜的许木匠私奔了。这似乎不可思议，但也在情理之中。我觉得，除了李富贵和奈月的寻找，古菜花的寻找也应该探讨一番。她为什么要放弃舒适的生活条件，和靠出卖苦力、打短工的许木匠私奔？是厌恶杏花村偏僻、封闭，向往大城市的热闹、繁华？还是李富贵不解风情，满足不了她的精神需求？许木匠有什么奇特的本事和超人的手段吸引了她，以至于把含在嘴里怕化了、对她宠爱关怀的李富贵抛弃？这好像是个谜团，其实应该有答案。我以为，古菜花的出走是个象征，象征着真、善、美的迷失，意味着真心、真意、真情的隐逸。李富贵执着、坚毅地寻找古菜花，就是要把失去的美好重新寻觅回来。这也许就是这篇小说的主旨所在。或者，作者就是要以她的私奔为背景，以凸显李富贵、奈月费心尽力的寻找吧！

李富贵被欺骗、被抛弃，是他始料未及的。他肯定是既愤怒，又着急。愤怒的是妻子辜负了他，背叛了他；着急的是怎样才能找到古菜花。他之所以决绝地扔下山林，丢下房屋，头发不剪，胡子不刮，甚至大雨天连个斗笠都不戴，挑着担子，冒着风雨，长时间地在外寻找古菜花。一是忘不了古菜花美丽的容颜、甜美的歌声、可口的“白丸子”和和谐、甜蜜的夫妻生活，他要挽救，他要重温。但这无疑是物质层面的寻找，是重续昔日生活美梦的寻找，也是李富贵千辛万苦奔波的主要动因。他后来在遍寻无果的情势下，之所以要和奈月结婚，无非是想让奈月给他生个儿子传宗接代。他根本不清楚奈月追求什么，希望得到什么。他看不上奈月的“土”，厌恶她的大屁股，钟情于古菜花茉莉花般的美丽，说明李富贵追求、寻找的不是心灵美、道德美、行为美，而是形象美、仪表美。即是说，他追寻的是具象的、表层的美，而不是内涵的、深邃的美。他根本没有高尚的精神追求，他苦苦寻找古莱花，也许还有一个重要原因，那就是报夺妻之恨，维护自己大丈夫的“尊严”。他的心灵是苍白的，他的精神是颓唐的，他的行为是功利的，他的追求也基本上限于“物”的层面。也许，只有在失去奈月之后，他才真正醒悟了——我究竟需要什么？我在寻找什么？

奈月是作者着力塑造的主人公形象，在她身上寄托着作者的希冀和期望。她善良、纯朴、大度、宽容，她是心灵美、道德美、行为美的象征，她是偏远山村脚踏实地，勇于面对挫折、打击，坚持理想、敢于追求爱情与幸福的突出代表，是坚定、执着、有主见、有定力、拒绝强迫与诱惑的奇女子。作者在她身上倾注了赞赏、感佩、褒扬、肯定的强烈感情，努力把她塑造为优良传统道德的继承者和新时期新风尚的传播者。

她从顽强坚持追求李富贵，发展到两人热烈、奔放的一夜情，“奈月含苞了十几年，在这一夜猛然璀璨开放，”到发现李富贵“为什么你的肉也这么难看呢?”断然离开李富贵，再到最后去尚干镇找音像店小老板，让他娶她，而小老板半年前已经结婚。“奈月摇摇头，笑了笑，然后走了，再也没回来。”这戏剧化的变化说明，她的追求破灭了，她把自己放逐了。

奈月读高中时就对李富贵有好感，她放弃复读，和李富贵一起回到杏花村，盼望着李富贵娶她。在李富贵与古莱花结婚后，她仍然不处朋友，断然拒绝音像店小老板的求婚，因为她心中只有李富贵的位置。她说服父亲不收回李富贵承包的山林；在李富贵外出寻找古莱花时，她雇人帮助他管护山林；在李富贵住院期间，又是她精心护理、全力照顾。就是因为她爱慕李富贵，喜欢李富贵，想和他心灵相同，情感共鸣，共享美好生活，更重要的是维护自己的尊严。但当她看到了李富贵身上“难看的肉”后，她的思想崩塌了，精神倾覆了，断然打消了和李富贵结婚的念头。这说明，奈月追求的不是单纯的肉欲快乐，不是丰厚的物质享受，而是心灵的共鸣、情感的愉悦、精神的升华和思想的纯净，是灵与肉的结合，精神生活与世俗日子的融洽。这比起李富贵专注喜爱茉莉花一样美丽的古莱花容颜，和奈月结婚就是想让她给自己生个儿子的身体占有式、物质满足型的追求，岂能是一个档次？简直一个天上，一个地下；一个纯粹，一个粗俗；一个阳春白雪，一个下里巴人；楚河汉界，一清二楚。奈月最后的自我放逐，彰显了在“举世皆昏我独醒”的境势中孤军奋战，理想、追求是不可能实现的，她只能逃离、躲避。这消极的对世俗的抗争方式既令人同情，又让人生发出无尽的遗憾。

2004年6月12日，农历四月二十三

沁人心脾的《心爱的树》

西伯利亚的寒流又一次袭击了赤峰大地，气温骤降，冷风侵人。九点钟出去锻炼时，耳朵冻得生疼。摘下手套做健身动作，不一会儿手就像猫咬得难受。但天冷冷不了热心，地冻冻不了恒心，坚持锻炼，百折不挠。这是我秉持的宗旨，也是考验毅力的实际行动。

锻炼归来，神清气爽，精气神俱佳；头脑清醒，五脏六腑舒坦。室内温暖、空气清新，我端坐于写字台前阅读鲁迅文学奖获得者蒋韵的中篇小说《心爱的树》。

这是一部描写“大先生”与梅巧婚姻嬗变、生活播迁、感情冲撞、思想交融的小说，通过作者那近似白描的笔法，不温不火的叙述，平静而又节制的交代，质朴而又纯洁的语言，我品味到了流贯全篇的浸透着中华民族传统美德的人性之美，感悟到了患难之时见真情的道德力量，认识到了“大先生”、梅巧、凌香、大萍这些满怀仁善之爱、恪行忠恕、热心义举的人物的内心世界。“大先生”与梅巧婚姻破裂的悲剧，没有演变为剑拔弩张、势不两立的仇恨，而是通过凌香这个“中介”的连缀勾结，穿针引线，充满了相互牵连、彼此关心的人间温情。个中缘由皆因“心爱的树”——“大先生”的慈爱、宽容、正直、端方的品质所凝成。

“大先生”是旧时知识分子，他“是个严谨的人，严谨、严肃、古板、不苟言笑”，在梅巧的眼里，他是“古板霸道、不通情理、狭隘、脏、留那长的黑指甲、吃饭吧唧嘴”的无趣无味的人。在世人眼中，这个比梅巧大20岁，可以做她父亲的人，怎么可能赢得梅巧的爱呢？但表面刻板、僵滞的大先生，内心却是爱意浓浓，仁厚宽恕的。他先是兑现了梅巧嫁过来就让她读书的承诺；接着又专雇奶妈抚养儿女，让梅巧出去教书，追求“更大的天地”。这说明“大先生”不是封建独裁的家长，而是开通贤达的师长。当梅巧抛夫弃子，与席方平私奔时，“大先生”没有愤怒、没有指斥，没有刮起风暴掀起巨浪，他平静地接受了现实。在此后几十年的岁月里，他一刻也没有忘记梅巧；在子女面前，从未说过梅巧一个不好。他关注着她的行踪际遇，而且写过一封没有发出的给梅巧的信：“梅，你这个可恨的女人，你还好吗？”当她身患癌症，翻检旧物，准备与这个世界告别时，他发现了这封信。小说中写道：“他的手，抖起来，他站不住了，几十年岁月，像浩荡长风一样，扑面而来，思念扑面而来。他的眼睛湿润了。”这充满深情的话语告诉我们：大先生古板的身体里蕴藏着一颗火热挚爱的心。他的内心世界是丰富蕴藉的。他不仅在内心深处无时无刻不思念着梅巧；在现实生活中，也抛却愤怒和仇恨，通过女儿凌香给予生活拮据困顿的梅巧夫妇物质援助，甚至连梅巧吸烟这样的小事都想得很周到。他就是梅巧可以依靠的大树。大先生身上体现了中国知识分子“忠恕、仁爱、信义、和平”的优良传统。特别值得一提的还有他的民族气节。当日本侵略者逼迫他出任伪县长，他宁愿躲到中条山去过隐逸生活，也不愿卑躬屈膝去侍奉侵略者。“大先生”的形象我认为就是孟子所称道的“富贵不能淫，贫贱不能移，威武不能屈”的侠骨柔情的大丈夫的化身。梅巧则是一心想冲破牢笼，独立掌握自己命运，实现美好理想，向往在“更大的天地，更大的城市”展翅翱翔的新女性形象，这是与“大先生”的形象迥然有别的。她不愿做

“拙荆”“贱内”；也不愿逐日和儿女耳鬓厮磨；在家中“别人说一百句她也不理不睬，说一千句她也不理不睬。她不说话，也吃不下东西……人一天天瘦下去，憔悴下去，枯萎下去”，因为“她是害怕四合院里这平常人家主妇的日子，她年轻茂盛的心抵抗这日子”。

而当她在“大先生”的举荐下当了小学教师之后，她立马就形象大变：“站在那里，仍然是玉树临风的一个人，一个新鲜的人，出淤泥而不染”。因为“外面的世界，一个阔大的天地在滋养着她呢。说起来，她倒并不是多么热爱教书这职业，她热爱这外面的世界。”新世界吸引着她，新的婚姻观念改变着她，她怎么能和老夫子——“大先生”有共同语言、共同情趣、共同追求呢？所以当她遇见了席方平，移情别恋、背叛旧家庭就是必然的了。梅巧和“大先生”的婚姻悲剧是在新与旧、变革与保守的冲撞中发生的，是不同的出身背景、不同的思想观念、不同的理念追求、不同的处世态度造成的，是时代的必然，是变革的产物，和个人道德品质无关。小说对梅巧反叛过程的叙述是客观真实的，对她的坎坷遭际、命运多舛寄予了深深的同情，这是应该且必需的。通过对“大先生”和梅巧形象的分析，通过小说温馨、婉约结局的安排，我感到人间自有真情在。不同的思想观念、不同的价值追求，不同的品性，在优秀的传统文化“己所不欲，勿施于人”的忠恕观念引领下，冲撞可以消弭，矛盾可以化解，心灵可以沟通，相逢一笑泯恩仇的氛围是可以创造出来的，小说结尾“大先生”与梅巧在火车站邂逅，互通心曲，彼此牵挂不就是明证吗？

小说的象征物是“头道巷，16 号院”，即“大先生”住宅内的一棵老槐树。这槐树伴随他（她）的一生，见证了悲欢离合，人世沧桑。梅巧刚嫁到“大先生”家时，“不喜欢这树老气横秋的样子，她就在画上修改这树。她恶作剧地解气地把树染成蓝色，一大片蓝色的槐林，有着汹涌的、澎湃的、逼人的气势，乍一看，就像云飞浪卷的大海，翻滚着激情和邪恶。”这意味着梅巧对槐树——“大先生”的厌恶，酝酿着反抗情绪，意图冲破这枝繁叶茂槐树浓荫的遮蔽。当席方平来到“大先生”家，梅巧和他熟识之后，“她让他看她的画……那些燃烧的暧昧的屋瓦；那些波涛汹涌、凶险邪恶的树冠；那些扭曲变形阴恻恻的人脸，看得他惊心动魄。他用手轻轻抚摸它们，爱惜地、心疼地说道：‘你这不屈服的囚犯啊’。”画中见树，树藏玄机，画者与观者心有灵犀，象征着反叛与私奔必然发生。

小说的结尾，大槐树又一次出现。不过这树在梅巧心目中已不是波涛汹涌、凶险邪恶的象征，而是被人锯掉毁弃的“多好的一棵大树”了，她亲眼目睹了大槐树被锯倒的场景：“两个人扯着大钢锯，刺啦、刺啦，扯过来，锯哪儿，就锯出一大串眼泪，刺啦刺啦，扯过去，又是一串眼泪，我看得清清楚楚，老槐树哭呢……”树也哭，人也在哭，这哭声既是对往昔坎坷岁月的留恋，又是对“心爱的树”即将逝去的挽歌（“大先生”罹患癌症，将不久于人世）。我不知道这哭声里有没有惋惜抑或是悔恨？总结抑或是反思？当然，这些也许都不重要，重要的是我们透过大槐树看到了人情的温暖和人性的回归。

2008 年 1 月 12 日，农历十二月初五

打开手铐让兰花开放

今天又读了一遍《新华文摘》2008年第5期选刊的中篇小说《手铐上的蓝花花》，我又一次被强烈地感动和震撼了。2月号的《小说选刊》也曾选登了这篇小说，我当时就阅读了，欣赏的时候，有滚烫的泪水流出。

这是一篇追求美、发现美、展示美和摧残美、毁灭美的小说，它比较深刻地揭示了生活中的美好事物与灰暗、卑俗、冷漠与龌龊的社会环境的矛盾；追求美好人格、美好精神、幸福生活与坎坷、屈辱、悲惨多舛命运的矛盾；仪表美、心灵美、品格美、行为美的个体与社会上鄙陋、丑恶、庸俗、算计的世俗势力的矛盾，以艺术化的形象提示人们：热爱美、欣赏美、赞扬美、保护美，是每个人的责任和义务。

闫小样是“真善美”的化身，是“蓝花花”的再现，是美的形象的概括。她纯真、善良，不仅仪表美，而且心灵更美。她有理想，有追求，梦想通过自己的努力改变命运。她先是勤奋学习，成绩优异，企盼着能考上大学，有所作为。但是母亲的病亡使她不得不辍学回乡，操持那个贫穷苦难的家。庸俗、苟且的生活没有消弭掉她高昂的心气，百孔千疮的遭际没有挡住她追求的脚步。她酷爱《信天游》，因为她天生有一副好嗓子，希望通过县、省比赛，能攀登上高雅的音乐殿堂。但命运多舛的她，成了家里的摇钱树，她被逼嫁给了自己不爱的、又比她大许多的“石油大王”顾长龙。洞房之夜她失手误伤了顾长龙，使其撞在茶几的铁角上意外死亡。闫小样锒铛入狱，被判死缓。但这并没有摧磨掉她对真善美的追求，泯灭掉对幸福生活的向往，丧失尽出自本性的果敢行为。在宋冲云行将遇到危险的时候，她挺身而出，胳膊受伤；她在荒原上高歌《信天游》，与命运顽强抗争；她采摘山丹丹、蓝花花，陶醉于美的氛围中；在行将进入女子监狱前，她在宋冲云的关爱下，登钟楼、吃肯德基、拍婚纱照，这哪是一个“罪犯”的行为举止，简直是美丽天使的优雅表演。诚如巴金所说：“为了追求光和热，将身子扑向灯火，终于死在灯下，或者浸在油中，飞蛾是值得赞美的，在最后的一瞬间，它得到光、得到热了。”闫小样是不幸的，世俗的社会捉弄了她。闫小样又是可敬的，她不屈服于命运摆布，用自己的方式奋起抗争。因为她认识到了“人类的使命在于自强不息地追求完美”（列夫·托尔斯泰语）。闫小样的身上既体现了中华民族的传统美德，又有新时代新风尚的折射；既有传统女性善良、柔弱、屈从、悲悯的性格特质，又有新新人类追求自由独立的行为抗争。她的悲剧是贫穷、落后、愚昧、封闭的农村困境造成的，是封建、保守的思想观念铸就的。闫小样们要想走出困境，实现理想，必须消除贫穷落后，克服封闭保守。不从思想观念和现实环境两方面努力，不拔掉穷根，不提升精神境界，还会有千千万万个闫小样困顿于穷乡僻壤，毁损于蓬草蒿里之中。

永远不能放弃追求。让我们记住黎巴嫩大作家纪伯伦的话：“一个人有意义不在于他的成就，而在于他的企求成就的东西。”

2008年3月19日，农历二月十二

关系学的活样本

——读孙惠芬中篇小说《致无尽关系》

孙惠芬是我较熟悉的作家，她的作品陆陆续续读了一些。“歇马山庄”是她的创作源泉，她的大部分小说都是以它为背景的。至于歇马山庄究竟是她的故乡还是生活基地，抑或是虚构的地方，我不清楚，但她的“山庄情结”确实是根深蒂固的。

孙惠芬作品的题材不以宏大见长，她的笔下鲜有气势恢宏的场景和惊心动魄的情节，她着眼的都是普通人群的平凡生活，平凡人物的琐屑小事。而且她写起来还絮絮叨叨，不厌其烦，非把鸡零狗碎、家长里短的东西都拿到台面上不可。不熟悉农村生活场景，不了解乡下人情世故，不精通庄稼人语言习惯的人对她的小说是很难卒读的。因为从浅层次上看，她笔下的故事太平淡，叙述语言太琐碎。可你只要耐着性子读下去，读罢之后再认真地品味一番，你就会觉得她的小说“很有味”。她是平淡中见神奇，琐屑中显精神，日常叙述中现人性，耐得住咀嚼，经得起评判，是属于后味十足的作品。

《小说选刊》2008 年第 12 期选登了孙惠芬的中篇小说新作《致无尽关系》，我一口气就读完了，这样迅捷地读她的小说还是第一次。因为这篇小说写得既绵密又通透，既平实晓畅，又意在言外，深深地吸引了我。

小说以贞子一家三口春节回老家过年为叙述线索，把娘家、婆家的亲属及歇马山庄邻居间的“种种关系”统统编织在“过年”这张大网上，绘制了一幅幅盘根错节的生动图景，让我们看到了“关系”中的众生相。小说形象化地展示了“关系”如何决定着人与人之间的冷暖亲疏，如何左右着人们的日常生活，如何影响着人们的生存状态，又如何制约着人们在人生大舞台上穷形尽相地表演，甚至在一定程度上支配着人间的生离死别。

在《致无尽关系》中，我们透过歇马山庄形形色色人物间的错综复杂关系，看到了中国这个人情社会、关系社会的缩影。“关系”既是面子，又是财富；既是权力，又是销蚀剂；既是生产力，又是灭火器。人们在种种特定关系中，又制造着层出不穷的种种新关系。关系像一张密不透风的大网，把人们网罗住，封闭住，控制住。它使人压抑，令人窒息，但在“关系”面前又无能为力，“关系”是摆脱不掉的。你不是生活在这种关系中，就是生活在那种关系中。而正是这种种“关系”，摧残了人生，压抑了人性，泯灭了真情，涣散了斗争。关系使原则放弃；关系使标准失衡；关系使真相掩盖；关系使生活朦胧。关系是把双刃剑，它规定了光天化日之下的显规则，却又在堂而皇之的借口下营造了数不清的潜规则。也许潜规则才是“关系”大行其道的真正源头。

这些就是《致无尽关系》给我们的启示。

值得一提的是，《致无尽关系》中人物众多，关系复杂，但大多数出场人物的个性都是鲜明生动的，给人的印象是深刻的。其成功的原因，还是离不开歇马山庄的那张关系网。作者让这些人在特定的场景亮相，在特定的关系中活动表现，其性格特征自然昭然若揭。

一篇琐碎的“关系”小说，能引起读者的强烈共鸣，实在不容易，足见作者功力。

2008 年 12 月 9 日，农历十一月十二

《终将远去》告诉了我们什么

2010年第9期《小说选刊》的头条中篇小说《终将远去》我连读了两遍。每读一遍我都是热泪盈眶，心头滚烫。我被小说中的人物张安定、周文明所感动，为小说中淡淡的忧伤和氤氲的气氛所感染。这种情况是在以往的中短篇小说阅读中罕见的。究其原因，我以为是小说围绕着老兵服役期满的退与留，写出了官兵真情实感，以及他们之间既亲密又复杂的关系，写出了他们或高尚或卑鄙，或坦荡或纠结的种种欲望的碰撞，让我们得窥军队的真实境况，认识形形色色的军人。

俗话说，铁打的营盘流水的兵。义务兵的新老交替是使部队永远保持青春和活力，保证战斗力的必然选择，也是军队体制、条令之必然约束。但依据什么标准决定去留，谁留谁走，却是大有奥妙，大有文章可做的。

靠后台、讲关系、托人弄项的不正之风也必然在老兵的去留上有所反映。《终将远去》形象而真实地再现了"讲标准还是讲关系，拼素质还是拼后台"的博弈过程。小说以好兵、笨兵周文明的去留为中心线索，写出了上下级之间、兵与兵之间单纯而又复杂的人际关系；写出了基层连队主官面对不正之风的愤怒、无奈与妥协；写出了退伍老兵对连队的眷恋，对连队领导的信任与体谅。让我们在连长韦佳节的深情回忆中窥见了老指导员张安定宅心仁厚、心地坦荡，爱兵、助兵的赤子情怀；体谅到了处处事事要以张指导员为榜样的连长韦佳节的内心纠结与无能为力；对连队深情留恋，真正做到了以连队为家，吃苦耐劳、兢兢业业，而又笨得要命的老兵周文明对部队深挚的爱……这些人物形象，个性不同，举止迥异，却都真实、鲜活、立体化地存在于军队之中。通过他们的一举一动，我们了解了部队这座大熔炉的深情与无情、火热与冷漠、矛盾与纠葛，体会到了军营生活的温暖，官兵之间深厚的情谊，人与人之间复杂的关系……特别是老指导员张安定的形象通过许多细节描写刻画得栩栩如生，展现得丰厚饱满，令人感佩，叫人赞叹。读者在阅读过程中自然要以他为标杆，和韦佳节比，和军务科长比，和旅参谋长比，和未露面却让什么素质都不具备的向记录顶替技术过硬的李锋的某级领导比。谁坦荡无私，谁以权谋私；谁光明正大，谁暗箱操作，不就昭然若揭了吗？张安定的衬托，启示作用更是光鲜、亮丽的，那就是我们的军队需要张安定这样一身正气、两袖清风的政治工作者；需要这样满怀感情、治军领兵的领导；需要以真心、真情去鼓励、锤炼士兵，带领他们成长、进步的基层指导员。因为"感人心者，莫先乎情"，其实，这就揭示出了靠什么治军、怎样治军的大问题。

《终将远去》是反映部队日常生活的小说，它没有惊天地、泣鬼神的情节，也没有惊险曲折的壮阔气势，它讲述的是连队普普通通的故事，述说的是老兵退伍前后的家长里短，真实而又平淡。但作者通过精心铺排的细节描写和现实与过往的对照、比较，细腻、温婉、传神地再现了部队的现实状况，留给我们品味的是挥之不去的人间真情，是人与人之间的相互体谅与理解，我们现在缺乏的不正是这些珍贵的东西吗？

2010年9月18日，农历八月十一

弱势者的屈辱挣扎

——读陈应松的中篇小说《一个人的遭遇》

我对湖北籍作家陈应松比较熟悉，我也喜欢阅读他的“神农架”系列小说，像《松鸦为什么鸣叫》《马嘶岭血案》《太平狗》等中篇小说，我更是喜爱有加，反复欣赏。

陈应松是一个有着强烈责任意识和悲天悯人情怀的作家，是一个有着厚重的生活积累和爱憎分明情感的写作者，是一个专务底层写作，揭民痛、叙民苦、曝民困、抒民瘼，敢于为民请命的有良知的思考者，是一个勇于揭露体制弊端，抨击社会冷漠与隔膜，抨击官场潜规则肆虐，干群关系势若水火，呼唤爱民、助民、为民，真心、真情回归的呐喊者。读他的小说，心灵受到震撼，情绪受到感染，思想受到触动，精神受到撞击，我常常处于捶胸顿足、感慨万端、身心疼痛、情不能已的境地。我佩服陈应松的胆识与心胸，我赞赏他的生活感悟和深沉的思考，我喜欢他那冷峻、犀利、惨烈、雄浑的意境。他不愧为冷静观察现实，直面矛盾与冲突，大胆揭示，公开暴露，艺术性地反映社会阴暗面和不公平、不公正，希望引起社会关注并予以疗救的有作为、敢担当的现实主义作家。

《一个人的遭遇》是陈应松2011年发表的中篇小说，被评为小说学会当年的上榜作品，这大概是他第五次上榜了，足见其小说的影响力和知名度。这篇小说之所以被评论家、教授和作家们认可，不但是因为它符合小说学会文学性、学术性、专业性、民间性相结合的原则，而且主要取决于它思想的深刻、内涵的厚重和感染力的强烈。按照评论家王启东的话说，这篇小说体现了文学“要对人生的悲凉与暗淡持拯救的态度，让文学作为我们灵魂拯救和精神担当的一种途径，让文学成为我们关注现实，关注普通民众的真实生活的一面镜子，成为我们把生命切入并不完美的悲凉世界而寻找治世之路的一种责任”的要求。

《一个人的遭遇》以下岗职工刁有福为主人公，详细叙写了他作为弱势群体中的一员，没有话语权的普通百姓，所经历的几乎所有磨难：下岗失业、遭灾财损、妻离子散、家破人亡、拘留判刑、坐牢劳改、身残病重、上访遭遣送、被假新闻冤枉、孤身作战、求告无门……刁有福的遭遇就是底层群众的遭遇；他的痛苦、惆怅、煎熬、无助，就是弱势群体的共同经历；他的屡经磨难，备受折磨，身心俱伤，彷徨无绪，就是基层百姓精神痛苦的折射。我们为刁有福和水牛哞哞酒厂员工惨遭欺骗、蒙哄、拖延、身处困境、生活无着，而又无渠道申诉，无政策信息支持，无资金支撑上访，无胆量反映正当诉求，任凭强势部门宰割、处置而悲哀。在有关部门不作为，导致矛盾激化的现实中，我们看到了官民对立，问题延宕，久拖不决的情势；发现了有的政府部门“通过法律途径解决”的搪塞、推诿、扯皮、敷衍塞责，不作为，乱作为；洞见了执法部门的弄虚作假，混淆视听，亵渎法律，草菅人命。没有话语权、自主权、行动权的小小百姓，在手握支配权、裁量权和生杀予夺大权的强力部门面前，只能唯命是从、俯首帖耳，甘当顺民。《一个人的遭遇》逼真地写出了普通民众的尴尬无奈；形象化地展现了他们申诉无路、求告无门的困境，令人唏嘘感叹！这不仅是刁有福一个人的遭遇，而是处于社会底层的弱势群体的共同命运。刁有福“不是单一的一个个体，而是有着无数相同经历的普通人的代表，是组成社会的千千万万底层普通劳动人民的代表。”（王启东语）我们从刁有福身上发现了磨难造成的伤痛，听到了他们的生存呐喊！

作者以深沉的悲悯情怀，用真切、满含感情的笔触，揭示了以刁有福为代表的普通民众的悲欢离合，喜怒哀乐。让我们领略了他们的平凡、质朴和容易满足的性情；了解了他们心中的不平、不解和最基本的生存诉求；洞悉了刁有福们的坚持、坚守、执着和刚毅的优良品格。既令人哀悯，又让人敬重。

刁有福形象的塑造是成功的。作者浓墨重彩地勾勒，使他的形象既真实，又丰满；既体现了他个人的性格特点，又蕴含着底层民众的“众生品质”。刁有福是千千万万普通百姓的代表，窥斑知豹，他的处境就是社会弱势人群生存现状、多舛命运的概括和提炼。

刁有福在自己的酒厂遭灾、母舅夺房、妻离子散的困境下，毅然放下自己的上访事宜，接受众人委托，担负起了代表水牛哞哞酒厂几百名员工主张权益的重任。他受人之托，忠人之事，不辞辛苦，不惧疲劳，依照法律，遵守法制，在市、省、中央三级奔波上访，反映职工诉求，主张职工权益。在遭遇推诿、扯皮和遣送原籍，威胁、逼迫、物质诱惑面前，他头脑清醒，意志坚定，不屈不挠，顽强坚持，拒绝收买，一身正气，表现出了“威武不能屈，贫贱不能移”的大丈夫气概，难能可贵。他在被拘留、关押、判刑、劳改，受到非人折磨，“患有乙肝、丙肝、胃痛、风湿病、头痛、严重腰椎间盘突出、高血压等疾病，”身体残疾的折磨下，在同访人朱大军、杨帮国害怕受牵连挨整，既不到监狱去探视他，他出狱后又对他敷衍、躲避、埋怨的情势下，在妹妹领着他儿子到监狱要钱，以让其儿子学手艺，饱尝人情冷暖的精神摧残下，他没有退缩，没有抛弃，没有放弃，拉着拐杖，拖着病体，一个人战斗，依然行走在上访申诉的路途中。我们佩服他这种螳臂当车、不惧生死的坚忍；赞赏他“知其不可而为之”的坦荡；同情他为工友鼓与呼，最后却落个身残影单、费力不讨好的孤寂归宿。刁有福的身上流淌着普通民众正直、倔强的性格之血；渗透着底层百姓所思、所诉、所求的情绪之殇；承载着弱势群体辛苦遭际和悲苦命运之重。他的形象既是单一的，又是复合的；既是“这一个”，又是“那一些”，与陈应松其他中篇小说的主人公比起来毫不逊色。

按照批判现实主义的创作原则，《一个人的遭遇》中的主人公刁有福身残病重出狱后，只能苟延残喘，不可能有个光明的结局。他或者死于残病交加；或者受困于上诉路上的偃蹇劳顿；或湮没于贫弱无助；或受制于强势部门的迫害摧残，上天无路，入地无门，落个凄凄惨惨戚戚的下场。那样，才更有震撼力，穿透力和批判力，反响才会更强烈。但作者没有这样写，反而给了刁有福一个美好的结局，使震撼力大大削弱。信访局“答应了他不少条件，……解决他的生活问题；可以帮助他儿子安排工作；可以贷款给他五万元恢复生产。”他的酒厂又开始生产了，“生活似乎又开始了，”“水牛哞哞酒死而复生，前妻也回来了。”“堤坡上到处是哞哞欢叫的水牛，好像在替他未来的白酒作广告。”仔细想想，似乎也不奇怪。这是刁有福看不到出路的无奈和妥协，也是作者的无奈与妥协；这是刁有福的不自信，也是作者的不自信。在强大、牢固的铜墙铁壁的习惯势力和强权政治面前，单个人的战斗、拼争，一定会像唐·吉诃德以一己之力挑战庞大的风车一样，以失败而告终。我们不能苛求作者。

2012年3月10日，农历二月十八

人们为什么纠结、彷徨
——读中篇小说《制片人》所想到的

2011年第11期的《小说选刊》在“发现”栏目选刊了裴蓓的中篇小说《制片人》，我为这一发现叫好！编辑们慧眼识珠，发现了《制片人》的社会价值、认识价值和美学价值，读者们在感叹制片人精神的崩溃、价值的塌陷、理想的幻灭中，体会到了真善美艺术的凋零，人间温情的丧失和时代精神缺位的无奈。

《制片人》是一部感慨高昂时代精神的缺失，呼唤人间真情归来的小说，是格调凄婉、叙述悲悯的小说。我为编剧、制片人兼导演的“我”的遭际而担忧，为电影《幻影》的命运而着急，为素琴的毁灭而悲痛，为吴一根的过河拆桥、相煎太急而恼怒，更为社会上健康精神的失却、道德情怀的遗弃、人情礼仪的颠覆而忧心忡忡。从一定意义上说，《制片人》让我们认识到了金钱至上、物欲横流、利欲熏心的社会现实，领略到了黄钟毁弃、瓦釜雷鸣；君子憋气，小人横行；真善美遭唾弃，假恶丑行其道的艺术命运；了解到了人们为什么纠结、彷徨的原因，不能不发出这究竟是怎么了的大声叩问。

作为编剧、制片人的“我”是一个理想主义者，为了追求艺术，实现理想，不惜倾家荡产，不顾身家性命；“我”是注重内心感受的人，热血真诚，满怀赤子之心；“我”是作家，柔软细腻，心地纯净，情怀浪漫；“我”对艺术孜孜以求，渴望把电影《幻影》拍成一部弘扬真善美的纯粹文艺片。可是，这些精神品质，却在坚硬的现实壁垒面前遭遇头破血流的惨败。她被剧组以吴一根、艳艳为代表的“现实人”所掣肘，被电影发行公司、院线、电影院所冷落。直到素琴死后，故事发生了戏剧般的陡转，“我”的电影《幻影》才大幸、大红。这说明“在这个娱乐至死的时代，只有完成精神的自残，才能够死而后生。”理想与现实的矛盾，内心纠结与孤立无依的处境，导致了她的失败。这正如普列姆昌德所言，“人都受自己环境的摆布”。

库普林说：“我认为人的全部意义，在于精神、美和善的胜利。”我记得前些天有一部热播的电视剧叫《天真遇到现实》。剧中的女一号杨天真和《制片人》中的“我”与素琴倒有些相似。她们太天真、太善良、太相信人，和苏东坡一样，眼里没有一个恶人。因此，她们不设防，不算计，而“在这个浮躁与功利已经渗透进每一个细胞，每一个分子的现实世界”必然遭遇磨难和挫折，与世俗隔膜而无奈。但渴望真情、追求完美、服从内心、希冀爱情、衷情艺术的素琴，却与风靡于社会的时髦陋习格格不入，“为虚无缥缈的东西甘愿用生命去支付。”“我”和素琴在精神上是相同的，格调上是一致的。只不过素琴毁灭的是肉体，“我”毁灭的是精神，是价值的崩溃，是理想的幻灭。她们坚定不移的志向，坚持不懈的行动，不与世俗同流合污的坚强态度，令我们赞叹、感佩。我们的社会像素琴和“我”一样坚守信念的，甚至以死明志的有多少呢？

“与素琴的高贵、空灵、唯美和忧郁的精神气质形成强烈对比的，是20岁的女演员艳艳。她媚俗、功利、世故、长袖善舞、八面玲珑，对名利有着赤裸裸的热爱，以及近乎决绝的攫取，并且最重要的是豁得出去——所谓的尊严、廉耻、名誉、人格，都可以像蛛网一样轻轻抹去。”她没有高远的志向，没有纯真的艺术追求，没有玉洁冰清的操守，她追求的一是出名，二是得利，她无疑是“现实主义者”。这样的人，在这个时代却如鱼得水，左右逢源，这是因为她深度契合了这个时代的浮躁气息。我记得哲人荣格说过这样一段意味深长的话：“我们需要更多地了解人的本性，因为唯一真正的危险存在于人的本身之中……我们并不了解人类，太不了解了。我们应该研究人的心灵，因为人类自己就是一切罪恶的根源。”说得太好了！直刺人的自私本性。自私自利、欲望膨胀导致社会风气嬗变，时代精神错位，人的思想、行为偏离正常轨道。反过来，人的种种坏习惯又为不良风气推波助澜，艳艳无疑就是这一转变过程中的受害者和实践者。我们没有理由不为像艳艳这样心灵受到戕害的年轻人感到悲哀。

小说《制片人》中还有以吴一根为代表的生活在底层的各色人等，他们“都是湮没没在滚滚红尘中的小人物，他们的精神底色与这个时代的病灶是同一谱系。”既有卑微、无助的一面，也有贪鄙、狡诈的一面；既有能干、吃苦耐劳的品质，又有油滑、精于算计，甚至在别人危难时落井下石的恶行。总而言之，这是一群从思想到行为都很难界定，又很难琢磨的人，这就是“江湖”，就是人的复杂性。

吴一根是“我的本家亲戚……按辈分我叫他叔”。刚拍戏时，钱多粮足，吴一根对“我恭恭敬敬，给我泡茶，弓着身子把杯子递给我”，“平时和我说话，身子都弓着，现在我坐着，他身体的弯曲度就更大了，”装出一副奴才相。可是当投资人撤资、剧组断粮、内外交困时，吴一根非但不帮助“我”排忧解难，反而黑着脸，演出了一场“逼宫”丑剧。他拿着一大沓单据逼“我”签字。而这些单据，如汽油费、场景费、汽车修理费等都是假的。这真是趁火打劫，无中生有啊！当司机铁仔揭穿了他修理费作假的行为后，他竟然恬不知耻地说：“你赚大钱，得分大家一点碎银子；你吃大餐，得给大家一碗粥，是不是？”一副无赖的讹诈嘴脸跃然纸上。“走时，腰板还直直的。”他还向素琴后妈的律师详细透露了剧组与素琴跳楼摔伤的现场情况，并和律师约定：索赔的500万元中有他100万元，真是卑鄙无耻到了极点，其小人行径令人义愤填膺。但“我”却没有采取简单的弃之不用的办法，因为她内心是柔弱、富于同情心的。她清楚吴一根一类人的生存环境和生活际遇，了解这些人思想、行为产生的根源在社会，在于他们底层生活的地位。“他们是一群终日超负荷运转，有着习惯性敬业精神，很弱势甚至很卑微的人群。他们是城市里的游牧民族，行踪难定，浪迹漂泊。他们所处的江湖，处处是根，处处是路，却又无以为路。”同情、理解、宽容，以德报怨，没有愤怒、没有谴责，这从另一个方面充分展示了“我”唯美、唯善、唯真的高贵气质和热爱生活、热爱社会、热爱人群的火热情怀。诚如她自己所说：“我感谢生命中一起走过的每一个人，即使这个人曾以怨报德，或恩将仇报。因为所有的经历，都是人生的积淀与收获。”

总之，《制片人》不是一部谴责小说，它虽然通过在电影《幻影》从拍摄到放映的过程中，描写了种种有毛病的人，展示了种种不健康的怪现象，以至于写出了社会风气呈现病灶状态，时代精神云遮雾罩，有良知的人们焦虑、纠结、彷徨无助，但它的主旨绝对不是揭黑批歪，而是为了引起世人的关注，大力自我救赎，为弘扬时代精神，为树立良好的社会风气，为追求真善美，大家共同努力。

（本文在写作中参考了付秀莹的文章《时代精神境遇的一种隐喻》）

2013年3月21日，农历二月初十

《我们的秘密》所揭示的生存寓言

我对刘永涛这个名字不熟悉，似乎也未阅读过他的作品。这回是因他的中篇小说《我们的秘密》才引起了我对他的注意。这篇小说令我震惊，这样的小说家令读者刮目相看。

按照《小说选刊》副主编王干的说法，“这是一篇可遇而不可求的小说”，我则认为，这是一篇解剖现实、警醒世人的小说，是一篇揭穿世相，以引起疗救的小说，还是一篇渴望挚爱、寻找真情的小说。

小说的主人公是一位公务员，因为无聊他先后和两位都叫王红兵的同事玩起了猜谜游戏。猜测他们的生活方式、习惯、爱好，以至隐私。久而久之，他居然练成了一种特殊的想象力，或者叫第三只眼，能够通过想象和观察，准确地说出同事的隐私，引起同事的极大恐慌。第一个王红兵失踪，第二个王红兵远离，他让所有同事避之如瘟疫。在局长、副局长的指使下，他被几个健壮的男同事送进了精神病院。因为主人公的“第三只眼”作怪，他再次洞悉了精神病院内部的秘密和精神病人之间的秘密，并且陈述出来，主人公又成为精神病医院的“病魔”。他不但是正常人的公敌，也成为精神病人的公敌。他在面临被杀害的危险关头，逃离精神病院，逃向接近荒芜、接近消失的村庄，而村庄的守护神藏獒阿黄成为他的知音，也成为他的守护神。

这是一篇表面看似荒诞、离奇、不着边际的小说，而它的内涵却是既真实、沉重，又深刻、犀利的。作者以形象的解剖刀一样的笔触，展现了现实世界的龌龊和“真士隐、假语存”的社会镜相；勾勒了当代人复杂而又无奈的生存寓言；探索了如何将人性、神性、鬼性、诗性完美结合，塑造理想人生的途径；从美学的视角提示我们：如何看待光怪陆离的社会，如何处理人际关系，如何在充满风险和敌意的世界里诗意地生存。

萨卢斯乌斯说：“每个人都是自己命运的铸造者。”小说的主人公由于无聊和同事玩起了猜谜游戏，久而久之，居然练就了“第三只眼”：能洞悉别人的秘密，揭破别人的隐私，而且准确率非常之高。这必然引起人们的恐慌和戒惧，视其为洪水猛兽，成为社会公敌。乐事变成祸事，特异功能转化为自残利器。他既不能活在正常人的世界，也不能活在非正常人的世界。因为“祸生于得意”，他以暴露人的隐私为快乐，违背了社会的潜规则，犯了众怒，不成为人人痛恨的社会公敌才怪呢。中国几千年的封建社会历来提倡“为贤者隐，为尊者讳”“话到嘴边留三分，事要三思而后行”。你揭了人家的短，探了人家的底，曝了人家的光，亮了人家的丑，使秘密晾晒于光天化日之下，让人家丢丑现形下不来台，能不恨你吗？这正是“福之为祸，祸之为福，化不可及”。小说中的主人公在人世间已经没有容身之屋、立足之地，他只能逃避到破败、荒凉、偏僻、几近消失的村庄，过上与世隔绝，日出而作，日入而息的寂寞生活。可见讲真话的代价何其昂贵。更值得深思的是他已不见容于人类，如果没有藏獒阿黄收留他，就是这个闭塞的村庄也容留不了他。正是因为他撒尿时，不自觉地抬起右腿，像狗一样这一特征赢得了阿黄的信任，误以为同类，他（它）们相处得如同兄弟姐妹。这样写无疑具有深刻的象征意义：人世间不能包容敢于讲真话、道实情的人，只能到动物中去寻觅知音了。一条狗尚能分辨善恶真伪，作为高级动物的人该作何感想呢？难道我们的社会真的丧失了说真话、实话的环境了吗？

《圣经》上说："人生在世必遇灾难，如同火星飞腾。"命运多舛，处境艰难，这是人生常态，但绝不能向卑微的命运低头，而是要奋起抗争，有所追求，心中永远充满希望。

小说《我们的秘密》就是这样。他描写了主人公从人民公仆到人民公敌的命运衍化过程；展现了他从养尊处优到逃避隐居的行为轨迹；刻画了他从自视甚高到遭人唾弃的心路变化历程。这其中有黑暗，有阴谋，有冷漠，有仇视，但基调总体来说并不阴冷、恐怖。作家在诡异中依然看见光，依然不忘记这个世界上的善意、良知、纯真和对理想、爱情的渴望与追求。"虽然主人公的第三只眼尽览世间一切秘密和隐私，但在面对他心爱的妻子时却屏蔽了，他不能窥视到她的真相，不能猜测到她内心的波澜"，不能够判断那些流言蜚语的真实性。因为他心里有"无法言说的秘密，我唯一的秘密"。他深爱自己的妻子，相信白晓清白，爱情的魅力会遮蔽很多洞悉。他自我表白："说穿了，我对我们之间的感情有信心。"所以，他在逃离了精神病院，处境极度危险之时，仍然跑回家去见白晓。而白晓呢，面对如雨后春笋般的风言风语，她不卑不亢，既不辩解，又不抗争，而是默默地一个人承受。因为她不想伤害自己在意的人，给他造成精神创伤和心灵打击。她向他真诚表白："我其实非常在意你，真的在意。但这就是现实，我也没有办法，我只有保持自己的尊严，是的，这是我的秘密，我只有靠我这唯一的秘密来和现实抗争；虽然只是默默地，但我心里平静而坦然……"什么是两人心中"唯一的秘密"呢？也许是自尊、自重、真诚、挚爱，两心相通，两情相悦，不与世俗同流合污吧？这是仁者爱人的人性使然，是特立独行的品格使然。

而主人公在精神病院与漂亮女护士陈爽的情爱，"在于诗的神奇，在那样的困境与窘境下，交流是多么艰难和奢侈的事件，但他和她凭借诗的语言交流、沟通、相爱"，彼此惺惺相惜，说明世界并不处处都是敌意，爱仍在流淌，爱意无限。

更为难能可贵的是，作者通过主人公的言行表达了一种悲天悯人的情怀，一种善良、纯真的人文关怀。当主人公洞悉了精神病人们的秘密，精神病人们眼里流露出仇恨时，"我心里有一种奇异的怜悯与感动。是的，他们是多么可爱的人啊。他们用他们的执着、坦诚与虚妄，努力发出一点真实的声响，一点新鲜的感受。是的，他们脆弱，他们最终只能选择这里作为他们的归宿，这便是最沉重的代价，人间的最大悲剧……"，"内心的伤感却越发强烈，我的眼泪终于流下来了"，"那些眼泪不是属于我的，它有它的性格与命运，它有它的声响。"读着这样滚烫、悲摧、感人的文字，我们为作者那宽厚、仁慈的情怀所感动，也为主人公的"人在冏途，仍怀善意"的遭际而扼腕叹息！

（本文在写作时参考了王干的评论文章《"第三只眼"发现的生活寓言》）

2013 年 4 月 8 日，农历二月二十八

令人震撼的《西去的骑手》

《西去的骑手》是红柯长篇小说的代表作。近20万字的篇幅我一口气就读完了。因为这本充满西部浓郁风情的小说大气磅礴，气势恢宏，那血与火的战争场景，那壮阔、豪迈、旷达、澎湃的浩然之气，那复杂、诡异、动荡、险恶的政治环境，那性格迥异、势若水火的两个骑手的形象深深吸引了我。这是一部有关英雄和血性的史诗式著作，金戈铁马、碧血黄沙中，有凝重的历史，有浪漫的情怀，更有生命真谛和灵魂不死的传统。《西去的骑手》是作者创造的一个西部人及其精神力量的神话。马仲英就是这个神话的主人公。他是西部山河大地、草原黄沙的精魂，是西部山川河流之子，是西部人民之子。

小说主人公活动的舞台是荒凉、偏僻、闭塞、贫困的大西北。作者看似不温不火的叙述，实则深蕴感情，语带褒贬，句含赞扬与讥讽。他以诗性化的语言，展现了寸草不生的戈壁，滚滚黄沙的沙漠，千沟万壑的荒原，水草丰美的绿洲等奇异景象。以穷形尽相的笔触，描绘了凋敝、偃蹇、艰苦不堪的民生困境，剽悍、勇猛、粗犷、率真的民风，文化落后、经济困窘的社会，军阀混战、武装割据的现实，为主人公活动创造了典型环境。那时不时响起的高亢、嘹亮、苍凉、悠远的“花儿”歌声，那反复出现的“当古老的大海朝我们涌动迸溅时，我采撷了爱慕的露珠”的寓言，把读者带进了那金戈铁马、风呼雪啸的战场，让读者领略那雄鹰与恶狼的搏击场景，叫人们认识英雄与恶魔、高尚与卑鄙的分野。

小说的篇幅虽然不长，但出场的人物却不少。其中不乏性格鲜明、有血有肉的。像疾恶如仇、勇猛刚健、民族气节浓郁、爱国情结火热的吉鸿昌，阴毒、狡猾、幕后施毒计、为虎作伥的邱毓芳。但作者集中笔墨，着力刻画的却是两个骑手的形象。这是两个相比较而存在、相对立而丰满、相衬托而厚重、相鉴别而迥异的形象。本文拟侧重分析这两个既生动又鲜明的形象。

这两个西去的骑手，一个是甘肃河州（今临夏）人马仲英，一个是辽宁开原人盛世才。他们因新疆走到了一起，结缘到了一起，纠缠到了一起，斗争到了一起，新疆因他们而引人注目。

小说的前半部分主要叙写马仲英的崛起、发展、战斗、失败以及死亡的过程。后半部分侧重描写盛世才是何以统治新疆十一年，成为“新疆王”的。一个失败者，一个成功者，泾渭分明，判若水火。他们的对立不仅在于他们所依托的阵营与政治立场，更重要的是他们的精神和灵魂：一个是天使，一个是魔鬼；一个是雄鹰，一个是恶狼；一个是民间的传奇英雄，一个是政坛上的阴谋高手；一个是胸无点墨的草莽豪杰，一个是文韬武略齐备的谋略家，这就决定了他们所走的道路和遭际，命运必然是迥然有别的。

马仲英这个河州回回，天生就是个反叛者。十几岁就带着六个人揭竿而起，既反抗同族、同宗的马家军，也反抗冯玉祥的西北军；既反叛一切贪官污吏和邪恶，也敢于和苏联的飞机、坦克和装甲车叫阵。他是战神，具有非凡的军事才能，在战斗中所向披靡，战功卓著，著名的苏联哥萨克骑兵旅7600人成了他的刀下鬼。骏马驰骋，河州刀翻飞，多少坦克、装甲车被摧毁。他是勇士，无论多么强大的敌人，多么凶狠的对手，他从不畏惧，总是跃马横刀，奋勇向前。他是种子，深深根植于西北荒凉、空旷的大地上。队伍几次溃败、几次重集，人数、战斗力，不减反增。所到之处，一呼百应，军队、民众纷纷投奔。他是不死鸟，几次遭遇凶险，数度逢凶化吉，历尽磨难，死里逃生。他是理想主义的爱国者，他在苏联学习时，带回录音讲话："要打回河州，帮助桑梓的父老兄弟姐妹摆脱旧势力的压迫……西北地区也到了危急关头，我们要准备抗战……本师长不久归来，领导大家真正的光明之路。"耿耿忠心凝聚于话语之中，令人感动。他放出豪言壮语："我到南疆去招50万兵，两年内征服全中国，然后再花三年时间征服苏联。最后，把我们边界推到土耳其，我要建立一个大伊斯兰国家。"这种近乎天方夜谭般的想象，注定他是一个失败者。他带领队伍东打西杀，流动作战，没有根据地，缺乏补给钱。他从兴趣出发，带领200多人跑到苏联去学开飞机，丢下部队，丢掉责任，跑到敌人的同盟军那儿去送死，这说明他头脑简单、胸无城府，归根结底是缺乏文化的熏陶，不懂权谋政治。因为没有文化、缺乏史识，头脑混沌、思想简单，他们不仅不了解当时的中国和世界，也不了解自身的处境及现实形势，只凭随心所欲地瞎打乱闯，失败是必然的。归根结底，自始至终，马仲英仅仅是个草莽英雄，一个被民间传说神话了的回族骑手。他的精神力量来自民族历史，来自民族神话，来自人民，来自西部雄奇的山川河湖。但是，政治的短视、文化的迷茫、行动的随意、思想的愚昧局限了他，让我们不能不生发出"出师未捷身先死，长使英雄泪满襟"的慨叹！

马仲英是一个不可复制和再现的历史人物，一世匆匆，却给人们留下了太多的传奇与猜想，太多的感动与钦佩。他未受到成熟而腐朽的中国传统政治文化、政客文化的污染与锈蚀，才显得那样自然而透明，单纯而清爽，具有一种自由之美、粗犷豪放之美，神奇之美。他留下的是不朽的人格精神，留下的也有草莽英雄、崇尚暴力者必然失败的教训。

有比较才能鉴别，有对比才能明晰。相较于马仲英的单纯、粗犷、豪放、大气，盛世才则是一个集圆滑、世故与阴险狡诈、恭谨隐忍与凶狠残暴，城府深不可测与随风转舵、权谋机变于一身的野心家、阴谋家、反动政客。作者对他的刻画、描写是多侧面的，对他阴鸷、复杂性格的揭示是多角度的，深刻而鲜明，生动而传神，极富穿透力。

盛世才是日本帝国陆军大学的高才生，归国后却遭冷遇，整天在总参谋部与地图打交道。但他隐忍着，他在等待机会。当新疆省主席金树仁来南京招揽人才时，他放弃了蒋介石师长职务的诱惑，毅然西行。尽管在新疆初始时，他只是军校教官，没有实权，但他却看到了希望，发现了时机，刻意在学员中培植势力，壮大力量。表面上对金树仁唯命是从，实际上是在蛰伏中窥测方向，以求一逞。"四一二事变"到来时，他抓住机会，摇身一变，成为"边防督办"。他善用权谋，巧耍两面派，投机钻营，见风使舵，喊着"国际问题看莫斯科，国内问题看延安"的口号，亲俄联共，左右逢源，提出"六大政策"：反帝、亲苏、清廉、和平、建设、民平，以革命为幌子，欺骗民众，蒙蔽视听，借力打力，谋己之私。他不惜出卖主权，出卖国家利益，借助苏联的军事力量，消灭了马仲英的36师，扫除了他独霸新疆的最大障碍。他翻手为云，覆手为雨，玩弄苏联、中共、国民党于股掌之中，是一个地地道道的野心家、阴谋家。

这样一个阴险、狡诈、诡计多端的家伙却非常善于伪装自己。他"事必躬亲，平易近人……亲自给反帝训练班、军官学校、卫士队上课，亲自接待来访，公余时间跟卫士打篮球。吐鲁番的葡萄熟的时候，……把当地行署给他送的葡萄分赠给干部们，干部们受宠若惊，他们吃下去的是果子，吐出来的是赤胆忠心。”表面上的道貌岸然，是为了掩盖骨子里的凶狠、残暴；日常生活中的小恩小惠是为了蒙蔽人们的眼睛。

他打着革命的幌子，以“保卫革命成果”的口实来清除异己和所谓的敌人。他仿照苏联血腥的大清洗，在新疆也搞了三次大清洗，把新疆变成了监狱。每次大清洗都很巧妙地设计成反革命分子阴谋暴动。第一次阴谋暴动案的对象是帝国主义间谍分子和封建王公官僚，第二次阴谋暴动案打击的对象是替盛世才打江山的功臣和以杜重远为首的进步文化人。他杀人也要找出冠冕堂皇的理由，“我用人之才不顾及他的身家性命，……当一个人的才能发挥完时，把他杀掉，这样更符合生命的真谛……我毁灭的是他们的肉体，而不是他们的生命。”第三次暴动案设计的目的是反共。他屠杀了亲邀来疆的共产党员毛泽民、林基路，他的亲妹夫中共党员俞秀松，他的四弟、共产党员盛世骐也成了他的刀下之鬼。盛世才统治新疆期间，屠杀了10万人，最后连苏联顾问以及为他制造冤狱立下汗马功劳的大特务们也未能幸免，“监狱空了”，罪恶惨绝人寰。而这个屠夫却是以革命的名义，大售其奸。其罪行罄竹难书，其刽子手的嘴脸令人憎恨！

小说以艺术化的手法，层层剥开了盛世才野心家、阴谋家、唯我独尊、杀人如麻的“新疆王”的本来面目，形象地揭露了其两面派、变色龙、投机分子、伪革命者的真相。当苏联全国、全党、全军全力抗击德国法西斯的侵略，无暇顾及新疆的时候，盛世才马上反戈一击，堂而皇之地声称：“至于我信仰马克思主义的问题，我必须非常坦率地告诉您，这是绝对不再可能的事情了。”其假革命的嘴脸昭然若揭。当他意识到，日本军国主义侵华战争必然失败，国民党政权将控制全国时，他马上又投向国民党，于1943年加入国民党，并表示“矢志拥护中央，尽忠党国，绝对服从领袖”。其奴颜婢膝、献媚取宠之丑态令人生厌。当他认识到，他在新疆的统治已处众叛亲离、风声鹤唳之境时，马上先发制人，给“委员长上份辞呈”。去重庆赴“农林部长”任时，带上了“两千多峰骆驼和五十辆卡车运载的黄金白银，还有关防大印。自辛亥革命以后，中央政府亲自任命的新疆省主席第一次赴迪化上任，从盛世才手里接过这枚大印。国民政府也第一次收到这个边疆省区数十万两黄金的国税，重庆轰动，”蒋介石乐不可支。盛世才总结说：“勇往直前，才不会受制于人。”至此，作者刻画的盛世才的形象立体化地呈现在了读者面前。我感觉，盛世才形象的塑造比马仲英更鲜活、更传神、更生动，也更深刻，更具有认识价值、批判价值；而马仲英的形象则显得比较单薄、局促，这也许是受材料不足影响所致吧！

总之，我认为《西去的骑手》塑造的马仲英、盛世才形象是独特、奇异的“这一个”，十分典型，读者将永远记住他们。

（此文写作时参考了李星先生的文章）

2004年2月28日，农历二月初九

《青瓷》的醒世价值

浮石的长篇小说《青瓷》是一部商战小说，也是一部世情小说，还可以说是一部揭露拍卖市场交易内幕与潜规则的小说。它虽然没有宏大的主题、深邃的思想、曲折的结构、复杂的情节，但却透过独特的视角，扫描式的笔触，让我们洞悉了官场、商场、情场的众生相；窥见到了繁荣、红火表象背后的龌龊与丑恶；领略到了为攫取财富而无所不用其极的卑鄙伎俩；认识到了“金钱与恋情使人厚颜无耻”的蜕变。从揭黑与亮丑这个层面上说，《青瓷》的深刻之处，就在于透过小说的人物、事件、场景，使我们清醒地发现，蝇营狗苟、追逐利益，如何使人格扭曲，人性变异；交易、交换、交流这只市场之手如何使人与人之间、人与家庭之间、利益集团之间、官商之间的关系衍变得越发冷酷、复杂、诡谲和赤裸裸；权与钱、权与色、色与钱之间的勾结交织、变异，如何更阴险狡诈，甚至明目张胆。从而启发读者深思，该怎样对待市场经济的两方面表现？在经济繁荣的灯红酒绿之下，如何弘扬精神健康的伦理道德？

小说的主人公叫张仲平，他本来是个有良知、有责任感、有业务能力的企业家，其拍卖公司知名度高，业绩可观，可是在追名逐利的香风毒雾侵蚀下，在社会不良风气的诱惑下，他人生的天平逐渐倾斜，做人的底线逐步崩塌，以致行为放荡，道德沦丧，成为一个可鄙的人。这诚如法国大作家左拉所说：“只有金钱才是最大的罪人，一切人类的残酷和肮脏的行为，都是金钱导演出来的。”

《青瓷》的结局是令人悲凉的。张仲平内外交困，遭遇灭顶之灾。事业上，他被骗600万元，又因向法院执行局局长刘永健行贿而有可能被追责。因刘已被“双规”，面临牢狱之灾。家庭内，张仲平与女记者曾真的奸情被老婆发现，逮个正着，面临婚姻破裂家庭解体。脚上的泡是自己踩出来的，张仲平走投无路，谁之过？谁之罪？

其实答案就在小说中。张仲平从一个事业有成、风光无限、婚姻和谐、生活幸福的企业家，到最终身败名裂，走上犯罪道路，有社会原因，也有个人原因。主要是因个人把持不住自己，禁不住金钱、美色的诱惑而导致的。从社会原因来说，小说叙述的客观环境，让我们看到了世风日下、物欲横流、金钱至上、道德滑坡，到处是诱惑，遍地是陷阱，以致是非混淆、黑白颠倒，潜规则肆虐，关系学横行，诡诈术泛滥。身处此境，谁又能保证冰清玉洁，独善其身，出淤泥而不染？更多的人选择了随波逐流，张仲平就是突出的代表。

清代的申居郧说：“‘利’这一字，是学问人品一片试金石。”我认为他论断得相当贴切。“利字头上一把刀”，张仲平就是被这把刀引诱坏了。他为了攫取更多钱财，谋取更大利益，巧言令色，工于心计，八面玲珑，见风使舵，既骗人又被人骗，既损人又未能利己，他的悲剧不可避免。就个人品德而言，他贪恋女色，玩弄女性，欺骗善良真诚的妻子，完全是个伪君子。他把女性当作泄欲的工具，交易的砝码，却从未爱过她们。表面上道貌岸然，内心肮脏无比。他的身上折射出了当今社会一些所谓“成功人士”的真实嘴脸，也反映出这个社会诚信的缺失，信仰的丢弃，尊严的背离和品格的异化。从这个意义上说，《青瓷》具有认识价值，它促使我们不得不认真思考一些问题。面对这个浮华、喧嚣的世界，面对纸醉金迷、灯红酒绿的人间世，面对尔虞我诈、钩心斗角、互相利用、朋比为奸的人群，面对丧失传统美德、人文操守的现实，我们该如何办？该怎样走？难道我们能容忍这样的情况再继续下去，而无动于衷吗？

2008年1月7日，农历十一月二十九

人生如棋
——长篇小说《黑白》给我们的启示

我对作家储福金不熟悉，在阅读他的长篇小说《黑白》之前似乎未看过他的其他作品，因此对他的艺术风格、思想品位了解甚少，简直没什么印象。

《黑白》刊载于《长篇小说选刊》2007年第4期上。“编辑手记”中介绍说：“《黑白》深入到了中国文化的更深区域，探究人的生存底蕴……精致的细节、淳朴的文风，既有人生如弈棋的悟道，也把风声路里、万水千山的人生况味写得云烟氤氲。”可以想见，编辑用诗化般的语言，不吝溢美之词的评价，足见出对这部小说的喜爱。

我也被这部充满着江南水乡秀丽、温婉、柔媚、清新气息的小说深深吸引住了，以至于端坐于写字台前两三个小时不动地方，心无旁骛地读《黑白》。那江南的梅雨，宁静的竹园，波光潋滟的水港，迷人柔媚的吴侬软语，令我无限陶醉；那棋道的高深莫测，棋德的潜移默化，人间的冷暖，世道的变迁，让我深沉感叹。

《黑白》不仅指的是黑白子双方的博弈，也象征着社会人心的向背，人生道路的正确与谬误，人生经历的善良与卑鄙，也隐喻着日本与中国之间的侵略与反侵略、正义与邪恶的分野。棋如人生，《黑白》的主旨就是透过棋局解剖人生，透视纷繁复杂的社会。小说中多次出现过“棋如人生”的感悟，并以陶羊子、方天勤在棋理、棋道、棋艺、棋德上的差异，反衬他们在道德、理想、人格、情操上的殊异。不露声色地肯定了陶羊子忠恕、厚道、忍让的品德以及在大是大非面前维护国格、人格的义举，谴责了方天勤虚伪、狡诈、急功近利、仗势欺人的蝇营狗苟行径，让读者深切感受到棋与人、棋格与人格、棋道与人道互相渗透、相辅相成的关系；体悟到棋品即人品的道理。越是没有功利心，不计较输赢得失的人才能更臻于围棋的化境；越是争名夺利、醉心于计较胜负得失的人，离围棋的真谛就越来越远。由棋识人，由棋道判断黑白人生，这就是小说给予我们的莫大启示。

这部长篇小说的另一成功之处，就是以抗日战争为大背景，通过棋局反映了抗战的时局，突出地描写了黑白双方的“棋子”们在国难当头，社会动乱的时候，各自出色的表演。让我们明晰看到了在这场如火如荼的斗争中，中国人的众生相、五花八门的行径、千奇百怪的遭际，从而突出了主人公陶羊子仇恨日本侵略者的愤慨，爱国爱民族的热情，以及用自己独特的方式奋起抗争的果敢。这就意味着清白无瑕、外圆内方、正义在胸的中华民族是绝不会屈服于黑暗蛮横、邪恶霸道的日本侵略者的淫威，并一定战而胜之的。

值得称道的还有这部小说的语言。这语言充满着江南水乡的妩媚与温婉，鲜活与轻灵，柔美与从容，似潺潺流水荡漾在读者心间，如沐春风，似饮香茗，给人以柔顺与熨帖的舒适感。小说写的是围棋，叙写弈棋的文字是必不可少的，但每次的场景不同，局势不同，弈棋的对象不同，文字也就不同。术语虽多，但并不生涩板滞，写起来跌宕起伏、活灵活现，使读者不知不觉间也进入棋局之中，和主人公同喜同悲，产生共鸣。这种功力了不起，不精通围棋、缺乏驾驭语言能力的人是根本做不到的。

2008年1月31日，农历十二月二十四日

好读、耐读的《亭长小武》

从正月十五到正月二十九，半个月的时间，我就把史杰鹏的长篇历史文侠小说《亭长小武》读完了。文侠小说是与武侠小说相对的概念，主要表现具有侠客气质的文吏在历史风云中的所作所为。这类小说，我还藏有《智圣东方朔》（6卷本），但还未来得及仔细阅读。

《亭长小武》是展现汉武帝时豫章县小吏沈武传奇经历的长篇历史小说。所谓历史小说，就是书中反映的重大事件是有据可查的，甚至一些主要人物也是确实存在的。《亭长小武》中的史实线索、矛盾冲突、事件始末，基本上是真实确切的，既不是胡编杜撰，也不是空穴来风。至于篇章结构、情节演进、形象塑造、语言风格、人物对话等，则赖于作者的艺术创造了。

应该说，《亭长小武》的创作是成功的，因为它对读者有极强的吸引力。我在阅读此书的时候，神经始终紧绷着，情绪始终热烈着，品读愿望始终强烈着，除了白天看，晚上在台灯下也要浏览许久，这说明《亭长小武》有抓住读者的无形魅力。

这部历史文侠小说，以基本史实为躯干，以大多实有其名其事的历史人物为线索，以小吏沈武为主人公，在广阔深邃的历史大背景下，形象地演绎了汉武帝时期以"太子废立"为中心所引发的冲突与斗争，再现了两千年前跌宕起伏、波诡云谲的历史风云；展示了皇帝与大臣之间、大臣与大臣之间尔虞我诈、你死我活的残酷搏杀。其中不乏正义与邪恶、阴谋与智慧、皇权与律令的较量，让我们鲜明生动地窥见了历史的底蕴；深刻地领略了封建专制的残暴与刻毒；也从小说化的情节中认识了汉武帝时期"罢黜百家，独尊儒术"后的社会万花筒和人物众生相，认识了独裁专制所引发的尖锐复杂的社会矛盾，促人深省、启人反思。

人物是小说的灵魂，有没有塑造出形象鲜明、扎实、丰满、厚重的主人公是小说能不能立得住的关键，《亭长小武》的人物塑造是成功的。作者把主要人物如沈武、江充、刘丽都、靳莫如、赵何齐放在刀光剑影、血与火的斗争中，淬火磨炼，在典型环境中展示人物的个性特征，既使人物性格真实生动，又让精神得以升华。再加上细腻传神的心理描写和由小见大的细节刻画，使人物的活动更加丰富逼真，人物形象栩栩如生。尤其是刘丽都、靳莫如这两个敢爱敢恨、敢于抗争、敢于奉献的年轻女子形象更给人留下深刻印象，也更令人同情喜爱。和主人公沈武的光宗耀祖、飞黄腾达、欲达目的不择手段的行径相比更高大，更完美，也更令人同情、惋惜她们的命运遭际。

情节是小说的筋脉，筋脉不畅，身体不爽；情节不紧凑，小说无看头。《亭长小武》之所以吸引人，之所以让阅读它的人欲罢不能，就是因为情节设计巧妙完整，构思精细缜密。整部小说布局严谨，结构工整，情节紧张、惊险、曲折，行文由舒缓到紧迫，由平稳到紧凑，高潮迭起，险象环生，矛盾尖锐复杂，斗争波澜起伏，使读者如临其境，关心着书中人物的命运，感叹着世事的盛衰成败。

语言是小说的血液。血液健康，心脑才健康；血液畅通，全身轻松。小说如果没有生动、形象、鲜明、传神的个性化语言，叙述必然无味，情节必然干巴，人物必然苍白，可读性必然丧失，题材再深刻，内容再丰富的小说，人们也是读不下去的。

《亭长小武》的语言半韵半白，别具一格，非常符合题材与体裁的需要，它体现了历史与现实的结合，古人的语言习惯与今人阅读习惯的融合。这样的语言读起来朗朗上口，韵致无穷。既符合特定历史条件下的语境，又符合每个人物的具体身份。正是凭着这优美雅致的语言，小说的叙述才是流畅通达的；情节的铺张才是惊险曲折的；人物形象的塑造才是鲜明生动的；细节的展示才是细腻传神的；故事的演义才是淋漓尽致、引人入胜的。

还有一点要提及的，就是书中用案例形式介绍了许多汉代律令知识。这些知识，作者是通过他半韵半白的独特语言转译介绍给我们的，而且从理论和实践结合上弄懂弄通了这些律令，在潜移默化中了解了汉代的法律，这是啃文言文的原著所达不到的。

2008 年 3 月 6 日，农历正月二十九

“长乐老”何以长乐
——读长篇历史小说《冯道传》有感

历史小说是小说园林中一棵扎根于久远历史中而绽放出光鲜花朵的老树。它以今人的眼光，书写过往的风云雷电，以艺术化的笔触，塑造传奇历史人物形象，既给人以深刻的启迪，又让人赏心悦目，获得美感享受。我喜欢阅读厚重典雅的历史小说。

《冯道传》就是我近期阅读的长篇历史小说。此书以章回体的形式，以五代史实为依据，以冯道的行藏经历为叙述线索，纵向性描写了不倒翁冯道风风光光、弃旧图新、贪槽恋栈、享受安逸的一生；刻画了他迷恋权势、背主求荣、阿谀奉承、曲意恭迎的处世哲学、行事风格、道德人品及方法手段，让读者能形象化地了解认识这位“长乐老”“不倒翁”的其人其事其言，启发我们去思考。在五代十国那样政治混乱、战争不断、生灵涂炭、社会凋敝的险恶环境中，冯道何以能“苟全性命于乱世”，更求“闻达于诸侯”？为何历仕四朝，加契丹侍奉十个皇帝受恩宠，二十多年位列宰辅？我想先介绍一个真实的冯道，恐怕有助于我们更深一层认识他、分析他。

我读过《旧五代史》和《新五代史》中的《冯道传》，从而清楚了这个人的一生行迹，现在又通过形象化的小说，对冯道的是非功过有了更为深切的体认。

冯道，字可道，出生在“为农为儒、不恒其业”的家庭，年轻时品行纯厚，不耻清贫，事亲孝而为学勤，在宦官张承业的推荐下，冯道做了晋王李存勖（后唐的开拓者）的河东节度掌书记。那时的他敢于谏诤，胆量、识见为人佩服。李嗣源继帝位后，冯道成为宰相，他引荐任用了不少有才识的孤寒士子，而对那些品行浮躁的衣冠子弟都加以抑制。他还经常提醒李嗣源安不忘危，勿玩物丧志。李嗣源为得到一只刻有“传国宝万岁杯”字样的玉杯而高兴时，冯道说：“此前世有形之宝尔，王者固有无形之宝也。”并且进一步指出这无形之宝便是“仁义”。但谁会想到这个满口“仁义”道貌岸然的宰辅，竟是个随风倒的墙头草。后晋灭后唐时，冯道又投靠新朝，石敬瑭任他为守司空，同中书门下平章事，加司徒，兼侍中，封鲁国公。事无巨细，悉以归之，其荣宠程度更胜前朝。契丹灭晋，道又事契丹，朝耶律德光于京师。德光问他：“何以来朝？”对曰：“无城无兵，安敢不来。”德光诮之曰：“尔是何等老子？”对曰：“无德无才痴顽老子。”其自甘贬辱，摇尾乞怜之状由此可见。耶律德光曾问他：“天下百姓如何可救？”他说：“此时佛出救不得，唯皇帝救得。”真是阿谀奉承、溜须拍马到了极点，哪里还有一点点文人雅士的浩然之气？刘知远代汉称帝后，冯道从太师奉朝请。后周灭汉之后，冯道又被后周任命为太师兼中书令为首相。这样算下来，他在后唐、后晋、后汉、后周四朝中，位极人臣，权倾朝野，三入中书，在相位二十余年，确实是个不倒翁啊！

冯道在未发迹时曾写过一首诗，其中有这样几句：“道德几时曾去世，舟车何处不通津？但教方寸无诸恶，狼虎丛中也立身。”反映了他既要洁身自好又打算委曲求全的人生哲学，其实质反映了冯道为了获得“官越做越大，爵越封越高，上耀祖宗、下荫子弟”的殊荣，良心、道德、节操、人格，什么都可以抛弃；为了乐享“时开一卷，时饮一杯，食味，别声，被色，老安于当代耶！老而自乐，何乐如之”的生活，什么卑躬屈膝、蝇营狗苟的事都可以做得出来。

冯道去世已经1000多年了，可是对这个历史人物的争论至今也没有停歇过。贬抑的居多，持中的也有，褒扬的也不少，总之是众说纷纭，莫衷一是。因为他是个复杂的历史人物，他的是非曲直，很难盖棺定论。我在读史书时，对冯道是极为排斥、否定的，认为这是一个为了封妻荫子、位高爵显的一己之利而抛弃伦理、放弃道德、丢掉节操、废置人格的伪君子，为正人君子所不耻！但是读了长篇历史小说《冯道传》后，我从历史的烽火硝烟中又闻到了些许的别样气味，我从艺术化的人物塑造中似乎看到了冯道形象的另一个侧面。历史是复杂的，现实是多样的，人的经历是坎坷的，人的性格是随着客观事物的变化而变化的，人的思想、行为也是受当时当地的情势所左右的。习惯形成性格，性格决定命运，全盘肯定或否定冯道都是不公正的。对这样一个历史人物，必须联系当时的政治环境、社会环境、军事环境、人事环境具体分析，辩证对待。真诚与虚伪，美德与恶行，善良清廉与艳羡高官厚禄，直言敢谏与见风使舵、八面玲珑，盼望国家统一与苟全性命于乱世，这些矛盾的东西，统一在冯道身上，其扭曲的心态、矛盾的性格、表里不一的行止、理想与行为的反差，不仅是个人的处世哲学造就的，也是时代所决定的。

人们说：春秋无义战，五代十国期间也是如此。短短50多年，竟经历了梁、唐、晋、汉、周五个朝代，你方唱罢我登场，生灵涂炭，百姓遭殃。在这样混乱、动荡的历史条件下，不要说百姓，就是冯道这样的“三公九卿”又能有什么作为？恐怕大多数人会选择随波逐流、随风摇摆、任人摆布。因为仅靠一己之力，潮流是挡不住的。遭逢乱世，理想破灭，顺从潮流，明哲保身，“乐观”处世，“笑”对人生，这大概就是长乐老长乐的原因吧？像冯道那样，凭借权势，在不妨碍他人及社会，并尽可能惠及他人和社会的前提下，让自己活得更幸福、更精彩，似乎无可厚非。他不做恶事，尽可能地护佑一方百姓，减少死亡，是应该肯定的。冯道用聪慧的语句，一语双关地拍耶律德光的马屁，得到赏识，耶律德光没有大肆屠杀中原人民，不就是明证吗？更何况冯道在二十多年的宰相任上，恪尽职守，崇尚节俭，鲜少恶行劣迹，他的委曲求全、奉迎恭顺主要是为了保护自己，乱世求生。这样的处世哲学当然是极端自私自利的，可也是能让人理解的。小说正是以它形象化的概括，让我们认识到了这一点。

还值得一提的是，这篇小说之所以能吸引我，除了对冯道这个不倒翁的复杂形象感兴趣外，还在于小说的叙述功力和语言魅力。写古代人物，叙古代故事，如果纯用白话文写，恐怕淡如白水、寡淡无味；而纯用文言文写，深奥古板，有多少人能读懂？作者采用半文半白的语言，娓娓道来，情深语切，涵蕴绵厚，既不失文采，又不艰涩难懂，读起来音韵铿锵，朗朗上口，既有音乐的美感，又有阅读的快感，可谓学养深厚，功夫独到。

此书的另一个特点是结构的优化和形象的美化。写古人古事，如果拘泥于史实，容易干巴枯燥，因而必须在细节再创造和结构安排上下功夫。历史小说尤其要在尊重历史的前提下，展开想象的翅膀，对人物形象精心塑造，才能有血有肉，生动传神。因而虚构故事情节，设计篇章结构，不但是必要的，也是必须的。此书作者把历史典籍的史事铺陈开来，演绎成一个个鲜活的故事，叙述起来既生动有趣，又紧凑传神，使故事情节更紧张刺激，内容更充实丰满，人物形象更栩栩如生，无疑增强了可读性和趣味性。

2008年5月31日，农历四月二十七

千万不要再“折腾”了

戴定南的长篇小说《折腾》名实相符，是一本专门讲述国人胡乱折腾的小说。

小说以王家瑜及其家庭、亲属不间断地“折腾”为线索，形象而逼真地叙写了自中华人民共和国成立，到“文化大革命”，以致改革开放初期的50多年中，中华民族无休无止的折腾史。通过这随心所欲、不择手段、血腥残酷的折腾，我们窥见了人性的丑恶、人伦的丧失、道德的嬗变、思想的颓废；认识了精神蒙蔽、观念杀人的可恶；宿命论、血统论的荒谬以及运动群众、整群众行径的可怕。小说以血与火的惨痛场景，振聋发聩的历史事件警醒国人：我们这个国家、这个民族，再也经不起折腾了！

我们都是从《折腾》所讲述的生活场景中走过来的，我们都是历次政治运动尤其是“文化大革命”运动的亲历者，也是受害者。《折腾》所反映的现实，我们是了解的、熟悉的；《折腾》所描写的人物，都有我们的影子在。我们从他们身上看到了自己或光彩，或丑恶，或迷茫，或无奈的嘴脸；发现了自己的喜怒哀乐、爱恨情仇，仿佛又回到那令人诅咒、令人痛苦的日子里。透过《折腾》，我们又一次回忆起了那令人迷醉、狂热，又令人惊悸、恐怖的动乱年代，又找回了近似于木偶呆滞，又好像歇斯底里般疯狂的自我本性。那时候的人是痴情、癫狂的，又是盲目、愚蠢的；是虔诚、忠厚的，又是迷乱、张扬的。现代迷信搞乱了思想，搞乱了人伦道德，搞乱了人与人之间的关系，搞乱了社会秩序，更是把国民经济推向了崩溃的边缘，这都是瞎折腾、胡折腾造成的恶果！

《折腾》一书再现了乾坤颠倒、人妖混淆、天下太乱的历史场景，展示了人人都是受害者，又是害人者；人人都是革命者又是破坏者的形成过程，读来令人感叹唏嘘。《折腾》用表面上诙谐、自嘲、调侃，实质上充满血泪的语言，以人们耳熟能详的故事情节，以鲜活的人物形象，艺术化地再现了中国50多年来的穷折腾史。写出了社会的动荡，人间的悲苦，人情的嬗变，人性的异化；道出了人们的喜怒哀怨，用文学作品的形式，总结了50多年来折腾所造成的国衰民疲的困境。这对于我们重新审视过去的岁月，正确评价逝去的日子，认真汲取经验教训，珍惜现在来之不易的和谐、宁静的生活，无疑是大有益处的。

2008年11月27日，农历十月十三

《填四川》的成功与不足

花了不到10天时间，就将王雨的长篇小说《填四川》读完了。之所以读得这样快，一是因为它题材新颖，情节曲折，故事性强，颇具传奇色彩。二是丰富、生动的四川民俗、节庆，及生产、生活知识的描写，令人大开眼界，获益多多，从中了解了许多过去自己不太明了的东西。但更为重要的是，这本书展现了中华民族生生不息、昂扬向上、奋发图强、自我救赎的优秀品格和奋斗不止的拼搏精神。

书中着力塑造的是从闽西移民四川的巾帼英雄宁徙。她屡经磨难，困顿不堪，但绝不向命运低头，而是昂首挺胸，奋力抗争。她果敢、坚毅、善良、大度、冷静、宽厚、从容、淡定、不自卑、不自弃、不骄矜、不狭隘、艰苦奋斗、拼搏进取，终于在四川站稳了脚跟，发展了新家乡，振兴了家庭，取得了光宗耀祖的辉煌成就。

宁徙作为一个女强人，她的形象光彩夺目，感人至深。她以自己的所作所为，实践了“生命可以消灭，信心不能消灭”的诺言。她是中华民族成功女性的缩影，她的身上流淌着中国人坚韧不拔、忍辱负重、扼腕前行、不屈不挠的奔腾热血，生长着硬朗、挺拔、坚毅、果敢的雄浑骨气，她是千千万万有志气、有抱负的中国人的代表，我们为这一鲜明、生动的文学形象叫好！

但我在阅读这部小说时，也感觉它有明显不足的地方。一是小说的情节、人与人之间的关系，往往过于巧合、牵强，不太符合生活逻辑，缺乏真实感，给人以人工斧凿、刻意安排的感觉，失去了可信性。二是小说的情节发展，人物性格的演进，有时很突兀，缺乏铺垫和过渡。情节叙述有时过于简略，不符合事物发展的逻辑。阅读的时候，云遮雾罩、摸不清事物衍化的来龙去脉。三是语言模式化，人物塑造脸谱化，缺乏经典细节和个性化描写，语言不够鲜明、生动、形象，鲜见含蓄与沉稳，千人一面，万人一腔。除了宁徙的形象较为完整和丰满外，其他人物大都模糊不清，很难让人留下深刻印象。四是人物思想、性格、行为缺乏逻辑性、可信度，性格发展似乎不是由自身生活轨迹决定，而是作者人为刻意安排的。书中的人物不是按照自身的逻辑行动，而是按照作者的意愿奔忙，这就使人物失去了灵魂和自身发展的必然性，让读者很难信服。

总之，《填四川》有它精彩、闪光的一面，但也有美中不足的瑕疵。它不属于精雕细琢的厚重之作，多多少少带有急就章的痕迹。我诚挚地希望作者沉下心来，深入生活，认真修改，精心打磨，使这部书更具可读性，更有分量和价值。

2011年9月19日，农历八月二十二

《百年孤独》揭示了什么

用了一个多星期的时间，就很轻松地将诺贝尔文学奖获得者、哥伦比亚作家加夫列尔·加西亚·马尔克斯的长篇小说《百年孤独》读完了。

未读前，心里有压力，以为这部魔幻现实主义的作品会佶屈聱牙、晦涩难懂，但阅读过程中这种情况并没有发生。译者的水平较高，译文流畅，语句浅显，基本上做到了音译与意译的良好结合，很符合中国读者的阅读习惯。我在阅读时，基本上没遇到语言障碍，很轻松、很适意，我被小说深深地吸引住了。

读毕，掩卷深思，感觉心境是悲凉的，情绪是压抑的，思想是沉闷的，体味是复杂的。我为布恩地亚家族百年的兴衰史扼腕叹息，为马孔多小镇突然消失而怅然若失，更为作者大量采用阿拉伯神话故事以及印地安民间传说，把触目惊心的现实与神话传说和幻想巧妙地糅合在一起，形成色彩斑斓、风格独特的画面，使读者在似是而非、似非而是的形象中，获得一种似曾相识，又觉陌生的感受，从而激起追根溯源，去追索作家创作真谛的愿望，进而由衷感佩。它真不愧是一部解剖历史、观照现实的经典著作。

《百年孤独》自1967年问世以来，引起全世界的广泛关注。正如为马尔克斯颁奖时的《授奖词》所介绍的那样："这本书被翻译成许多种语言，售出了数百万册。它现在仍在被重印，被新读者怀着有增无减的兴趣阅读着。"

《百年孤独》是一部魔幻现实主义的经典作品，它遵循"变现实为幻想，而又不失其真"的魔幻现实主义创作原则，经过巧妙的构思和想象，将历史和神话、现实和魔幻、悲剧和喜剧融为一体，运用交叉时空，以及梦幻、想象、夸张、荒诞、隐喻、象征、预言等手法，向人们展示了最广阔、最丰富、最生动的历史事件和现实生活。"它以虚构的马孔多小镇为背景，叙述了布恩地亚家族百年兴衰史。作品情节离奇曲折，人物众多且性格孤僻，命运坎坷多舛，结局悲惨荒诞，但却真实、形象地反映了百年来拉丁美洲的风云变幻，世事衍化。可以说，它是一部文学化的拉丁美洲近代史。"这部作品"表面看来荒诞离奇，扑朔迷离，实则蕴含深邃的哲理。""《百年孤独》是一个由凝重的历史内涵、犀利的批判眼光，深厚的民族文化，奇特的象征、隐喻和生动的神秘语言构成的现代神话，它不愧为魔幻现实主义的一部经典佳作。"

《百年孤独》的成功，不仅在于置离奇于平凡之间的情节，寓典雅于流畅的文笔，存现实于魔幻中的风格，还在于它在神奇的气氛中，深刻地揭示了哥伦比亚以及整个拉丁美洲大陆纷繁复杂的文化传统、民族意识和历史演变，特别是愚昧孤独的社会现实和精神状态。

这部小说的主题是孤独。正如书中所指出的那样，马孔多的人们"总是处于不停的摇摆和游移之中，一会儿高兴、一会儿失望、一会儿百思不解，一会儿疑团冰释，以致谁也搞不清现实的界限究竟在哪里。"

布恩地亚家族是书中的主人公。孤独是布恩地亚家族的族徽，每一个成员都自觉不自觉地佩戴着它。在这个家族中，人与人之间始终没有开诚布公的情感沟通，没有心心相印的语言交流，更谈不上相互的信任和了解、关心和支持。他们各自生活在密不透风的城堡里，都用自己的方法滋养或保持着自己的孤独。但作者对孤独的揭示，并不是简单地诠释与演绎，而是深层次地去探究它的社会与历史的根源，剖析这种孤独所造成的愚昧落后、保守僵化的恶果，再把它作为一种社会现实和民族特性来反映的。“孤独的阴影不仅笼罩在布恩地亚家族和马孔多村，而且已经无法抵挡地渗入了哥伦比亚以及整个拉丁美洲的民族精神，成了阻碍民族向上、国家进步的一个沉重的包袱。”“作者的用心是良苦的：孤独的结果只能是毁灭，‘孤独的反义词是团结’，只有团结奋斗，拉丁美洲才有出路。”作品的结尾，让马孔多小镇在飓风中消失，虽带有一种悲观主义和宿命论的色彩，但它终究表露出了作者对因循守旧、愚昧落后、令人窒息的家庭和社会现实的公正而冷静地宣判和对人类社会未来的一丝憧憬。

《百年孤独》借布恩地亚家族第一代老寿星乌尔苏拉之口，发出的“时间好像在打圈圈，我们又回到了刚开始的那个时候”的呐喊，表达了一种很鲜明的寓意：无论历史的指针运转百年或千年，时空还会轮回，事件还会复发，悲剧还会重演，孤独还会延续。这也许就是《百年孤独》揭示的最真诚的“警世恒言”和“喻世明言”吧！

《百年孤独》不但有深刻的思想内涵和政治寓意，启人深思，令人警悚，在艺术手法上也是别具一格、富于创造的。其独特的艺术性主要体现在以下几个方面。

（1）现实魔幻化。马尔克斯“试图借助魔幻来表现现实，而不是把魔幻当作现实来表现”。

（2）神话色彩。《百年孤独》动用了大量的印第安传说和阿拉伯神话以及《圣经》故事来营造和烘托作品的神秘气氛。神话故事和传说的移植，使得作品情节出人意料，更为离奇，魔幻色彩更为浓厚。

（3）怪诞描写。小说中描述了许多荒诞不经的事物或现象，乍看起来都不可思议，令人难以置信。但是，若细细想来，这些神奇的事物，或怪诞的描写又都有着科学依据，都以事实为基础，其中的一些以读者自己的经验或见闻也是可以理解的。

（4）象征手法。这是《百年孤独》中运用得非常巧妙的写作方法。

（5）艺术夸张。在《百年孤独》中，艺术夸张这种手法运用得很普遍，很充分，达到了荒谬离奇、难以置信的地步。

（6）时空轮回。这是马尔克斯在《百年孤独》中使用的颇为奇特的艺术手法。作者通过时空的循环、重复和凝滞的描写，揭示这种可怕的循环，表达了一种很鲜明的寓意。

总而言之，马尔克斯的《百年孤独》是一部思想性、艺术性俱臻极致的经典巨作，凝重的历史内涵，犀利的批判眼光，深刻的民族文化反省，庞大的神话隐喻体系，是由一种让人耳目一新的神秘语言贯穿始终的。它振聋发聩、惊世骇俗，留给人们警醒和反思的东西太多太多……

（本文在写作时参考了北京燕山出版社出版宋兆霖主编的《诺贝尔文学奖全集》）

2012年6月28日，农历五月初十

《认罪书》的价值所在

女作家乔叶的长篇小说《认罪书》是一部反思性的作品，也是一部警世性的作品，按照作家自己的说法，更是一部借用婚外恋的壳，“它的指向是从过去到当下的历史进程中普通国民精神的深层肌理”的剖析小说。

这部小说的主旨是揭示、暴露“文化大革命”中种种非人道、非理性的丑行给人的心灵、精神、思想、行为所造成的严重伤害；对社会人文、生活秩序、人际关系、伦理道德带来的扭曲性破坏；探讨“文化大革命”流毒对当今社会的污染及影响；追根溯源，说明当下的很多问题与“文化大革命”罪恶颇具渊源。因此，“文化大革命”虽已远去，但对“文化大革命”的反思不能停止。

为做到上下贯通，历史和现实相映，作家采用了“从当下切入”，现实与过去相交叉，勾连历史，表达当下的叙述方式。让主人公金金以观察者、倾听者的身份回顾那段惨绝人寰，给中华民族带来深重灾难的“文化大革命”史，让小说中和小说外的人“知罪”“认罪”。所谓“罪”，“也许就是他们面对自己身上的罪时，所表现出来的否认、忘掉和推脱。如何救赎？只有一条路径：诚实地面对自我，洗净自我。”这可能就是乔叶创作这部小说的真正目的。

《认罪书》是一部内容厚重、涵蕴深邃的小说，单看书名就给人以沉甸甸的心理压力。它绝不仅仅是写梁家三代人（包括金金）的爱情、婚姻、感情纠葛等日常生活场景的，而是透过生活层面人与人之间的感情纠结、关系冲突，反衬“文化大革命”对人性的扭曲，对精神的戕害，对思想的侵蚀，对美好的摧残。“一切历史都是当代史”，“历史和我们所处的当代一直有着非常密切的、活色生香的关系”。作家就是要在《认罪书》中“尽量深入、准确地找到这二者的关系”。运用活生生的艺术形象，反思沉重的政治历史命题，给人以鲜明、深刻的启示，这就是这部小说的价值所在。

从总体上看，我认为《认罪书》是一部悲剧小说。梁家三代人，包括梁文道、张小英；梁知、梁新；金金，都是“文化大革命”这场大悲剧的受害者。有的是直接受害，有的是间接受害。一定程度上，他们也是悲剧的参与者、制造者。他们身上都有罪，也在以各种方式“赎罪”，他们的命运遭际，似乎就是对他们罪孽的惩罚。

《认罪书》以梁家第一代人梁文道、第二代人梁知、梁新的爱情、婚姻关系为纽带，串联起了“三代女性”：金金、梅梅、梅好。通过金金和梁知婚外情这个引子，引出了梅梅的故事；梅梅的故事仍是一个引子，这个故事的存在，在于引出她的母亲梅好（美好），同时也引出另一个人物梁文道。梁文道与梅好，梁知与梅梅，金金与梁知的“爱情”异曲同工，都在自私、阴损、保全自己，抛弃他人的冷漠或冷酷面前体无完肤，归于失败。

梁文道表面上温文尔雅，学富五车，和妻子梅好琴瑟和鸣。但在“文化大革命”中目睹“水疯子”妻子走向群英河时，却无动于衷，不加阻止，任由梅好（美好）被大水吞噬。这充分暴露了他伪君子的丑恶面目和对生命的漠视。其目的当然是怕梅好牵连到自己，影响自己的仕途与声誉。

梁知和梅梅曾经爱得死去活来，但在母亲张小英的精心安排和刻意操纵下，两人被隔离，梅梅被逐渐推上了不归路。先是到偏远地方当代课教师，后又被“介绍”到市领导汤潮家当“保姆”，以致失身、怀孕、生子，被迫远走东莞，“嫁”给一个打工仔。在索要儿子无果的情况下，被梁知、梁新两兄弟强行送回东莞。在两兄弟软硬兼施、恐吓、威逼下，跳楼自尽。这个悲剧无疑是梁家母子串通、合谋、精心策划、导演的。在仕途、名利、地位与“爱情”的冲突中，他们选择了前者。良知（梁知）、良心（梁新）都沉睡了，感情、热恋都倒退了，当下的利益、个人的得失才是他们判断取舍的原则。他们在对待梅梅一事上的吞吐古怪、始乱终弃、毫无怜悯之情的态度，不仅仅说明他们冷酷无情，更说明他们内心深处没有爱、只有欲；没有善良、悲悯，只有利益、算计；没有良知、良心，只有利害、权衡。

金金与梁知因巧遇而“相恋”，因梁知对其有救助之恩而委身于他。但他们并不是真正的相知、相爱，而是各有盘算，各有所图。金金是想借助梁知改变命运；而梁知则是因为金金外貌酷似他的初恋情人梅梅，他是想从金金身上找回和梅梅热恋的感觉。这样的恋情一开始就标志着结局的不善。金金因梁知与其断绝关系而实施疯狂的报复，嫁给梁知的弟弟梁新，并逐步探明了梁家的秘密，迫使梁新、梁知先后自杀，她自己和孩子梁安也因身患不治之症离世。这是一出因果报应式的大悲剧。悲剧的演员们因自私、冷漠、无情、算计和心中有鬼而导演了自身既风光又屈辱、既外表斯文又内心龌龊、既感情丰沛又内心阴暗的命运。而导致他们性格扭曲、行为怪异、精神淡漠的内心之鬼，就是冷酷、否认、健忘和推托。鬼从何来？其源头就是“文化大革命”。

小说以鲜活、灵动的语言叙述的“史事”说明，“文化大革命”就是革文化的命。“破四旧”几乎断送了中国优秀的文化传统，摒弃了民族的传统道德；“揪走资派”“清理阶级队伍”，使干群关系、上下级关系、同事亲友关系严重异化，人人都是整人者，人人都是被整者。信任被怀疑取代、真诚被阴谋打倒、温情被冷酷绑架、热情被冷漠遮蔽，人与人之间几无真话可言，几无相助可援。万马齐喑，众口缄默，除了冰冷的心，失望的精神，彷徨的思绪，无情的面孔，还有什么值得炫耀？

《认罪书》以讲故事的形式，通过当事人的口，形象、逼真地诠释了“文化大革命”中由于冷漠而造成的悲剧和“文化大革命”后冷漠阴魂不散，继续戕害人们的思想，主导人们的行为，导致悲剧重复上演的情景。

“文化大革命”中美好（梅好）被摧残了。折磨、羞辱梅好的不仅有造反派头子王爱国，还有后来成为领导干部的汤潮这些帮凶。他们不但不制止王的胡作非为，还为虎作伥，帮助扒掉梅好的衣服，津津有味地欣赏梅好的裸体。这没有一点同情心、羞耻心的行为是什么？不就是麻木不仁、冷酷无情吗？

当梅好变成“水疯子”走向群英河时，目睹着她投河的丈夫梁文道没有施救；目睹着梁文道目睹梅好走进群英河的张小英无动于衷；一直寄白信封目睹着张小英目睹着梁文道目睹着梅好走进群英河的人也没有出手，任凭梅好淹死在群英河。他们虽然不是意念杀人，但却是见死不救的冷漠杀人，私心杀人，自保心理杀人，这种深及骨髓的冷漠实在太可怕了！

可惜，冷漠症并没有因“文化大革命”的结束而消失。精神传染比疾病传染更迅速、更广泛。冷漠、无情的心态不仅传染给了第二代的梁知、梁新，在第三代金金的身上也有充分、顽强的表现。这个80后的女孩偏执、任性、为所欲为。她不是用真诚、真情待人，而是以是否对我有用“交人”。她对自己的亲生父亲哑巴断然拒绝承认，对几个同母异父的哥哥恶语相向，毫无兄妹之情。这不是冷漠是什么？冷酷的心支配着冷酷的行动，连亲生父亲都弃之如敝屣的人能对梁知的救助之恩真心报答吗？她之所以投入感情，无非是想利用梁知的权力改变自己的命运。所以，当梁知要求终止两人的关系，毅然离开她时，她的所谓感情就烟消云散了，满脑子充斥的就是报复、报复。小说中详尽地展示了她的报复行动，那真是狡黠乖张，工于心计，充分暴露了她孤傲、残忍的性格本质。也许，将死之时，她才认识到了自己的罪，并大力忏悔，可是为时已晚。

《认罪书》最成功的一点是“发现了人性中最有杀伤力的一种罪——冷漠。冷漠是‘文化大文革’的精神后遗症。‘文化大革命’伤害的不仅是我们个人的肌体，更损害了我们民族的精神。肌肤之痛，可以短时期内平复，但精神之疾却不易痊愈。它伤及我们的内心，人心的养得不仅需要时间，更需要的是敢于忏悔的勇气。”可惜，现实社会中承认做错了事，敢于忏悔的人并不多。很多人采取否认、拖延、辩解的方式，对“文化大革命”讳莫如深。还有些人至今对“文化大革命”恋恋不舍。小说中借助“拾梦庄”这个虚拟的景点，揭露了一些人想借开发旅游资源之机，恢复“文化大革命”中大跳“忠字舞”“早请示、晚汇报”“红海洋”“狠斗私字一闪念”等闹剧，让死去的丑恶的东西借尸还魂，这是我们必须警惕的。

总之，《认罪书》严肃地揭示了“冷漠”带给人们精神上的伤害，提醒人们认识冷漠的危害性。我想借用评论家何向阳的话再一次对冷漠进行论证、分析。“冷漠症，是人心败坏之一种，冷漠是对爱的不信，是对爱的背离；冷漠是对恶的容忍，是对恶的纵容；冷漠是不顾他人，自私自利；冷漠是一种病，是一种恨。”

面对民族复兴的伟大梦想，面对改革开放的滚滚洪流，我们不能再冷漠了！

（本文在写作时参考了何向阳的相关评论文章）

2014年7月3日，农历六月初七

人与自然和谐共处的颂歌

——读钟平长篇小说《塬上》

钟平是陕西铜川的作家。他经历过家乡从严重污染到大刀阔斧治理、蓝天重现、空气重新的变化过程，环保情节浓郁，回归自然心态弥坚。因而，他长期关注环境问题，专注生态文学创作，致力于生态文化传播，就毫不奇怪了。

他是以文学之笔、生态之魂，虔诚书写环境保护、生态治理，呼唤天人合一，祈望人与自然和谐共处，共同守护地球祥和、安宁的宣传者和布道者。

《塬上》就是他精心创作的一部直面现实、直面城市化和工业化发展与环境保护之间的冲突的生态小说力作。这部小说讲述了渭北的华塬县在县委书记原尚武的带领下，以壮士断腕的精神，治理污染、清除雾霾、保护环境、平衡生态的故事。按照作家自己的说法，“环境作为现代生活元素之一，已经深入到物质和精神生活诸方面。用小说写环保，反映现实，易于直指人心，洞察人性，表现主题。”这既是他的创作初衷，也是寄寓艺术形象感染力强的特点，为环保工作鼓与呼。因为他创作这部小说的目的就是希望读者认可，能传递希望和温暖，给人以鼓舞和信心。小说《塬上》从华塬县以治理水泥企业污染和建立自然保护区和森林公园为线索写起，“触及了环境保护、地域发展、产业升级、反腐反贪、安全生产等诸多问题，对热切向往并真情创造环保生活的塬上人进行了生动刻画，对时下仍处于以经济建设为中心的‘初级阶段’的中国人如何处理发展与环境的关系进行了冷静思考，对中华大地生态文明，意识觉醒，以及重视环保、宣传环保、追求环保的新理念进行了深情礼赞。”（评论家徐忠志语）小说的生态主题立意高远，浓郁的西北风情让读者迷恋，环环相扣的故事情节令人不忍释卷，充溢书中的亲情、友情、爱情、乡情、家族情，以及对大自然的敬畏之情叫人心头温暖。

《塬上》反映了围绕着自然风景、原始生态的破坏与保护；矿产资源的掠夺与储藏；空气、环境的戕害与整治；人居条件的恶化与改善所进行的较量与博弈。以华塬县长刘亦然和煤炭、水泥老板任万能为代表的“污染派”，和以曾智、原尚武为代表的“治理派”，在“扩大还是缩小自然保护区”“是抓大水泥、拆小水泥整治污染；还是抓住小水泥不放，继续污染”“是从长远考虑，为子孙后代着想，宁愿影响 GDP，还是为了眼前的经济效益，以牺牲环境为代价，换取增长数字”等几个方面你来我往，针锋相对，相互斗争；又通过相互抗衡，相互妥协，最终“治理派”取得胜利。乌烟瘴气清除，绿水青山重现，还了华塬一个天朗气轻、山川秀美、树绿花红、朱鹮飞舞的优良生态环境。小说以艺术的笔触，令人信服的“事实”证明：只要观念正确，方法对头，政策妥当，环境污染的难题是可以化解的。

《塬上》以自然生态为主线，辅以社会的政治生态和人们的精神生态，三种生态环环相扣，互为表里，互相影响，互相制约，让读者在情节的发展中、矛盾的纠葛中，认识到社会的政治生态和人们精神生态的失衡，才是生态危机的真正根由。三种生态的治理必须协调有序，相互促进，用政治生态和精神生态的改善保证自然生态治理的成功。

正像评论家徐志忠先生所指出的，《塬上》的意义绝不仅仅是为我们讲述了一个环环相扣的故事；塑造了一批以原尚武、康文等为代表的具有家国情怀、忧患意识、担当精神和有所作为的有血有肉、形象丰满的人物；也不仅是让华塬生态平衡重现，朱鹮放飞实现，清新空气甘甜，人居环境改善，这都是表象。深层次的内涵是作者在启示我们："中国生态环境问题须要放在社会主义初级阶段与经济如何持续发展的背景下来思考，我们需要的并非简单化地回归自然，而是现代人如何与自然建立和谐的伙伴关系，形成正确的生态道德观和人生价值观，在现代科技社会与自然生态条件中，探寻新型的人类生存方式。"这是钟平深层次的思考，也是每一个读者必须深长思之的问题。

《塬上》的生态主题是深广的，其所反映的矛盾冲突也是尖锐的，"治理派"与"污染派"的斗争更是针锋相对的。但令人称道的是，作家的叙述内敛、有分寸，没有过度渲染丑恶。在化解冲突、消融矛盾的过程中，鲜见雷烟火炮、剑拔弩张，一切问题都是在法律、规章的约束下解决的；都是在人格的魅力、情感的沟通、思想的碰撞中消弭的。这人与人之间关系的渐趋和谐，正和人与自然关系的和谐相映衬，这正是"天人合一"状态的正确阐释，也是作者乐于看到的希望与温暖。

小说中的人物活动在现实环境中，受各种关系制约，性格复杂，行为多变，人性多元，判定不易。《塬上》的众多人物中，除了孙利是个纯粹的贪赃受贿、诬陷好人的贪腐分子被作家全面否定外，好像再没有绝对概念化、脸谱化的好人、坏人。好人有不足，坏人有义举。即使是像豹子刘这样的私自越界、盗掘煤炭资源的"坏人"，在矿井冒顶时，还不忘记把一个年轻矿工推出危险区。任万能学识浅薄，妄自尊大，为攫取财富不择手段。但他重义气，讲人伦。被判刑保外就医后，痛改前非，拥护环保，感恩社会，难能可贵。我觉得这才是社会生活的常态，这样写才符合实际，才写出了人性的复杂，才脱离了人物非黑即白、非好即坏的窠臼，才能使读者信服。

透过《塬上》叙述的生态保卫战的故事，我们见证了华塬几代人环保意识的群体觉醒，这是小说传达出的最重要、最有意义的信息。它意味着中国人正从"先治穷后治污""边污染边治理"的怪圈中挣扎出来，真心实意地关注我们的周边环境，关心人居条件，并积极投身于生态建设的伟大事业中。生于斯，长于斯，既领略过风景秀美，又经历过环境恶化的原生茂；在下地窑当过知青，欣赏过塬上自然美景，后成为领导干部和文化人的曾智、康文；还有自小生活在塬上，对环境变化感受深刻的原尚武、高黑子；为寻找族人，从台湾归来的企业家原丰，都对环境恶劣、生态滑坡、空气污染、水质变黑的现状有感同身受的认识，都亲眼目睹了那令人窒息的雾霾，那臭气熏天的河水。家园不洁，痛彻心扉。家国情怀、山林之恋，使这些不同地位、不同经历、不同职业的人自觉走上了治理污染、保护环境的艰辛之路。思想认识的提高，环保意识的增强，治理力度的加大，让他们眼中看到了希望，心中充溢着豪情，行动充满了力量。华塬是全国的缩影，华塬能彻底根治污染，实现"既要金山银山，更要绿水青山"，生态保护与经济效益双赢，全国各地同样能做到。我们从小说中得到了启示，受到了鼓舞，预见到了美好未来。

《塬上》感动我们的，不仅仅是生态保卫战的胜利和对未来美好环境的期许，还有弥漫在小说中的亲情、友情、爱情和乡情。这温馨、敦厚、纯净、深沉的情，渗透在字里行间，体现在人物的一言一行、一颦一笑中。"感人心者莫先乎情"，正是一个情字贯穿全书，连缀整体，使沉重的环保话题变得从容、淡定，人与人之间冷涩的关系化作理解与宽容。苏联的苏霍姆林斯基说："情感——这是道德信念原则和精神力量的核心和血肉；没有情感，道德就会变成枯燥无味的空话……”原尚青对康文的执着挚爱之情；原尚武对原尚青的愧疚疼爱之情；原生茂对儿子原尚武的担忧希望之情；柯云对朋友的相知友爱之情；同雯雯对任万能的践诺守信之情；曾智对前女友的报答之情，像温暖的溪流汩汩流淌，丰富了人物性格，升华了道德情操，密切了人与人之间的交流、沟通与了解。正是那些带有强烈感情色彩的情节，使人物的性格更加鲜明、生动，人物形象更加丰满、亮丽。正如徐忠志先生所评价的，刘亦然、任万能这些“权贵者”的贪婪；孙利、豹子刘这些“执迷者”的不堪；康文、柯云、尚青这些“贫瘠者”的慷慨；尚武、原生茂、曾智这些“觉醒者”的强大，很大程度上是通过情感这条线体现出来的。

（本文写作时参考了徐忠志先生的文章《把我要的风景还给我》）

2014年9月30日，农历九月初七

才奇、人奇、“数奇”
——读袁宏道《徐文长传》

袁宏道是明代文学家，与其兄宗道、弟中道并有才名，合称“公安三袁”。在文学创作上，他反对“文必秦汉，诗必盛唐”的复古风气，反对用典，反对模拟，提出“独抒性灵，不拘格套”的性灵说。主张“非自己胸臆流出则不下笔”，倡导“言人之所欲言，言人之所不能言，言人之所不敢言”。他的作品大抵从“真”出发，直抒真情实感，给人以清新明快之感。他以自己的创作实践，对解放文体、推动文学发展起了很大作用。

《徐文长传》是袁宏道为同时代的文学家、戏剧家、书画家徐渭（字文长）写的传记，是他的代表作。这篇传记感情浓烈，笔墨酣畅，情绪亢奋，语词激越。既有对徐文长多才多艺建树的佩服与赞赏，又有对他特立独行、愤世嫉俗性格的理解与认同；既有对徐渭一生困顿、终身潦倒、才不得展、志不得立、多舛命运的惋惜与同情，又有对黑暗、浑浊、污秽的官场与世道的不满与愤慨；既表达了自己引徐渭为同道的心声，又实践了“文自胸臆出”、抒发真性情的文学主张。作者在徐文长身上看到了自己的影子，又借为徐文长立传抒发了充溢于胸间的、不得不吐的、太多太多的感慨与怨怒。

人物传记，主要就是记事写人，但写什么、怎么写却大有讲究。不可能事无巨细，一概载之；人无主次，一概录之。必须剪裁史实，把握框要，去轻留重，选择典型。庶几，才能突出特点，彰显灵魂，《徐文长传》就很好地体现了这些要求。

《徐文长传》的结尾，引述了梅客生给作者信中的一段话：“文长吾老友，病奇于人，人奇于诗，诗奇于字，字奇于文，文奇于画。”“余谓文长无之而不奇者也。无之而不奇，斯无之而不奇也哉！”这段话，既是对文长一生奇特行止和困窘遭际的总结与概括，也是全文的“文眼”和了解文长人生秘密的钥匙，因为它抓住了文长才奇、人奇、数奇的特征，从而形象而真实地勾勒出了文长七十多年经历坎坷、屡遭磨难的命运。作为读者，也只有把握住了这一点，才能真正读懂、弄通这篇传记，真正认识徐文长。作者正是通过重点叙写这三方面的内容，才使徐文长的传记准确、鲜明、生动、传神。

关于才奇。徐文长多才多艺，涉猎广泛，作者从许多侧面予以评述。首先是薛蕙的评价，“薛公校越时，奇其才，有国士之目”，认为他是国家的有用人才。接着写徐应中丞胡宗宪之邀，做了幕府书记，与胡“纵谈天下事”，代胡作表献白鹿，使“永陵喜”，“公以是益奇之，一切疏记，皆出其手。”“文长又好奇记，谈兵多中”。胡宗宪诱杀汪直、徐海等水寇的计谋，皆与文长“密相议然后行”，说明文长富有军事谋略。不仅如此，文长的才最突出的是文学、艺术才能，表现在诗、文、书法和绘画上。

他的诗“匠心独出，有王者之气”，作者评价是：“当诗道荒秽之时，获此奇秘，如魇得醒。”读他的诗，使“两人跃起，灯影下，读复叫，叫复读，僮仆睡者皆惊醒”。不直说文长诗的好处，而以读诗者的神态、动作反衬，足见其诗的分量。有一乡大夫“直筵上一小物求赋，阴令僮仆续纸丈余进，欲以苦之。文长援笔立成，竟满其纸，气韵遒劲，物无循情，一座大惊。”不但量大，而且质高，可见文长真是才高八斗，学富五车，文思泉涌，挥笔立就。他的文章：“文章卓识，气沉而法严，不以模拟损才，不以议论伤格，韩曾之流亚也。”和韩愈、曾巩的文章比肩，文名岂能不高？他的书法非常有特点：“笔意奔放如其诗，苍劲中姿媚跃出。”笔意奔放和他的诗一样，苍凉劲节中流露出婉美媚人的姿态。作者评价他是“诚八法之散圣，字林之侠客也。”他的绘画，作者以短短的两句话概括：“间以其余，旁溢为花草竹石，皆超逸有致。”“超逸有致”四字概括了文长画作高远典雅、富有情趣的特点。

这么有才情、有本事、有成就的徐渭，本应有良好的遇合，美好的前程，可以大展其才，大显身手。这也是他本人极度盼望的。但他一生穷困潦倒、孤寂偃蹇，仕途蹭蹬，命运多舛。这其中重要原因是性格使然。因为性格决定命运，细节制约性格。他耿介、狂狷、孤傲、清高、蔑俗、轻官的性格，形成了他“人奇”的特征。如果说“才奇”，奇在多样性的话，人奇则奇在一个“狂”字上。对贵为巡抚，“威震东南”的胡宗宪，他人“膝语蛇行，不敢举头”，而“文长以部下一诸生傲之”，并且要求“若欲客某者，当具宾礼，非时辄得入”。狂得实在可以。他目空一切，率性而为，蔑视权贵，放诞不羁。“视一世士无可当意者”，是意狂；对“当时所谓骚坛之盟者”“皆叱而奴之”是气狂；“显者至门或拒不纳。时携钱至酒肆，呼下隶与饮”是行狂；疑杀其继室是佯狂；而以斧击头，利锥刺耳则是真狂。这样一个狂傲癫狂、不合时宜的人是不会为朝廷所接纳、为贵胄所喜欢的。徐文长清醒地认识到了这一点，所以，他要以“狂”来迎对污秽、丑恶、腌臜的社会，以“狂”来宣泄他的愤懑，表达他不与世俗同流合污的操守。由才子式的疏狂一路狂去，别的全不放在眼里，佯狂而终至真狂，假假真真，举世无双，岂非奇人哉？

窃以为，徐文长人奇是因为才奇，才奇是人奇的本钱，人奇是才奇的必然。如果他目不识丁，文屈词穷，胸无点墨，毫无建树，他即使性格再狂傲，也狂不起来。正是因为他多才多艺，技压群雄，他疏狂的性格才有了用武之地。但是，木秀于林，风必摧之；才高于众，人必嫉之。有才，不一定有好命运。才越高，命运可能越悲惨。古往今来，多少名人高士不正是因为自我标榜，特立独行，不从流合众，不迎合世俗而导致遗世独立、惨淡悲凉的吗？才奇、人奇的徐文长同样摆脱不了“数奇”的魔咒。

徐渭虽“声名籍甚”却“屡试辄蹶”，连个举人都考不中。虽“自付才略”，“然竟不偶”，“不得老于有司”。接着因“疑杀其继室，下狱论死”。最终，“竟以不得志于时，抱愤而卒”。他的一生是抑郁不得志的一生，是鲜有人理解和施以援手的一生，是狂傲、孤愤、偃蹇、无奈、潦倒的一生，也是颠沛流离、困苦不堪的一生。他不得志于有司时，“遂放浪曲蘖，恣情山水”，放逐自己，脱离喧嚣，求得片刻的内心平静。他和贵胄显要格格不入时，“时携钱至酒肆，呼下隶与饮”，用醉酒来麻痹自己，以期忘却烦恼与忧患。

就《徐文长传》的整体布局来看，才齐与人奇是写作的重点，而“数奇”则是全文的主线，才齐、人奇、数奇，形成一条不可分割的因果线。才齐，既使人羡慕，又叫人嫉妒；人奇，必然与社会格格不入，与整个时流对立，为世俗所不容。无人理解，无人帮助，无人启用，致使他“茕茕孑立，形影相吊”，狂傲的性格愈益发展，越不为社会所容纳；越要表现出自己的愤慨与反抗，越是狂言狂行，社会对他的打击就越加剧。晚年“愤益深，佯狂益甚”，终于真狂，“抱愤而卒”。从“不得志”到“愤益深”划出了他在社会步步压迫下的思想演变轨迹，揭示出了他骨子里的反抗，正与其一向不与社会黑暗妥协的性格逻辑相吻合。徐渭的悲剧是个人性格的悲剧，更是丑恶龌龊的社会造成的悲剧。

2000 年 5 月 8 日，农历四月初五

情真意切的哀婉之辞

——读袁枚《祭妹文》

《祭妹文》是袁枚在三妹素文死后八年，安葬她祭奠时写的祭文。这篇祭文不拘格套，朴实无华，情真意切，哀婉凄绝，为祭文体中脍炙人口的名作，被论者评为同韩愈的《祭十二郎文》、欧阳修的《泷岗阡表》“鼎足而三”的祭文佳品。

《古文观止》的选编者在评价《祭妹文》时说：“情之至者，自然流为至文。读此等文，须想其一面哭一面写，字字是血，字字是泪。未尝有意为文，而文无不工。”何以至此？因为“感人心者莫先乎情”，情从肺腑出，情出感肺腑。这是一篇叙事与抒情融合无间，叙事真切，感情深挚，直抒胸臆，激情如决的散文，它情真语真，感人遂深。一个“情”字可以说是它成功的关键。

鲁迅先生说：“长歌当哭，是必须在痛定之后的。”妹死八年，往事缠绵；生离死别，无尽怀念。“世间无限丹青手，一片伤心画不成。”袁枚在这篇“字字是血，字字是泪”的祭文中，抒发了充溢于胸间的复杂而丰富的思想感情。既有兄妹间的手足亲情，也有痛惜其不幸遭际的悲悯之情；既有对三妹英年早逝的哀痛之情，又有对邪恶不公封建礼教的愤懑之情；既有对自己“未尽职责”的无限悔恨之情，又有对自己百年后凄凉结局的忧惧之情。正是贯穿、渗透于全篇的“情”字，感染了无数读者，赢得了人们的普遍赞赏。

试举几方面的“情”以证明之。

一是兄妹之间的手足之情，从一些琐碎小事上充分体现。首先，写幼年时兄妹二人捉蟋蟀的情景。“予捉蟋蟀，汝奋臂出其间；岁寒虫僵，同临其穴。”质朴的几句话，把三妹天真活泼的情态写得栩栩如生，同时也反映出兄妹自小就是配合默契的玩伴。接着写兄妹温诗的温馨情境：“予九岁，憩书斋，汝梳双髻，披单缣来，温《缁衣》一章；适先生奓户入闻，而童子音琅琅然，不觉莞尔，连呼‘则则’。”既写出了三妹好学上进的美好形象，也彰显了兄妹之间融洽无间的关系。其次，写作者“弱冠粤行”，“汝掎裳悲恸。逾三年，予披宫锦还家，汝从东厢扶案出，一家瞠视而笑。”这一送一迎的悲欢离合，写尽了三妹对阿兄真挚深厚的情谊。又然后写作者患病，“汝终宵刺探，减一分则喜，增一分则忧，”“汝来床前，为说稗官野史可喜可愕之事，聊资以欢。”进一步突出了三妹重骨肉亲情，兄妹之谊的品格，又说明了兄妹休戚与共、心心相印的亲密关系。最后，写三妹病危时，“阿母问：‘望兄归否？’强应曰：‘诺。’”临死还惦记着兄长，想见最后一面。兄妹间之款款深情跃然纸上，谁人不被感动？三妹气绝后，“四肢犹温，一目未瞑，盖犹忍死待予也。”可见三妹对阿兄之情至死弥坚，不见阿兄一面，是死不瞑目啊！读到此，谁不肝胆俱裂、痛彻肺腑？谁又能不流下痛惜的眼泪？需要指出的是，上引各例，都是些琐屑陈迹，生活细节，但却收到了小中见大、平中见奇的强烈效果。三妹情深义重的形象就是从这些家长里短、庸常生活中升华出来的。

二是惋惜和悲悯的哀悼之情。三妹素文受封建礼教“从一而终”的影响，嫁给了“有禽兽行”的高氏子。婚后，她动辄得咎，受尽辱骂毒打，甚至要被丈夫卖掉以偿赌债。在万般无奈之下，她才归而“侍母依兄”。袁枚对她的不幸遭际表达了深厚的同情与深切的怜悯，对她抑郁辞世表露了痛彻心扉的惋惜和慨叹。因为素文知书达理，贤惠温良，富有才华，颇具识见。作者写自己考中进士归家，家人闲谈时，“凡此琐琐，虽为陈迹，然我一日未死，则一日不能忘。旧事填膺，思之凄梗，如影历历，逼取便逝……然而汝已不在人间，则虽年光倒流，儿时可再，而亦无与为证印者矣。”这里，既有对往昔兄妹相处融洽无间的生活琐事的回忆，又有对物是人非，知音已逝，睹物思人，痛惜三妹早亡的哀婉与留恋，情真语切，催人泪下。素文归家后，袁枚异常高兴，《祭妹文》中披露了他的真情实感，“虽为汝悲，实为予喜……可将身后托汝。”此乃肺腑之言。喜是因为又可与三妹朝夕相处，家中又添了一位“明经义，谙雅故”的女流；悲的是三妹抑郁、苦闷、不吃药、不闻乐的几乎自戕的生活状态。袁枚将三妹视为最可依赖的人，更何况“堂上阿奶，仗汝扶持，家中文墨，汝办治”，对三妹寄予厚望。这既是对素文的信任，也是兄妹相知相得、相互扶持的真实写照。三妹的病，袁枚是时刻惦记的，虽“远吊扬州”，已心知不祥，因“已予先一日梦汝来诀。”对扬州之行，作者十分后悔，因为未能和三妹做最后的诀别。“呜呼痛哉！早知诀汝，则予岂肯远游？即游，亦尚有几许心中言要汝知闻，共汝筹画也。”心里话未来得及述说，相商事未来得及告诉，三妹就撒手人寰，这遗憾，这悔恨，该是怎样的撕心裂肺、痛断肝肠啊！以致袁枚痛心疾首呼喊：“抱此无涯之憾，天乎人乎！而竟已乎！”三妹的悲情离世，使袁枚惋惜哀叹，而她成为封建礼教的牺牲品，更让袁枚自责了一辈子，悔恨了一辈子。“汝以一念之贞，遇人仳离，致孤危脱落，虽命之所存，天实为之；然而累汝至此者，未尝非予之过也。”作者认为是自己帮助三妹“识诗书”“懂得古人节义事”，才使她“坚贞若是”的，这种直率的自遣自责之言，其实蕴含着对三妹不幸婚姻的极度同情与深切怜悯。

最后，谈谈袁枚在《祭妹文》中表达的自己百年之后的凄清、苍茫之情。最相知、最了解自己的人走了，可信任、可依赖的人走了，走得又是那么悲摧，那么死不瞑目，这难免让作者产生同类之想。“除吾死外，当无见期。吾又不知何日死，可以见汝；而死后之有知无知，与得见不得见，又卒难明也。”这是杜鹃啼血式的哀叹！生，未能与三妹诀别；死后能不能相见，又说不明白。袁枚由三妹的死想到了自己的未来，苍凉无助，渺茫不知之感力透纸背，令人唏嘘。“汝死我葬，我死谁埋？汝倘有灵，可能告我？”更是将悲悼的深情，世事难料的无依之叹推到了极致，生发出“雨中黄叶树，灯下白头人”的怅惘悲凉之感。

诗仙李白有云：“生者为过客，死者为归人。”《祭妹文》的最后一段，集中笔墨，语带深情，把忆妹、爱妹、哭妹、祭妹的千言万语，凝聚于一段情真意切的文字中：“生前既不可想，身后又不可知；哭汝既不闻汝言，奠汝又不见汝食……犹屡屡回头望汝也。呜呼哀哉！呜呼哀哉！”既不能让三妹起死回生，也只能连叫“呜呼哀哉！”来宣泄内心的极度悲恸了。不过“屡屡回头望汝”的真诚，也许会感动苍天，三妹若有灵，是一定会感受到阿哥的拳拳之心的。

（本文在写作时参考了王英志的鉴赏文章）

2000年10月19日，农历九月二十二日

曲笔真情，感人肺腑
——读李密《陈情表》

“表”是古代臣下给皇帝的奏章。李密的《陈情表》是他写给晋武帝司马炎辞官不仕的奏章。他在这篇奏章中陈述了自己与祖母刘氏相依为命，暂时不能应诏为官的苦衷。叙述委婉，辞义恳切，语言简洁生动，文字鲜活质朴，富有较强的表现力和感染力。后人常赞它“沛然从肺腑中流出，殊不见斧凿痕”。南宋文学家赵与时在其著作《宾退录》中曾引用安子顺的言论：“读诸葛孔明《出师表》而不堕泪者，其人必不忠；读李令伯《陈情表》而不堕泪者，其人必不孝；读韩退之《祭十二郎文》而不堕泪者，其人必不友。”

晋武帝司马炎继承汉代以来“以孝治天下”的策略，实行孝道，用“孝”来维护君臣关系，维持社会秩序。李密虽为蜀汉旧臣，但因以孝顺闻名于世，司马炎一为笼络旧臣，邀买人心；二为给自己“以孝治天下”的统治贴金，故屡诏李密出来做官。

李密并不是不想做官，而是认为当时不宜做官。原因有三：第一，供养祖母的问题。第二，李密是蜀汉旧臣，有怀旧思想，况且他认为刘禅是“可以齐桓”的人物，对晋灭蜀汉有点不服气。第三，做官如履薄冰。皇帝高兴时，臣为君之腹心；皇帝不高兴时，臣为君之土芥。出于历史的教训，李密不能没有后顾之忧，更何况他还是个“贰臣”。

但是，“诏书切峻，责臣逋慢；郡县逼迫，催臣上道；州司临门，急于星火。”形势紧迫，压力山大。如何既不开罪皇帝，又能使晋武帝同意不再征诏自己，内心不生嫌隙，很受用，乐于接受自己的陈情，这确实需要智慧，需要讲究策略。

《陈情表》，陈情之谓也。既陈事情，又陈感情；既陈祖孙相依为命，不忍、不能舍弃之情，又陈蒙皇帝诏用，不胜感激涕零之情。而渗透于这些感情之中，主导李密取舍的，则是“孝道”。因而，李密就在“孝”字上大做文章，把自己的行为纳入晋武帝的价值观念中去，用措辞委婉，叙述曲折，感情真挚，祖母难弃的内心表白，诉衷肠，表真情，明孝道，叙人伦，从而说服晋武帝，达到自己辞官不仕的目的。

供养祖母，尽孝床前，是李密陈情辞官的主要理由；而理由充分与否，是能否感动晋武帝的关键。李密紧紧围绕着为什么要尽孝、不得不尽孝、怎样尽孝这三个问题陈情，讲得清楚，摆得明白，至情至性，语带真情，让晋武帝彻底相信，不生怀疑。

为什么要尽孝呢？李密先从自己的身世谈起：“臣以险衅，夙遭闵凶。生孩六月，慈父见背。行年四岁，舅夺母志。”父死母嫁，家破人亡，李密成了孤儿。幸亏“祖母刘愍臣孤弱，躬亲抚养”。如果没有祖母收养，自己早不知魂归何处了。接着诉说自己半生遭际：“臣少多疾病，九岁不行，零丁孤苦，至于成立。既无叔伯，终鲜兄弟，门衰祚薄，晚有儿息。外无期功强近之亲，内无应门五尺之僮。”这是一幅多么凄凉、冷清、孤寂、寥落的祖孙困顿的生活图景啊！设想，李密这样孱弱的身体，这样窘迫的生活，这样孤苦无依的处境，如果没有祖母的关爱，没有祖母的调养，没有祖母的撑持，没有祖母的教导，能有李密的今天吗？所以，他发自肺腑地慨叹：“臣无祖母无以至今日。”官职可以不就，祖母不能弃养；俸禄可以不领，孝道不能不尽。

为什么不得不尽孝？第一，“祖孙二人，更相为命，是以区区不能废远。臣密今年四十有四，祖母刘今年九十有六，是臣尽节于陛下之日长，报刘氏之日短也”。祖孙相依为命，不能弃养而远离。且祖母已96岁高龄，身边怎能离人？除了“既无叔伯，终鲜兄弟”的李密，谁又能扶持供养？“祖母无臣，无以终余年”正是含泪带血的真情告白。第二，“而刘夙婴疾病，常在床蓐”，祖母早就为疾病所纠缠，经常卧病在床，生活不能自理，饮食起居、治病服药需人照料。而“外无期功强近之亲，内无应门五尺之僮，茕茕孑立，形影相吊”的李密家，除了他自己，谁能代行他的职责？第三，“但以刘日薄西山，气息奄奄，人命危浅，朝不虑夕”。祖母已如夕阳西下，生命朝不保夕，李密怎能在这偃蹇困顿、危难濒临之际，抛弃祖母去做官，落个不守人伦、不尽孝道的骂名呢？

怎样尽孝？一是“臣侍汤药，未曾废离”。李密日夜守候在祖母床前，端汤奉药，从未离开过她。二是“乌鸟私情，愿乞终养”。祖母活着，李密要殷勤侍候；祖母去世，李密要送终安葬，葬后守孝，寄托哀思。三是“愿陛下矜悯愚诚，听臣微志，庶刘侥幸，保卒余年”。祈愿祖母多活几年，李密多尽孝几年，让她体面、舒适地度过余生。

总之，在《陈情表》中，李密围绕着为什么要尽孝、不得不尽孝和怎样尽孝这几个问题，将“孝道”贯穿全篇，形成一个完整的链条，紧密衔接，不但以情感人，而且以理服人。铁石心肠的人读了这些杜鹃啼血的文字也会唏嘘感叹，一掬同情泪。但李密考虑得比较长远、深透，他还要为自己今后的仕途做铺垫。所以行文并没有将“孝情”一泄到底，而是用理性对感情加以节制，使它在不同的层次中，不同的前提下出现。

我们读《陈情表》，感觉充溢其间的祖孙之情、孝亲之义既是浓厚的，又是真挚的。但它并不是汪洋恣肆地宣泄出来的，而是细雨润物似的涓涓流淌出来的。缠绵悱恻而不狂飙突进，款诉衷肠却不迫人接受，这就是李密的聪明之处。因为“表”是呈给晋武帝看的，他必须控制自己的感情，不引起皇帝的反感。既要取得司马炎的认可和同情，又要取悦他而不是得罪他，还要为自己日后出仕留下伏笔。他采取的方法就是贬己扬他。例如，李密在表中写道：“伏惟圣朝以孝治天下，凡在故老，犹蒙矜育，况臣孤苦，特为犹甚。”先给司马炎戴上高帽，晋以孝治天下，连故旧老人尚且受到怜惜、抚育，何况我的孤苦尤其严重，更应该得到同情与帮助。接着进一层，“且臣少仕伪朝，历职郎署，本图宦达，不矜名节”。我是个降臣，做过蜀汉的官，本应“一臣不仕二主”，但我不爱名节，希望得到更显达的官职。“过蒙拔擢，宠命优渥，”让我感激涕零，“岂敢盘桓”。这话说得满含感激之情，司马炎绝不会怀疑他尽忠的诚意，而且他看了还会扬扬自得，自我感觉良好。最后，李密向晋武帝表了忠心：“臣尽节于陛下之日长……臣当生当陨首，死当结草。”我侍候陛下的时间长着呢，活着愿意献出生命，死后愿意结草来报答陛下的恩惠。虔诚的态度、诚恳的话语能不让晋武帝动容吗？由此可见，《陈情表》的情，陈的是既恳切又委婉，既畅达又曲折的。

《陈情表》以情感人，很具艺术功力。它的结构讲究，布局严密，叙述流畅，语言优美，音韵动听，给人以美感享受。借用熊笃的话说，首先在于直摅真情至性，不假雕饰，以陈情统摄叙事、说理，故能情深理切，动人心弦，催人泪下。其次是选语平实而生动，少有典故和藻饰；虽多四言排句，而少有对仗，且每段排句间用一些散文奇句，形成骈散结合，整齐而错综，流畅而婉转之势，缘情挥洒，故具有行云流水、天真自然之妙。

2001年3月16日，农历二月二十二日

发愤读书——潜心求学者的座右铭

——宋濂《送东阳马生序》给我们的启示

宋濂是元末明初文学家，明代开国功臣，明太祖朱元璋誉其为“开国文臣之首”，刘基称赞他“当今文章第一”。他学问渊博，造诣深厚，“自少至老未尝一日去书卷，于学无所不通”。《送东阳马生序》就是他年轻时艰苦求学，努力攻读，孜孜以求，拼搏进取精神的真实写照。

文章从侧重叙述自己年轻时攻坚克难，刻苦学习，终获成功入手，进而分析太学生优渥的学习条件应如何利用，最后以鼓励马生要善学、力学，表达自己“勉乡人以学者，余之志也”作结。文章结构完整，前后呼应，言辞恳切，措辞委婉，文意浅显，如话家常，抒发出一种恳切、敦厚、勉励后进的真挚之情，亲切感人，催人奋进。

《送东阳马生序》最突出的写作特点是运用对比来介绍情况，说明原因，论证观点，突出主题。从主体结构上说，有宋濂当年艰苦的求学条件与当今太学生优越的学习环境的对比；在具体叙述过程中，又有主观愿望与客观条件制约的对比。层次分明，条分缕析，以主体统帅局部，以细节丰富主体，文章错综变化，富有波澜。

主体结构上的对比，主要体现在四个方面。一是衣食方面。宋濂求学时，是“缊袍敝衣”，“无鲜肥滋味之享”，穷困不堪，寒酸之极；而当今的太学生们“县官日有廪稍之供，父母岁有裘葛之遗，无冻馁之患矣”；供给丰富，衣食无忧。二是拜师求教方面。宋濂是“尝趋百里外，从乡之先达执经叩问”，而太学生们“坐大厦之下而诵《诗》《书》，无奔走之劳矣”；三是老师的传道授业的态度方面。宋濂是战战兢兢，唯恐不恭，“先达……未尝稍降辞色……或遇其叱咄，色愈恭，礼愈至，不敢出一言以复”；而太学生们“有司业、博士为之师，未有问而不告，求而不得者也”；四是书籍拥有和收藏方面。宋濂是“无从致书以观，每假借于藏书之家，手自笔录，计日以还……不敢稍逾约”；而太学生们是“凡所宜有之书，皆集于此，不必若余之手录，假诸人而后见也。”这四个方面，涵盖了生活条件、学习环境、老师、书籍等求学的基本要素，孰优孰劣，一目了然。但学习态度、学习结果却不一定成正比。条件越艰苦，越能激发学习动力；条件越优越，很可能虚度年华。宋濂屡遭磨难，却“遍观群书”“卒获有所闻”，终于功成名就，成就一番事业。而那些“被绮绣，戴珠缨宝饰之帽，腰白玉之环，左佩刀，右备容臭，烨然若神人”的纨绔子弟则可能荒废光阴，虚掷生命。个中缘由可能就是宋濂论断的“其业不精，德有不成者，非天质之卑，则心不若余之专耳，岂他人之过哉”！学业不精通，品德未养成，如果不是天赋、资质低下，就是因为用心不专，不能说是别人的过错。宋濂成功的关键就是因为专心、专注，心无旁骛，锲而不舍，这种求学的坚忍、执着精神，不唯对古人，对今人亦有借鉴意义。

除了主体结构上的强烈对比，显示不同的处置态度导致殊异的结果外，《送东阳马生序》在叙述过程中，也有细微处的对比。比如，在叙述自己勤苦的求学生活时，以主观的勤奋与客观上的穷厄作对比，以突出自强不息的品格；在回顾自己拜师求教时，以老师的严厉与自己的谦恭作对比，反衬求知欲望之强烈，尊师重德品行之高尚，突出诚实守信之可贵；在回忆自己求学时，把同舍生“若神人”的打扮与自己的“缊袍敝衣”作对比，彰显自己“略无慕艳意”、宁愿贫寒、不坠青云之志的抱负；在记叙太学生优越的学习条件时，又以客观条件的优渥与主观上的努力是否统一作对比，说明充分利用客观条件，发挥主观能动性的重要作用，说服力非常强烈。

总之，《送东阳马生序》中处处有比较，事事有对照，其构思之精巧，设计之巧妙，令人佩服。俗话说，“有比较才能鉴别”，我们正是在揣摩、研判这些系统而周详的对比中，看到了宋濂鼓励后学上进的拳拳之心，领略到了他发愤攻读、百折不挠的拼搏精神，明晰了学知识，做学问所应具备的品质，应发扬的学风。

“工贵其久，业贵其专”“不经一番寒彻骨，怎得梅花扑鼻香”，这也许就是《送东阳马生序》给予我们的最大启示。

2001 年 6 月 22 日，农历五月初二

借他人之酒浇心中之块垒

——读苏轼《方山子传》

苏轼是唐宋八大家之一，他诗、文、书、画俱佳，是名副其实的大文学家、大艺术家。他的散文立意新颖，议论纵横，如行云流水，挥洒自如，明白晓畅，随物赋形。用他自己的话说，就是“常行于所当行，常止于不可不止，文理自然，姿态横生。”

《方山子传》是苏轼为方山子（陈慥，字季常）写的一篇传记，但又不同于一般的传记。文章以“侠”与“隐”两字为骨干，而不及其他。所以，它更像是一篇小品文。

在这篇传记中，苏轼感叹人生的变迁，命运的无常，并对方山子毅然抛弃富贵优裕的生活，来到深山穷谷之中过起归隐生活表示惊异和敬佩，认为这也是一种精神解脱的方式。实际上也表露出作者因政治上失意而郁郁不得志的心情，是借方山子之酒浇自己心中之块垒，抒发对“侠”与“隐”肯定与向往的态度。

《方山子传》虽然篇幅短小，但由于作者善于抓住人物的性格特征，进行精心刻画，寥寥几笔，就把方山子少年任侠、晚年归隐的形象，生动、传神地勾勒了出来，性格鲜明，光彩照人，堪称大手笔。储欣《唐宋八大家类选》评此文云：“始侠而今隐，侠处写得豪迈，须眉生动，则隐处益复感慨淋漓，传神手也。”

方山子（陈慥）是作者的旧相识，在陕西凤翔相处过。十九年后，又在黄州岐亭相遇，作者“耸而异之”。现在的方山子已非彼时之陈慥也。这就是说，方山子的“异”打动了作者，他要在传中把他的“异”突出出来。在表现手法上，苏轼采用了抓两头带中间，侠—儒—隐的形式，两端是重点，中间为过渡。

作者是这样写方山子少年时的血气方刚与任侠使性的：“少时慕朱家、郭解为人，闾里之侠皆宗之。”“使酒好剑，用财如粪土。”方山子少年时，豪爽仗义，意气风发，出手阔绰，游侠之士都佩服他。为了突出他飞扬跋扈、豪气干云的作为，作者特意写了一件“射鹊”的趣事；“见方山子从两骑，挟二矢，游西山，鹊起于前，使骑逐而射之，不获。方山子怒马独出，一发得之。因与余马上论用兵及古今成败，自谓一世豪士。”简短几句，寥寥数语，活脱脱地刻画出了一个武艺高强、箭术精准、豪迈洒脱、自视甚高的侠士形象，你说奇不奇呢？

更令人称奇的是，这位舞刀弄枪、风云际会、任侠使性、江湖游走的豪杰，竟然“稍壮，折节读书，欲以此驰骋当世”。武士变成了儒生，习武转变为读经，而且是发愤攻读，弃武从文，意欲大有作为，称名于世。说明方山子也是有远大志向和宏伟抱负的。他不想默默无闻于闾里，或像朱家、郭解一样快意恩仇，他想一飞冲天，有所成就。但命运弄人，宏图无望，“然终不遇”四字给他从头到脚泼了桶冷水。一直没有好的遇合，一直未能交上好运。有志于用世，却得不到赏识任用；意欲于奋达，却无伯乐欣赏。出世与入世的矛盾纠结着他，驰骋于当世与隐遁于山林的选择困扰着他。他内心的痛苦，胸中的憋闷是不言而喻的。没办法，只得远离喧嚣，退避山林。“晚乃遁于光、黄间，曰岐亭。庵居蔬食，不与世相闻。”“见其所著帽，方耸而高。”放弃追求，丢掉理想，隐居在光州、黄州间一个叫岐亭的地方，见，住茅屋，吃素食，不与社会各界来往，戴着特立独行、不与世俗同流合污的高帽子，足之蹈之，真正做起隐士来了。这不但需要决心，也需要毅力。作者以方山子隐居前后，生活环境迥异的对比描写，反映出了他归隐决心之坚定，行动之决绝，让我们见识了他更深层次的奇。

归隐前，方山子“其家在洛阳，园宅壮丽，与公侯等。河北有田，岁得帛千匹，亦足以富乐”；而归隐后，情况则截然相反：“其家，环堵萧然，而妻子奴婢皆有自得之意。”抛弃奢华的生活，舍掉壮丽的田园，离开富乐的家庭，寄情山水，寓居僻壤，任风霜雨雪侵袭，与大自然万物为伴，冰火两重天，享乐与清苦了然．而他却宁愿舍弃荣利功名，而自甘淡泊贫贱。作者赞道：“皆弃不取，独来穷山中，此岂无得而然哉！”这大概是方山子看透了世俗世界的丑恶龌龊，不屑于同流合污，而采取的消极抵抗方式吧！作者说他“无得而然”，恐怕也是自己独有会心，才能对方山子的选择感同身受吧！在忠心不被接纳，行为遭到诬陷，个人遭到放逐的境遇下，他是不是也会生发出世之想呢？写方山子，实际上是自悲不遇，在以诗文被祸，不便直言的情况下，他才隐约其辞，语多深婉。在这个意义上说，《方山子传》是苏轼在被贬黄州时复杂心态的一种形象、折射的反映。

2001 年 8 月 18 日，农历六月二十九日

写琐屑之事，抒真挚之情

——读归有光《项脊轩志》

归有光是明代散文家，唐宋派的领袖，有人推崇他为“明代第一散文家”。他是以抒情笔触写记事之文的圣手，他的散文能做到“无意于感人，而欢愉惨淡之思，溢于言语之外”。其代表作首推《项脊轩志》。这篇被清代桐城派大家姚鼐誉为“太仆最胜之文”的散文，围绕“百年老屋”的几经兴废，追忆昔日的读书生活和日常琐事，寄托了对祖母、母亲和妻子的怀念深情，以及抑郁、萧索的身世之感。文章在叙事上以白描见长，抒情亦以素朴为本，老老实实地回忆，平平常常的叙述，而其味弥长。以琐屑之事，发“五脏之情”是本文的主要特色。以景寓情，情景交融，体现了一切景语皆情语的内涵。虽是一篇抒情散文，但在细节描写、人物刻画上具有小说的风格，给人留下鲜明、生动的印象。整篇文章，行文看似散漫，好像随口道来；然而无论写景、叙事、抒情，均围绕“项脊轩”这个中心，故能形散而神聚，摇曳生姿。

品读全文，细加咀嚼，我以为其艺术特色主要表现在以下几个方面。

一是即景抒情，真切感人。景为情所设，情为景所生，相互映衬，相得益彰。《项脊轩志》大体抒发了这样几层感情。

第一层是“今昔盛衰”之情，人情冷暖之情。作者祖上做官，有过一阵家业发达、人丁兴旺的“盛时”。但现在“诸父异爨，内外多置小门，墙往往而是。东犬西吠……鸡栖于庭。庭中始为篱，已为墙，凡再变矣。”家业败落，诸亲反目，庭院隔绝，亲情淡漠，环境杂乱，条件恶劣。这种种凄凉景象，自然激起了作者抚今追昔、人生苍茫之感。我们从作者笔下那“百年老屋，尘泥渗漉，雨泽下注”，“又北向，不能得日，日过午已昏”的逼仄、陈旧、昏暗环境的描写中，触摸到了作者那昔是而今非的末世苍凉感。

第二层是“物在人亡”之情。作者写了三位女性，虽着墨不多，记叙的又是日常琐事，但却浸润着深铭五内、历久不忘的至情。第一位是盼望孙儿早日成才的老祖母。她时刻关心着孙儿的学业和日常生活，把继承祖业和重振家风的希望寄托在他身上。生怕孙儿读书时，室外有什么动静而受到干扰，对孙儿充满期待，其慈爱、关怀之情，行诸动作，溢于言表，感人至深。第二位是慈爱的母亲，她时刻挂念着儿子的饮食起居，“娘以指叩门扉曰：‘儿寒乎？欲食乎？’”既怕声大影响了儿子，又怕儿子忍饥受冻，刻骨铭心的母爱感天动地，舐犊之情催人泪下。读到此，谁能不生发出“谁言寸草心，报得三春晖”的感慨。第三位是作者的亡妻，她“时至轩中，从余问古事，或凭几学书”，既说明了妻子的好学笃问，又蕴含了伉俪相得，和谐融洽，夫妻情深，相互关心的浓浓爱意。但天不佑人，妻子早夭。人亡物在，睹物思人，能不悲哉！目睹“吾妻死之年”所手植，如今已亭亭如盖的枇杷树，能不追思过往，黯然神伤！

第三层是“贫士蹭蹬”之情。作者是一位志高才富、具有宏伟抱负的欲有作为者，但命运多舛，仕途不顺。35岁始中举，花甲之年才当了知县。因此，难免牢骚满腹，心境难平。这些情感在《项脊轩志》中都有所流露。比如，写修葺后的项脊轩，“借书满架，偃仰啸歌，冥然兀坐，万籁有声，而庭阶寂寂”，不正是他枯寂、落寞、悲凉而又故作旷达、豪放、安逸情状的真实反映吗？再比如，“余区区处败屋中，方扬眉、瞬目，谓有奇景。人知之者，其谓与坎井之蛙何异！”他以隐居隆中的诸葛亮自况，希望得到刘备这样的贤达赏识，出山有所作为。而现实却是功名不成，仕途不顺，久困斗室，无异于井底之蛙。这种自嘲，既反映了作者“贫士失职而志不平”的牢骚，也表达了不甘沉沦于陇亩，希冀一展身手的雄心。这种复杂而无奈的心绪，足以引起读者的共鸣与同情。

二是注重细节，描绘生动。细节描写是小说惯用的手法，其作用是以小见大，窥一斑而知全豹。《项脊轩志》的细节描写俯拾皆是，自然贴切，状物表情，恰到好处。比如，写归家由盛而衰，家道中落，诸父分家，庭院分割时，连用“东犬西吠”“鸡栖于庭”“庭中始为篱，已为墙”等细节，写出了这个家族的衰败、破落景象，可谓穷形尽象，给人以苍凉萧瑟之感。再比如，写祖母看望孙儿离去时，“比去，以手阖门”，这个轻轻的“阖门”动作包含了祖母多少温情、多少关爱、多少希冀的殷殷之情啊！还比如，母亲去看望儿子时，担心儿子挨冻受饿，“娘以指叩门扉曰：‘儿寒乎？欲食乎？’”两句简短的询问，蕴藏着发自肺腑的真情。另外，写亡妻“时至轩中，从余问古事，或凭几学书。”三个短句，三个细节，写了三层意思。一是夫妻融洽，关系深厚；二是妻子求知欲望浓厚，关心古今兴亡；三是妻子酷爱文化，学书识字，丈夫悉心指教。而这些深刻而丰厚的意蕴全是由口头语说平常话营造出来的。归有光炼字琢句、驾驭语言的功夫令人佩服。

三是篇幅短小，言简意赅。《项脊轩志》不足600字，不如今天的一篇微型小说长。但字少量大，语少情长，文从字顺各识职，内容丰富感人心。既有对项脊轩过往衰败、今时新生的介绍，又有对如烟往事、人生苍凉的感慨；既有对祖母、母亲、妻子琐屑小事的深情回忆，又有缠绵于心的款款真情；既有对物是人非、财尽缘了的人情冷暖的慨叹，又有对重振家业、重建门风美好前程的期许。总之《项脊轩志》以简洁的文字，简短的篇幅，反映了复杂、繁多的内容，于质朴中见神奇，于平淡中现精致，真是大家手笔。

四是结构精巧，波折多变。全文只四段，每段各有侧重，但都紧紧围绕着“项脊轩”这个中心物件展开，“将人事变迁，家道坎壈，皆归入此轩。”四段首尾呼应，起承转合，波澜起伏富于变化，将要抒发的感情一层层渲染出来。第一段，记叙项脊轩修葺前后的情况，全用景语勾勒，既贴切又形象。景中有情，情由景生，于景可爱，于情则可鉴。第二段，承接上段，但又是个转折。此段可分数层。第一层写庭院的几经变故，寓有人世沧桑之慨。第二层回忆祖母、母亲对自己的关爱，反映人子之思和伤逝之痛。正如作者所说：“瞻顾遗迹，如在昨日，令人长号不自禁。”第三层写了个耐得住寂寞的读书人形象，为下段议论留下伏笔。第三段，即项脊生（作者自称）的一番议论，道出了既自慨局促，又有自矜抱负之意，和上段祖母的期望相呼应。最后一段是若干年后的补写，续述项脊轩在妻亡前后的变化，寓有新近的悼亡之情，与前文格调毫无二致。总而言之，景物的描写，人物的刻画，世道的变迁，作者的思考，都未离开“项脊轩”这个中心物件，这是典型的“睹物怀人”写法，形散神聚，工于布局。叙述、描写、抒情、议论交互运用，回忆、观察、思考、感叹熔铸其间。娓娓道来之际，伸出转折之笔；质朴、平淡之中忽波澜曲折，引人入胜，启人深思。

（本文在写作中参考了杨海明的鉴赏文章）

2011年6月16日，农历五月十五

从“吏为民役”说开去

——读柳宗元《送薛存义序》有感

柳宗元的论说性散文《送薛存义序》是一篇闪烁着夺目的民主性思想光辉、既精辟又典雅的文章。全文虽然只有241个字，却尖锐提出并精当论证了一个重大的政治理论问题——官吏性质、职责及官民关系问题。篇幅虽短，而立论深刻；字数虽少，而意蕴丰富，读来令人震撼，发人深省。一个封建时代的官员，在一千多年前就有如此清醒的认识和明晰的判断，既令吾辈赞赏，又叫我们汗颜。

柳宗元在文章开始就劈头发问：“凡吏于土者，若知其职乎？”石破天惊地提出了官吏的职责是什么。这不仅是向薛存义发问，也是向所有官吏发问：你们知道不知道官吏是做什么的？从而引起注意。接着又用非常精粹、概括的语言从正反两方面回答了自己的提问，揭示了官吏的职责：“盖民之役，非以役民而已也。”这就明确指出了官吏是老百姓的仆役，而不是奴役老百姓的主子。其实，柳宗元在《送宁国范明府诗序》中已经提出了“为吏者，人役也”的观点，《送薛存义序》再次论及，无非是为了强化自己的论断，表明自己的为官原则，同时也提醒广大官吏不要忘记自己的身份。

柳宗元指出：“凡民之食于土者，出其什一拥乎吏，使司平于我也。”老百姓拿出收获的十分之一，雇用官吏办事，是为了实现公平，达到“讼者平，赋者均，老弱无怀诈暴憎”的目的，而不是像封建统治者历来所宣扬的那样，是奉事君上应尽的义务。

但是，理想与现实总是存在尖锐的矛盾，“吏为民役”在封建社会不可能实现，官吏与人民的关系必然颠倒。因为，专制取代了民主，独裁消解了公平，柳宗元清楚地认识到了，明晰地洞察到了。他在正面论述了官吏的职责、官吏与人民的关系之后，便将批判的笔锋直接指向现实中的官吏。首先，直截了当地揭露“受其值，怠其事者”的官吏“天下皆然”。显示出吏治的普遍腐败，令人触目惊心。接着又进一步抨击，还有比“怠”更严重的，“岂惟怠之，又从而盗之”。不但玩忽职守，消极懈怠，而且贪污中饱，敲诈勒索，索贿受贿，贪得无厌。一个“怠”字，一个“盗”字，活画出了天下硕鼠们的丑恶嘴脸，昭示了他们的卑劣行径。

柳宗元大胆揭露和无情指斥了官场的污秽与腌臜，把贪官污吏们的丑行暴露于光天化日之下。但如果仅仅停留于现象罗列，不作深入的根源剖析，那是远远不够的。柳宗元的伟大就在于他敢于由表及里、由浅入深地究根探底，挖出动因。

他毫不隐讳地指出：贪官污吏之所以敢于大行其道，而人民却不敢充分表达自己的愤怒，并且行使黜罚之权，原因就在于“势不同”——官与民权势、地位不同。一个“势”字就点穿了问题的实质。官吏凭借手中的权力强势，掌握了话语权和黜置权，老百姓无权无势，处于弱势，只能听凭官吏为所欲为。但不要忘记，“势不同而理同，如吾民何！”老百姓无势却有理，你能把他们怎么样？总有一天，他们的愿望会得以申诉，正义会得以伸张。难怪作者语重心长地感慨：“有达于理者，得不恐而畏乎！”一个“恐”，一个“畏”，道出了柳宗元对官吏们的告诫，也指明了仕途之路应遵循的原则：有所忧惧，有所畏忌。这精辟论断，对当今社会也具有较强的指导意义。

中华人民共和国的成立，标志着人民当家做主。全心全意为人民服务，是各级政府、各类公务人员的根本职责。进入改革开放新时期以来，党中央不断告诫各级党政机关和公务人员，我们的权力是人民赋予的，因此，树立以人为本的观念，老老实实地为群众服务，权为民所用，情为民所系，利为民所谋，事为民所办。爱民，安民，为民，利民，人民群众的利益是至高无上的。

这些年来，我们高兴地看到，以人为本、为民谋利的宗旨得到深入、扎实的贯彻，人民群众的生活、住房、教育、医疗条件大为改善，幸福感日益提高，满意度与日俱增。一大批如吴天祥、吴金印、邱娥国、杨善洲、李素芝等爱民、为民模范的先进事迹感动了越来越多的人。党和政府与人民群众的关系日趋密切，公务人员的职业操守也得到普通百姓的充分肯定。

但是，事物都是一分为二的。有成绩，必然也有问题；有成功，必然也有失误。我们必须遵循“居安思危，思则有备，有备无患”的原则，防微杜渐，弃旧图新，才能在正确处理党、政府与人民群众的关系上，在充分履行公务人员“人民公仆”的职责上，创造新格局，进入新境界。

有些国家工作人员，忘记了自己是“人民公仆”，把自己视为人民的“父母官”，摆错了位置，调度错了与人民群众的关系。高高在上，养尊处优，颐指气使，飞扬跋扈，以“老板”自居。脱离群众，脱离实际，官僚主义作风严重，形式主义盛行，奢靡之风泛滥，享乐主义抬头。唯我独尊，老虎屁股摸不得，民主集中制形同虚设。浙江余姚某镇的一个中层干部去慰问灾户，因怕积水湿了他穿的一双高档皮鞋，竟让60多岁的村支书把他背进灾户家。这样的干部能带给灾民温暖和慰藉吗?

有些领导干部经不住物质利益的诱惑，人生观、价值观扭曲，革命理想丧失，满足于灯红酒绿，追求的是美女、豪宅、靓车，贪污受贿，甚至敲诈勒索；把权力当商品，大搞权钱交易，买官卖官，攫取无度；为了中饱私囊，营造所谓政绩，慷国家之慨，不惜损害公众利益；讲排场，比阔气，铺张浪费，糟蹋民脂民膏。诚如古人所言：“古之仕者为人，今之仕者为己”。忘义谋私，不择手段，已成为某些“公仆”的真实写照。

有些政府部门和其中的工作人员，不是高效、热情地为人民服务，帮群众解决实际困难，而是门难进，脸难看，话难说，事难办，刁难指斥，效率低下。办一个审批手续花费几个月时间，盖了上百个公章，也落实不了的情况并不鲜见。推诿扯皮，踢皮球，敷衍塞责，司空见惯。明明一次就能办成的事，非让你跑上几趟；一次能说清楚的，非要多次才给说明白。最近媒体曝光的北漂小伙回河北老家办护照，跑了六趟，多跑了3000多千米路程，还未办成。江苏的小伙到工商部门办理工商营业执照和法人执照，竟跑了11趟。这些例子不就是最好的证明吗？在有些国家工作人员眼中，权力这把寒光闪闪的尚方宝剑就是吓唬老百姓的。在宝剑的锋芒下，呼来唤去，指东道西，群众几乎成为他们手中的玩偶，这难道是人民公仆应有的作为吗?

记得有一位革命领袖说过，共产党的最大危险就是脱离群众。苏联共产党不就是因为既得利益的官僚集团严重背离人民而导致苏联解体、共产党消亡的吗？前车之覆，后车之鉴。中国共产党的理论联系实际、批评与自我批评、密切联系群众的三大作风万万不可丢掉。当前，正在进行的群众路线教育实践活动非常及时、非常必要。就是要通过照照镜子，洗洗澡，正正衣冠，治治病，查查问题，找找根源，让各级领导干部触及灵魂，经受刻骨铭心的教育，深刻反思，系统整改，真正认识脱离群众，背离党的宗旨问题的严重性，从而弃旧图新，脱胎换骨，成为人民群众真心拥护的部门和公务人员。

按照柳宗元的论断，结合现实情况，我认为以下几方面必须引起我们的高度重视。

一是摆正位置，确立公仆意识。“凡吏于土者，盖民之役，非以役民而已矣。”我们的权力是人民给的，我们的薪水是纳税人提供的，我们是在花纳税人的钱为老百姓办事。我们是老百姓雇用的仆人。受人之托，忠人之事，我们必须全心全意，老老实实为“主人”服务。想他们所想，急他们所急，帮他们所需，为他们的利益劳神费力。恭恭敬敬落实他们的意愿，千方百计关注他们的福祉。而不是本末倒置，役使老百姓辛苦奔忙，听任我们训斥、刁难。只有把这个关系摆正了，老百姓与政府与政府工作人员的关系才能正常、顺畅，工作效率才会高，服务效果才会好，社会秩序才会出现和谐、民主的局面。

二是在政府部门和领导干部中树立“为民是职业”的理念，并落实到行动中。为民，是领导干部的宗旨，也是当国家干部的目的。说为民是职业，是强调为民是领导干部的职责要求，是领导干部的工作责任。既然为民是职业，领导干部就要讲职业道德，例如，忠诚、责任、诚信、廉洁；既然为民是职业，领导干部就要有职业追求，例如，为民谋利，为民造福，把群众满意作为行使权力的最高检验标准；既然为民是职业，领导干部就要有职业精神，例如，大公无私，求真务实，奋发有为，开拓创新。

为民就要知民，要了解他们的需要、愿望、困难、痛苦，急民所急，忧民所忧。为民就不能与民争利，侵犯群众利益。群众自家的领导干部为民，永远是为民谋利，不会与民争利；永远是为民造福，不会为民造祸。为民就不能谋私。谋私可以从事别的职业，但不能担任领导干部。总之，为民不仅要体现在一时一事上，而且要贯穿一生一世中。

三是加强法治建设，加大反腐力度，严格监督检查，严密法律法规，对“怠”与“盗”的国家工作人员严厉处罚，严肃处理。从法律层面保证公务人员的廉洁奉公，勤勉办事，忠于职守，信守公德。严格防范徇私枉法、消极怠工、偷奸耍滑、攫取利益行为的发生。

四是要鼓励人民群众充分行使对“怠”与“盗”的国家工作人员黜罚的权力，敢于揭发贪污受贿，行为不端的腐败分子，敢于批评官僚主义，享乐主义，形式主义等不正之风和损失浪费、奢侈浮华的败坏行为。畅通信息沟通渠道，让老百姓自由畅达地表达诉求，监督政府部门和国家工作人员的服务情况，促进他们及时改进不足，提高为人民服务的工作效率。

（本文在写作时参考了周文彰的讲话《“为民是职业”须臾不可忘》和上海辞书出版社《古文鉴赏辞赏》中的相关鉴赏文章）

2013 年 10 月 15 日，农历九月十一

其进愈难，其见愈奇
——读《游褒禅山记》有感

20世纪60年代上高中时就读过王安石的《游褒禅山记》，并写过一篇读后感，得到语文老师的好评。此后几十年间，每当生活、工作中遇到困难，遭受挫折时，我都会找出《游褒禅山记》来读一读，以舒缓灰暗的心情，坚定勇往直前的信心。文中“夫夷以近，则游者众；险以远，则至者少，而世之瑰伟奇怪非常之观，常在于险远，而人之所罕至焉”的论断，激励我立志蓄力，去攀爬一个个幽洞、险峰，奔向“险以远”的目标。

今天，在距第一次阅读《游褒禅山记》已经五十多年的时候，我又一次捧读这篇奇文，感受自然又深化了一层，认识自然也提高了一截，联想也自然丰富了许多。

王安石是唐宋八大家之一，他的文章以议论文居多，游记恐怕只有这一篇《游褒禅山记》了。其实，它也不是严格意义上的游记，因为整篇文章中记叙游历、状写景色的文字寥寥无几，其重点是借物言志，抒发感悟。正像有的论者指出的那样，王安石的文章如同他的诗，重在以诗（文）表述对社会及政治的看法，而不重在抒情。

王安石既是文学家，又是思想家、改革家。他的《游褒禅山记》就是一篇思想意蕴深刻，哲学辩证味道鲜明，分析鞭辟入里，论说雄辩有力的好文章。立论高远，题旨深刻，逻辑推理严密，论断严谨周详，说服力强，是这篇文章的显著特点。

我想从以下几方面谈谈我此次阅读的新感受。

第一，可贵的进取精神。王安石指出：“入之愈深，其进愈难，而其见愈奇。”寥寥数语，道出了浅与深、易与难、平与奇的辩证关系。浅尝辄止、望而却步容易，既无风险，又无困难，但却只能如蜻蜓点水，平淡无奇。既欣赏不到壮美瑰丽的景色，又品尝不到甘甜可口的果实，因为“无限风光在险峰”。只有敢于入深履难，不畏艰险，肯于登攀，才能领略“柳暗花明又一村”的灿烂胜景。不付出，就不会有所得；不实践，就不能有收获，这就是进与退的辩证法。

第二，内涵丰富、寓意深远的辩证思维。王安石在总结游褒禅山半途而废的教训时，概括出“夫夷以近，则游者众；险以远，则至者少”的道理。这里提出了两对哲学命题：近与远，夷与险，以及人们不同的处置方式所导致的迥异结果。由于惰性使然，人们一般是舍远求近，畏险喜夷。这样做，既不劳碌，又不辛苦；既不冒风险，又不遇艰难险阻。太平逍遥，岂不美哉？但其结局却是“行百里者半于九十”，连走马观花、浮光掠影都算不上，这样的旅游毫无价值。以这样的心态从事其他工作，也只能是浅尝辄止，毫无作为。而只有不怕路途遥远，不惧环境艰险、勇于跋涉、敢于探索的人才能欣赏到“瑰伟奇怪非常之观”，品味到胜利后的喜悦之情。

古往今来，多少志士仁人，为了实现胸中的远大理想，不避“路漫漫其修远兮”，上下求索，战险斗艰，奋起抗争，终获成功。他们是中华民族的脊梁，永远值得我们学习。

第三，严谨、持重的治学三原则。王安石在《游褒禅山记》中，托物言志，借景论道，提出了志、力与外物相辅相成的治学原则。这三者关系其实就是主观思想、客观环境与外部条件三者相互渗透又相互依赖的辩证关系。我认为论证得既透彻，又精辟，环环相扣，严丝合缝，学术性极强，对人的启发非常大。

在论说“志”时，王安石说：“而世之瑰伟奇怪非常之观，常在于险远，而人之所罕至焉。故非有志者不能至也。”志，就是志气、志向、意志，就是支配行动的指导思想。明代大哲学家王守仁曰：“志不立，天下无可成之事”。王安石就是位有宏伟抱负、雄奇志向的大改革家。为了纾民困，解民忧，利苍生，强社稷，他大力推行变法，在汹汹的攻击、诽谤、打击面前，不退缩，不逡巡，发出了“天变不足畏，祖宗不足法，人言不足恤”的大无畏呐喊。他登上飞来峰，吟咏出千百年来催人奋进的“飞来峰上千寻塔，闻说鸡鸣见日升。不畏浮云遮望眼，只缘身在最高层”的浩叹。他的壮士断腕般的立身行世之举，正如苏轼所指出的那样：“古之立大事者，不惟有超世之才，亦必有坚韧不拔之志。”当然，二人意见不同，那另当别论；单论苏轼此言，确适用于王安石。

治学是这样，改革、创业不也是这样吗？志是方向指引者，但光有志，没有“力”，也只能空喊口号，徒叹奈何，因为无法落实。所以，王安石又进一步指出：“有志矣，不随以止也，然力不足者，亦不能至也。”“力”就是精力、力气、实力、力量，属于物质范畴。志是力的灵魂，力是志的保证；主观指导客观，客观服务主观。有了预定的目标，要靠实力去实现，要用精力去实践，要用毅力去促进，又要用尽力而为去推动。人有强弱，力有大小，既不能依凭蛮力瞎闯乱干，也不能以势单力薄为借口打退堂鼓。前者的失败是不自量力，后者的畏缩是惜力不前；惨痛的结局是咎由自取，达不到目的则非常遗憾。王安石随众人出山洞后，遗憾地说：“方是时，余之力尚足以入，火尚足以明，既其出，则或咎其欲出者，而余亦悔其随之，而不得极夫游之乐也。”这些话来自亲身体验，它明确地告诉人们：当力量充沛的时候，要勇敢、坚定地走下去，而绝不能随波逐流，步他人后尘而退却。要坚信“顽强的毅力可以征服世界上任何一座高峰”。

但是，尽心尽力，不一定就能达到预期的目的。因此，要有成败在所不计的气度。只要你努力了，全部力气都发挥出来了，就应该无怨无悔了。王安石的变法虽然失败了，但他展了志，尽了力，全力冲刺了，全部能量奉献出来了，也就没什么可后悔的了。

除了志与力的结合，即主观与客观相适应、互协调外，还需要外物即环境条件的帮助。王安石说：“有志与力，而又不随以怠，至于幽暗昏惑而无物以相之，亦不能至也。”按照唯物辩证法的观点，事物实现从量变到质变的飞跃必须有条件。失去必要的、恰当、合理的条件，事物就无法转变；条件不充分，事物的转化就不彻底，而这个条件，就是王安石所称的“外物”，在幽暗昏惑的情形下，在举步维艰的境况中，只有“外物”相之，才能水到渠成，使事物向好的方向转化。在这里条件是非常重要的。王安石变法的愿望是好的，改善社会、民生的志向是值得称道的，改革变法的力度也是很大的；但可惜，各方面的条件都不完善，障碍重重，困难多多。在这种情况下，草率行事，仓促上阵，全面铺开，急于求成，那是肯定要四处碰壁、中途夭折的。因为条件不具备，“外物”相之的力度太小，这是王安石深以为憾，也是世人应引为教训的。无论做什么事，必须既大胆又谨慎，要仔细研判条件是否成熟。条件成熟时，要当机立断，戮力前行；条件不具备时，则要积极、稳妥地创造条件，积累行动要素，争取最佳效果，万不可逞一时之勇，尽匹夫之力，导致事倍功半的结局，令人遗憾终生。

2013 年 10 月 18 日，农历九月十四

刺世去邪的奇文
——读韩愈《送李愿归盘谷序》所想到的

韩愈是唐代“古文运动”的领袖，是“唐宋八大家”的首席。苏轼评价他“文起八代之衰，而道济天下之溺；忠犯人主之怒，而勇夺三军之帅”。他在中国文学史上的地位，高如东岳泰山，灿似夜空北斗，彪炳史册，光耀千秋。

韩愈的文章，内容广博，立意新颖，不拘一格。他的文章“如长江大河，浑浩流转，”深于立意，巧于构思，语言精练，富于创造性，开创了一代新文风。

韩愈的赠序文，内容丰富多彩，写法千姿百态，有的坦率直言，有的含蓄婉转，有的借题发挥，有的诙谐幽默。《送李愿归盘谷序》是韩愈著名的赠序文，文笔含蓄、曲折，骈散并融，抒情意味较浓，感染力很强。它的内容是议论、品评社会人物，臧否时尚达人；写法上手段多样，既似杂文，又像微型小说。借李愿之口，运用两宾夹一主的笔法，形象地描摹出三种具代表性的时髦人物。勾画出他们的嘴脸，并以犀利的讽刺语言，披露他们的行为、品格、处世特征，给人以痛快淋漓、似曾相识之感。韩愈勾勒出的三种人是：声威显赫的富贵权势人、高洁不污的山林隐居人和胁肩谄笑的趋炎附势之人。在映衬、对比中，韩愈强烈表达出了对官场腐化的憎恶和对隐居生活的向往。

我们先看第一种人——声威显赫的富贵权势人。按照李愿的说法，这种人是“大丈夫之遇知于天子，用力于当世者之所为也”。于内，他们“坐于庙朝，进退百官，而佐天子出令”，地位尊崇，权势熏天；在外，“则树旗旄，罗弓矢，武夫前呵，从者塞途，”威风八面，风光无限。“喜有赏，怒有刑，才畯满前，道古今而誉盛德，入目而不烦。”令行无止，喜怒无常，愿听顺耳之言，宠信阿谀奉承。这就是李愿称赞的大丈夫的所作所为。难道大丈夫就是这样的标准吗？非也！什么是真正的大丈夫？孟夫子早有定论：“富贵不能淫，贫贱不能移，威武不能屈，此之谓大丈夫。”可见大丈夫不是随便能称的。李愿所称为“大丈夫”的这些人作威作福，骄奢淫逸，无论如何是够不上大丈夫这个规格的。李愿自我表白：“吾非恶此而逃之，是有命焉，不可幸而致也。”说明他并不真正了解什么是大丈夫，也不想做合格的大丈夫，而是艳羡权势，贪图利禄，幻想当大官、享艳福，无奈命运不济，才想隐匿山林罢了。

我们再来看也被李愿称之为大丈夫的第二种人——山林隐居人。按照李愿的说法，这种人是“大丈夫不遇于时者之所为也”，富贵权势人当不成，退而求其次，承认命运的安排，隐匿山林，与明月为友，与清风做伴，追求清高、脱俗、超拔、独立，博取名声，垂钓声誉。且看这些人的行藏：“穷居而野处，升高而望远，坐茂树以终日，濯清泉以自洁。采于山，美可茹；钓于水，鲜可食。起居无时，惟适之安。”这是一幅多么美妙、清静、飘逸、悠闲的山居休憩图啊！抛弃了功名利禄，忘记了忧愁烦恼，吸风饮露，浪荡逍遥，是何等的轻松、愉悦啊！但他们真的会把自己与大自然融为一体，把身心交付时空吗？不是！只是“不遇于时者之所为也”，像李愿一样，他们在等待时机，隐逸只是权宜之计，是为了达到“与其有誉于前，孰若无毁于其后。与其有乐于身，孰若无忧于其心”的目的。一旦有机会“遇之于天子”，“用力于当世”，他们一定会弃绝山林，回归闹市的。这种人的品格、行为岂能称为“大丈夫”？

也许，李愿最看不起的就是趋炎附势人了。韩愈对这种人的卑劣行径、龌龊神态、丑恶灵魂描摹得惟妙惟肖、生动鲜活：“伺候于公卿之门，奔走于形势之途，足将进而趑趄，口将言而嗫嚅，处污秽而不羞，触刑辟而诛戮。”李愿评价说：“其于为人贤不肖何如也？”虽以疑问语气提出，但答案则是肯定的，那就是“不肖”。李愿和韩愈都是有大抱负的人，也是有真才实学的人，他们渴望“遇知于天子”，做“利泽则施于人，名声昭于时”的大丈夫，但绝不做趋炎附势、溜须拍马的官迷和汲汲于名利的势利小人。他们的风骨、才情、人格、尊严，是值得肯定的。

历史是一面镜子。“以铜为镜，可以正衣冠；以史为镜，可以知兴替；以人为镜，可以明得失。”《送李愿归盘谷序》就是一面光可鉴人的镜子，我们从中窥见了历史上三种人的行为特征、行事轨迹，也从社会的风云变幻中发现了这些人的幽灵徘徊在当今世界，并推陈出新，青出蓝而胜于蓝，衍化出具有时代特征的富贵权势人、趋炎附势人。

《列子·说符》有言：“见出以知人，观往以知来。”中华民族的历史是延续不断的，形形色色人物的基因也是薪火相传的。对贪官污吏，腐败分子，一要揭露，二要惩治，老虎、苍蝇一齐打，切不可心慈手软，贻害无穷。

当代的趋炎附势人，为了向上爬，占高位，当大官，捞肥差，已不再像韩愈说的那样，“足将进而趑趄，口将言而嗫嚅”，还有点羞羞答答，不好意思。现在有些阿谀奉承之徒，溜须拍马之辈，不戴面具，赤膊上阵，以甜言蜜语开路，获取好感；用金银财宝铺道，买通权力。投官所好，不顾廉耻；察言观色，丢掉身段。低头哈腰，乐当哈巴狗；摇尾乞怜，愿做忠奴仆。灵魂丧失，人格扔掉；做人原则，一概不要。直弄得人人鄙视，个个厌烦；正人君子，不屑一顾。对此等小人，一要警惕，二要拆穿，三要自觉抵制，四要靠制度制约，切不可让官迷和马屁精们得偿所愿。

至于隐居山林人，恐怕已是稀缺资源，除了听说非洲、东南亚、澳大利亚的热带雨林中尚居住着原始族群外，当代鲁滨孙已难觅踪迹。其原因是地球已失去平静，世界难觅净土，到处是喧嚣的热浪，遍地是诱惑的土壤。喧闹、浮躁、火爆、狂放，已成全球主基调，再也难寻桃花源那样的“不知有汉，无论魏晋”的世外仙境了。

在这样的情势下，一些哲学家和实践者提出了“过简单生活”“抛弃不需要东西”的“断舍离”主张，意图是返璞归真，回归人类生活本源。我对此表示理解和认同。当代人的生活内容太功利化了，消费观、价值观太贵族化了，生活节奏太快速化了，生活已不再是乐趣，而是负担。在这种境况下，追求自然天成，实践纯真朴实，钟情简单恬淡，抛弃浮华奢靡，过宁静的日子，享心态平和，实在是有利身心健康的必然选择。但在这个“天下熙熙，皆为利来；天下攘攘，皆为利往”的时代，又有多少人经得住诱惑，真正过上田园牧歌般的悠闲生活呢？

“殷鉴不远，在夏后之世”，认真地读一读《送李愿归盘谷序》，仔细地审视社会上的各色人等，也许对我们阅人、品人、做人，会有所启迪吧！

2013年11月15日，农历十月十三

深切的同情，委婉的劝告
——读韩愈《送董邵南游河北序》

《送董邵南游河北序》大概是韩愈赠序文中最短的一篇了，全文只有百余字。但文短意长，字少情深，措辞精准，意在言外，一波三折，起伏跌宕。既表达了对董邵南怀才不遇的深切同情，又委婉劝说其不要投靠幕府；既感叹燕赵“感慨悲歌之士”之不存，又抒发了自己反对藩镇割据，维护国家统一的愿望；既希望古代乐毅、高渐离等豪侠义士重现当世，又企盼天下英才为朝廷尽职效忠；既击刺了地方割据大员，又对有司不重视人才不满。在一篇精短的文章中，容纳进这么多内容，韩愈的“唯陈言之务去”的主张真正在自己的文章中得以落实。其文笔的精练、老到，造语、布局之技巧，不能不让人佩服。

《送董邵南游河北序》结构严整、精致，起承转合环环相扣，浑然天成。虽然只有三个段落，但谋篇布局却非常严密，衔接十分紧凑，转折自然而流畅，思想表达委婉而含蓄。同情、劝告、希冀、感慨、愤激之情渗透全篇，令人动容。

首段，开宗明义一句，“燕赵古称多感慨悲歌之士，”为董邵南的河北游，似乎提供了良好的背景条件，让人心生希望。接着说：“董生举进士，屡不得志于有司，怀抱利器，郁郁适兹土；”对他的怀才不遇，不被启用，表现出了深切的理解与同情。“良好”的环境，加上董生的才干，作者预测他“必有合”，到河北一定会有所遇合。因此鼓励他：您就要找到出路了，努力争取吧！其实，这都是些反话，即所谓“心否而词唯”。但朋友上路，惜别送行，总要说些勉励的话，给人以希望。总不能一瓢凉水泼下去，让他心凉到底吧！这就是韩愈的高明之处：欲抑先扬，很显然，第一段只是“陪笔”。

第二段，语意承接第一段“燕赵古称多感慨悲歌之士”，继续给董邵南鼓劲：“夫以子之不遇时，苟慕义强仁者皆爱惜焉。矧燕赵之士出乎其性者哉！”这无疑使董生增强了信心。但接着文章来了个大转折：“然吾尝闻风俗与化移易，吾恶知其今不异于古所云邪？”这转折非常自然，毫不突兀。因为事易时移，能说风俗不随教化而改变吗？这等于是给董生提出了警告，让他有心理准备。告诉他，燕赵风俗已易，不一定能遇合，但又不便直言奉告。所以，在段尾还鼓励他，“聊以吾子之行卜之也。”这段是主笔，先扬后抑，预示董生此行未必“有合”。虽不明说，而主旨已露。这里的“卜”，与其说是“卜”燕赵，毋宁说是“卜”董生。“勉乎哉”，不是鼓励他去投靠藩镇，而是劝诫其不可“从贼”。

末段，借用乐毅和高渐离之事，暗示董邵南生不逢时，因为昔时的屠狗者已经不存在了。燕赵“慕义强仁”的环境已荡然无存了。这就和首段的“燕赵古称多感慨悲歌之士”紧密呼应了，这里的妙笔是“古称”二字。不是我韩愈肯定燕赵多感慨悲歌之士，而是历史上说的。而现在可能还是那样，也可能不是。这就为“吾尝闻风俗与化移易，吾恶知其今不异于古所云邪？”做了铺垫，让董邵南乐于接受，也使读者感到势所必然。段尾明确表达了作者的愿望：“明天子在上，可以出而仕矣！”不要去投靠藩镇，而要效力朝廷。这其实就是韩愈反对割据，维护统一愿望的委婉表达。语言虽温婉、含蓄，但感情却酣畅淋漓。要表达的意思和盘托出了，末段结笔的作用也就达到了。

一篇百多字的文章，处处围绕着“送”字做文章，反映作者复杂而纠结的感情，殊非易事。字里行间不但曲折，幽妙地表达了对董邵南的理解、同情、劝告和鼓励，也讥讽了当时割据河北的藩镇，流露了对使董生郁郁不得志的有司的不满，还委托董邵南劝谕河北的“屠狗者”入朝做官，效力朝廷。这真是词约而意丰，文短而气长，难怪千百年来传颂不衰。

（本文在写作时参考了霍松林的鉴赏文章）

2013 年 11 月 19 日，农历十月十七日

质朴、率真、感人的《古诗十九首》

《古诗十九首》是两汉时期的作品，是那个时候的知识分子借鉴《诗经》、《楚辞》和《乐府》的创作经验，在改造民歌的基础上写就的比较成熟的五言诗。它是承上启下的桥梁，在五言诗的发展成熟上发挥了重要作用。

《古诗十九首》的主题鲜明、集中，语言浅显、质朴、率真，通俗易懂；语句明白晓畅，不饰华丽辞藻，基本上用白描手法来摹物状景，直抒胸臆，但表达出的思想内容却是隽永、深刻的。令读者念念不忘的是天涯游子的羁旅乡愁与闺中少妇的无尽幽怨。比兴手法和叠字的复沓运用，使诗歌更具感染力量。

通读《古诗十九首》，思考其思想内涵，我以为有两大主题，一是思妇思夫；二是探索人生，追求自由，提倡及时行乐。这两类诗占据了十九首诗的绝大部分篇章，前者如《凛凛岁云暮》《行行重行行》《明月皎夜光》《冉冉孤生竹》《青青河畔草》等，后者如《今日良宵会》《青青陵上柏》《去者日以疏》等。

《古诗十九首》中的思妇思夫诗，感情热烈而缠绵，情绪真挚而急切。虽然都是思念远在异乡的“荡子”（丈夫），但表现思绪和怅怨感情的手法却是各具特色的。有的是直抒胸臆，如“荡子终不归，空房难独守”，有的是运用比兴手法，缘物生情，如“相去日已远，衣带日已缓，浮云蔽白日，游子不顾返”；有的是移花接木，如“攀条折其荣，将以遗所思。馨香盈怀袖，路远莫致之”；有的是烘云托月，如“涉江采芙蓉，兰泽多芳草，采之欲遗谁，所思在远道”。这些诗虽表现手法各异，但都是以热烈的感情歌唱人生的悲哀和赞颂人生的追求——从爱情、享乐到“荣名”——成为一种强烈的倾向，而且这两者往往结合在一起，从而形成特殊的魅力。其所抒发的盼望荡子速归、企求夫妇欢聚，对爱情、婚姻的美好企盼之情是强烈、激越、急切、厚重的。

关于探索人生、追求自由、提倡及时行乐的主题，在《古诗十九首》中是有突出、显著的反映的。当代的一些论者认为《古诗十九首》中对人生的探讨是消极的；对人的命运遭际的无常感叹是灰暗的；奉劝世人“不如饮美酒，被服纨与素”的及时行乐思想是颓废的。对这些论断我不敢苟同。诚然，《古诗十九首》中对人生的坎坷、理想的破灭、生活的困顿、夫妇的流离、现实的黑暗，确有不积极的情绪流露，也确实抒发了应及时行乐的慨叹。如“人生天地间，忽如远行客。斗酒相娱乐，聊后不为薄”“过时而不采，将随秋草萎”“白露沾野草，时节忽复易”“人生寄一世，奄忽若飙尘。何不策高足，先据要路津”等，读起来心情是郁懑的，感情是哀伤的。但我想，要正确地理解《古诗十九首》中的这些感叹时艰、追求享乐的内涵，必须联系当时的社会现实。社会黑暗，民不聊生，壮志难酬，使得知识分子们无缘仕途，穷困潦倒，悲愤莫名，不得不发出“昼短苦夜长，何不秉烛游？为乐当及时，何能待来兹”的无可奈何的哀叹。所以，从一定意义上讲，《古诗十九首》对于我们认识当时的社会环境，了解人们的思想情绪，认识知识分子的苦闷、无奈和愤慨的心境，还是有帮助的。更何况《古诗十九首》也并不一概是哀伤、苦叹，有些诗还是感情热烈，追求自由和爱情的呐喊是率真、奔放的。

《古诗十九首》的艺术特点，我在前面已经略述，这里我想再说一下叠字的复沓运用，以增强诗歌厚重感和形象化问题。

顾炎武在《日知录》中说："诗用叠字最难。"因为容易显得单调，单调就重复可厌了。而运用叠字也不容易处处确切，往往显得是没有必要似的。但是《古诗十九首》中的叠字运用却恰切而鲜活，给人以生动形象感。例如《青青河畔草》中就运用了六叠字："青青河畔草，郁郁园中柳。盈盈楼上女，皎皎当窗牖。娥娥红粉妆，纤纤出素手。"这六组叠字都是形容词兼有动词性，它不但形容出了草的青翠，柳的茂盛，而且状写出了女子的姣好容貌和动作形态，十分贴切逼真。虽然形容的对象不一样，对象的繁杂程度也不一样，但都显得确切不移。这就重复而不可厌，繁赜而不觉乱了。此外，如"冉冉孤生竹""青青陵上柏，磊磊间中石""萧萧愁杀人"等叠字，运用得都非常准确传神，活灵活现地勾勒出了万物的形态，读起来朗朗上口，节奏感很强。

2008 年 6 月 24 日，农历五月二十一

读曹操诗所想到的

最近集中阅读、欣赏了魏武帝曹操的二十多首乐府诗，颇有感触。

曹操不但是伟大的政治家、军事家，也是著名的诗人。他的诗苍劲雄浑，慷慨悲凉，以他及两个儿子曹丕、曹植为代表的“建安风骨”内容充实，格调悲壮，语言清新，笔力刚健，开一代诗风，对后世影响深远。

所谓风骨，它是一个概念的两个方面。风即文意，是指文章思想感情的一种明朗、坦诚的感染力量，也就是文风清明，述情显豁。骨即文辞，指的是劲健挺拔的语言，它是辞采的主干。风骨作为一个完整的概念，就是要求文章“刚健既实，辉光乃新”，无论在思想风貌还是语言艺术方面都具有明朗、遒劲、刚健有力的表现。“三曹”及“建安七子”的诗作，比较深刻地体现了这些要求，故被评赞为“建安风骨”。作为建安时代前期文坛领袖人物的曹操，其乐府诗引领风气之先，在创作中往往突破旧题的限制自创新题，在娱乐性的歌辞中融入个人的人生感慨。他以苍凉悲壮的语调、痛彻心扉的悲情、积极进取的思想、改变乱世的决心，直言现实，慷慨悲歌，既暴露了当时社会的混乱无序，人民的流离失所，又抒发了他结束战乱、统一天下的雄心壮志。他的诗逸兴遄飞，光英朗练，诗里有对苦难现实的描述，“白骨露于野，千里无鸡鸣”；有对苦难深重的百姓的同情，“生民百遗一，念之断人肠”；有对军阀混战、杀戮不止的揭露，“势力使人争，嗣还自相戕”；有在乱世一展抱负、翦灭群雄、统一天下的宏伟志愿，“老骥伏枥，志在千里，烈士暮年，壮心不已”；有对人才的求贤若渴，“山不厌高，水不厌深，周公吐哺，天下归心”。尤其令我赞叹的是曹操身处乱世，不是苟全性命，也不是随波逐流，听任命运的摆布，而是胸怀大志，反天命而用之，以积极、乐观、奋进、拼搏的人生态度去开创自己的事业。即使在遭受了赤壁之战的惨败后，他也从未颓废消极，虚掷生命，而是跌倒了爬起来，继续前行。他在《龟虽寿》中写道：“盈缩之期，不但在天；养怡之福，可得永年。”这就向人们宣示：人的寿命长短，事业成败，不仅仅取决于天意（自然规律），也在于人自己把握，自己奋斗。曹操的这些见解，对于人们正确对待通达与穷困，成功与失败，快乐与忧伤，事业与家庭，无疑具有一定的启迪作用，它动摇了历代统治阶级所鼓吹的“死生有命，富贵在天”的天命论，倡导发挥奋发有为，积极进取的拼搏精神。为人成就事业、实现理想鼓与呼，实在是善莫大焉！曹操本人乘势而上，应时而进，生命不息、奋斗不止的精神也着实令人赞叹！

我从曹操雄浑而悲壮的诗句中感悟到：人是万物之灵，他区别于其他动物的主要是有意识，善思维，会动脑。这也就是说，人能够通过观察、分析、比较，正确评价自己，恰切对待别人。只有正确认识自己，才能准确定位自己的奋斗方向，选择好通往目标的前进道路。自视清高与妄自菲薄都是不对的。把自己看得过高，就容易心高气傲，目中无人，盲目放纵，丢掉踏实勤奋、埋头苦干的拼搏精神；把自己放得过低，则容易自以为非，丧失信心，勇气和力量，导致事业半途而废或功亏一篑。归根结底，这两种人的失败，都是因为不能稳妥地认识自己，把握自己，管理自己。温家宝总理说过：“一个民族，一个国家，总要有一批心忧天下，勇于担当的人；总要有一批从容淡定，冷静思考的人；总要有一批刚直不阿，敢于直言的人。”要做好这三种人，首要的是锻炼自己，熔铸品格，培养浩然正气，发扬“天下兴亡，匹夫有责”的主人翁精神，敢于经风雨，见世面，在奋斗中成长壮大。只有这样，“泥泞的路上才能留下足迹，人的一生如不经历风风雨雨，就像一双脚踩在又干又硬的路上，什么足迹也没留下。”为了在事业的坎坷而泥泞的道路上，战胜艰难险阻，抗击狂风恶浪，留下深厚足迹，书写壮丽辉煌人生，没有捷径可走，只能勇往直前，百折不挠地去拼争、角逐，去吃苦流汗甚至流血。“不怕苦，吃苦一阵子；怕吃苦，吃苦一辈子。”这至理名言值得每一个有理想、有抱负的人借鉴。路在自己脚下，迈开大步出发，命运靠自己把握，绝不能挥霍虚掷。生命过程的精彩与否，也要靠自己精心安排。“快乐靠自己，没有谁能够同情和分担你的悲切；坚强靠自己，没有谁会怜悯你的懦弱；努力靠自己，没有谁会陪你原地停留；珍惜靠自己，别人也不会浪费自己的青春；执着靠自己，没有谁会与你共同进退；一路走过靠自己，没有谁能够陪你一直走到底”，这些话说得既直白又实在，道出了人生的不易和个体生命的责任与担当，每一个有志于实现自我价值的奋斗者应以此为座右铭，正确分析自己的优势与不足，长处与短板，扬长避短，因势利导，奋力前行，去开创属于自己的一片天地！

2008 年 7 月 1 日，农历五月二十八

展现历史风云的《中国历代通俗演义》

我早就知道蔡东藩的《中国历代通俗演义》是历史真实与文学性较好统一的著作，并且知道毛泽东生前很喜欢这套书，常置于案榻翻阅，许多学者、教授也大力推荐这套书。因此，我购买、阅读并收藏这套书的欲望越来越强烈；但因部头大，价格高，本人囊中羞涩，一直未能如愿。

一本书有无价值，是不能用价格衡量的，而是由其思想内容，艺术魅力以及社会评价，读者品鉴、历史影响诸多因素判断的。蔡东藩从“民国”5 年（1916 年）至 15 年（1931 年）的十年间，披沙拣金，呕心沥血，夜以继日、笔耕不辍地创作完成了演义体历史小说《历代通俗演义》，功莫大焉！全书共 11 部，1040 回，600 余万字，记叙了从公元前 221 年到“中华民国”9 年间 2166 年中发生的重大历史事件和重要历史人物，展现了波澜壮阔的历史风云和波诡云谲的政治斗争，可以说是惊心动魄，震古烁今！我不知道作者读了多少正史野史和其他资料，不知道写了多少万字的读书笔记和卡片，不知道他伴着青灯黄卷，吃了多少苦，受了多少累，流下多少汗，这种孜孜不倦、夜以继日的精神就足以证明了本书的价值。

《历代通俗演义》在史料上遵循“以正史为经，务求确凿；以逸闻为纬，不尚虚诬”的原则，反映出了作者严肃、端正、公允、明晰的创作态度，既保持了演义体历史小说的风格，又自写批注、评述，凸显其正史笔法。其最大特色在于他对历史真实的严格追求和史实的认真筛选，他写历史演义“语皆有本”，力求其主要情节均有历史记载作为依据，以突出其真实可靠性。当然，作为“演义”，他也有虚构，特别是人物对话。但是他很谨慎，力求符合特定历史环境和特定历史人物的性格，不敢任意编造。因此，在一定意义上说，《历代通俗演义》也是一部比较形象化的史书，是完全可以当作历史来读的。不过，对于缺乏中国历史知识和对古代汉语生疏的读者来说，能通读煌煌 600 万字的《历代通俗演义》绝非易事，需要靠强烈的求知欲，刻苦攻读的精神和持之以恒的劲头来支撑，否则非半途而废不可。

历史风云在《历代通俗演义》中翻卷，几千年的史实在读者面前展现。恳请诸君一睹其风采吧！

2008 年 3 月 1 日，农历正月二十六

读《755年——中国盛衰之交》有感

吴蔚的《755年——中国盛衰之交》读完了，我陷入了深深的思考之中。必须说明，我是在捧起来就放不下的状态中阅读这本书的，因为我觉得它是我读过的同类题材图书中最吸引我、最令我感触颇深的一本书。

在我印象中，有些历史读物故作高深，引用大量典籍，写得干巴枯燥，形同历史教科书，让人很难卒读；也有的迎合社会低俗之风，极尽调侃之能事。或者热衷于猎奇，把一些不健康的东西大肆渲染，戏说历史，这样的书又有何价值可言？

而这本《755年——中国盛衰之交》，将历史事件、历史人物、历史沿革融入客观、冷静、平实、公允的叙述之中，史实清楚，分析透辟，观点准确，脉络分明，对重要历史事件的交代系统完整；对重要历史人物的介绍简明清晰；对政治危机，社会危机的矛盾，对危机中人君德消政易、宰相专权误国、边将包藏祸心的激化过程讲述得条分缕析；对唐王朝由盛转衰的过程以及衰落的原因论述周详精当；对安史之乱爆发的原因、影响的程度阐释得有条不紊，使读者自然而然地融入到历史的风云之中，结识了历史人物，熟悉了历史事件，窥见了历史烽烟，心灵受到震撼，感情遭遇冲撞，思想得以升华，认识得以提高。公元755年何以是历史上极为关键的一年？这一年为什么成为唐朝由极盛转为汲衰的转折点？为什么这一年也成为中国命运的转折点？因为自"安史之乱"后，从整体文治教化的辉煌而言，中国就开始了长期的向衰。之后的朝代虽然曾有短暂的成功强盛或疆土扩大，但却是与盛唐不可比拟的。这惨痛的历史教训是值得我们深长思之并永远记取的。

此书以历史人物为核心，以历史事件为线索，以人物之间错综复杂的关系为背景，为我们展现了"安史之乱"爆发前后的广阔场景，再现了那段风云激荡、波诡云谲的历史画面，让我们见识了具有代表性的三类人的真面目：第一类是直接引导、改变了历史走向的人，比如唐玄宗、安禄山等；第二类是人物的选择将能局部影响历史的人，比如张巡、哥舒翰等；第三类是完全为历史潮流所支配的人，比如大诗人李白、王维等。通过这三类人在"安史之乱"大背景下的命运，折射出大动荡中的世态人心。这本书虽是讲历史的，叙述人物的笔调也是客观平实的，但我却在这些人物的命运遭际、历史沉浮中深受触动，令我久久不能平静。以史论世，以情感人，就是此书最为成功之处。

作者以史家的眼光，叙述详略结合，介绍客观公正。文笔平实流畅，故事与典故结合巧妙，观点与史实珠联璧合，使读者从政治、社会、经济、文化等各个方面掌握了唐朝由极盛转入极衰的整个过程，进一步认识了"条件和环境决定历史人物行动"的历史规律；从李白、王维、杜甫等人的坎坷遭际中领略了"性格决定命运"这一论断的正确性；从思想上深化了对"安而不忘危，存而不忘亡，治而不忘乱"这一警世格言的理解。总之，这本书给人的启示是多方面的，教益是深厚绵长的，它确确实实是一本难得的好书！

"以史为鉴，可以知兴替"，我希望有更多的人读一读这本书，在中华民族伟大复兴的进程中，也许能从中发现一些可资借鉴、警惕的东西吧！

2008年4月22日，农历三月十七

存在主义哲学给我们的启示（一）

中国台湾教授傅佩荣先生在《哲学与人生》一书中比较简略而概括地介绍了存在主义哲学代表人物的基本观点，读来颇受启发。

存在主义是20世纪30年代广泛流行于西方的现代哲学思潮，主张把存在当作哲学的研究对象（所谓存在，就是“抉择”，就是选择成为自己的可能性），认为个人存在是一切存在的出发点，人的存在先于人的本质，其影响波及西方社会精神生活的各个方面。

广义上的存在主义哲学的代表人物有克尔凯郭尔、尼采、雅斯贝尔斯、海德格尔、加缪、萨特等。存在主义一个极重要的主张是关于人的意义问题，即认为人的真正意义就在于人的行动与选择，人怎样行为，人选择什么，这些就是人的意义的全部，一旦人失去了行动与选择的能力，那么，人的这种存在也就等于虚无，人也不成其为人了。

存在主义哲学内容很丰富，论点很新鲜，哲理很深刻。我作为一个初学者只是刚刚入门，皮毛尚未知，遑论登庙堂。我这里只想谈谈学习马塞尔关于存在主义哲学论述的点滴体会。

马塞尔提出了三个著名的哲学命题：“是不等于有”“奥秘不等于问题”“我与你不等于我与他”。

关于“是不等于有”这个命题，马塞尔论证说，一个人“有”的越多，就越不“是”他自己，因为一个人拥有的越多，就越没有时间做自己。存在主义有一句名言：“拥有就是被拥有。”拥有的东西太多时，人的生命内涵以及注意力就分散了，最后反而被拥有物所拥有，变成了拥有物的奴隶，以致精疲力竭，丧失了人生的意义，你所“有”的越多，你所“是”的就越少，这二者常是成反比的。

用马塞尔的这个观点来对照现实社会，我以为针对性非常强，可以说是入木三分，切中要害，简直是对物欲横流、追名逐利、拜金主义、贪图安逸的社会现状的当头棒喝！具有极强的警醒作用。

人生是个旅行过程，人活在世界上都只是旅客或过客，而不是归人。

人是赤条条来到世上又赤条条离开人世的。钱财、名利、荣辱、尊卑都是生不带来、死不带去的“拥有物”，越是心无挂碍，身无拖累，清清爽爽，干干净净，人才能选择成为自己，才能做好自己，才能不失人的本性。因为你无忧无虑，无牵无挂，过着简朴生活，活得自由潇洒，不为外物所役使，不为“三绝望”而灰心，一身轻松，乐享天年，这才是自己，才是真正懂得“如何做自己”。

但是，现实社会的情况却与此大相径庭。现实中的人好多都是在汲汲于名利，盼盼于富贵。拼命地攫取，拼命地折腾，拼命地拥有，拼命地追求，欲望无止境，贪婪不停步。贪腐者受贿1000万想得1个亿；富豪者有1个亿想挣10个亿；有高档住宅者欲住别墅，开奥迪车的想驾宝马；县长当上了想当市长。总而言之，欲壑难填，钱途难阻，岂不知，你的占有欲越旺盛，你的心理压力也越大；你拥有的物质财富越多，你的思想包袱也越重；你占据的物质越多，就越会被物质所占有，最终成为名利的奴隶。贪官贪污受贿得越多，就越怕事情败露，东窗事发；富豪越是富足，越怕小偷光顾；开的车越豪华，越是小心翼翼，生怕发生车祸；官做得越大，越怕到站回家……这就是说，你拥有的越多，你的“负担”就越重，你身上的枷锁就越紧，你的精神压力就越大，你的愉悦感就越少。你就会失去人的本质，丢掉人的天性，不再是你“自己”，因为你已经被拥有物所拥有，成了拥有物的俘虏与工具，你的心灵已经被拥有物异化；你的行动已经被拥有物所控制，你已经成为拥有物的傀儡。不是你在使用、支配拥有物，而是拥有物在役使你，失去了自我选择的机会，失去了自由的生活，失去了人生的尊严，当然也就失去了“存在”的价值。你丧失了行动与选择的能力，你的“存在”就等于虚无，你的人生也就毫无意义可言了。

人，要不迷失自己，就不能拥有不需要的东西！

人，要选择成为自己，就不能放弃自我约束、自我管理！

人，要堂堂正正地存在，就必须抉择好自己要走的道路！

2008年7月10日，农历六月初八

存在主义哲学给我们的启示（二）

存在主义哲学家马塞尔提倡过“俭朴生活”，并提出了“俭朴生活”要把握的两个规则：一是东西要用到坏为止，二是不拥有不需要的东西。

所谓“俭朴生活”，顾名思义，就是简单朴实的生活，就是恬淡自然、宁静清新的生活。为什么提倡过“简朴生活”？马塞尔的回答是：因为我们所拥有的东西不一定是我们所能够掌握的，为了不去拥有一些不需要的东西，我们必须过“简朴生活”。

那么，什么是我们所不需要的东西呢？我认为就是克尔凯郭尔提出的导致“人生绝望”的东西。第一，不知道有自我。一个人在世界上奋斗了许多年，却不知道自己在追求什么，也不知道追求什么才能得到真正的安顿。第二，不愿意有自我。有了自我就意味着人必须开始为自己负责，向内“求诸己”，而为自己负责的压力是非常沉重的。有些人怕自己面对自己，怕自己作选择。这正如德国心理学家弗洛姆在《逃避自由》一书中写到的：“给我自由吗？千万不要给我自由！因为随着自由而来的是要负责任啊！我一有自由之后就自己作选择，选择之后，就做我自己，但是我做不起啊！”第三，是不能够有自我。有的人可能愿意成为自我，但最后却发现不能成为自我。因为他觉得自己能力不够，而且走很长的路才能实现自我，因此他会感到非常绝望。更何况，坚持走自己的路是非常孤单的，而坚持下去是否会有好的结果，更是未知数。

如何克服“人生三绝望”？克尔凯郭尔又提出了“人生三阶段”理论：感性阶段、伦理阶段和宗教阶段。感性阶段的特色是“外驰”亦即“向外追逐”，偏向于享乐主义。伦理阶段的特色是向内“求诸己”，把过去、现在、未来连贯起来，如此一来，生命就完整了。其实质是从道德上反省自己，审视自己。宗教阶段的特色是“依他”，人在现实生活中常常面临两难的选择或遇上道德的困境，这个时候就必须“依他”。这个他并不是指向外追求，而是找到了自己生命的基础，也就是诚心皈依了宗教信仰。这就是说，要做一个真诚的人。所谓真诚的人，就是要对自己负责，忠于自己。

尼采进一步发挥了这一思想，他说：“哲学家是文化的医生。”他提出了“上帝死了”这一著名论断，就是要重新估定一切价值。比如在世俗看来，现代人所尊敬崇拜的，大多是功成名就、升官发财的人，亦即不择手段达到表面上所谓有“成就”的人。而真正值得崇拜的对象应该是拥有高尚人格的人。如何成为人格高尚的人？尼采提出了“精神三变”说，他认为精神应该先变成骆驼，再变成狮子，最后变成婴儿。

骆驼阶段是听从别人的指挥，服从别人的决定。狮子阶段是自己做决定。婴儿阶段意味着“完美的开始”，提供了所有的可能性，当然也包括选择生活方式的可能性。选择“俭朴生活”，就是选择做自己，他就因而属于自己，也就成为真诚的生命。

俭朴生活的第一个原则：东西用到坏为止，其哲学内涵是不能忽略东西本来的价值。这个原则告诉人们：不应该把还可以用的东西丢弃，因为任何东西的存在，无论它是什么材质，没有被充分利用，它的价值就不能充分体现。东西用到坏，就是要物尽其用，充分发掘其价值，这既是对存在物的重视，又是对人行为的约束，还是对选择能力的考验。这一原则，就是提醒人们，不能随意追逐时髦，标新立异，时时弃旧图新。因为你拥有的新东西越多，你就越不好把握，你的生命力内含及注意力就分散了，在五彩缤纷、琳琅满目的新东西面前你就更难选择，最后反而被拥有物所拥有，变成拥有物的奴隶，以致精疲力竭，无所适从，丧失人生的意义。

但是这一原则和现实生活却充满着尖锐的矛盾。从经济学的角度讲，消费、投资和出口是拉动经济发展的三驾马车，而消费又是重中之重。没有消费，就没有生产；没有消费，就没有创新；没有消费，就没有积累。扩大消费，尤其是扩大国内消费必然成为当前我国经济发展的重要途径。现在科技发达，新产品层出不穷，电子产品、日常用品更新速度越来越快，适用性、功能性越来越强，使用寿命越来越长，诱惑着消费者去购买、使用。如果恪守“东西用到坏”的原则一成不变，一身衣服可以穿几年，一部手机可以用几年，一台电视机可以用二十年，新产品无人买，新东西无人用，这消费能拉动起来吗？经济能发展吗？所以我们对“东西用到坏”这一原则要从精神实质上把握，保持“自我”的本性，实践“真诚”的诺言，不失去本质，而不必拘泥于细枝末节。日常生活用品使用周期短，更新速度自然要快些。耐用品、家电、汽车等东西，使用寿命长，时间经历久，只要不坏能用，就不应追时髦，随意淘汰，这既是浪费，又不是人生正确的选择。

俭朴生活的第二个原则：“不拥有不需要的东西”，其哲学内涵是不“外驰”，不为外物所拘，不浪费。“简朴生活”的这个原则太符合实际，太有针对性，太有指导意义了。科技的发展，工艺的改进，技术含量的增加使商品多样化、精细化。人们的购买力随着收入的增加大大提高，购买欲望日益强烈。人们往往禁不住诱惑，购买了越来越多的东西，而这些东西有许多是实际生活并不需要，或一定时期内并不需要的。钱花了不少，东西买了不少，既没地方用，又无地方放，形同鸡肋，食之无味，弃之可惜。不但未给生活带来乐趣，反而增加了太多的负担。以笔者为例，多年来经常去的地方就是书店。林林总总，至今我已买了五千多册书。有一些经典书确实需要，而那些垃圾书则根本无用。再说了，如果一个星期读一本书，一生也只能读4000多册书。书柜里罗列太多的书，既不看，又得经常拾掇它，何用之有？我所买的书，有相当一部分除了在购买时翻翻之外，基本上就是束之高阁，任凭灰尘肆虐了。另外，这几年又迷恋上了光碟。什么音乐、电影、电视、歌曲等的碟买了有几千张。人的精力有限，不可能整天泡在光碟中，假如10天看一部电视剧，一年只能看三十六部，绝大多数的影碟还不是藏在深闺无人识吗？从表面上看，我拥有了图书和光碟，并为此而自豪，但实际上却是图书、光碟拥有了我。因为我既要找地方存放它们，又得侍弄它们，怕书生虫，怕碟磨损，故而我不得不经常翻动，费时费力，徒唤奈何。由此，我进一步联想到，人的物质需求其实很简单，能满足日常生活和身体健康需要就可以了。这样就能活得更愉快，身心无负担，这才是人的本质。所以我赞成马塞尔的主张，不拥有不需要的东西。身外之物越多，耗费的时间和精力就越多，失去的自由就越多，就越“做不成自己”。从这个层面上来说，人还是过“俭朴生活”为好！

2008年7月12日，农历六月初十

我与《白洋淀纪事》的缘分

位于北京美术馆东街的生活·读书·新知三联书店是我最喜欢的社科类书店。每次到北京，逛三联书店是必须的，因为在这里常常能寻觅到自己喜欢的书籍，而且不像北京图书大厦那样人潮汹涌。宁静的氛围，幽雅的环境，读者可以从容淡定、心平气稳地浏览图书，选择所需。

今天，我又一次光顾三联书店，挨着书架和书台一个个仔细观瞧。在当代文学台面琳琅满目的书堆里，我一眼就看到了与众不同的《白洋淀纪事》。大16开的尺幅，乳白色的背景，象征着清澈的湖水。浅绿色的圆形淀面，迎风飘摆的芦花，意味着生机盎然，好像在向人娓娓诉说着往事。这样的画面，既简洁又明朗地勾勒出了白洋淀素朴、清丽的景致，我被深深地感动了。四十多年后，又和《白洋淀纪事》在京城相逢，令我感慨万端，多少往事涌上心头。

1961年秋季，我考入林东一中读高中，那正是三年困难时期最难挨的一年。粮食供应少，副食谈不上，每天都是饥肠辘辘。我决定用课余时间借书读的精神疗法来对抗饥饿。

我从小就爱读书，家里困难买不起书，就以帮人干活的方式换书看。到一中后，虽然课程很紧张，但我学习尚好，总能抽挤出一些时间来读些“闲书”。学校有图书馆，藏书较丰富，隔三岔五我就会去借阅。1962年的一天，我在校图书馆借到了当年出版的第二版《白洋淀纪事》。当时还闹了个笑话，图书管理员问我借什么书，我把dian字说成了ding字了，管理员当场纠正了我，羞得我满脸通红，不过也点燃了我阅读《白洋淀纪事》的热情，一个多月的时间就读完了。我被孙犁小说、散文情景交融的内容，雅致、优美的意境，朴实、活泼的语言，清新、明快的格调，淡雅、隽永的风格所深深吸引，以致忘记了饥饿，原来好书可以疗饥啊！我至今还对《荷花淀》《山地回忆》《女人们》《采蒲台》等名篇留有深刻印象。《白洋淀纪事》永远铭记在了我的心里。

此后，我一直关注着孙犁的创作情况，每有新作面世，总会尽早搜罗阅读。没有收在前三版的中篇小说《铁木前传》和长篇小说《风云初记》都拜读了。“文化大革命”后他创作的散文也看过一些。新世纪以降，《孙犁小说全集》《孙犁散文全集》先后问世，我都购买，收藏了。这都是因《白洋淀纪事》而结缘，我不能错过购买、阅读、收藏孙犁作品的机会。

《白洋淀纪事》1958年初版，由孙犁的老友康濯选编，权威出版社——中国青年出版社出版。1962年8月第二版，由孙犁自己带病校正，增加了《张秋阁》等6篇。2000年7月出第三版，由刘宗武先生编校。这一版也增补了一些作品，将《津门小集》和“文化大革命”前写农村生活的作品编入。2010年10月出第四版，仍由刘宗武先生编校。这一版收入了中篇小说《铁木前传》。四个版次发行总量为233000册。一部面世已50多年的小说、散文选集至今盛销不衰，深受广大读者的欢迎，足见其有着旺盛生命力和吸引人的无穷魅力。这正如文学评论家郭志刚所评价的：“这些作品大多数都没有紧张的戏剧性冲突和曲折的故事情节，它们就像白洋淀里的荷花和冀中平原的庄稼那样，以清新、美丽的花实和新鲜、活脱的气息吸引着读者。可以说，这是一部以生活见长的作品。”这样的评价无疑是正确、中肯的，它不但概括了孙犁小说、散文的创作风格，也论说了“荷花淀派”的创作倾向与意境追求。

“荷花淀派”是以孙犁为首的文学流派，刘绍棠、从维熙、韩映山、冉淮舟等文学写作者学习孙犁的创作方法，发表了一批有特色的作品，形成了一个艺术追求相近的作家群，“荷花淀派”即指这一作家群而言。

他们坚持写自己熟悉的生活，不为了赶形势、迎合政治潮流，勉强写自己不熟稔的东西，尤其反对违背艺术良心“制造”虚伪的作品。他们的作品较少正面描写重大的政治斗争，而将笔触伸向时代氛围笼罩下的农村，通过日常生活画面，反映时代和社会风云，努力揭示生活中的诗意和劳动者的心灵美和人情美。

阅读孙犁的小说，犹如观赏画家精心绘就的水墨画，笔墨疏淡，线条简洁，色彩明朗，透出雅致、质朴、明丽、通脱的韵味。借用古人“清水出芙蓉，天然去雕饰”的句子来形容孙犁作品的艺术风格是再恰切不过了。孙犁及“荷花淀派”的其他作家，以轻松、明快的笔调写人，努力开掘生活中的诗意美、人物的心灵美与行为美，他们的感情是炽烈的，但诉诸笔墨却不肆意直露，而是淡入淡出，这就是人们所谓的“阴柔之美”。它融小说、诗、散文特点为一炉，创作的散文诗式的抒情小说具有独特风貌。这正如茅盾先生评论的那样：“孙犁有他自己一贯的风格……他的散文富于抒情性，他的小说好像不讲究篇章结构，然而绝不枝蔓；他是用谈笑从容的态度来描摹风云变幻的，好处在于虽多同趣而不落轻佻。”

我喜欢孙犁的小说和散文，喜读“荷花淀派”作家那些清新从容、不蔓不枝、亭亭净植、香远益清的作品。我要静下心来，认真重读、品味《白洋淀纪事》，细细体会她那浓郁的韵味，领略作者火热的深情，让心灵再一次被生活的诗意美、人物的心灵美与行为美所沐浴。

2010 年 12 月 6 日，农历十一月十一

再现“反右”真相的一本书
——读胡平《禅机——1957苦难的祭坛》

《禅机——1957苦难的祭坛》读完了，我在悲愤莫名、百感交集中合上了本书的最后一页。四周寂寥，万籁无声，我的心里却翻江倒海，五味杂陈，怎么也平静不下来。既有惊骇，又有愤慨；既有惋惜，又有悲悯；既有不理解，又有想不通。它给予我的强烈感受是深入骨髓的震撼和刻骨铭心的浩叹。

从中华人民共和国成立到1966年，何以会不间断地、连篇累牍地发动一个又一个迫害、围剿知识分子的斗争、运动？何以会发生1957年的“反右”和1966年的“文化大革命”这样摧残文化、毁灭知识、剿杀知识分子的浩劫？

感谢胡平！他以坚韧不拔、刚毅不阿的勇气，以拨乱反正、正本清源的清醒，以知识分子的良知、责任，以振聋发聩、揭示历史真相的胆识，以匕首与投枪般的充满激愤与怨尤的语言，以历史真实为依据，满怀真挚、纯厚感情，用他那摧枯拉朽、扫荡阴霾、揭示铁幕的如椽大笔，用他那激荡着血与火、情与泪的飞珠溅玉般的文字，为我们一步步，一层层揭开了“反右”斗争波诡云谲的秘密，洞悉了历史的本来面目；见识了那个“请君入瓮”“引蛇出洞阳谋”的来龙去脉；窥见了斗争的残酷与卑鄙；了解了“右派”们的痛苦、无奈、挣扎与悲惨的命运；比较清楚地认识到了“反右”斗争发生的历史与现实原因，以及它留给后人值得反复深入探讨的刻骨铭心的教训。

诚如作者所说：“这是一部描写我们父辈整体命运的书，一部追问二十世纪执中国之牛耳的文化形态的书……这又是一部呼唤未来的中国不再把思想当罪恶，智慧、知识如瘟疫，人心贱似胭脂的书。”书中充满血与泪、灵与肉、高尚与卑鄙、精神操守与道德沦丧之间的较量与博弈，流淌着发自肺腑、充斥胸臆的情感热流，作者的心是善良的、纯真的、悲悯的。读着这样弥漫着血与泪、交织着爱与恨的文字，你不能不感动，不能不震惊，不能无动于衷。我在阅读中不知淌下了多少悲楚、同情的热泪。我也读过另外一些反映现实、钩沉历史、探讨社会问题的书，但都没有《禅机——1957苦难的祭坛》给我的震撼强烈，触动深刻，影响深远。作者的拳拳之心、忠贞之意、端直之态、嫉恶之品深深打动了我，以致我在阅读的过程中，心里惴惴的，压抑之感特别强烈，我和作者产生了强烈的感情共鸣。

前事不忘，后事之师。重温“反右”斗争的历史，一方面是为了正本清源，还原真相，总结惨痛的历史教训；另一方面则是要警醒人们，千万不要再重蹈历史的覆辙，千万不要再搞什么以整人、排异为目的，摧残文化，钳制思想，异化关系，破坏社会和谐、安定的“运动”了。我们要的是温馨、舒适的社会环境，自由民主的政治氛围，思想解放、言者无罪的文化条件和团结、友善的人际关系，反“右”的那一套再不能让它死灰复燃了！

2012年10月14日，农历八月二十九

一本生动、活泼、好读、耐读的学术著作
——写在再读《中国文学概论》之后

我于1982年在职进入内蒙古广播电视大学中文系学习，1985年顺利毕业，并荣获优秀毕业生称号。

那时候的教学手段主要是听主讲老师灌录的磁带，尔后结合讲义和作品自学。我记得《中国文学史》《古代汉语》《中国通史》等课程都是北京大学的教授们讲述的，至今我还妥善保留着这些讲义，并不时翻出来看看，让自己重新回到那紧张而又惬意的学习生活中去。

我自幼喜欢文学，尤其是中国古典文学，小学时就阅读过一些古典诗词及《水浒传》《西游记》等古代章回小说。初中、高中阶段更是手不释卷，兴趣盎然。1964年夏天，在准备毕业考试时，每天早晚还不忘跑到操场背诵经典古文、古诗。苏轼的《赤壁赋》、欧阳修的《醉翁亭记》、诸葛亮的《出师表》，我都背得滚瓜烂熟，以至于现在头脑中还有比较清晰的印象。

在电大读书时，自认为是刻苦用功、孜孜以求的。我每天都要对照讲义，把古代文学史涉及的作品，尤其是诗歌及文章加以赏析和重温，以加深理解，准确掌握老师讲授的内容。中国青年出版社的《历代诗歌选》与《历代文选》，人民教育出版社三卷本的《古代散文选》，我几乎都通读过。虽谈不上融会贯通，但每一首诗，每一篇文章基本上都掌握了其思想内容及艺术特色。越学越觉得中国古代文学喷珠溅玉，流光溢彩；越学越觉得自己学浅识陋，距离宏伟、典雅的古代文学殿堂何止千万里。因而，也就越加坚定了学习、鉴赏古代文学作品的决心。

学习中国古代文学不能只干巴巴地读作品，必须把读文学史与研习作品有机地结合起来。不熟悉文学史，就不能从纵向上把握两千年来中国文学的发展脉络，源流走向，枝干蔓延，繁荣衰落；不熟读作品就不能从横向上领略不同时代、不同时期、不同作家、不同文体的风格与特色，以及它们与当时政治、社会的关系，对文学史的了解只能是空泛、教条、了无生气的。这是我多年学习中国古典文学的深切体会，也是至今兴趣不减的主要原因。

俗话说："工欲善其事，必先利其器。"要学习、钻研中国古代文学，必须拥有相当种类、相当数量、不同版本的文学史方面的工具书及作品集，否则，巧妇难为无米之炊，纵有千般决心，万般热情，无书可读，无从比较，也是无济于事、徒叹奈何的。

这些年，随着经济条件的改善，收入的增加，我购书的步伐加快，数量迅猛增加，就中国文学史的版本来说，就有游国恩主编的《中国文学史》，章培恒、骆玉明主编的《中国文学史》《中国文学史新著》，袁行霈主编的《中国文学史》以及张炯等主编的《中华文学通史》等五六种。至于古典文学作品，那更是琳琅满目、美不胜收了。"四大名著"有四五个版本，其中《名家彩绘四大名著》《周汝昌点评红楼梦》等珍贵版本我都有收藏。诗歌选本就更多了，除著名诗人的专集外，上海辞书出版社的"历代诗歌鉴赏辞典"，陕西旅游出版社的"中国历代古典诗词鉴赏大系"以及郑竹青等主编、解放军出版

社出版的《中国历代诗歌通典》，都堂而皇之地摆在我的书架上。古文选本就更丰富多彩了，像《古典名著100部》《古典小说100部》《古文观止》《新编古文观止》《文选》《古文辞类纂》《唐宋八大家文集》等早就充盈案头，伴我灯下苦读、品茗赏析了。我既是古典文学图书的富有者，更要做绵延几千年的经典隽永的古代文学作品的阅读者和侃侃而谈、如数珍宝的中国古代文学史的传播者。

这么多年来，我一直自觉地、有计划地强化对中国古代文学的学习。每天不品读、背诵几首古典诗词，就像有什么任务没有完成，心里空落落的。但随着年序增加，岁月飞渡，齿摇发白，记忆力减退的现象不可避免地出现在我身上，深感不能再像精力旺盛时那样端坐于写字台前，心无旁骛、咬文嚼字地去啃几卷本的中国文学史了。身体吃不消不说，主要是记忆不牢靠了，前脚看后脚忘，印象不深刻了。在这种情况下，我就急于想找到一本中国文学史的缩写本，既能普及“史”的知识，又能在较短时间内系统、全面地了解、掌握古代文学概貌；既能把握历代著名作家创作概貌及其代表性作品的风格特点，又能窥视古典文学的精髓，品尝美感享受，获得精神升华，在识见和审美上得到提高。

功夫不负有心人。这样的一本书，还终于让我找到了。2007年2月，我在网上书店发现了北京大学教授袁行霈的著作《中国文学概论》，赶紧让大女儿下单购买。书到手后就如获至宝地读起来。两个月的时间，我就比较仔细地通读了一遍，感觉这是一部既耐读又好读、既经得起推敲，又扛得住品鉴的厚重之作。全书写得既简明扼要，又重点突出；史料既充实、典型，文笔又流畅、明快；既有“史”的纵深连续性，又有“论”的横向评论性；既有代表性作家的简要明晰介绍，又有经典作品画龙点睛的赏析；既有对传统文学史研究成果的肯定、评估，又有自己研究心得、判断结论的大胆披露，对读者极具启发引导作用。我对这本书喜爱有加，列为重点，以便随时学习、阅读。

比后几年，我在袁教授的精神引领下，对《中国文学概论》中引用的诗，文名篇逐一进行了细致、认真地品读。多年来学习古代文学，古代汉语打下的良好基础，已使我基本不用借助工具书就能读懂、弄明诗文的内容，这省却了大量的时间。至2012年9月，书里面涉及的诗文基本上都学习、赏析一遍了，我才真正感觉到《中国文学概论》学习、钻研得还不够透彻，有必要再补一次课，再经受一番教育。于是，从10月上旬至11月上旬，我抛开其他读物，专心致志地又通读了一遍。

古人云：“读书百遍，其义自见。”读一回有读一回的收获，学一遍有学一遍的体会。越读越觉得《中国文学概论》价值越大，品位越高，见解越独到，论断越新鲜，它称得上是中国文学史方面较好的普及读物，也是具有真知灼见的学术著作，对于初学中国古代文学的读者甚或是大专院校的学生，以及从事古代文学的研究者来说，都是可读、该读、必读的好书。

《中国文学概论》是儒雅的袁先生在日本爱知大学讲授中国文学的讲稿，简明扼要又具理论深度地讲述了中国古代文学的基本情况。按袁先生做学问无非是两种方法的论述来衡量《中国文学概论》，我觉得是“把复杂的事情讲得简单、明白。”

这本书的最大特点，体现在一个“新”字上，新体例、新视角、新观点、新论断，一股清新之风氤氲、弥漫于书卷之中，使读者如沐春风，似饮甘露，如尝美味佳肴。

一是体制新。作者创立了一种涵盖文学史与文学概论史论结合、相互融洽的新体系。从纵的方面讲述古代文学萌芽、发生、发展、流变、衍化的轨迹；从横的方面论述文学理论对文学创作的评价、总结、推动和升华，使读者从“史”与“论”结合上辨析中国古代文学的源与流，根系与支脉，认清其来龙去脉，把握规律与特质，在理论与实践的结合上理解更深刻，记忆更牢固。诚如作者在《后记》中所说：“这体系既不同于中国文学史，也有别于偏重理论的文学概论；既要涵盖中国文学的各个方面和全部过程，又要简明扼要并且具有理论性。要实现上述目标，其中的困难是很多的。”但作者渊博的学识，深厚的造诣，驾轻就熟的功底，深邃扎实的表达能力，使他高屋建瓴，融会贯通，不但将一个个困难消弭于无形，而且创新突破，颇有建树，确有创意。

二是体例新。作者打破了传统文学史以时间沿革的编年体例叙述文学的各种门类发生、发展、繁荣、衰退全过程的框架，而改用不同文学种类滥觞、发展、衍进、繁荣、衰变以及相互影响、相互渗透的流变行迹，作为叙述的线索，既清晰明畅，又脉络分明，使读者洞若观火地窥见了各种文体演进的脚步，变化的端倪。既能从纵的方向把握全局，又能从横的方面上认识到不同历史时期文学理论与文学创作相互依赖、相互促进、相互碰撞的关系。

全书分为五编。第一编“总论”，是纲，是灵魂，是全书的引擎，提纲挈领地概括了中国文学的特色、味道以及中国文学的种类、分期、作家地理分布与创作地域性等特点，纲举目张地引出以下四编：“诗赋论”“词曲论”“小说论”“文章论”，在总论的统摄下条分缕析、源清流澈地为读者勾勒了各种不同体裁的文学样式的发展史。

三是观点新。书名既为“概论”，就必须简约、晓畅，言简意赅，出新意，见新论，而不能像文学史那样洋洋洒洒地铺展详说。综观《中国文学概论》，我感觉名实相符，实至名归。其内容是丰富的，概括是全面的，论述是准确的，观点是新颖的，而文字又是简洁、精当的，充溢着感染读者的力量。“此书是很个性化的，立足于我本人阅读古代文学作品的感受，用简单明了惜墨如金的文字将自己感受最深的、曾经打动过我的东西告诉读者，希望读者分享我在阅读过程中的感受。此书又是立足于文学本位的，既然是‘文学’概论，就要讲文学，讲作品，讲其感动人的地方，讲其审美的价值。此书既然是‘概’论，就不求面面俱到，虽有许多引证，但力戒烦琐，自己的许多想法只是点到为止。”袁教授的这段话饱含感情，切中肯綮，道出了本书观点新的特色。作者不因袭文学史的研究成果，也不苟同别人的结论，而是从自己的阅读、品鉴的感受与体会出发，直抒胸臆，提出了许多与众不同的真知灼见。例如对《红楼梦》主题的见解、对一些著名诗人创作风格的论述、对一些诗作的具体分析、对一些文学现象的阐释等，都有新奇独到之处，给人以耳目一新的感觉。这就是这本书吸引我越读越喜欢，越读越想读的原因。一本学术性的著作，写得风生水起，生动活泼，浅近通俗，只有大手笔才做得到，袁教授名不虚传矣！

2012 年 12 月 3 日，农历十月二十

读《浮生六记》有感

我早就知道清代的沈复有一部传世之作，名曰：《浮生六记》。但我既未读过，又未收藏，然心中常惦之。

今年4月10日去赤峰洪森书城购书，在“国学名著”书架意外地发现了岳麓书社出版的、向梅林先生校注的《浮生六记》，遂毫不犹豫地买下，回到家就迫不及待地阅读了起来。一读就放不下，三天工夫就轻轻松松读完了。因为我被它深深吸引住了，那真是相见恨晚欲罢不能。

一本薄薄的书，既不涉经国之大事，又不关哲学之深刻命题，所记所叙，无非是家长里短、闺情蜜意、生活逸事、闲情雅趣、旅游见闻、养生健身等琐屑经历。按当今时髦说法，完全是“小资生活”的真实写照，何以能打动读者、吸引眼球，令太多的人感慨流涕、深长思之？因为“感人心者莫先乎情”，沈复是用泣血之情、真挚之情、感念之情、缠绵之情来追忆、遥想、写作《浮生六记》的。在遥想与追忆中获得一种心灵的补偿，以缅怀那已经逝去的岁月。心有灵犀一点通，读者与沈复的心是相通的，所以，必然引起情感上的强烈共鸣。

正像向梅林先生在“导言”中所说的那样，“习幕不成，从商不成，终身布衣，一世潦倒”大不幸的沈复，却以一部随意点染的闲书《浮生六记》，使古代雅士乐道赏玩，使现代小资黯然落泪、顶礼膜拜，拥有难以数计的“浮迷”，此又可谓大幸也！

向梅林先生说：“追忆是对往事的回想……无论往事多么不堪，多么苦楚，在深情地追忆中，都会如一缕青烟，一泓清泉，一段清梦，缥缈恍惚，让人感怀和陶醉，人们便在追忆中获得了生命的重温和超越。这是《浮生六记》最大的艺术魅力。”也是当代读者喜欢阅读、难以释卷的主要原因。

《浮生六记》中我最喜欢的是“闺中记乐”和“坎坷记愁”两记，它们是全书的灵魂，也是最令读者喜爱、喜悦、感动、惋惜、感慨系之的篇章。因为它情景交融、感情真挚，使读者心灵受到震撼。

这两记中有同一个大众情人——芸。“闺房记乐”中追忆了沈复的妻子芸——那个被林语堂称之为“中国文学上一个最可爱的女人”。

沈复用神来之笔、真情之笔，忆写了芸的行为举止、谈吐做派、举手投足、顾盼言笑等日常活动，读者从中窥见到了她的优美形象，感受到了她的可亲可爱。试看：“一身素淡，何其闲雅；口授成诵，何其颖慧；顾盼神飞，何其缠绵；暗牵余袖，何其体贴；暖尖滑腻，何其温婉；太湖纵目，何其阔达；女扮男装，何其豪迈。”她既知书达理，又柔和淡雅；既端庄矜持，又豪爽体贴；既风趣幽默，又循规尊礼，“完全可以说，云集各类女性优点于一身，成为真正的大众情人，能满足各个层面读者的情感需求；可以为红颜知己，可以为浪漫情人，更可以为贤妻良母居家过日子。”当然，也必须提到，芸之所以如此可爱，与沈复和她声气相连、心曲相通、志趣相投，有相当大的关系，因为可爱也要有人鉴赏。正是彼此二人的相互鉴赏，相互投缘，才使这对平常夫妻、才子佳人，成为倾心知己、浪漫情人，构成了闺房之乐的生动性和丰富性。

我阅读“闺房记乐”，深深为沈复与芸的倾心相爱之情所感动；为他们丰富而广泛的生活情趣所感染；为他们学养深厚的才情而感佩，为他们心心相印的笃深感情而感叹！这样一对天造地设、夫唱妇随的亲密伴侣生活是何等惬意、心情是何等畅快、幸福感是何等强烈啊！如果他们能一生相守，一世同求，和谐美满，白头偕老，不是比出仕入宦、显达发财更有价值、更有意义吗？

在“闺房记乐”和“坎坷记愁”中间，沈复精心安排了一则“闲情记趣”，以进一步深化夫妻间恬淡而又闲雅的生活情趣。读“闲情记趣”，犹如温润香茗入喉，平添了一丝清凉、爽新之气。

幽闲是一种非常高尚的人生境界，沈复夫妇就是臻于幽闲境界的人。他科考不中，习幕不成，经商不能，看透了人间冷暖、世态炎凉，故而能不为功名所苦，不为是非所累，不粘不滞，不牵不绊，把心思花在与大自然为伍、与闲情雅趣为伴上，放任旷达，解脱身心，名缰利锁绊不住，功名利禄弃诸边，享受生活寻快乐，逍遥恬淡多可心。沈复的人生完全可以称得上是艺术人生，他们夫妻过的是“诗意的栖居”生活。他们是真正在享受闲情本身，并把它消融在生活的点点滴滴，使闲情变成生活的一种况味。它给生活创造了五彩缤纷的舒适环境，给人的精神提供了愉悦、浪漫的情调，给日子点缀了温馨、舒适的氛围。我真羡慕沈复夫妇这对神仙伴侣、诗酒宾朋、雅致、甜蜜的日子，也希望两个可心人能在可意、可乐、可玩、可疯的恬适日子里永远幸福、称心如意地过下去。

可是“恩爱夫妻不到头”，悲伤总是深藏于兴奋之中，危机潜伏在红火里面。与沈复夫妇同欢乐、共幸福的我辈读者，怎么也没想到乐极生悲，坎坷悲苦的遭际，夫妻阴阳相隔、骨肉惨痛分离的命运正在觊觎着他们。“坎坷记愁”就以哀婉的笔调、凄怆的文字记述了这一过程的到来。真是字字血、声声泪，令我泪飞化雨，哀痛莫名。

“坎坷记愁”中悲剧的顶点是芸的陨灭，是一个如花似玉、冰雪聪明、气质娴雅、品格端方灵魂的丧失。不但沈复无法承受，就是读者也会被击倒，难以接受这无情的现实。因为这反差太大了，简直是从天国坠落到地狱，红颜知己化为无形的魂魄。气质神韵风华绝代，为人处世平易近人的芸，怎么可以抛夫别子，中道溘然长逝，撒手人寰呢？“空留下痛泪两行，孤灯一盏，长恨一世”，这不能不让人扼腕叹息，红颜薄命，造化弄人，在感叹嘘唏之中，读者的心便被悄悄地裹去了。

“坎坷记愁”深深蕴含着沈复对芸的刻骨铭心的爱，渗透着他悲痛难抑的愁苦心情。沈复于芸，一往情深，但“恩爱夫妻不到头”，这是沈复平日最痛最憾之事，因而在《浮生六记》中每叙及罹难穷愁，便格外用心，真情流露，感人肺腑。尤其是情景描写，情景交融，寓情于景，细腻而生动，委婉而入情。

《浮生六记》是一本闲书，为什么会吸引越来越多的读者？为什么对它的评价越来越高？为什么阅读它会觉得神清气爽、身心放松？我觉得，一是它以情感人，以情动人。“情动于衷，不得不发”，沈复是以倾吐肺腑之情来记叙自己坎坷遭际、浮浪人生的。尤其是他和芸之间发生的一幕幕悲喜剧，一件件大小事，一点点感情浪花，一滴滴润物细雨，都是真情实感的流露，都是思想火花的碰撞。读着这样发自胸臆、出乎纯情的文字，铁石心肠的人也会被感动。二是它的语言极富特色。《浮生六记》是舒朗简约、生动俊逸的美文，它的成功有赖于语言的功力。向梅林先生评价：“《浮生六记》的语言，印着姑苏古城的文化底蕴，透着江南才子的精神气质，裹着追忆往事的朦胧面纱，自然而又精致，疏淡而又玲珑，从容而又典雅，简约而又丰韵，真正拿捏到了疏密浓淡的命门。”我赞同向先生的评价。

我在阅读过程中的突出感受是，《浮生六记》虽是文言写就，但并不艰涩、晦暗，而是明白晓畅。即使不借助注释、字典，初具古文功底的人也基本上能无障碍阅读。它的文字不板滞，不规整，不做作，不雕琢，读起来朗朗上口，音韵感强，有浓郁的诗意美。语言虽经打磨、锤炼，但不见斧凿之痕，自然而贴切，形象而逼真，既恰切地传情达意，状物写景，又流畅轻灵，如行云流水，常行于所当行，当止于不可不止。特别值得一提的是，作者运用自己丰富的知识，把历史典故与吴越俚俗、历代诗词名句与民间谚语巧妙地结合起来，使文章既典雅、庄重，又生动、活泼，极具地域特色，收到了雅俗共赏的良好效果。

（本文在写作中参考了向梅林先生《浮生六记》导读文章）

2013 年 5 月 4 日，农历三月十五

《浮生六记》之"养生记道"对我们的启示

沈复在《浮生六记》中专门写了一篇"养生记道"，畅谈养生健身的感悟和实践。虽然这一记，人们怀疑是伪作，其颇为混乱的逻辑思维，杂沓无序的叙述，缺乏文采和味道的语言，的确值得讨论，但其中披露的摄心、固性、修身、养气的内心感受和实践经验却极具参考价值，与今人的强身健体、怡养性情理论不谋而合，其启示和借鉴意义不容置疑。

修养身心，涵育性情，培植品格，强身健体，在我国有着悠久的历史传统，养生理论汗牛充栋，养生方法五花八门，能延续至今的，当然是精华、精粹、经典了，这些宝贵的精神财富，我们应当在养生健体的实践中继承并发扬光大之。

养生是中国传统文化的一个命题。在中国，无论达官贵人，文人雅士，还是乡间野佬，贩夫走卒，都喜谈养生。在逐渐富裕起来的当代中国，养生之道更是全民津津乐道、常说常新的话题。养生的路径也是与时俱进，推陈出新，方法越多，门道越广。

传统的养生之道，讲究摄心、固性、修身、养气。所谓"摄心"，即放松心理，剔除杂念，不为欲望所累，不为是非所扰，达到无欲无求、心如止水的境界，使生命在自然状态下得到舒展，在无欲状态下得以延伸。所谓"固性"，即尊重人与生俱来的天性，不掩饰，不强求，自然而然，顺势而为。所谓"修身"，即清洁体肤，端正行为，保养身体，节制物欲，强筋壮骨，为长生不老做好物质上的准备。所谓"养气"，即追求一种血脉贯通，自然和谐，通体安泰，形神融合的整体生命效果，使生命在平衡、融洽中无限延续。

"养生记道"从读《庄子》开始写起，对摄心、固性、修身、养气都有所涉及，且颇有见地。

在摄心方面，沈复强调要控制情绪，调整心态，使心境澄明，心地坦荡。否则就会"心无止息，百忧以感之，众虑以扰之"。

首先，沈复推荐苏东坡的"意守丹田"调息之法，操作程序介绍颇为详细，极具实践性。总的要求是："摄心在数，勿使散乱。""如心息相依，杂念不生，则止勿数，任其自然。"

其次，要力戒多忧、多思之患。"放心逍遥，任委往来，""秉灵烛以照迷情，持慧剑以割爱欲，"寄情于卉木书画，不忧身死，不忧身后，了断忧思，则心气渐顺，五脏亦和。"疗身不若疗心。使人疗，尤不若先自疗也。"自疗方法是"游心于虚静，结志于微妙，委虑于无欲，指归于无为。"这些感悟来自沈复的亲身体验，确切可信，当是至理名言。

最后，摄心必须正心。"凡欲身之无病，必须先正其心。使其心不乱求，心不狂思，不贪嗜欲，不着迷惑，则心君泰然矣。"用当代语言解读，正心就是端正思想，聚拢精神，排除杂念，摒弃诱惑，心如止水，了无波澜。

沈复指出了正心的途径。一是制欲——控制欲望。"不贪嗜欲，不找迷惑"就是制欲的两个重要方面。古语云："人之心胸，多欲则窄，寡欲则宽。人之心境，多欲则忙，寡欲则闲。人之心术，多欲则险，寡欲则平。人之心事，多欲则忧，寡欲则乐。人之心气，多欲则馁，寡欲则刚。”和沈复的论述同出一理。他引林鉴堂的“安心诗”阐明多欲的危害和寡欲的好处。“念杂由来业障多，憧憧扰扰又如何”“云开万里见清光，明月一轮圆皎皎”，两句诗呈现了两种不同的境界。二是控心。“心如明镜，不可以尘之也。又如止水，不可以波之也。”“贪嗔痴爱，是非人我，一切放下。未事不可以先迎，遇事不宜过扰，既事不可留住；听其自来，应以自然，信其自去……此养心之要也。”三是齐心。“澹志寡营，轻得失，勤内省，远荤酒；洁其体者，不履邪径，不视恶色，不听淫声，不为物诱，”“内以安心，外以安目，心目俱安，则身安矣。”按照现代养生理论，这就是端正行为，守身如玉，陶冶情操，蓄养浩然之气。四是寻找快乐，求得解脱。沈复说：“男人须于不快乐之中寻一快乐之方法。”“无论如何处境之中，可以不必郁之，须从郁郁之中，生出希望和快乐之精神。”这其实就是当代人提倡的自我安慰、自我解脱、自我救赎之法。

在固性方面，沈复以人的生理特点、个性特征为基础，推荐了一些行之有效的发扬身体优势、弥补后天不足的方法，有一定的参考价值。一是提倡经常沐浴，保持身体清洁卫生，达到“淤槽漆斛江河倾，本来无垢洗更轻”的效果。二是“以精、气、神为内三宝；耳、目、口为外三宝。常令内三宝不逐物而流，外三宝不诱中而扰。”“外无劳形之事，内无思想之患，以恬静为务，以自得为功，形体不蔽，精神不散。”这些警语和药王孙思邈的“养老之要，耳无妄听，口无妄言，身无妄动，心无妄念”的论述有异曲同工之妙。三是自然恬淡，勤劳多趣，培养爱好，身安体泰。沈复为我们描绘了一幅生动活泼的生活安适图。“晨入园林，种植蔬果、芟草、灌花、莳药。归来入室，闭目定神。时读快书，怡悦神气。时吟好诗，畅发幽情。临古帖，抚古琴，倦即止。知己聚谈，勿及时事，勿及权势，勿臧否人物，勿争辩是非。或约闲行，不衫不履，勿以劳苦循礼节。小饮勿醉，陶然而已。诚然如是，亦堪其志。”这不就是超脱红尘、远离喧嚣、放弃世俗、排除干扰的神仙日子吗？按当代说法，就是简单生活和快乐日子。

在修身方面，沈复也提出了一些保持体魄健康和心理健康的方法和原则。这些从实践中摸索和总结出的宝贵经验在当下仍具现实意义。他明确指出：“养身之道，一在慎嗜欲，一在慎饮食，一在慎忿怨，一在慎寒暑，一在慎思索，一在慎烦劳。有一于此，足以致病，安得不时时谨慎耶!”

在提高身体素质、强健体魄上，沈复大力倡导“太极拳”。他说：“太极乃一圆圈，太极拳即由无数圆圈连贯而成之一种拳术。无论一举手，一投足，皆不能离此圆圈，离此圆圈，便违太极拳原理。四肢百骸不动则已，动则皆不能离此圆圈。处处成圆，随虚随实。”他对太极拳阴阳合一、动静平衡的理解，通俗有趣，别有意味，他自己的实践和更多人的体认证明：太极拳确是有益身心健康的体育运动方式，有条件学习者当练习之。

再就是适应四季变化，物候衍变，做到起居有常，饮食有节，行为有度，情绪有控。

首先是制怒。沈复引用孙真人《卫生歌》云：“卫生切要知三戒，大怒大欲并大醉。”“喜怒有常嗔怒少，心诚意正思虑除。”这些论述和古语“忿如火，不遏则燎原”正好契合，证明了愤怒、冲动这只魔鬼对人身心健康的危害，当代人应谨记并力克之。

还必须指出的是，调剂饮食，把住入口关，对修身至关重要。在“养生记道”中，沈复对此多有涉及。他引用蔡西山《卫生歌》云：“食不欲粗并欲速，宁可少餐相接续。

若教一顿饱充肠，损气伤脾非尔福。”他又举汤文正公抚吴时的故事，发出“恶有士不嚼草根而能作百事者哉”的感叹。他痛斥世之食肉者流“不知甘脆肥腻乃腐肠之药也。大概受病之始，必由饮食不节。”这结论何等准确，不唯当时，就是现在也是极权威的判断。眼下高血压、糖尿病等富贵病高发，恐怕与“竭其脂膏，供其口腹”这样的营养过剩大有关系。沈复的告诫，如黄钟大吕，不知能否震醒世人？

在心理健康层面，沈复也提出了几个颇有见地的原则。

一是知足常乐，保持心态平和与乐观情绪。他说：“古人云‘比上不足，比下有余。’此最是寻乐妙法也。将啼饥者比，则得饱者自乐；将号寒者比，则得暖者自乐；将劳役者比，则悠闲者自乐；将疾病者比，则健康者自乐；将祸患者比，则平安者自乐；将死亡者比，则生存者自乐。”这犹如醍醐灌顶的清醒剂警醒世人，要眼睛向下，姿态放低，永远不和强于自己的比，这样才能心平气和，感觉良好，心情恬淡，思想放松，满足感满满。

二是享受生活，及时行乐，看破人间百态，悠闲度光阴。沈复引用了白乐天的一首诗来说明心理健康、随遇而安的道理：“蜗牛角内争何事，石火光中寄此身。随富随贫且欢喜，不开口笑是痴人。”他从自身坎坷、困顿、飘零的人生经历中悟出了“任他人情反复，世态炎凉，优游闲岁月，潇洒度时光”的修身之道。万虑皆忘，百事不扰，保持心情宁静，放弃执着，敢于放下，这些真知灼见，对今人也极具借鉴价值。

在养气方面，要做到“清静明了”，无挂无碍，无烦无恼，无忧无虑，无争无抢，保持真气、元气。所谓清静明了，就是“内觉身心空，外觉万物空，破诸妄想，一无执着。”六根清净，思想澄明。

关于养气的要诀，沈复说了两句话，可谓灵丹妙药也。“口中言少，心头事少，肚里食少，有此三少，神仙可到口”“酒宜节饮，忿宜速惩，欲宜力制，依此三宜，疾病自稀。”这“三少”“三宜”，言简意赅，内涵丰富，容纳了多少修身养气之道，概括了多少强身健体之经验，遵照实行，当收无限之效果。

养气，还必须服用一味解药，这就是“淡”，淡泊、淡定、淡然。禁淫邪，远贷利，轻功业，淡名誉，把名利看淡，把声色看淡，即诸葛亮所谓“非淡泊无以明志，非宁静无以致远”。凡事拿得起，放得下，得之淡然，失之坦然；成不足喜，败不足悲；经得起热闹，耐得住寂寞，“喜怒哀乐，劳苦恐惧之事，决不令之入。”浑元之气常存，精气神永葆。

养气，非常重要的一点是“读书养气”。沈复引用别人的话，来阐述读书与养气的关系，“人心至灵至动，不可过劳，亦不可过逸，唯读书可以养之。”他举白居易、苏东坡、陆放翁读书养气的故事，进一步说明读书对修身、强体的重要作用，指出：若读书“则人间拂意之事，可以涣然冰释。若不读书，则但见我所遭甚苦而无穷怨尤嗔忿之心，烧灼不静，其苦为何如哉！故读书为颐养第一事也。”这真是振聋发聩的真知灼见，对我辈的启示是巨大的，不愿读书的人是否有所感悟呢？

“养心莫善寡欲，至乐无如读书。”让我们以民族英雄郑成功的名言结束这篇文章吧！

2013 年 5 月 20 日，农历四月十一

擂响奋进的大鼓
——读田间诗集《给战斗者》

我对诗人田间不是很熟悉，他的作品读得也不多，但那首脍炙人口的《假使我们不去打仗》，我却铭记在心，经久不忘。这是田间“街头诗”的代表作，采取寓正于反的艺术手法，急骤地推出一个假定的镜头，揭示了假如不去打仗的两种后果，一是失去生命，被敌人杀死；二是精神奴役，“看，这是奴隶”！短短的几句诗似有千钧重力，触动了中国人的灵魂，激发了中国人的斗志，表达了时代的典型情绪，点燃了读者的心头之火。

1931 年 12 月，田间发表了长诗《给战斗者》，这是他最优秀的政治抒情诗。诗集《给战斗者》就是以这首长诗为核心编成的，收录了田间 1937—1942 年的部分诗作，共 50 首，分为八辑。这些诗中，既有街头诗，又有政治抒情诗；既有小叙事诗，又有长篇叙事诗。诗集的主题单纯而集中——为打败日本侵略者擂鼓与呼喊，为动员民众抗战宣传与助威。用他自己的话说，他要为保卫祖国的战士自觉地创作出“情绪饱满”的能反映现实苦难和斗争的好诗。《给战斗者》无疑就是这一真挚愿望结出的丰硕之果。

《给战斗者》诗集内容非常丰富，现实感十分强烈。自由、奔放，激越、嘹亮，催征鼓点一样的诗句令人热血沸腾。我们从诗歌中看到了熊熊燃烧的抗日烽火，听到了抗敌军民万众一心的呐喊，目睹了浴血奋战、勇于牺牲的战场拼杀，领略了广大民众全心全意支援抗战的奉献与付出。诗集中，既有对日本侵略者烧杀抢掠野蛮罪行的揭露：“喝了酒的/吃了肉的/残忍的野兽/用它的刀/嬉戏着/荒芜的/生命/饥饿的/血”……；又有对遭受强盗蹂躏的祖国大好河山的热爱与歌颂：“从村落的家里/从我们的灵魂里/飘散着/祖国的芬芳。”既有对爱与幸福、自由的追求与渴望：“亚细亚的/田野上/自由呵……/从血的那边/从兄弟尸骸的那边/向我们来了/像暴风雨/像海燕”；又有对奋起抗争，誓死驱除侵略者的大无畏精神的讴歌：“抓出木厂里/墙角里/泥沟里/我们的武器/挺起/我们/被火烤的/被暴风雨淋的/被鞭子抽打的胸脯/斗争吧！”既有对革命战士英勇、顽强、奋勇杀敌的礼赞：“他们呵/勇敢的/呼吸/不死的欲焰/在拂着/折臂/破眼/跛脚/我看见/伤疤的/光辉/走在/辽阔的祖国/争自由的大路上面……”又有对农民群众全心全意支援抗战的称颂：“要大家/来做鞋子/像战士脚上穿的/又大又结实/好翻山呀/好打仗呀；我们/要赶快鼓励自己的心/到地里去/要地里长出麦苗/要地里长出谷穗/当作/持久战的武器”。

读《给战斗者》里面的诗，心灵被震撼，激情被点燃，情绪被调动，思想起波澜。我们也仿佛和作者一道重新回到了那烽火漫天的抗日战场，跋涉在晋察冀边区的高山峻岭，和可爱可敬的抗日军民倾心交谈，去认识那些坚毅、无怨无悔的普通民众和英雄模范。这是诗歌的魅力所致，是田间作品的特点使然。诗集中的诗，充满着激昂高亢的情绪，渗透着坚定的斗志；耳鬓厮磨没有踪迹，卿卿我我无处寻觅。诗人为抗战而生，诗歌为抗战而写。透过字里行间，我们窥见了诗人炽热的爱国情怀，激越的抗敌情结，他痛恨侵略，仇恨杀戮，同情苦难民众，感佩人民群众同仇敌忾的战斗精神。言为心声，诗歌咏志，他嘹亮、质朴的诗句里，必然充满着火热的时代气息和强烈的爱憎感情。闻一多评价他的诗：“鼓舞你爱，鼓动你恨，鼓励你活着，用最高限度的热与力活着。”他的诗确实如隆隆战鼓，奏出时代强音，催人奋进，促人前行。难怪闻一多称其为“鼓点”诗人。

田间诗的最突出的特色是诗句短促，节奏强劲，语言质朴，铿锵有力，富于宣传、鼓动性。试举几例，他在《中国的春天在号召着全人类》中写道：人民的/肩膀/在倚着/壕沟/人民的/手/在抚着/枪口/向法西斯军阀/人民的公敌/坚决战斗。简短、明快的诗句，铿锵有力的节奏，既描绘了中国人民抗战的严正姿态，也表达了抗战到底的决心，感染力非常强。再比如，在叙事长诗《柏树》中，有这样几句诗：勇敢呵/不算穷/正义呵/不算穷/不能战斗/就不能收获/不能收获/也不能战斗。这诗句富含哲理，慷慨激昂，耐人寻味。形象地说明了革命者只有投入战斗，才能改变命运，有所收获。也是在这首诗中，作者写道：“不管多么艰苦/我们总是乐观/不管多么困难/我们都在欢笑/我们握的刀/它不叫——残暴/我们握的刀/它叫作——欢笑。”用复沓、对称的诗句描绘出抗日军民不畏艰险、不怕牺牲的乐观主义精神，和以牙还牙、以眼还眼的抗暴斗志，给人以鼓舞、力量。

《给战斗者》诗集中，也能见到一些经过锤炼、锻造而显得精粹的诗句。比如《野鸟的死》里面的：“中国的田园/爱的是射手/不是死鸟。”三句诗营造出了中国人大义凛然爱憎分明的意境。再比如《烧掉旧的盖新的》里的诗句烧掉旧的/盖新的。“深涵理趣”，意味深长。既突出了中国人民义无反顾、抗战到底的决心，又展现了破坏旧世界，建设新世界，除旧布新的信心。反复吟咏，仔细品咂，才能感受其悠长的韵味和高瞻远瞩的胸怀。又比如在《祝山》中，作者用高山象征革命者和人民政权，在赞颂“山呵/勇敢者炮火并没有/烧枯你的皮肤”后写道：“在你的胸膛上/还长着民主、诗、花朵/战士的鲜血/天天洗着你。”如果说，前面几句是完全写实的话，后面几句则是形象的写意，象征意味非常浓厚，足以引起读者深思联想，产生高山仰止、景行行止的艺术效果。但这样奇妙的诗句在《给战斗者》并不多见。

田间在抗日战争期间辗转在烽火漫天的抗日战场，并参加了实际斗争。生活环境艰苦，创作条件受限，容不得他从容端坐于书桌前，精雕细琢他的诗句。他是一个有着强烈责任意识的革命者，在“诗歌为抗战，为政治服务”理念的推动下，他的诗往往是即兴而写，感时而发——在战火纷飞中呐喊出现实的苦难和抗敌的决心，而忽略了炼字、炼意，遣词造句。因而，他的诗很多是干巴巴的、标语口号式的直陈，甚至把普通话语也化为诗句。如“公平交易/谁都不吃亏/好好投一票/慎重地选举/救国的干部/明天/世界/会举起他吧！”他的一些诗显然缺乏深思熟虑，是急就章式的，不讲究合辙押韵，不在乎修辞技巧，不注意意象的勾勒和意境营造，缺乏韵味和音乐美，基本上是平常话语的直接宣泄，有强度但缺乏感染度，思想性浓厚，但艺术性乏善可陈。这些不足，恐怕和作者一贯主张的“诗歌是为革命政治服务”的创作观有关。“他往往不是以诗人的眼光，甚至不是以个体人的眼光来观察现实生活，而是以现成的带有政治色彩的概念”，替代对社会现实的深切观察、体验，难免陷入程式化的窠臼。同时，在具体创作方法上，他也陷入了象征性与写实性的矛盾之中，偏重写实，而忽视了描写与抒情，使诗歌这种贵曲不贵直、讲究含蓄蕴藉的文体失去了本真价值。当然，我们也必须考虑到作者当时所处的险恶的战争环境，在“安不下一张平静书桌”的年代，想让诗人平心静气地吟诗作赋，不但不现实，写出来的诗也未必受欢迎，那也就没有田间的自由式的鼓点诗歌了。

2014 年 7 月 1 日，农历六月初五

品　书

感人至深的《最受读者喜爱的100篇文章》

中国戏剧出版社2005年9月推出了一套情感散文（美文）选集，共4本，分别是《最受读者喜爱的100篇文章》《最受大学生喜爱的100篇文章》《最受中学生喜爱的100篇文章》和《最受小学生喜爱的100篇文章》。其涵盖面之广，延续时段之长，令人称道。

2006年8月21日，我在赤峰市新华书店首先买到了《最受读者喜爱的100篇文章》。信手翻阅了一下，感觉这套书立意新颖，选文精致，文字优美，情感充沛，具有较强的可读性，遂下决心要搜罗齐全，成龙配套。天遂人愿，在以后的几个月时间里，我分别在北京和承德买到了另外三本书，并把“四姐妹”整整齐齐放置在“散文书柜”里，以便随时阅读、欣赏。

说老实话，由于年龄和阅历原因，“大学生”“中学生”“小学生”这三本书，我只选读了部分篇章，并未全看。唯独《最受读者喜爱的100篇文章》，精心品读了两遍。第一遍是2006年11月，第二遍是2013年6月。虽时隔六年半，但百读不厌，常看常新，越发喜爱。

古人云：“感人心者莫先乎情。”《最受读者喜爱的100篇文章》就是一本“最感动人的心灵读本，给生活以温暖与滋润；最启发人的智慧读本，给生命以启迪和感悟”。我几乎是在热泪滚滚中品读完这本书的。每欣赏一篇，我就会激动一次；每看完一篇，我都会生发出无限的感慨；涌动着澎湃的激情，并情不自禁地写出我的品读感受。尽管文字简略，篇幅简短，构思浅显，表达欠佳，但却是我真情实感的表露，是我胸中融融暖意的流淌，更是我写作体裁的一种创新，因为在几十年的读书生涯中，我从未如此尝试过。

《最受读者喜爱的100篇文章》是美的赞叹，爱的歌唱，亲情的抚摸，友情的弘扬。每一篇都令人感动，每一篇都叫人激赏，每一篇都陶冶情操，每一篇都震撼心灵。“这里有诗一样的文字，格言一样的论说；这里，有或甜蜜或伤感，或浪漫或纯情的爱的故事……”这100篇文章题材迥异，体裁多样，但它们的内涵是一致的，那就是歌颂美，鞭挞丑，赞美崇高，贬斥卑鄙；展示人性中美好的东西，揭示人格中高贵的品质，让读者发现美、欣赏美、崇拜美，并沿着各自的生活轨迹去创造美。

人间自有真情在，真情感动人心怀。这100篇文章通过记叙普通人的平凡事，从各个角度、各个侧面充分证明了这一点。读这样的文字，如轻风拂面，不仅是情感得到慰藉，思想得到升华，而且灵魂也得到净化，品格经历淘洗，自觉人格也高尚了起来。

总起来说，阅读《最受读者喜爱的100篇文章》的过程，是一次灵魂自我救赎的过程，是一次拷问道德良知的过程，更是一次精神升华、思想飞跃的过程。毫无疑问，它是一本陶冶情操、熔铸品格的好书。

下面，就是我对其中绝大部分文章的品读文字。

生命的空隙（作者：佚名）

这篇清丽、明朗的哲理散文，开宗明义地提出，“要给生命留一点空隙”，即“心灵空间”。然后以简洁、干练、富含思想深度的语句，从正、反两端论述了应如何放下挂碍、开阔心胸，开拓“心灵空间”。层层递进，步步深入，将道理讲述得头头是道，鞭辟细致，深入浅出，透辟入微，很有说服力，颇具穿透力。像美酒滋润心田，似甘露浸润肺腑，如丽日朗月烛照心灵，似清凉甘泉祛除阴翳，给人以轻风拂面般的温暖、沁人心脾般的甘甜。

文章语言鲜活、隽永、灵动、洒脱，对比手法的运用，使文笔更见功力。

爱与身体一起生长（作者：杨洋）

为了挽救爸爸生命，12 岁的女儿张婉晴冒着生命危险为他捐献骨髓，使他获得了新的生命。张婉晴是我国年龄最小的骨髓捐献者。

法国大文豪雨果说：“人生是花，而爱便是花的蜜。”一个文弱、娇小的女孩，为了让爸爸摆脱病魔的纠缠，在找遍全国，只有她的供体与父亲半匹配的情况下，义无反顾地经受种种磨难与痛苦，但始终乐观与开朗。最终使爸爸从死神手中解脱出来。这是真情结出的硕果，这是父女之爱谱写的赞歌，这是人间大义创造的奇迹……

壮哉！张婉晴！

角落里的阳光（作者：威廉·斯托）

人活着是因为有希望。“富有爱民和奉献精神的人，永远值得你和他交朋友”。和母亲以及残疾姐姐相依为命的贫困的比尔，为了实现给姐姐买“保时捷”的愿望，自信而坚定地生活着。“我们自己行！”就是他的誓言和承诺。他不要别人的怜悯，也不靠富豪的施舍。他活得有尊严，活得有品位，活得很阳光，活得很刚健。正如文中所说：“他贫穷却自信乐观，即使在最阴暗的角落走路，也能时时发现阳光的温暖和灿烂。”正是这种自信、自强、自重与执著，注定他一定会成功！

“自我信任是成功的第一个秘诀。”爱默生的话是对比尔的最好诠释。

让中国人汗颜的帖子（作者：YaIeon）

读罢这篇文章（这个帖子），我的心几乎在颤抖，简直是无地自容，汗颜不已。

一个韩国人，钟情于中国文化，向往“礼仪之邦”，不远千里来到中国求学，意在取回“真经”，以助推韩国的精神文明建设。但五年的“实践”，五年的遭际，让他的心灰意懒，思想产生了怀疑，观念发生了变化。为什么呢？因为中国人自己在糟蹋传统、悠久的文化，自己在败坏礼仪之邦的文明，自己在损毁爱国友善的形象。

帖子中举出的种种令国人羞愧的实例，概括起来就是：不辨美丑的妄自尊大；鄙薄传统的自惭形秽；思想和行动南辕北辙；灵魂和气度天壤之别。正如作者一针见血所指出的：“贵国在一些基本的礼仪和道德上甚至还远远不如那些比贵国贫穷得多的国家。”“我知道你们愤怒，可愤怒却不愿拿出行动；”“我知道你们爱国，可爱国却不愿牺牲。”“他们是男人吗？他们是中国男人吗？”哀其不幸、怒其不争的观点表达得淋漓尽致，直刺中国人的劣根性，让我们看到了那颗友善、真挚的拳拳之心。

帖子反映的是中国人司空见惯的“陋习”，是源远流长的劣根。号称四大文明古国之一的中国的国民，既妄自尊大，又自我鄙薄，对这些不文明、不体面的行为举止，竟熟视无睹，置若罔闻，我行我素，却堂而皇之地在那大吹大擂，自我标榜，甚而为了一己之利，竟不顾国格、人格，甘愿拾洋人之牙慧，饮洋人之余唾，这是文明之国、礼仪之邦应有的品格吗？而更令人寒心的是，这种现象不是个别存在，而是大有市场的，甚或代表了一种潮流，这就给全体中国人提出了一个严肃的课题：中国人向何处去？中华民族将如何挺立于世界民族之林？怎样重新塑造中国人的国格与人格？怎样传承中国几千年来的优秀文化传统和文明礼仪？这是需要中国人深长思之并给出答案的大问题。

韩国学生深怀崇敬之心、友好之情，向中国人提出的三条建议，非常中肯，非常实在，非常有见地。一个外国人还能如此关注中国的精神文明建设，关注中华民族的爱国主义传统，身为炎黄子孙的我们该作何感想呢？

“不爱自己国家的人，就不会爱一切。”

泪的重量（作者：林希）

眼睛是心灵的窗户，眼泪是心灵的浪花。眼泪深寓着喜怒哀乐，泪水表达着生命的本能。人的眼泪内容丰富而复杂，动物的眼泪则沉重而辉煌。

《泪的重量》满怀悲悯、怜惜的感情，细致入微地展示了三种动物的泪。它们和人一样，有悲伤、有痛苦，更有种为人类所不理解的无声的哀怨。

老猫的泪，“那是一种最真诚的眼泪，一种留恋生命又感知大限到来的泪水，它不求人们的怜悯，也不向主人乞求关爱，它只是留下了一滴泪，然后就悄无声息地走了，不知走到什么地方去了。”“它只是给人们留下自己的情爱，然后就含着一滴永远的泪向人们告别，而把最后的痛苦由自己远远的带走。”这是不向人们索求任何回报而流出的圣洁的泪，是含悲忍痛又不乞求人们同情、关爱的泪。

老牛的泪是淋漓尽致的泪，是大雨滂沱的泪，是珍爱生命的泪，是留恋世界的泪。这泪中，有对自己忍辱负重、负轭前行一生的回顾与肯定，有对主人残忍、无情行为的哀怨与抗争。这泪是沉重、悲哀的，更是痛苦、无奈的，泪中有水分，更有分量。

骆驼的泪则是忍受生命的泪，是艰难跋涉、痛苦磨砺的拼搏之泪。“走了一天的路，没有吃一束草，没有喝一滴水，还在路上走着、走着……然而却是含着泪水走着走着……”这是一种发自生命深处的泪，是一种生命与生命相互珍爱的泪，是一种超出了一切世俗卑下情感的泪，这更是我们这个世界最高尚的泪。动物有泪不轻弹，只因未到关键处。动物无语，眼睛有泪。这比金属还要沉重的眼泪，谁能不感动，谁能不震撼，谁又能轻易忘怀呢？

母亲给了我力量（作者：佚名）

日本学者武者小路实笃在论述母爱时说“母亲爱孩子并不是道德，它是更为本能的、更为纯洁的自然的爱。人类最美的东西之一就是母爱，这是无私的爱，道德与之相形见绌”。

母爱是最永恒的主题，母爱是最深沉、最纯粹的爱。母爱感天地，泣鬼神，见真情，显人伦，创奇迹，动人心。澳大利亚33岁的民间女艺术家希尔弗在遭遇车祸，腰部以下的躯体暂时失去知觉，右腿在被汽车的引擎盖紧紧压住动弹不得的情况下，为了保住腹中即将临产的孩子，在努力调整身体的姿态，尽最大可能用力，孩子仍不能出生后，决定利用从助产士父亲那里学到的知识和技术，“给自己做剖腹产”。在没有手术刀也没有麻醉剂和针头的困难中，仅凭一把切割比萨饼的圆盘形状的刀子和碘酒、绷带、纱布，以及缝合伤口的针线，毅然为自己做了剖腹产，使婴儿顺利降生。在她昏迷两个小时后，救援人员找到了她。让所有人目瞪口呆的是“在她浑身是血的怀抱里，有一个小生命在蠕动”，而她自己那条被压伤的腿居然也保住了，这真是奇迹！“这是母爱给了我力量”创造的奇迹，是老天被感动后给予的垂顾，是无私、慈爱的真情谱写的壮歌，是义无反顾的舐犊之情谱写的人间传奇！

“母亲的爱是永远不会枯竭的。”

天底下最美的母亲（作者：马德）

这是一篇文字朴实无华而内容感人至深的文章。

王萧励的母亲确实是天底下最令人尊敬、最坚强、最勤劳、最美的母亲。她外形丑陋，衣冠不整；但她的心灵、她的人格、她的行为却纯洁、高尚。她平凡而坚毅，顽强而坦荡，真实而执着。她在艰难的生活中苦苦挣扎，用牺牲自己的方式去支撑家庭，照顾病夫，供养孩子上学。不怕累，不言苦，从不放弃，把泪水一个人吞尽。有什么比这种忍辱负重、坦荡无私、敢于担当、敢于面对的大无畏精神更令人赞叹呢？有什么比这种坚韧不拔的品格更令人景仰呢？

普洛丁在《论美》中说：“真实就是美，与真实对立的东西就是丑。”歌德也说过类似的话：“外貌只能炫耀一时，真美方能百世不殆。”这些论述无疑是对王萧励母亲行为美的最好诠释。她外形丑陋，举止粗俗，但她心怀大爱，胸藏美好，行为刚毅，性格果敢，她是心灵美的代表，她是道德美的化身。

文章运用对比手法来强烈突出母亲的可贵、可敬、可赞、可叹。用王萧励的虚荣和自卑衬托母亲的坦荡和真诚；用她的进步和感恩，象征母亲的成功和喜悦，让读者在感恩中体味母爱的伟大和母女情深。

写到此，我想起了臧克家的诗《老马》中的句子，形容王萧励母亲再恰切不过：“总得叫大车装个够，它横竖不说一句话，背上的压力往肉里扣，它把头沉重地垂下。”

布鲁塞尔松饼的天空（作者：陈庆祐）

两小无猜，青梅竹马。男孩与女孩朦朦胧胧的“早恋”故事，让我们感受到了青涩纯情的美，迷离惝恍的美，云淡风轻的美，阳光明媚的美。

有位名人说：“初恋在现实中虽没有结果，但在回忆中却是朵永不凋谢之花。”

天天送一束野花，有时旁边还会有一小袋扎着蝴蝶结的褐色松饼。上学的路上，“男孩远远地跟着女孩的脚步，远远地看护着他喜欢的身影。”但他的心事只能“说给神明听，却不敢告诉任何人。更没有勇气在女孩面前抬起头，说一句话”。“因为初恋总是很羞怯的”。而女孩却水晶般的单纯，对男孩的喜爱竟懵懂不觉，双方仅仅握了一次手而已，“匆匆一握，又匆匆放手”。此后，女孩远嫁他乡，男孩也娶妻生女，虽天各一方，但彼此的思念却绵绵无期。最终，他们在一个冬日的雪天相逢。白雪晶莹，纯情似水；往事如烟，回顾无尽。“有些事情被岁月改变了，有些事情却怎么也无法磨灭。”

这篇美文，像是朦胧而又鲜明、冷峻而又温馨的童话，让人生发出无尽的联想。我首先想到的是“距离产生美”。男孩、女孩隔着时空的牵挂，彼此永铸心底的思念，不就是既浪漫又忧伤的迷离之美吗？男孩、女孩心地澄明无碍，行为端方坦荡，不就是纯粹、明净的心灵之美吗？诚如艺术大师罗丹所言：“对于我们的眼睛，不是缺少美，而是缺少发现。美就是性格和表现。”

一个寒门学子的心酸日记（作者：佚名）

这是几则苦涩的、读之令人心酸泪落的日记。它讲述了贫困学子因“学费”问题，身体遭受的磨难，心灵遭逢的打击。“我”为了挣一笔学费，“做过家教，干过推销，在餐馆里帮过工，”以至于奔波得又黑又瘦。

为了催缴学费，学校制定了许多严苛的条件，“不缴学费，毕业后不给毕业证书，”要减免学费必须制订“还款计划”，“即使按计划还了款，还得缴滞纳金”；不缴学费，生活补助全部扣下；不缴学费，学生证不发。经过不懈努力，减免了二分之一学费后，“我”却觉得处处低人一等，行动受到监视，连买一份“向往已久的红烧排骨”，也要被诘问：“你也吃这么贵重的菜？”弄得“我”自惭形秽，不得不发出“难道连吃一份好菜的权利都没有了吗”的感叹。

现实社会非常现实，有些人看人阅世十分势利。经济是基础，金钱是工具，生活中没有钱是万万不能的。“我”的痛苦与彷徨，屈辱与无奈就是明证。我们的社会太缺少理解与同情，太缺少支持与安慰了，太缺少温情与良知了。贫穷不是“我”的错，因为缴不起学费，弱势的寒门学子在人格上难道就低人一等吗？减免了学费，就要做苦行僧吗？

好在“我”是一个自尊、自强又渴望自立的人，“不想让别人知道我没有缴学费，不想让别人用异样的眼光看着我，我讨厌施舍，哪怕是善意的施舍。”“我要赚钱来缴学费，赚钱来养活自己”。其志坚意笃、艰苦拼争、独立掌握自己命运的心迹昭然可鉴。

法国文学大师雨果说：“人在逆境里比在顺境里更能坚强不屈，遭厄运时比交好运时更容易保全身心。”“不幸是一所最好的大学”（俄别林斯基语），衷心希望“我”身贫志不贫，勇敢面对，顽强抗击，从逆境中找到希望，从拼搏中完善自我，收获阳光，获得进步，经得起考验，扬起生活的风帆，奋力向前！

看自行车的女人（作者：梁晓声）

一个再普通不过的看自行车女人的故事令人感动。她没有惊天动地的伟业，没有轰轰烈烈的事迹，她只是用她诚实、善良的心灵，朴实、厚道的性格，宽厚、忍让的品格，认真、负责的态度，在默默地生活着、工作着。她的敦厚、仁爱，她的谦和、羞赧，显示了她诚实、素朴之美，与人为善之德。对比之下，某些自视高贵的城里人则逊色得多，他们或张扬跋扈，缺乏同情心，对农村人不屑一顾；或颐指气使，声色俱厉，破坏了城市中本应具有的和谐与平等。城里人不一定高尚，乡下人不一定卑贱。孰优孰劣，放在道德的天平上称量，一清二楚，纤毫毕现。

在物欲横流、金钱至上的情境下，社会上弥漫着一股戾气，有的人似乎失去了忠恕、信义、宽容和同情这些本应具备的品德。但这些精神、道德层面的东西，又是建设和谐、民主、文明、富裕社会不可或缺的。正如文中“北影”退休的那位老同志所发问和感慨的：“人心不可以没有了感动是不是？对人也不可以不知感激呀是不是?”

让我们记住文章中的最后一段话吧：“阳光底下，农村人、城市人，应该是平等的，弱者有时对这平等反倒显得诚惶诚恐的，不是他们不配，而是因为这起码的平等往往太少、太少……”

来喝一杯茶［作者：蓬草（法）］

《来喝一杯茶》是一篇让人读后唏嘘不已、愁肠百结的文章。

“交际是人生的一大乐趣”。莫恩夫妇为了开展“亲邻行动”，对“屋宇节——如果我请邻居来喝一杯茶”作了精心的准备，向20位邻居发出了热情邀请。但由于种种各异的主观、客观原因，邻居们出于种种考虑，竟无一人应邀前来，让莫恩夫妇度过了一个寂寞、难堪的晚上。

这就是当前的社会现实，这就是人与人关系的真实写照，这就是“唯有自我，遑论他人”处事原则的典型诠释。社会发展了，生活改善了，人与人之间的关系却冷淡了，邻里之间的感情却隔膜了。“躲进小楼成一统，管他春夏与秋冬。”见面无语，相遇淡漠，互不关照，各行其是，就是邻里间交往情况的恰切反映。我们不禁要问：这究竟怎么了?难道当代邻里之间不需要交往，不需要情感交流吗？俄国作家屠格涅夫说得好：“即便是病人，聚在一起也比独处要轻松。”有着健康体魄的当代人何以心态如此不健康呢?

钢筋水泥封固住了人们的身体；自私冷漠锁闭了人们的灵魂；火柴盒羁绊住了人们的腿脚；相互隔膜，限制了邻里之间的交往。商品经济越发达，市场交换越繁荣，人与人的沟通却越短缺，心与心的交融越漠然，这是一种不健康的状态。老子说的小国寡民，“民至老死不相往来”的情景在城市泛滥。喜耶？悲耶？健康耶？病态耶？人们自有体会。

那种温暖戛然而止（作者：春儿）

我是在泪雨滂沱中读完这篇令人肝肠寸断的文章的。期间，情不能抑，几次到卫生间去抹眼泪。我是一个感情脆弱的人，遇到悲欢离合、大喜大哀的事情很容易动感情、流热泪。这次是为臭臭——一个两岁多的可爱的小男孩而哭，为其父母失去了宝贝儿子而哭，为文章中充溢的母子、父子真情而哭。“孩子是家庭幸福的泉水”，人世间还有什么比这种撕心裂肺的“死别”更令人悲伤、叹息，还有什么对人的打击如此沉重、无情？上帝为何如此不公，竟夺去一个天真孩子的生命？大地为何如此狠毒，竟深埋下一个活泼、聪明儿童的躯体？天理何在？道义怎讲？我真的写不下去了！

第一次抱母亲（作者：张炜月）

在儿子的记忆中，“母亲总是手里拉着我，背上背着妹妹，肩上再挑一百多斤的担子翻山越岭。”孩子们长大后，可以干活了，“但每逢有重担，母亲总是叫我们放下，让她来挑。”她挑的既是生活重担，又是抚养子女的沉甸甸的责任和厚重的爱怜。

母爱——这一永恒的主题在这篇短文中翻出了新意，演绎出了深情。身体最重时才89斤的矮小女人以她坚强的毅力和柔弱的双肩撑持了家庭，养育大了儿女，把沉重的负担留给自己，把爱抚的心意传给儿女，母爱的力量该有多大啊！“孩子是家庭幸福的泉水”这话一点不假，为了子女，母亲只知奉献，不图回报；只顾付出，不想索取。儿子只是在她病时抱了她一回，她就泪水流淌，感动不已。人世间还有什么比母亲更伟大呢？还有什么比母爱更深沉、更厚重呢？

信念永存［作者：罗伯特·H·苏勒（美）］

信念，是指自己认为可以确信的看法，是支撑人精神的支柱。日本经营大师松下幸之助说：“在荆棘道路上，唯有信念和忍耐才能开辟出康庄大道。”

苏勒博士在20世纪20—30年代“严峻而持久的经济大衰退”波及整个美国，消极思想也如同瘟疫在全国各个阶层蔓延开来的情势下，负责为故乡愁苦郁闷的农民做演讲。目的是开导农民们树立信心，战胜困难，渡过衰退期。

他的演讲不是干巴巴的训教，也不是空洞教条的说辞，而是以回顾自己和父亲经历过的挫折，承受过的磨难，并在坚强信念的引导下，最终战胜一切艰难困苦，重新使农场兴旺发达的事实来说服听众：艰难的岁月总会过去，坚强的人们信念永存。

这至理名言，既是警钟，又是真理。“哀莫大于心死。”心灰意懒，信念失却，和行尸走肉有何区别？一个人最大的敌人是自己，如果自己不打倒自己，那就什么也打倒不了你。关键是要树立信念，医好心病。“只要能医好你的心，就能医好你的身体。生活的确靠信心。要是心里相信不能做一件事，这件事便永无完成之日；要是一开始就坚信可以完成，事情等于做好了一半。因为心里有了信心，身体就会跟着去完成。”

让我们记住文章那催人振奋、令人感佩的话语吧：“请不要退缩，不要放弃，站稳脚跟，坚定执着……”“记住衣阿华州那家银行的标语：伟大的人正是那些平凡的人，这些人拥有非同寻常的恒心和信心。”

爱的方式（作者：云娘）

爱是什么？古往今来，众说纷纭，莫衷一是，难以定论。在我看来，爱就是两心相通，两情相悦，两意相谐。爱是生活中的佐料，是相处中的感应，是沟通中的默契。大文豪高尔基说：“谁要是不会有爱，谁就不能理解生活。”信哉其言。

《爱的方式》很简短，很温馨，很艺术，很感人。它讲述的是男孩、女孩、父亲、母亲理解爱、选择爱、维护爱的故事。

爱，需要理由，但爱不是施舍；爱，需要真情，但爱不是名利、地位，不是门当户对。诚如男孩所说：“真正深邃绵长、共度风雨的爱情，是超越了美貌、金钱和权势的。”

尼采说得好，“我们必须学习去爱。”父亲母亲信任儿子的爱，他们选择了恰当的爱的方式。尊重的方式，使爱意汩汩流淌，使爱心温暖胸膛。

大爱无言，大爱弥天！“男孩、女孩、父亲、母亲，爱得无我、爱得智慧，便有了丰盛如斯的收获。咀嚼着这段真实的情爱，世俗的心因感动而柔软。”

把笑脸带回家（作者：昝金锦）

这是一个“苦恼人的笑”的故事。

俗话说：快乐也是一天，苦恼也是一天，我们为什么不选择快乐呢？

下岗的父亲不怨天尤人，不自暴自弃，总是把笑脸带回家，把痛苦留给自己，把快乐带给家人。苦难磨炼性格，性格产生希望，希望让他永不失望。他硬是用一辆旧三轮车挣够了女儿上大学的钱。

为了一家人的快乐，身处困境，内无粮草，外无救兵的爸爸却始终微笑着。这是自信的笑，是面对苦难、奋力拼争的笑，是热爱生活、热爱亲人的笑。《世界上最伟大的推销员》有一句经典的话：我要笑遍世界！笑，可以疗治痛苦，笑，可以疗救创伤，笑，可以创造奇迹，笑，可以驾驭感情，笑可以缔结一切美好的东西，父亲的笑脸不就是最好的证明吗？

孩子，请听我说（作者：黄伯平）

父母的养育之恩，培养之情，是人世间最深厚、珍贵的感情。今天的人子，明天的人父都将慢慢体会到这一无与伦比的情感。消除“代沟”靠真情，泯灭隔阂靠感恩。年轻人啊，想想你那含辛茹苦的父母吧，想想自己对父母又做了些什么吧！在他们脚站不稳、腿走不动的时候，你是否紧紧握着父母的手，陪着他们慢慢向前走？你是否做到了对父母不催促，不发脾气，耐心陪伴，深情关怀？

“百善孝为先。”一个人如果连养育自己的父母都淡忘了，冷漠了，他还能叫作“人”吗？

这篇写在敬老院砖墙上的留言《孩子，请听我说》，确实让我们尘封多年的记忆被轻轻唤醒；那早已麻木了的神经被我们经历过的往事蓦然触动。我们的父亲、母亲，包括我们自己，都是这世界上极平凡的人，不会有什么轰轰烈烈的壮举，更不会有什么感天动地的惊人业绩，但正是这平凡、普通，才值得我们牢牢记住，永世不忘！

雪山作证：千万里爱的追寻（作者：李霄凌）

爱，是神圣的，庄严的，像晶莹的雪山纯洁无瑕；似汹涌的雅鲁藏布江水源远流长。

汉族小伙子东方和藏族小姑娘普布卓玛的爱情故事，读起来像是神话，却是真实的存在。卓玛真诚、无私的救助；东方历经八年、万里寻踪的执着，演绎了青藏高原的爱情传奇。心心相印，心灵相通，纯粹的爱情晶莹剔透，幸福的结合美满和谐。他们的真情感天动地，他们的品格令人肃然起敬。有情人终成眷属，祝他们幸福一生。

追忆似水年华（作者：Kevin Cope）

俗话说，岁月似流水，真情亘古香。一个风烛残年的耄耋老人，在爱妻逝去、痛彻心扉的时候，回首往事，品味人生，重享爱恋，感悟幸福，追忆似水年华，重温 62 年的温馨时光。那一幕幕情感邂逅的场景亦真亦幻，令人神伤，叫人难忘。

法国文学家雨果说：“人生是花，而爱便是花的蜜。”62 年的风风雨雨，62 年的相携相伴，使爱情之花永不凋谢，而刻骨铭心的初恋，更是永难忘怀。相识、相处、相恋、相知，心心相印，暖人心脾；儿孙绕膝，幸福甜蜜，生活的美满令人欣喜。而今，耳鬓厮磨了 62 年的恩爱妻子却离他而去，那打击该是何等沉重，那哀痛该是怎样凄惶呀！“爱人即逝，孤侣何伤！”“生死茫茫，尘世间没有你，这满腔的衷肠凭谁追诉？这只影的寂寥复有何欢？”这既是痛失爱妻的凄惶感叹，又是对往昔琴瑟和鸣夫妻生活的追忆，更是对未来不确定生活的无限怅惘，其情可叹，其心可悯。谁来为他排解忧烦与郁懑呢？

最后一盘磁带（作者：南·平克斯顿）

一个刚刚30岁出头，却身患癌症，即将离开人世的母亲，仍在关爱着她的孩子们。她把包括日常生活琐事在内的要提醒的话语录在磁带里，让孩子们随时聆听，感受母爱的深沉。其良苦用心，昭然可见。她是想把对孩子们一生的爱都压缩到磁带里，伴着她们成长。

她忍受着残酷的病痛折磨，把对家庭的眷恋，人世的留恋，都化作殷殷的嘱托："不要难过，所有的悲伤都会过去的。"这是何等深沉的爱意，怎样坦荡的胸襟啊！我敢说，天底下只有母亲才能具有这样的无私和爱心。

认真极处是执着（作者：林子明）

这是一篇令人感慨，令人深思的文章。

坚毅、执着、坚韧、忠贞，是中华民族的"春秋人格"。"刚、毅、木、讷近乎仁"，重诺守信，杀身成仁，认真，忠诚，一丝不苟，这些是古人的基本素养。然而，随着时光的流逝，时代的变迁，这一悠久传统在一定程度上已被国人丢弃了。而日本人却将其发扬光大，使其历久弥坚。

德国人、日本人为什么坚毅、执着、坚忍、忠贞？这是久远形成的民族性使然。一个民族能够在任何情况下，坚持其操守，弘扬其信仰，这样的民族真是可怕可敬。

中华民族是历史悠久的民族，是人格高尚的民族，但是在某些方面却落伍了，退步了。对照德国和日本民族的所作所为，我们是不是应该反思点什么，向日本和德国人学习点什么呢?

十六号同学（作者：佚名）

这篇文章很别致，采用的是扬—抑—扬的写作方法，让读者先是惊奇，后是惊讶，最后是惊叹！一波三折，曲径通幽，有较强的说服力和感染力。

作者的立意是告诉读者：没有问题孩子，只有不当的教育方法。孩子们都可以成为像第一个十六号那样品学兼优的学生。关键是如何启发、引导、帮助、教育。最根本的是方法妥当、正确与否。如果所有人都像这位佚名老师那样，"遇到表现失常的孩子，总是抱着期待，始终坚定地相信，只要哪天揭开蒙在他外表的那层伪装，得到孩子诚心的信任，一切都会有转机。"这就是教育的真谛，老师的天职。

泉水的歌唱（作者：侯德云）

兰花花要到远方，到不缺水的地方上大学。她是村子里走出去的第一个大学生，心情激动的村里人要为她举行一个隆重的欢送仪式。"村主任召集一些人开会，商量了大半天，最后决定让兰花花洗一次澡，用一滴泉的水，让她痛痛快快洗一次澡。"全村人都参加了这个独特、新鲜、神圣、庄重的欢送仪式。兰花花得到的是令人羡慕的"最高奖赏"。

为什么？因为"一滴泉村是一个极度缺水的地方，这里的人一辈子能洗上两次澡，生下来的时候洗一次，死的时候再洗一次。这里的人饮用的是雨水。”“虽然，村西头的山脚下有一处长年不断的泉眼。但是泉水滴得很慢很慢，一滴、一滴、一滴……”，“一滴泉的名字就是这样被念叨出来的”这泉水比珍珠还金贵，比生命还重要。谁要是能用上这泉水，那是终生难忘的幸运。兰花花能用泉水畅快淋漓地洗澡，既是她命运改变的象征，又是全村人希望之水的喷溅。

一滴泉的故事既原始又现代，既悲怆又欢快，既令人感叹唏嘘，又让人心旌摇荡。这清凉的泉水冲刷了人们身上的污垢，喷涌出豪迈的激情；清除了听天由命的封闭、保守观念，激发出了靠自己力量塑造生命之泉的歌唱。一滴泉是神圣的，它记录了生生不息的历史，更开启了拼搏、奋进的闸门。一滴泉啊，你是精神寄托之泉，你是放飞理想之泉，你更是渗透着美好希望的鼓舞之泉！

这辈子最爱的人（作者：常草）

列夫·托尔斯泰说：“被爱和爱别人是同样的幸福，而且一旦得到它，就够受用一辈子。”

这是一个令人感佩的故事。弟弟为报答姐姐的“恩情”，毅然放弃上重点高中的机会，打工赚钱供姐姐上大学。处处为姐姐着想，事事为姐姐分忧。宁肯自己受苦、受累、受伤，也要兑现“我这一辈子一定要对我姐好”的诺言。

血浓于水，情大于天。我们欣喜地看到中华民族优良伦理道德在新一代身上的发扬光大。弟弟的感恩故事让人经久难忘，弟弟的高尚情操叫人赞叹不已。

爱心创造的奇迹（作者：伊丽莎白·恩斯）

这真是一个奇迹！“爱又一次获得了胜利。”第二次世界大战期间马丁和妻子、儿子失去了联系。战后，在第二任妻子格蕾塔的强烈要求下，马丁去孤儿院领养孤儿时，竟意外地和儿子雅各布以及从未见过面的女儿索妮娅重逢，上演了一场真实版的人间悲喜剧。

正像父亲马丁所指出的：“如果没有你（格蕾塔）那颗洋溢着仁爱的心，我可能错过这次奇迹了！”仁者爱人，仁心感天动地；慈悲孕育真情，善行必有回报。上帝不在天上，爱神就在身边。谁怀有一颗爱心，谁付出了慈爱，谁就能创造奇迹、获得幸福。

站立的尊严（作者：天援）

诚信是处世之魂，尊严是立世之本。孔夫子说：“人而无信，不知其可也。”俄国的别林斯基说：“自尊心是一个人灵魂中的伟大杠杆。”李长柱一家就是这些操守的坚定实践者。重然诺，守信用，要尊严，轻金钱。我可以穷困，但不可以低贱；我可以寒酸，但不能失信。李长柱一家用他们的言行诠释了什么是诚实守信和自尊自强。

这是一篇令人感佩的文字，这是令人尊敬的一家人，昂首站立，不卑不亢，中华民族的传统美德在这一家人身上发扬光大，他们的行为可歌可泣。

原来你爱我的方式不同（作者：佚名）

这是对“什么是爱情”的切切实实、明明白白的阐述，是给予追求“完美”爱情的那些人的清醒剂。爱情不可能完美，渴望完美那是“崇拜”，真是一语道破天机。“世界上有许多出色的男人和美丽的女人，然而真正属于你的感情只有一份。千万不要因为别人的眼光而改变自己的挚爱，千万不要活在别人的眼光里而失去了自己。”要用心守候着属于自己的并不惊天动地的爱情。谁要是相信，世界上有十全十美的爱情，这个人不是诗人就是白痴。

什么是爱情？文中引用哲学家的话说：爱情就是当你知道他不是你崇拜的人，而且明白他还存在着种种缺点时，却依然选择了他，不曾因为他的缺点和弱点而抛弃他的全部。

是的，没有一个爱人是完美的，也没有一份感情是毫无瑕疵的，这才是真真切切的爱人和爱情，也是生活在当下而不是想象中的爱人和爱情。

人生就是选择，爱情的选择就是重要的组成部分。你是选择一份执着而持久的感情，还是选择一份金玉其外但又转瞬即逝的感情？其实，“必得去珍惜身旁的和已经拥有的”，才是“最大的幸福，最真的爱情。”

雪花承受不了阳光（作者：林军）

这是一个凄美、冷艳的故事，这是一则玲珑纯净的爱情童话。凌君仁、刘晓辰，一对热恋中的军人，两个憧憬美好未来的恋人，却因为晓辰在一次战地演习事故中牺牲，天人永隔，阴阳分离。

男孩为了兑现带女孩“去北国看雪”的承诺，只身带着晓辰的骨灰盒去了祖国的最北疆。两颗晶莹剔透的心相聚在雪原，两个生死相依的恋人“幸福在高原”。信守承诺，忠贞爱情，一生相守，至死不渝。男孩的人格何等高尚，节操何等坚毅，信念何等专一，行为何等执着，这就是爱的力量，这就是感天动地的雪山情！

生如夏花般绚烂，死如秋叶般静美。泰戈尔的诗句是对凌君仁、刘晓辰至死不渝爱情的最好诠释。

超人（作者：冰心）

何彬是个冷心肠的青年，自从母亲过世后，他的思想、性情逐渐发生了变化。他认为“世界是虚空的，人生是无意识的，爱和怜悯都是恶德”。他陷入了尼采虚无主义的旋涡。他不与人交往，不和人家在一间食堂吃饭，凡带一点生气的东西，他都不爱，他几乎成了与世隔绝的“超人”。

但，超人是不存在的，无意识是不可能的。再冷酷的心也有被感动的时候，再孤僻的人心里也藏着爱。何彬不也经常想起“慈爱的母亲，满天的繁星，院子里的花”吗？不也慷慨地掏出钞票来给禄儿治伤吗？只不过现实中的人由于主观、客观的原因，都戴着假面具表演，说着假话蒙人，以掩盖真相，欺瞒世人，也欺骗自己。其实，每个人的灵魂深处都有真情，都有爱意存留，就拿冷漠的何彬来说吧，在禄儿的感动下，“十几年来隐藏起来的爱的神情，又呈露在他的脸上；十几年不见点滴的泪儿，也珍珠般散落了下来。”这也许就是爱的力量吧！

卸下思想包袱，焕发蓬勃朝气，抒发真情吧——这个世界大有希望！

母亲的愿望（作者：冉崇伟）

孟夫子曰：“老吾老以及之人老，幼吾幼以及人之幼。”阐明了推己及人、关怀孤幼的道德伦理。

读罢《母亲的愿望》，我心里沉沉的、闷闷的，五味杂陈，百感交集。这是一个悲摧、哀伤的故事，是一篇只顾儿女的所谓“面子”，而扼杀母亲感情寄托、幸福追求的忏悔录，读来令人唏嘘感慨，悲从中来。

母亲中年丧夫终生未改嫁，硬是含辛茹苦，以柔弱的双肩挑起家庭重担，把儿女们抚养成人，成家立业。接着又将儿女们的儿女带大。从此，她无事可干，成了多余的人。孤独、寂寞，不被理解，追求晚年幸福的阳光被遮蔽，情感希冀被放逐，她活在世上还有何意义？

母亲的死是郁闷、孤寂、失落、无助所致；也是儿女们反对、阻止、排斥、延宕所造成的。儿女们只顾自己的面子，忽略母亲的精神需求，剥夺母亲的幸福努力，这是何等的残酷与无情呀！身为人子、人女是不是应该深刻反思一下呢？

荒原的母亲（作者：卢一萍）

这是一曲呼唤生命的赞歌，这是一个创造生命的故事。屯垦戍边的军垦战士们脚踏茫茫戈壁，面迎滚滚黄沙，开辟出绿洲，孕育着希望，更渴望新生命的诞生，因为“希望与生命常相伴”。

50 个血性汉子，在“头顶是烈日，脚下是大漠”的茫茫荒原，仅仅用了四个半小时就跑了 140 华里的路，是为了看到一个新生婴儿的诞生。当听到孩子没保住、大人平安的消息后，全团 400 多人伤心大哭。他们“再无顾忌，男人的哭声响成了一片”。男儿有泪不轻弹，只因未到动情处。这哭声包蕴着他们的心声，寄托着他们的希望。他们为新生命夭折而哭，为美好的愿望破灭而泣。因为“在这里，传宗接代不仅仅是一种繁衍，在这些荒原拓荒者眼里，它还蕴含着希望、生存的动力和崭新的开始，以及战胜苦难的勇气。”这就是拓荒者的生命观和价值观。“希望是苦难的药方，”“希望是引导人成功的信仰。如果没有希望，便一事无成。”莎士比亚和海伦·凯勒的名言就是对拓荒人行为的最好诠释。

后来，当荒原上传来第一声孩子的啼哭时，作者写道：“那是最美丽、最神圣的夜晚，因为生命的诞生，那片荒原显得不再死寂，而是充满了生机。当新的一天到来，当太阳从东方升起，我们觉得这荒原的历史真正地开始了。”

幸福是用胡萝卜雕刻出的花朵（作者：马芳花口述·安喜悦记录）

“给予对方最快乐的笑容”，是这篇文章揭示的夫妻相处并长久保持欢乐和幸福的真谛。

“幸福是用胡萝卜雕刻出来的花朵”，这既通俗又质朴的比喻道出了夫妻相濡以沫、心心相印的奥秘。同劳作，共经营；同甘苦，共患难，以健康、快乐的心态共同面对平静的生活；以心贴心的话语抚慰彼此通透的心灵，以琐屑、平凡的共同劳作谱写生活中的无尽乐趣——这大概就是作者告诉我们的幸福保鲜之道吧！

放爱一条生路（作者：未浓）

爱情是两情相悦，两心相依，是熔铸于生命中的不离不弃。婚姻以爱情为基础，没有爱情的婚姻是不会幸福的，没有真情融入的婚姻也是不牢靠的。

而初恋却是刻骨铭心、终生难忘的。歌德说："初恋是唯一的恋爱"，这话非常有道理。它证明了"一见钟情是唯一真正的爱情"。初恋的情人由于阴差阳错，劳燕分飞，各奔西东，导致各自结婚、成家。但他们的内心深处却镌刻下了铭记不忘的烙印，保存了死灰复燃的火种。既然上帝又给初恋者提供了机会，当局者真应该豁达大度地"放他们一条生路，放爱一条生路"。这是有良知，更是有道德的表现，更是一个人格局、气度的显现。何必为死亡的婚姻耿耿于怀，何必让三者都经受精神折磨闹得鸡飞狗跳呢？

给父母洗脚（作者：南香红、董静）

让大学生给父母洗一次脚，看似一件形式化的小事，实则不然，这是沟通两代人感情的一项很好的措施，也是体味父母养育之恩的亲情行动。

正像提倡这一作法的顾老师所说："目前的应试教育有一个很大空档，缺乏对学生品格、成人意识、责任感、自我设计意识的培养与塑造。"学生父母在中国大学教育中的缺席，形成了"代沟"现象。尽管其形成的原因很复杂，但缺乏沟通、交流应该是很重要的一个原因。

我以为，除了上述意识的培养与塑造外，还应唤醒大学生的感恩意识。当他们面对面地看到父母皱纹堆垒的脸庞，摸到父母脚上的老茧，触动脚趾的伤痕时，他们还能心安理得、无动于衷吗？他们自然而然地会想到父母含辛茹苦哺育儿女的艰辛与付出，对父母就会生发出愧疚、尊敬之情，促使其树立成人意识和责任感，从而激发学习的动力和热爱父母的感情。

两棵树的守望（作者：慧子）

这则富含哲理的寓言，缠绵悱恻，令人感动，促人深思。

高大伟岸的白杨与顽强弱小的桂花树彼此倾心，相互爱慕，相互依赖，相互维护，共同应对磨难。强不凌弱，弱不媚强，强弱相携，共同挑起一片属于它们的天空。"为了能彼此拥有，他们付出了多少努力。"此情纯真无瑕，此景妩媚动人。我们多么希望他们能相依为命、日久天长啊！

但是，美好被强暴欺凌了，真情被残忍摧毁了。既然扶持挂花的白杨惨死了，满树芳香的桂花还能苟活于世吗？

风雪千里送心脏（作者：兰心）

为了运送抢救一个濒危死亡孩子的心脏，那么多地方、那么多人在暴风雪肆虐的时候，临危不惧，争分夺秒，全力支援，接力护持，终于使这颗心脏"移植进波吉的胸腔并有力地跳动起来，波吉从死神的手里逃脱了。"这是人类之爱创造的奇迹，这是善良的人性谱写的辉煌篇章，有什么比挽救生命的仁行义举更令人感动呢？

有一首歌唱得好："只要人人都献出一点爱，世界将变成美好的人间。"用爱铸就的美好是温馨的，用爱谱写的赞歌是欢畅的，让我们人人都献出自己的爱！

母亲的泪（作者：赵鑫珊）

日本的铃木键二说："为什么母亲的温暖会感人泪下呢？那是因为母亲对儿女的操劳是无代价的。"儿女是母亲身上掉下来的肉，"儿行千里母担忧"。赵鑫珊的母亲就是个"忧心太重，比常人重得多"的母亲。"她的忧心常伴有焦虑，不易化解。母亲太牵挂子女，她活在这个世界上，不为自己，只为儿女。"为了儿女，她们可以忍受一切痛苦，牺牲一切个人利益。

忧心太重，这也许是天下母亲共同的特点。儿女就是天，儿女就是地。儿女们的成长、进步、成功，她们高兴；儿女们的失败、挫折、愁苦，她们揪心。因为"母亲爱孩子不是道德，它是更为本能的，更为纯洁的自武者然的爱。人类最美的东西之一就是母爱，这是无私的爱，道德与之相形见绌"（日本学者小路实笃语）。

有比较才能鉴别。身为人子、人女，你们对母亲的态度又如何？你们对母亲的思念能和母亲对你们的挂牵画等号吗？你们可曾体会到了母亲那深厚的舐犊之情？你们又应该为母亲做点什么？该怎样报答母亲苦心孤诣的养育之恩？

"仰面望慈亲，母咳儿惊心。"儿女们啊，反思、反省一下自己的"孝敬"之心吧，我们是不是亏欠了什么？

玻璃匠和他的儿子（作者：梁晓声）

母爱似水，父爱如山。母爱似涓涓细流滋润心田；父爱如急风骤雨撼动心弦。

世界上不但有母爱，也有父爱。母爱是温柔细腻的；父爱是粗犷豪放的。母亲的外表是慈祥、柔弱的；父亲的外表是严厉、不苟言笑的。但是他们的内心同样是柔软、善良、慈爱和悲悯的。玻璃匠对他儿子的爱就是如此。父亲对子女养育的责任是自觉承担的，只不过不善于表达罢了。他们的付出丝毫不比母亲少，只不过两者表达感情的方式不同罢了。

老大难（作者：杨显惠）

这是一个苦涩得让人掉泪的故事。是天灾，更是人祸，导致王斌一家父死、妹亡、娘嫁人……造成母子反目、亲人隔阂，形同路人。

那是一个摧残人性、毁灭人伦的年代，王斌一家的悲惨遭际是那个年代中华民族苦难的一个缩影，是历史留给人们永远铭记的深刻教训。这样的悲剧再也不能重演了。

这又是一个爱意萌发、亲情回归的故事。王斌从恨母亲、不见母亲到想母亲、看望母亲，是思想认识的转变过程，也是"恋母"情结的回归过程。正如他所说："娘千错万错，一件事没错，她养下了我，她就是我娘。"我们为王斌母子破镜重圆高兴，我们更为人性的复苏、人伦的恢复叫好。任何借口在"母子连心"面前都是站不住脚的。

母爱无处不在（作者：何风）

短短的文章，却说明了深刻的道理：什么是真正的母爱。

真正的母爱不是溺爱，不是百般呵护、疼爱有加，让孩子过衣来伸手、饭来张口的日子，而是“为他们计划长远”，从小培养孩子的自立、自强、自爱能力和优良品质，培养他们独立生活、自我完善的人格。爱，不是单纯的怜爱、照顾，而是指导孩子“长大”。

无处不在的母爱啊，让人欢喜让人愁。

灯祭（作者：迟子建）

这是一篇写法别致、情深意厚的散文。文章的主旨是追思父亲、缅怀亲情，但却没有直接叙写他的美德及趣事，而是以父亲给“我”过年做灯和父亲去世，“我”给父亲墓地送灯这一循环、往复的情节为线索，衬托出了父亲的慈爱、敦厚，以及一家人和睦、欢乐的生活。作者总：“我迎来了千盏万盏灯，却再也迎不来幼时父亲送给我的那盏灯。”表达了对父亲刻骨铭心的思念。

“这是我送给父亲的第一盏灯。那灯守着他，虽灭犹燃。”照亮了时光隧道，开启了忆念闸门。用灯祭奠父亲，因灯忆及父亲的往事，情真意切，缠绵凄清，令人感动，叫人叹息！

崇高的母性（作者：黎烈文）

“在四十一二度的高热下，妻什么都糊涂了，但却知道她已有一个孩子；她什么人都忘记了，但却没有忘记她的初生的爱儿。”这就是一个病人膏肓的母亲深沉、博大的母爱。为了孕育这个生命，“她宁愿冒着生命的危险，也不愿妨害那没有出世的小东西的发育”；为了顺利产下婴儿，“虽是临到了那样性命交关的时候，她却镇定而又勇敢，说话依旧那么从容，脸上依旧浮着那么可爱的微笑。”这就是一个待产母亲对新生命的热切期盼和深情关爱，这就是母爱情结的鲜明表露。当我们读到“妻在我的臂上断了呼吸”，“我忽然发现她的眼角上每一面挂着一颗很大的晶莹的泪珠”时，谁又能忍住那痛惜的眼泪？谁又能不赞叹这为孕育生命、迎接新生命的到来而献出一切的伟大母亲呢？

打往天堂的电话（作者：邵云）

感动天地的故事，催人泪下的真情。为了“跟妈妈说说话”，满足孩子思念已逝去多年母亲的愿望，小女孩和文叔这一老一小演绎了“真实的谎言”的情景剧。借助一根电话线和一个根本不存在的电话号码，实现了把人间与天堂、心灵与心灵连接起来的渴望。感人至深，催人泪下。

此情绵绵无绝期，此景亮丽常驻心间。

这个女人不寻常（作者：胡立彪）

一个衣冠不整、相貌不雅、口无遮拦、无拘无束的收废品老人，以她对生活的无比热爱，对别人的无比宽厚，对“工作”的无比认真；以她的机智、聪慧、诙谐、幽默、善良、练达、勤劳、俭朴、善解人意的品格，为人们所敬重、所佩服。在“帅哥”我的眼里，她“口无遮拦的打趣，既显出她幽默开朗的性格，也表现出她的机智聪慧；毫无功利的口头讨巧，让人觉得她既善良又练达；对自已收废品的工作兢兢业业，这与其说是一种勤劳俭朴，不如说是一种积极而明朗的生活态度。”她的生活宣言是：“你不觉得活着就是一件很不错的事吗？能让每一个活着的人高兴不是更好吗？”朴实的话语，道出了她生活的满足感，说出了她豁达、大度、宽容的人生理念。普希金说：“没有宽宏的心肠，便算不上真正的英雄。”戎九菊是身怀悲天悯人之心，而又脚踏坚实黄土地的草根英雄。一个普普通通的老太太，以自己高尚的人格、敞亮的心灵、朴实的行为、幽默的语言，演绎了一个“大写的人”的传奇，诠释了什么是真正的人生，回答了人应该怎样活着，如何与人相处，做堂堂正正之人的问题。

因为爱，所以温暖（作者：浪漫灰）

我时常想起刘卫京《活在别人身上的自己》中的一段话：“从别人身上看到了自己，就会对别人怀有深切的同情和关怀。当我们说过的话影响了别人，当我们的行动激励了别人，当我们的人生轨迹让别人感动和景仰，当我们的劳作给别人带来了一片清凉，我们的精神或思想就会寄托在别人身上更长久地存活下去。”《因为爱，所以温暖》就是这样传递相互之爱的好文章。

人与人的身份、地位有差异，生活状况、质量有区别，这并不奇怪。奇怪的是人与人之间的冷漠、隔阂、误解、缺乏理解，丧失善良、同情之心。或者，居高临下，颐指气使，把自己抬高至强势地位。

于小童一家地位是卑微的，生活是困顿的，但她们的心灵是通透的，感情是淳朴的，行为是真挚的，为人是坦诚的，这就值得尊重，值得帮助。

人之真爱，在于相知；人之相处，在于沟通；人之相融，在于多为他人着想。从“我”对于小童的怀疑、怨尤，到实地了解，亲身感受，最后达到明晰认识，这个过程就是爱心升华的过程，是感情融洽的过程。面对于小童一家的纯真、朴实、善良、坚强，谁能不被感动？谁又能无动于衷，不积极施以援手呢？

天使最近不在家（作者：叶倾城）

俗话说：“人之将死，其言也善。”许老却反其道而行之，这令人大惑不解。

随着故事的逐步展开，我们明白了。因为他从未见过其亲生父母，当然也品尝不到父母之爱的温润、甜蜜。虽然进出他生命中的女人不计其数，但那只不过是逢场作戏，哪里有什么夫妻之间的真情？尽管他的子女众多，哪一个又能和他血浓于水，品味天伦之乐？爱意的流失，爱神的缺位，渴望爱却得不到爱，正是许老冷酷无情的真正原因。

这是一篇读来令人肝肠寸断而又浮想联翩的文章。它的内容既简单又复杂，其外延既逼仄又广阔，怎么揣摸都好像概括不准确其内涵。但我知道，这是一个呼唤爱、渴望爱的天使不要缺席的故事。

行将就木，身体像蜘蛛，眼睛也有毒蜘蛛的冷的许老，即将结束他诡诈而强悍的一生。他回顾自己缺乏爱的一生，痛彻心扉，太希望“儿女”们将深切，真挚的“临终关怀”之爱带给他。然而，他彻底失望了。他的众多儿子、儿媳、女儿、女婿们，没有一个肯贴身侍候，而只是应付差事地为他请护工。而他也明明知道，儿女们不是爱他，而是爱他的钱。所以，他把对儿女们的不满、不解发泄到护工身上，用恶毒的语言、无理的呵斥、无情的讽刺来对待每一位护工。他就是用这最后的疯狂来表达他的失望、愤懑，以及对缺乏亲情之爱的儿女们的谴责，宣泄他对爱的深切企盼。

缺乏爱的家庭是可悲的；缺乏爱的社会是可怕的。

生命中的满分与零分（作者：伍卫权）

法国作家伏尔泰说："自尊心是一种美德，是促使一个人不断向上发展的一种原动力。"自尊和受人尊重，是人的层次性需求的一个重要方面。

形象地说，人生的经历就是满分和零分交替出现的过程。满分代表成功，零分意味着失败。谁都渴望满分，谁都厌恶零分，这是人的本性决定的。如何正确处理满分与零分的关系，对个人来说，是化蛹成蝶、从失败走向成功的过程；对他人来说，是多亮满分，少亮零分，相信人，尊重人，追加动力，促人成功的过程。因为"无论老幼，对于被尊重被认可，都是同样渴望的。"

"人是一种需要自尊的动物，在处世的时候，面对人和事，我们手上掌握的满分和零分两个亮分牌"应该毫不吝啬地打出满分，而将零分束之高阁。因为能不能妥善处理满分与零分的关系，则可能影响一个人的一生。

满分和零分，分别代表着尊重与轻视。人人都有自尊心，人人都需要尊重，都渴望得到尊重。"良言一句三冬暖，恶语半句六月寒。"学会尊重别人吧！

父与子［作者：贡·贡纳尔逊（冰岛）］

斯乔弗父子拒绝施舍，不欠人情，自立自强，独善其身的处世原则令人动容，他们"安危不贰其志，险易不革其心"的人格操守让人感佩。"要付清一切债务，不欠任何人的人情，上帝保佑"的誓言道出了父子做人的操守；自尊、自重、守身、守信；挺胸立世，昂扬前行，是他们的行事准则。他们不愧是顶天立地的硬汉子，面对苦难的铮铮铁人。人生在世，有这等胸襟，有这等气度，什么痛苦承受不了，什么挫折应对不了？

"左右人类一切的，通常都是人的意志"，叔本华的话就是对斯乔弗父子的准确诠释。

父亲的书（作者：玉儿）

一个不识几个字的父亲却坚持阅读《三国演义》，"白天在地里干了一天的活儿，不管是多么疲劳，晚上看书这个习惯他从来都没有间断过。"父亲不但看书，而且还给乡亲们说书，一晚上连续说几个小时。"醉翁之意不在酒，"父亲的用意在于以自己的实际行动鼓励儿女们好学上进。事实也充分证明了这一点。父亲在昏黄的油灯下，坚持读书、说书的示范效应，带动了孩子们的发奋求学，四个儿女都成了大学生。父亲的良苦用心，可圈可点。其深谋远虑的原因，是他及父辈不识字的悲惨遭际激发了他一定让后辈有文化，摆脱愚昧，成为有用人的理想。他的苦心孤诣、以身作则令人油然而生敬意。

单身情歌（作者：青苹果）

这是一篇单身女性的爱情宣言。这宣言既浪漫，充满书卷气；又实在，扎根于现实生活的土壤中。她公开了自己的爱情观、婚姻观，让我们立体般地窥见了她坦诚、豁达而又谨慎、稳当的思想见识。

关于爱情，作者说："爱不是占有，你喜欢月亮不可以把月亮摘下来放到脸盆里。"这正如伊萨科夫斯基所说："爱情，这不是一颗心去敲打另一颗心，而是两颗心共同撞击的火花。爱情是两心相依，两情相悦，不能虚与，不能委蛇。"生活中充满了苦难与无奈，也充满了希望与机遇，我们所能做的就是尽力而为减少遗憾，其余的只能顺应天意。

爱情靠缘分。“含情欲说独无处，传与琵琶心自知。”忍受疼痛，拒绝放逐，认清所需，静候佳音，这才是对待爱情的正确态度。

关于婚姻，作者认为：“婚姻是脚上的鞋子，而我选鞋子，总是先选择是否合脚，然后才考虑美观。”她的婚姻观是实实在在接地气的。穿鞋首先要考虑是否合脚；婚姻首先要考虑是否合适——两个人是否同时有感觉。一厢情愿恐怕很难缔造出美满的婚姻。列夫·托尔斯泰说得好：“只有建立在理性上的婚姻才是幸福的婚姻。”“划拉进篮子就是菜，”想匆匆忙忙嫁人的女人，很可能会成为不幸婚姻的牺牲者。

爱心与耻辱（作者：聂崇彬）

这是一则令人感慨万千、深长思之的故事。它充满了宽容与悲悯意识，让读者领略了人性的复杂和人心的嬗变。

在这篇催人泪下的故事里，爱心与耻辱，犯罪与赎罪，报复与谅解，仇恨与宽恕的情节，在拯救莫尼卡的过程中一幕幕展开。开头悲剧，中间正剧，结尾喜剧。随着莫尼卡的获救，让所有关心玛尔达一家和强奸者阿奇里命运的人都松了一口气。“任何改正，都是进步”，还有什么比爱更重要的呢？爱，可以拯救生命，也可以拯救灵魂，甚至可以救赎罪犯。但愿，我们的生活中每时每刻都充满“爱”。

母亲的姿势（作者：吴志强）

疾风知劲草，烈火见真情。灾难面前更能显现母爱的伟大。

母爱，是个永恒的主题，永远常说常新。母爱，不仅体现在日常生活中耳鬓厮磨的百般呵护上，更体现在生死关头的义无反顾、舍己为儿女上。

在熊熊大火面前，父亲扔下妻子、儿女，砸开天花板，“第一个抢先翻过墙头”逃了出去，“再也没有回来”。母亲卢映雪想到的却是儿女们的安危。在生死攸关的危急时刻，她把生的希望让给儿女，把死的危险留给自己，以单薄的身体，硬是用双手将五个儿女托出险境，而自己却被大火吞噬。死时，仍“双手向上高高举起，保持托举的姿势。”这庄严、肃穆的雕像令人肃然起敬。母爱的力量实在是太伟大、太厚重了！那本不应该缺席的父爱到哪里去了呢？

爱的礼服（作者：朱蕾）

“老了的只是年纪，不是爱情”，这对相扶相携，爱情永远保鲜的北欧老夫妇以他们的言行给我们上了一堂生动的“人生课”。

亲自为丈夫选择参加自己丧礼时穿的礼服，这需要博大的心胸，超脱的生死观，无私的爱、动人的情。能将生死看得如此平静和坦然，临死时还在无微不至地关怀着自己的老伴，“要竭尽所能，在人生的路上多陪他一程。我都七十多了，早晚要去天堂的，我就想把平常做的都给他安排好，怕到时候他一个人不习惯。”一个行将驾鹤西归的老人不考虑自己的后事，不为自己即将逝去忧伤，还在事无巨细地为老伴打理一切，这其中凝聚了怎样刻骨铭心的爱啊？这里面渗透着怎样通彻明朗的人生感悟啊！

让我们向这对老夫妇致敬！让我们也像他们那样：“请在不算太晚的时候，珍惜你的每一分钟。”

母亲（作者：陈江平）

这是一个人子的良心发现，是一个孩子对母亲的理认，是对母爱的深切感悟，是对“谁言寸草心，报得三春晖”的回馈。

陈江平是个知感恩、懂报恩的孝顺孩子，她通过自己的眼睛目睹了母亲的“牺牲”，她通过自己的思考，认识到了“人啊，总是容易把眼睛盯在别处，而忽视眼前的、身边的。于是，便也容易失去弥足珍贵的。”这是切身体会的总结，也是生活实景的概括，更是从母亲身上获得的感悟。

人性是自私的，人的行为是利我的。只有母爱是出于天性，纯净，真诚，没有索取，不求回报的。母亲奉献了青春，奉献了权益，甚至奉献了幸福。为家人，为儿女，似乎无欲无求。但是，她也有怕。这怕，“不是吃，不是穿，不是钱，不是失去生命，是孤独，是无依无靠的恐惧。”衣食无忧的人子们，快乐自在的子女们，面对此情此景，面对憔悴、疲惫的母亲，不应该为母亲着想、考虑，为她解除忧惧烦恼，不应该反思、检讨自己的“过失”，不应该内疚与惭愧吗？

最后三分钟的高贵［作者：筠筠（译）］

关键时刻才能考验出人性的善恶、品格的优劣。艾迪在3分钟里失去了6000英镑，却赢得了真正的高贵；而自私的洛克保住了名画，却失去了爱情。卑鄙、高尚；怯懦、坦荡，在3分钟内清浊立现，泾渭分明。

月下桨声（作者：韩少功）

这篇小说以前读过，当时就很感动。现在重读，感受自然又深了一层。一点红姐弟的仁行义举，诚信不欺，在我冰冷的精神上点燃了希望之火。

在世风日下，人心不古，理想幻灭，信仰消失的当下，欺诈、蒙骗、作伪、奸猾大行其道；尔虞我诈、钩心斗角渐成时尚；社会伦理、公德正在遭受侵蚀；人们的思想风貌，价值取向正在扭曲，善良、正直的人们忧心忡忡。

正是在我内心纠结的时候，《月下桨声》似一阵轻风吹来，带给我温暖与慰藉。一点红姐弟的出现，使我几近干涸的心又涌现出晶莹之水，我看到了希望，预见了光明。

困居深山、失去父母的姐弟俩，为了凑足弟弟的学费，夜间偷着到水库捕鱼，危险重重，阻碍重重，但每天的收获却只有二斤多杂鱼。然而，姐弟俩却固守着中华民族诚信不欺的传统美德，不赚昧心钱。为了多收的一元钱，姐姐跑了很远的路来退还。因钱找不开，买主只收回七角钱，但姐姐又非送来一把葱，顶替那“欠下”的三角钱不可。钱，对于这两个贫困孩子来说，是多么珍贵啊！她们需要钱。但她们更看重的是做人的诚实与守信，良知与尊严。穷不失志，贫不贪财，凭勤劳获取，靠忠厚立世，这不正是当下所缺而急需匡正的社会公德吗？两个孩子做到了，相信普罗大众也能做到，整个社会也能做到。“一点红”一定会红遍全国！

世界上最懂我的那个人去了（作者：林生）

这是一篇相知、相爱、倾心相依、忠贞不渝的爱情颂歌，也是一首歌唱夫妻相濡以沫、伉俪深情的挽歌，读罢，令人击节赞叹，叫人感动莫名。

穆尼尔·纳素夫说：“夫妻生活中最可贵的莫过于真诚、信任和体贴。”我要说，考验夫妻感情是否纯真、坚定和长远的试金石，是突然而至的灾祸与困厄。

林生夫妻是好样的。他们不但在风平浪静的和平日子里，相互尊重、体贴、知心，就是在暴风雨袭来时，也是共同应对，携手抗争，在广州渡过了最幸福的三个月。虽然林生“失去了提升的机会，损失了许多物质的东西，但同与妻子的深情相守比起来，所有的东西都成了身外之物。”这是对夫妻之爱深入骨髓的体验，是对患难夫妻相处之情刻骨铭心的记忆，任何世俗的东西在他们面前都不堪一击。

“好好地爱惜你的妻子，多留一点时间给妻子，不要忽视她为你做的一切。有许多东西不要到失去了才懂得它的美好。”这浸润着血和泪的忠告，道出了“最懂你，最爱你，最愿意为你付出一切”的妻子的无可替代。“任何一种男女之情都不能同夫妻之间的真情相比”。夫妻相守，琴瑟和鸣，相扶相携，贫富不易，因为，妻子是世界上那个最懂你的人。

那个人（作者：文华、雨非云）

父子之间，形同陌路；至亲之人，视若寇仇。是他们之间没有爱吗？不是，只是因为爱的表达方式不同，对爱的理解不同，缺乏交流与沟通，才使得父子间的隔膜越来越深。

父子的错误行为方式是以硬对硬，一样的倔强与无知，不知道应该用爱来表达爱，而不是依凭专横与仇恨。

人之将死，其言也善。父亲弥留之际道出良苦用心，但为时已晚。人们应从这对父子的隔膜、对立、仇恨中悟出一些处世之道，沟通之门，交际之法，用恰当的方式表达出关之切、爱之深的情感，何必动辄大动肝火，横眉冷对，强加于人呢？“代沟”真的不可逾越吗？

千里寻亲（作者：文月）

一个孤身女人放弃自己的婚姻，乃至幸福，毅然决然地承担起了养育弃婴的重任。在她身患癌症、自知将不久于世的时候，又毅然决然地把弃婴送回广州，希望找到她的亲生父母，为的是“在她死前让你有个好归宿”。其情可叹，其心可嘉！这是人性的升华，这是人格的伟大。

“世界以痛吻我，不妨让我回报以歌”。孤身女人的高风亮节令人击节赞叹，贫弱女子的善行义举让我辈羞愧汗颜。

妈妈，我找了你好久（作者：金铃子）

妈妈，是世界上最受人尊敬的女性，是子女坚实的依靠。有一首歌唱得好：“世上只有妈妈好，有妈的孩子像块宝。投进妈妈的怀抱，幸福享不了。”

被抛弃在孤儿院大门口、现在已经9岁的德比，为了寻找母亲，为了表达对母亲的爱，他每帮助一个人，就要求被帮助的人去帮助另外10个人。他想以这样递加的方式传递爱心，也许终有一天受帮助的那个人就是自己的妈妈。"他对妈妈的思念，对妈妈深沉的爱感动了整个德国，人们掀起了"10件好事行动"。

被母亲无情抛弃的德比以德报怨，以虔诚的爱心寻找妈妈，回馈社会的行为感动了千千万万德国人，以至于在德比被刺、行将逝去的时候，有几百个女人愿意做德比的妈妈，"用一颗母亲的心真诚地爱他。"他从未在亲生母亲那得到的关爱在社会上得到了。爱人者，人恒爱之。小小的德比以自己童稚的爱心和广博的善行义举赢得了社会的尊重和关爱，引发强烈的社会共鸣。可见，爱心是不能用年龄、身份、地位衡量的。

母亲的遗画［作者：胡猫（译）］

哲学家周国平说："智慧不是一种才能，而是一种人生觉悟，一种开阔的胸怀和眼光。"阿曼达就是具有开阔胸怀和眼光的人。

作为一个继母，为了挽救走入误区的女儿，放弃了自己喜爱的绘画爱好，牺牲了自己的事业，专心揣摩、研究女儿的心理特点，并用巧妙、恰当的方式引导孩子打破封闭，走向广阔，重扬生活风帆，重树人生理想，这需要怎样的爱心与睿智啊，需要怎样的无私与坚忍啊！阿曼达以仁慈、善良、博大、正直之胸襟拯救了家庭，拯救了亲情，拯救了女儿的灵魂，她做得了然无波，恰到好处，堪称典范。

这是一篇充满亲情与哲理的美文。哲思睿语启人心智，精辟话语润人心田。"一件事情，如果学会从另一个角度去看待，也许就能走出困境。""上帝赐予你的从来都不曾改变过，只看你如何去对待。"这是阿曼达从生活中总结出来的人生经验，也是开启心灵走出误区，冲破思想障碍的金钥匙。变换角度，调整心态，从积极方面入手迎接挑战，应对困难，就一定会出现"山重水复疑无路，柳暗花明又一村"的崭新局面。

生命的奇迹（作者：子鱼）

爱心无边，爱力无限，这词语用在罗吉伟身上是再准确不过了。

罗吉伟用生命创造了奇迹，用母爱谱写了生命的传奇。一个肝移植，随时可能出现危险的病人，硬是怀孕生子。因为"她真的想做母亲，需要付出什么代价，她都舍得，她要的只是这个结果"。

婴儿降生后的第八天，罗吉伟去特护病房看儿子。"皱皱的，皮肤青紫的儿子浑身插满了管子，"无声无息，靠呼吸机维持生命。她打开仓门，把手伸进去抚摸着儿子小小的身躯和他手可盈握的小脚丫，像在抚摸一件爱不释手的稀世珍宝。此时，奇迹出现了，出生后一直昏迷的婴儿，竟然在母亲温柔的抚摸下第一次睁开了眼睛。这是她用命换来的儿子，用爱唤醒的儿子。母爱感天动地，母爱创造奇迹。人间自有母爱在，情真意切母子情！

心灵的天空（作者：梁树杰）

苦难是一面镜子，它映出了困厄的镜像，也照出了当事者的肝胆肺腑。是逆来顺受，还是奋起抗争？是消极逃避，还是迎难而上？态度不同，结果迥异，王小玲就是鲜明的例证。

在父亲高位截瘫、家庭经济难以为继、她和弟弟都面临辍学困境的时候，她不绝望、不退缩、不听任命运的摆布，而是奋起抗争。暑假跑到城里的婶婶家，让婶婶给找个活干，“一定要挣足我和弟弟的学费。”小玲缺钱，更需要钱，但她不贪钱。婶婶给的买菜钱剩余部分，甚至自己捡废品赚的钱都如数交回。婶婶给的3000元钱“工钱”，她也打了借条，定要归还。这是多么坚强、诚实、守信、上进的女孩啊！贫穷不可耻，以穷为耻才可耻；苦难不可怕，退缩、萎靡才可怕。莎士比亚说：“多灾多难，百炼成钢。”困苦永远是坚强之母。王小玲就是敢于向苦难挑战的人。她诚实、勤劳、节俭、坚毅的品格令人击节，她人穷志坚，不坠青云之志的决心叫人感佩。

王小玲，好样的！

他让我们闻到太阳的味道（作者：李湘荃）

读完这篇文章，我的心情既郁闷又纠结。既为马骅来云南边疆义务支教，一毫不取，全心全意的壮举而感动，又为他的生命以这样的方式结束在穷乡僻壤而遗憾。我在不断地叩问自己：他这样逝去有价值吗？值得吗？作为复旦大学的高材生，究竟是留在城里的贡献大，还是隐居雪山冰原有所作为？我的天平倾向于前者。但人各有志，人各有追求，判断人生的价值，不能角度单一，标准先验，而要从当事者的精神追求、价值取向，行为轨迹、实际效果去寻踪觅源。

马骅到雪山来是寻找精神家园的。“他的想法很简单，就是想过一段纯朴自然的日子，让内心宁静下来。”他是那种比较侧重自己内心的人，很感性。也有人说，马骅是因为爱，或是要寻找生命的价值。

俗话说：“琢磨不透的，永远琢磨不透，这就是生活。”马骅寻找的精神家园究竟是什么？是佛祖眷顾的雪山，还是远离喧嚣没有纷争的山村？是追求偏僻藏地的宁静，“闻出来里面太阳的味道，”还是躲避矛盾，摆脱庸俗，寻求精神的升华？

美国有句谚语：“不自觉的善良和不经意的美德。”马骅究竟追求什么已不重要。重要的是他把踏实的脚步留在了雪原，以善行义举感动了藏民，以忘我的工作使儿童们脱盲。无论什么年代，也无论什么人种，人世间那些美好的东西，在任何民族那里，都是一样宝贵的，都是共通的。马骅把知识传授给了藏族孩子，把生命奉献给了雪山，他确实功德圆满了。

我的妈妈，流泪的妈妈（作者：徐方）

孩子是母亲身上掉下来的肉，血脉相连，筋骨相牵，哪有不疼不爱的？但是爱的方式却千奇百怪，有的娇惯，有的放纵，有的严厉，有的打骂。

这个妈妈看似另类，对“老大”总没有好声气，非打即骂，一点好脸色都不给。其实这是严厉表象背后的另一种慈爱，是用“冷酷”的行为方式倾注对儿女的关心与爱护。这样表达爱的方式似乎不太容易让人接受，但却能灌输给儿女们更多的立身处世的“本领”，让他们铭刻在心，终身受用。

看看文章结尾处那动人心魄的自白吧：“我的妈妈，流泪的妈妈，你知道吗？我的良心，我的责任，或许还有所谓的能力，耐烦劲，平常心……一切的一切，那都是来自你，或者说与你有关——亲爱的妈妈！”

打给母亲的电话（作者：王皓）

通过“打电话”向天堂中的妈妈讨教“怎么活都是一辈子，可一辈子怎么活”这一带有哲学意味的命题，既全面回顾了母亲呵护、教育我成长的全过程，突出了母亲的慈爱、睿智、坚毅、执着，又暴露了当下社会急速转型期人们的焦灼、困惑和无奈，揭示了生活中人们的矛盾心理，复杂的人生态度，以及人与人之间相处之难，从而发出了一辈子该怎么活的浩叹，启人深思，发人深省。

从一定意义上说，物质的丰富和精神健康并不成正比。生活条件越好，可能烦恼越多，焦虑越重；适者生存、优胜劣汰的规律越起作用，竞争就越激烈，人与人之间的关系可能越紧张、越冷漠。谁都无法让你停下匆匆的脚步，只有你自己才能让你平静下来。很多人分分秒秒争效率，全力以赴争成功，匆匆忙忙往前跑，很少有时间慢下来，看看天上的云，地上的景，顾不得停一停，听听心灵的呼唤。

停下你急功近利的脚步，放下你追名逐利的执着心吧！风轻云淡、云卷云舒的日子也许更适合你。

孩子，其实你不必这样（作者：张丽钧）

读罢这篇文章，我的心情是复杂的，如同打碎了五味瓶，百感交集。我在想，程海拒绝老师饭卡的做法值得提倡吗？

不接受别人的捐助，不领会别人的同情，不理解别人的善意，宁可自己“虐待”自己，导致身体越来越瘦，体质越来越差，也要保持所谓“不吃嗟来之食”的气节，维护“志气男孩”的尊严，值得吗？我看，这个气执不得，也不必执。

文章说得好：“穷，本不是你的错，不要用自己羸弱的身体去给‘穷’这种东西殉葬，它不值得。如果一个人，表示愿意和你并肩迎击困难，并希望用这颗善心给你温暖的时候，你就应当赐给他（她）一个机缘。”人是社会的人，不是独行侠，他要和周围的人发生千丝万缕的联系，结成“剪不断，理还乱”的复杂关系。并不是所有人做善事都怀有施舍和让人感激的功利目的，而是出于善良的同情心。帮助别人，也接受别人的帮助，这正是温暖冰冷的心，体会人间自有真情在的机缘。只有“大家帮一人，一人想大家”，互助互爱，心心相印，我们的社会才四季常青，我们的心地才暖意融融。不要拒绝别人的善意，不要排斥别人的帮助，不要把钱视为洪水猛兽。“这个世界上，钱永远不是最要紧的东西，如果你以为唯有清算了钱才不至于亏欠他人，唯有捍卫了钱才不至于辜负他人，那你就错了。要知道，有人会把你欣然领受一份善意看成是对他（她）的至高奖赏，他（她）期待着你幸福地体察到他（她）的良苦用心，他（她）们也期待着你日后同样成为慷慨地赠予他人温暖的人。”打破封闭，敞开心扉，坦露心胸，勇敢地接纳别人的帮助，正确地体察他人的善意，健康、快乐地生活吧，但愿程海式的自我救赎者会有所感悟！

孩子，你那边有雨（作者：韩文有）

儿行千里父担忧。年届七旬，胃被割去四分之三的父亲，时刻关怀着儿子的衣食、冷暖，甚至连儿子所在城市明天有雨没雨都一清二楚，提醒儿子上班带伞。远距千里之遥，心系儿子一家，这是多么博大的父爱啊！

诚如儿子所说："父亲老了，不能再为儿子撑起一片天空，但千山之远，万水之隔，父亲仍能为我和妻子送来一把温暖的伞。"此情此景，生为人子、人女的我们又当如何感想呢？

保姆（作者：陶晴）

宋代诗人陆游说："忠诚所感金石开。"道出了忠诚这一高贵品质的感化作用。

义仆胡林香受人之托，忠人之事，以一颗诚实守信的心，维护着主家的财富，保卫着别人的资产，履行着神圣的承诺。

几十年来，她病贫交加，形单影只，甚至流浪成为乞丐，每天仅靠一碗水两个馍"活着"。但主家的财富，她分文未动，厘毫不缺。弥留之际仍在喊："大林、二林、小林，你们在哪里呢?"企盼把这笔巨额财富完完整整地交还它的主人。在确知主家不能归来的情况下，毅然决定，将价值5800多万元的财富全部捐出，修一条她的家乡胡家岙到山外的公路。

这是一种什么精神？这是一诺千金，言必信、行必果的精神；是视然诺为生命，全力以赴践行的精神。是忠实、坚毅的视财富如浮云、轻利重义的仁厚精神。"忠肝义胆不可状，要与人间留好样。"在当今，"天下熙熙，皆为利来；天下攘攘，皆为利往"的情势下，弘扬这种精神该是多么需要和迫切啊！

一张床垫（作者：星竹）

"真诚，一定会感动上帝。"汤姆和床垫的故事令人唏嘘。知名家具生产厂家"美像厂"和"蓝森林"家具店，信守诺言，诚信经营，为了寻找到订货人，坚持7年，想方设法要把床垫物归原主。其笨拙的做法和顽固的坚持令人感动。因为他们秉承的是自己的经营承诺——急顾客所急，想顾客所想。

汤姆昏睡七年终于苏醒，家具店和生产厂把生产了七年的床垫终于送到了汤姆家，这真是奇迹！是家具店七年来对汤姆的深情召唤，唤醒了他；是上苍不肯放走汤姆，一定要让他睡一睡这张床垫，以慰藉生产厂家和家具店的款款深情。

天使在哭泣——关于俄罗斯人质事件的回忆（作者：远剑、新华）

恐怖分子是全世界人民的公敌，恐怖活动是最无耻、最凶残的暴行。在俄罗斯别斯兰恐怖事件中，335人倒在血泊中，其中半数是孩子。野蛮屠杀，令人发指；罪恶行径，人神共愤！

暴行令人震惊，惨相叫人目不忍睹，在惨烈的屠戮面前，人性的凶残与善良，行为的卑劣与高尚暴露无遗。

痛定思痛，"生活还要继续，反恐正在进行"，野蛮行径吓不倒追求和平、宁静的人们。"恶人不去，则善人无由进也"，人们将以百倍的仇恨，坚强的决心同恐怖势力作殊死的斗争。"当天使的哭泣声远去，别斯兰还会充满生机，和平之花将再次绽放。"邪恶永远不会战胜正义，这是历史规律，也是事物发展的必然。

二姐（作者：雪小禅）

哲学家周国平在《这个世界会好吗》一文中阐述了什么是“人性”。他说，有两个说法比较靠谱。第一个说法是：作为生命，人有利己本能，但也能推己及人，理解别人的相同本能，这就是同情心。同情心是道德的基础。第二个说法是，人不只是生命，更是精神性存在，精神性是人的本质，相当于人身上的神行，是人之为人的尊严所在，而做人的尊严就是道德的基础。最重要的道德品质，一是善良，即有同情心，二是高贵，即有做人的尊严。一个善良、高贵的人，就是一个有道德的人。《二姐》中的二姐，就是一个有道德的人。

二姐是不幸的，由于不受父母疼爱，过继给了住在河北一个小城的伯父，导致命运和兄弟姐妹迥然不同，“仿佛隔了山隔了海。”但她面对现实，从容淡定，自尊自足，并不怨天尤人。她自觉地承担起了照顾四位老人的义务，无欲无求。她认为：“我已经得到了最好的财产，那就是你大伯、伯母和父母的爱，得到了双份的爱，还有比这更珍贵的财产吗?”享受了爱，又能自觉地爱别人，这就是二姐的追求。至于家庭财产、金钱，她是不在乎的。当母亲要把家庭财产分给她一半作为补偿时，她断然拒绝。她不是不需要钱，而是更看重亲情。她有一颗感恩的心，有一腔报恩的热血，在孝亲敬老面前，金钱、财产不过是粪土；而反观那些在国外发展受污染太多，变得世俗的大文化人们，则令人不齿，他们能不能为自己“以小人之心度君子之腹的自私、苟且而感到汗颜呢?”

二姐善良、高贵、富有同情心，她知足常乐，与人为善，不求索取，只图奉献的品格是令人称道的。

最深情的哺育（作者：梁晓声）

“谁叫我们是当妈的啊！我挺高兴他爱看书的！”一句发自肺腑的质朴的话语，道出了母亲的责任和自豪。

这个母亲是开明和有眼光的。为了鼓励儿子多读书，她宁肯坐台阶，干重体力活，忍受恶劣环境的折磨，她虽然身材瘦小，但目光敏锐，心胸博大，识见超群，敢于担当。为了孩子的成长进步，她什么苦都可以吃，什么累都可以受，什么困难都可以克服，什么付出都不在乎。这是对孩子最深情的哺育，是对子女发自肺腑的爱。好样的，母亲！

卖米（作者：飞花）

这是一篇充满心酸和苦涩的文章。透过卖米，我们了解农民的辛苦和劳累，洞见了生活的无奈与不易。

琼宝一家辛勤耕耘，土里刨食，只希望把米卖个好价钱，好给病中的父亲买药。但由于卖米的多，买米的少，米贩子拼命压价，琼宝母亲为了每斤米多卖上 2 分钱，不肯降价，以致无人购买，硬是走了四里路，又把米挑了回来。一天的功夫，一天的劳累，一天的奔波，一天的无奈，就为了多挣 3 元钱。谷贱伤农，伤了农民的心；农民不易，付出与获得不成比例。农民们的无助牵动着我们的心。农民们的困苦令人备添同情。什么时候，农民们不再为柴米油盐发愁，不再因疾病医疗添堵，我们的社会才真正会公平、公正，人们的地位也许才会真正平等。

娘是世上那个最亲你的人（作者：王小艾）

日本的池田大作评价母爱时说："最具有献身精神的是母爱，将自己的一切奉献给孩子，母爱就是如此彻底，这也可以说是生命的本能。"

母亲爱孩子是天经地义的，这是她的本能，也是她的责任。但爱的方式却千差万别，并不相同。有的溺爱有加，"抱在怀里怕摔了，含在嘴里怕化了"；有的娇惯放纵，"要星星不敢给月亮"；有的呵斥加棍棒，对孩子非打即骂，崇尚拳头底下出孝子；有的苛刻严厉，对孩子没有好声气，对子女的要求不屑一顾，让子女望而生畏，误以为缺少母爱。

虽然爱的方式五花八门，效果也不尽相同，但其出发点却惊人的一致；爱自肺腑出，胸中深藏爱。只可惜，不是所有的子女都能理解不同方式的母爱的。

《娘是世上那个最亲你的人》中的母亲就是一个外表严厉、内心炽热的妈妈。她对女儿似乎漠不关心，作为每个女人成长过程的必经阶段，母亲并没有给予更多的关照，甚至连关怀的话都没有说过一句。母亲只关心粮食的产量，庄稼的收成，孩子的成绩。为什么？因为生活压力大，经济负担重，她要拼死拼活地干活、挣钱、养家，供孩子上学。哪里有时间和女儿谈笑风生、耳鬓厮磨？她是把爱深深埋藏心底，把责任重重担在肩上。但在儿女们遭受重大磨难时她却挺身而出，力挽狂澜，释放出母爱的正能量。关键时刻，果敢、坚定、全力解脱困境的女儿，显示出母亲人格的伟大、高尚。这种不露痕迹的母爱是不是更深沉、博大呢？

别忘了谢谢（作者：吕游）

这是一篇真情呼唤感恩之心、感激之情的文字，它用一个个简短而又温馨的"谢谢"故事，诠释了"谢谢有多少，爱就有多少；爱有多少，谢谢就有多少"的深邃内涵。

"生命需要'谢谢'，生命离不开'谢谢'，'谢谢'是人生天平上的一块砝码，它能准确地测出你道德的高与低，文明的大与小，生命的重与轻。因为不懂得'谢谢'的人，就不懂得爱，就不懂得做人。"可见，"谢谢"二字内涵之深，分量之重，作用之大，品位之高。

"如果你想说'谢谢'，就马上说出来吧，如果你怀有感恩之心，感激之情，就尽快把它表达出来吧！要让'谢谢'成为你心灵的白鸽，而不要让它成为长期压在你心头上的石头。"

地震废墟下的深情绝唱（作者：胡晓华）

法国大文豪雨果说："人在逆境里比在顺境里更能坚强不屈。"在突如其来的地震灾难中，雷米的下半身被一块巨石砸成了肉泥，血肉模糊，四肢也多处骨折。他知道自己活下去的希望不大了。但为了让感情脆弱的妻子和她腹中的孩子活下去，创造出生命奇迹，雷米编造了美丽的谎言，并用录音笔播放给妻子听，鼓励她充满信心，坚定意志，等待救援，勇敢地坚持下去，最终妻子得救了。

在猝不及防的灾难面前，雷米不仅以一个极其睿智和美丽的谎言拯救了妻子和她腹中孩子的生命，也谱写了一段最真挚感人的爱情乐章。雷米，好样的！

完整的教育包括什么（作者：李玉）

这是一则读来让人五味杂陈、百感交集的故事，也是一篇令人思考该怎样完整地教育孩子的文章。

培养了两个只拥有文化知识却丢掉了传统美德的儿子的姑父姑母，自认为是幸福的，其实是失败的。两个儿子对含辛茹苦、养育了他们二十多年的父母都不放在心上，对自己的父母连一点点的报恩之心都没有，事事处处只为自己着想，只为自己的“爱好”考虑，丝毫不想为父母做点什么，这样的孩子即使文化程度再高，知识再丰富，又何用之有呢？他们连做人的基本准则都不遵循，连感恩之心都不具备，连父母的冷暖都不放在心上，别人对他的付出又岂能让他铭记在心。

“报养育之恩是要趁早的，因为，父母只能陪我们走一段，晚了，可就真的没有机会了。”这懂得分享、懂得报恩的人子的由衷体会，是不是所有人都感知到了呢？

那岂是乡愁［作者：罗兰（中国台湾）］

“亲情是真实，最不会被否定的东西。”作者追忆往事，回顾艰难岁月，重温感人的亲情，感受到“许多事都是这样的，在当时，觉得很平淡，也不知道究竟有多艰难，也不知道究竟有多温暖，也不知道究竟有多感激。”

亲情，无与伦比又无法言说的亲情，战胜了风雪严寒，战胜了饥荒苦难，也融化了心中的坚冰，思想中的隔阂，灵魂中的对立。亲情是熔解坚冰的热火，是抚慰感情的膏丹。

大爹大妈的作为正是人格崇高所使然，正是人性升华所必然。他们为维系亲情所做的一切让人感动，他们的忍辱负重、大智若愚令人赞佩。

儿行千里（作者：范春歌）

儿行千里母担忧，这亘古不变的真理仍在时时处处显现出母亲慈爱、关切的感人景象。

母爱出自天性。她无私、细腻、壮阔、宏大，既温柔敦厚，又无所不至。沐浴在母爱中的儿女既幸福，又幸运。可是，人人都切切实实地体会到了这发自肺腑，融于血液的纯真的爱了吗？人人都对这博大的母爱有所回报了吗？

母爱的内涵永远说不清、道不明，母爱的表达方式也是林林总总，层出不穷。“有时，再坚强的儿女在母亲面前也无法扮演坚强。因为她是世界上最疼你的那个人。有时，再脆弱的母亲在儿女面前也要守住坚强。因为她是世界上最疼你的那个人。”

别忘了，远行的儿女，“在路上常给母亲打一个平安的电话。”

老海棠树（作者：史铁生）

以海棠树衬托老奶奶，象征她那顽强、质朴、劲节、倔强的一生。她像海棠树一样刚劲、洒脱，不甘人后，奋力拼争，自强不息，改变自己。“得跟上时代”“未必不能有一天自食其力”的精神令人肃然起敬。她的张望“那老海棠树下屡屡的迷茫与空荒”让人同情，叫人慨叹。

好一棵苍劲、昂扬的老海棠树！她将根须深深扎进大地里去，干枝在风雨雷电中砥砺生长，耐得住光阴一寸一寸雕刻打磨，老而弥坚，枯而不倒，笑对飒飒金风，收获累累果实。壮哉！老海棠树。

妈妈墙（作者：Litter girl）

人间自有真情在，世上到处有母爱。罗琳和吉娜全球化的“母爱”行动善莫大焉！凯蒂·霍克基金“不仅激励和挽救了许多人的生活甚至生命，还使许多年轻的女性在帮助他人的过程中发现了生活的乐趣，挖掘了自己的潜力。”善行义举使越来越多的人认识到，一个母亲既要爱自己的孩子，更要广施仁义爱别人的孩子；既要感谢别人对自己的救助，更要积极参与到救助别人的事业中来。“老吾老以及人之老，幼吾幼以及人之幼。”应该成为所有妈妈们的座右铭。

世界年轻妈妈联盟，跨越了地域限制，冲破了种族歧视的藩篱，把母爱播撒到全世界。它不仅在经济上济危扶困，更在精神上缔造坚强。“不管你面前有多少问题，有多少艰难的障碍，你要不断地用自己的力量打败他们。即使上帝最后的审判打败了你，你还拥有让人赞叹的勇气。”

“做一个能给孩子以榜样力量的妈妈”，年轻妈妈联盟爱心构筑的妈妈墙让世界变得更温馨！

踩着落叶上学（作者：凌子）

林非家境贫寒，生活窘迫，但他学习刻苦，成绩突出，按评比的标准，理应评上国家奖学金，却被以莫须有的理由取消了资格。林非凄然地笑了。这是无奈的笑，痛苦的笑。它蕴含着悲愤与抗争，以及对残酷现实的失望与妥协。

他失落但不失信心，遭受挫折不失奋进之志，他要坚持读书、深造，因为他相信知识会改变命运。

坚持就是胜利，坚持就能战胜一切艰难困苦，尤其是在“踩不到落叶，踩不到大地，踩不到路”的干净城市，更要咬着草根挣扎下去。

“生活对我们来说，不过是意味着身上有二三十元的衣服穿，高兴的时候能有一碗五元钱的牛肉面吃。但这一切已经足够成为我们坚持的理由。”

夏天不热（作者：张丽洁）

心理学是一门深奥枯燥的课程，讲好心理学殊非易事。但周教授的心理学课却讲得风生水起，深入人心，收到了意想不到的效果，个中奥妙值得研究。

周教授的心理学课，讲得风趣、幽默，深入浅出。它的最大特点是“重视现在”，即从学生们的身边人、身边事、身边话讲起，由浅入深，由事实到理论，既吸引人，又感染人；既生动活泼，又切合实际，比故作高深、干巴巴照本宣科，效果不知好出多少倍。这样春风化雨的教风，这样理论联系实际的作风，这样轻松活泼的学风，是值得大力提倡的。

从爱到爱的距离（作者：墨尘缘）

父爱与母爱的表现方式不同，但本质上是一致的。父爱是山，它深沉，敦厚、博大、持久，但往往又以不苟言笑的严厉形式显现。母爱如水，它温柔、细腻、明净、浅白，幼小的儿女也许更喜欢母亲的唠里唠叨与无微不至，而对严厉有加，把“爱隐匿于心间”的父亲则不予认同。待到他们长大成人，为人父母的时候，也许才能读懂父亲的良苦用心，体味到父爱的浑厚、沉稳，真正认识到父爱的不可替代。这个过程既是身份转换的过程，又是对父爱认识升华的过程。也许每个人都要经历这一过程。

大山深处的爱心接力（作者：郭建光）

从单纯支教到帮助大水乡发展生产，活跃经济，徐本禹的品牌效应产生了巨大反响。贫苦地区的教育、经济、社会发展引起越来越多人的关注，这也许是徐本禹没想到的。但他作为大山深处爱心接力的关键一环，作用是无法估量的。这正如他自己所说：“志愿者应成为一座桥梁，而不是单纯支教。”

巴甘的蝴蝶（作者：鲍尔吉·原野）

“美好的事物永远不会消失，今生是一样，来生还是一样。”巴甘欣赏美、热爱美、追求美的行为令人感动，他纯朴、善良的心地让人感佩。没有追求的民族是没有希望的，没有热爱美好事物心灵的人也是没有希望的。愿巴甘这样自觉热爱大自然、保护动植物的孩子多些，再多些。

《丁香花》你在天堂能听见吗（作者：江枫）

我在热泪横流、感伤不已的情境中阅读了这篇令人心灵震撼的美文。我为“丁香”热爱生活、热爱生命的坚强而感动；为她多才多艺又善解人意的美好心灵所打动；为她和唐磊之间纯真、质朴而又心心相印的友谊而赞叹；为死神无情摧残她韶华，夺走她的生命而愤恨。

这是一则凄美悱恻的童话，又是一个撼人心魄的传奇故事。曾梦捷是不幸的，又是幸运的。她以她丁香般美丽的心灵，纯洁无瑕的人格魅力，为这个世界留下了怀念、感慨与思考。

魂归大漠（作者：陶靖）

陆大为与杨惠生死相依的爱情是感天动地、惊世骇俗的。妻死夫继，一个人绝不苟活于世，证明了她们爱情的坚贞，感情的深厚，生命的依赖和灵魂的寄托。

我们设想：假如寻找不到杨惠后，陆大为只身从公路返回，别人也不会有什么非议。但那就不是陆大为，就不是人人企羡的真正的爱情了。妻、夫死后魂归大漠，共赴天堂，这也许是他们“在天愿作比翼鸟，在地愿为连理枝”的心有灵犀的夙愿吧！

穿西装的斑点狗（作者：刘继荣）

这个穿西装、打领带，刻意把自己打扮成大人的“斑点狗”太可爱了。在妈妈病重的时候，他突然成熟了。“我要留在这里，我不放心你们照看我妈妈。”他过早地觉悟，义无反顾地承担起了“扶持”病重母亲的重任，“他居然能做很多的事情，给我喂药，梳头发，洗脸，洗脚，扶我慢慢地走路，使妈妈增强了与疾病斗争的决心，终致胜利。”

“斑点狗”功大莫焉！正像妈妈说的那样：“他赢了，也许他根本没有把这当作一场战斗，只是他很投入，投入到赢了结局还不知道自己做了什么。”这就是真实的“斑点狗”。他不是神童，没有什么特长，但他纯真、机敏、聪明、灵透，富有爱心，敢于承担，这样的孩子太难得、太值得赞赏了。

君生我未生，我生君已老（作者：童心）

哲野是当之无愧的美男子、伟丈夫！他的品德纯洁无瑕，他的行止坦荡磊落，他的人格彪炳日月，他的格局崇高宽广。为了哺育、培养捡到的弃婴，他牺牲了自己的婚姻，舍弃了功名利禄，损害了身体健康，忍受着情感的折磨，他把全部的爱献给了“女儿”。这真是“天地有正气，胸中有乾坤”啊！

“君生我未生，我生君已老。恨不生同时，日日与君好。”品读着这样的诗句，遥想着哲野的仁行义举，我们和夭夭一样肝肠寸断，怅然无限。

我奋斗了18年才和你坐在一起喝咖啡（作者：麦子）

这是一篇充满激愤不平心结和悲天悯人情怀的文章，它真实地反映了社会转型过程中存在的城乡差别的严重程度，客观地说明了“相对的公平”存在的巨大差异。这差异构成了城乡教育资源、质量悬殊的鸿沟，造成了“高考”录取的不公平，决定了城乡学子的不同命运，读后令人扼腕叹息！

俗话说：不平则鸣。作者鸣放的不仅是对教育不公的无奈与申诉，更是抒发了农村孩子决心用知识改变命运的志向和勇气，它是“最典型的中小城市和农村平民子弟奋斗历程的写照”。

正像作者所指出的：“写这篇文章不是为了怨天尤人，这个世界上公平是相对的，这并不可怕，但是对不公平视而不见是非常可怕的。”让我们每个人都认真品味作者的忠告：“那些在优越环境中成长起来的年轻人和很久以前曾经吃过苦现在已经遗忘的人，关注社会下层，为了这个社会更公平些，我们应该做些力所能及的事情，让社会责任感驻留于我们的头脑。”

病房里的感动（作者：张燕梅）

称职母亲与懂事孩子的故事感动得我热泪盈眶，不能自已。

世上自有真情在，母女心灵一脉通。在孩子因骨折而疼痛难忍的时候，母亲先是一遍遍地讲故事，以分散孩子的注意力，在孩子实在忍不住想大声哭出来的时候，母亲让孩子咬住她的手。这样做，就是为了不影响同室病友的休息。在巨大的痛苦和残忍的折磨情境下，仍时时为别人着想，不愿病友不爽，这是真正的仁爱精神，是确实的隐忍品格。

读了这样的故事，谁能不感慨万千，谁又能安然入睡呢？

十天拥抱的拯救（编译田玉祥）

幸福的家庭都是一样的，不幸的家庭各有各的不幸。尼古拉面对感情日渐淡薄、关系日益冷淡、并行将离婚的父母，精心设计了“全家十天拥抱”的游戏，试图唤回父母之间逝去的温情，寻找回失掉的亲密，挽救行将分裂的家庭。

十天的全家拥抱，使父母爱情回归，亲情弥漫，这是良心的发现，是情感的复燃，更是尼古拉精心设计的破镜重圆“圈套”的成功。爱情需要精心呵护，亲情需要天天体味，幸福需要日日经营，这样，美满家庭的好日子才能历经岁月变迁而与时俱进。

真爱无言（作者：白金龙）

多么可敬、可爱的妻子啊！柔弱的身躯，刚毅的性格，温顺的心态，善良的品格，为了增强丈夫战胜疾病的信心，早日摆脱病魔的纠缠，她做出了精心而别致的选择——用带着自己体温、面额最大的是5元的300元钱雇人为丈夫唱秦腔，而效果又是出奇的好。既唤回了丈夫的精气神，病也竟然一点点好了起来。这是爱心创造的奇迹，这是奉献结出的硕果；这是伉俪情深谱写的赞歌，这是心灵感应衍化的成功！

妈妈的眼泪（作者：徐悦）

妈妈的眼泪是苦涩、痛苦的，又是欣慰、快乐的。这眼泪承载着辛酸、无助，也寄托着希望与憧憬。

妈妈是不幸的，又是幸运的。她以她的坚忍、顽强、苦斗、挣扎，赢得了儿子的成长、进步，换来了人们的同情、赞扬。这就是苦命的母亲和争气儿子的故事。

三弟的储蓄罐（作者：周艳妮）

三个亲女儿与一个养子的故事，一个涉及血缘与伦理关系的故事。为什么三弟那么善解人意，那么敦厚、善良、忍辱负重？为什么三个女儿那么自私、多疑、嫉妒？是故意这样写，从而突出三弟，显示对比效果，还是故事的真实性如此？我相信这个故事是逼真而确实的。

人的善恶美丑，孝顺仁爱，不是单纯由血缘决定的，和家庭教育、社会影响、个人修养息息相关，更和每个人的做人原则密不可分。“把别人的恩情藏在心里，把有机会报答的东西藏在储蓄罐里，恩情要时刻记得，里面的东西要在最困难的时候毫无保留地取出来。”这饱含深情的肺腑之言，既是三弟身体力行的准则，也是中华民族传统伦理道德的弘扬与升华。

伤心小站（作者：谷云华）

这个“心肠太好”的烈性女子，太正直，太刚烈，太无私，太与人为善，太值得同情与敬重了。事事为别人着想，就是不顾自己的痛苦与惆怅，以致心病成疾，英年早逝，令人扼腕叹息。为别人的幸福甘愿牺牲自己的一切，这样的奇女子天上难寻，地下难找。壮哉！不让须眉的姑娘！

2006年11月4日初读，2013年9月14日三读

《追问历史》的意义所在

尽管《追问历史》一书的第三版、已出版发行3年多，但2014年3月29日之前，我对此书却一无所知，对于一个热衷买书、读书的人来说，这样孤陋寡闻，实在是不应该。

3月29日这天，我到北京丰台区方庄体育公园闲逛，看到路边有个书摊，遂停步翻捡，第一眼就发现了《追问历史》一书。封面上的一句话引起了我的格外注意："这是继《万历十五年》《天朝的崩溃》之后，又一部反思中国历史的力作。"《万历十五年》是历史学家黄仁宇的代表作，从初版到如今，不知印刷了多少次，读书人以案头必备《万历十五年》为荣。《天朝的崩溃》是北京大学历史系教授茅海建的"鸦片战争再研究"，是一部离历史真实更近，对以往的研究进行批判，积10年之功写就的"踩着前人的肩膀往上爬"的历史学著作。从1995年第一版，2005年第二版，到2014年第14次印刷，发行7万多册，足见其价值和影响力。这两本书我都已收藏，且常常翻阅。而这本与前两本书齐名的《追问历史》是否货真价实，是否与如此高的评价相称，有无吹捧之嫌？只有买下认真阅读、品咂后，才能得出恰切的结论来。回到大女儿家，我抛开其他书，专心致志阅读起《追问历史》来。谁知，一看就放不下了，我被书中深邃的思想、精彩的议论、独到的见解、精辟的论断深深吸引，为书中切中肯綮地对扭曲的文化、变异的人性大胆地解剖而折服。我连读了两遍，自认为对书中的精华已了然于胸才罢手。

"满纸荒唐言，一把辛酸泪。都云作者痴，谁解其中味。"用曹雪芹的感叹来比况刘兴雨的创作苦衷一点都不为过。《追问历史》一书，是刘兴雨在艰难、困顿的生活境遇中，殚精竭虑，废寝忘食，花费五年时间写就的。他给自己确定的写作标准是："选取历史上大家熟知而又有误解的人物和事件，结合现实，进行文化与人性的探讨……我想做点澄清的工作，以期还原历史，并给一个尽量合理但又与人不同的解释。"他坦露心胸，直抒写作目的："是使国家变得更好，而不是更坏。"即不是"拆台"而是"补天"。这就是说，刘兴雨是个"位卑未敢忘忧国"，有胆识，敢担当，责任意识明确，忧国忧民情怀浓烈的知识分子。在他看来，"一切历史都是当代史。现实是历史的延续，现实的一切似乎都可以在历史中找到答案。""我所能做到的，不过是在历史的门缝中静静地观察，尽量看清真相，进行一些反思。"这真挚的话语，道出了一个有理想、有追求的知识分子杜鹃啼血般的心迹。廓清历史真相，披露错讹失真，拨开史事迷雾，捅破云遮雾罩的黑箱，显现历史疤痕，敷衍当代意义，引起世人关注，认真疗治，防微杜渐，避免重蹈历史覆辙，呼唤国人麻木灵魂中的公民意识和人文精神，重拾丧失的思想尊严和人的尊严，这就是刘兴雨创作《追问历史》的原动力。简言之，写作《追问历史》，一是为了还原真相，二是为了阐释它的当代意义。这也是一种古为今用吧！

《追问历史》论史说事，阐幽发微，成就一家气象，铸造别样风骨。它由"得民心者得天下吗""在巨人的光环里""狂欢的民众"三辑100篇文章组成。这些文章题旨深远，题材广泛，古今中外，多有涉猎。立论严谨，论说有力，批判犀利，结论深刻，警语耐人寻味，思考明晰通透，极具说服力、震撼力。在我读过的杂文集中，确属风格独特，写法别致，语言警策，文字睿智的佼佼者。

在《追问历史》一书中，“贯穿着对极权的抨击，对专制的批判，对腐败的愤怒，对小人的鄙视，对自由的向往，对传统的反思，对弱者的关注，对权威的藐视。慷慨悲歌，一咏三叹。”读来荡气回肠，感人肺腑；令人拍案击节，深长思之。

刘兴雨写皇帝，写官员，写领袖，写伟人，写知识分子，写平民，写功臣，写小人，写那些代天子理民或代天子牧民的统治者，写代理人的利益和代理人的心理，既有对“得民心者得天下”论断的质疑，又有对“无韵之离骚”《史记》史事的怀疑；既有对唐太宗魏徵君臣关系真实性的分析，又有对海瑞性格缺陷的批评；既有对孙中山性格弱点的披露，又有对康有为不端行为的指斥；既有对蔡元培大师高风亮节的赞许，又有对胡适多舛命运的同情；既有对斯大林严重错误的斥责，又有对赫鲁晓夫率真性格的肯定；既有对布哈林变色龙般的表演嬉笑怒骂，又有对诺贝尔不幸爱情、婚姻的无限同情。林林总总，撒豆成兵；旁征博引，内容丰富。我们从这些有史实、有例证、有分量、有见地、寓真知于议论的文章中，感受到作者的感情是炽烈的，心地是善良的。悲天悯人的情怀充斥全书，伸张正义的笔触随处可见，呼唤自由、平等、公正、和谐的思想贯彻始终。由此，我们认识到，他的解剖刀是犀利的，他的心肠是柔软的，疾言厉语背后是一颗爱国爱民的拳拳之心。刘兴雨不仅是个爆破手，更是一个建筑师；不仅是个批判者，更是一个慈善家。他通过对历史常识的颠覆和普及，以及对历史细节的复原，肯定真善美，鞭挞假丑恶，叫人警醒，催人奋进。

历史书是统治阶级写就的，“历史文字与历史本身是有距离的，历史在被写成文字时，是有选择的。有的历史记忆被忽略和遗忘，有的被误记被扭曲。”为尊者讳，为贤者隐，是历代著史的潜规则。

刘兴雨敢于和潜规则叫板，敢于秉笔直书，廓清真相，掀开面纱，独抒己见，敢下结论，不随波逐流，不人云亦云，体现了他的独立思考精神。“怀疑、质疑是思想的工具，亦是思想者搏击蓝天的双翼”，刘兴雨正是凭借大胆的怀疑、质疑和求真务实精神，才能在历史迷雾中拨乱反正，剔除虚假，还人和事的本来面目。这充分证明，他是“一个有着强烈责任感和使命感的知识分子”。他憎恶沉默，他是一个呐喊者。言别人所欲言，言别人所不能言，而且言之有物，言之有理，使读者茅塞顿开，恍然大悟。其正本清源的启蒙、启示作用是十分显著的。这也许就是《追问历史》一书的真正价值所在，也是这本书的现实意义所在。刘兴雨是勇敢的开拓者，是有骨气的知识分子，我们向他致敬！我在阅读《追问历史》时，与作者产生了思想共鸣，对书中的绝大部分文章写了点评文字。多则五六百字，少则两三百字。主要是阐释我的阅读感受和评价意见。我见识浅薄，对刘兴雨杂文的点评无疑是隔靴搔痒，不得要领。但我还是不揣冒昧，把它们抄录于兹，希望读者批评雅正。

得民心者得天下吗

得民心者不一定得天下，而失民心者一定失天下。作者以诸多史实论证了这一命题。我认为言之有理，言之有据，值得深思。

得天下者并不一定是因其得民心，而是因为其得兵权，具武力，无人能与之抗衡。打天下凭的是实力、强力，依靠的是虎狼之师，是驾驭胜负的强弓硬弩，而非子曰诗云的仁义道德。

但统治者得了天下后，要坐稳江山，巩固政权，则必须得民心，顺民意，适应时代潮流，体恤百姓疾苦。否则，水可覆舟，民可反叛，其统治一定不会稳固。“得民众则得国，失民众则失国”，得道多助，失道寡助，失民心者一定失天下。古往今来，概莫能外。当政者必须慎思谨记。“乃知国家事，成败因人心。”此言应成为为政者的座右铭，时刻不能忘怀的。

《史记》就真实吗

“假的就是假的，伪装应当剥去。”在这篇杂文中，作者对史书的真实性提出质疑，指出了《史记》中虚构、附会的情节。这足以说明刘兴雨是个不迷信、不盲从、求真求实的人。“不唯书、不唯上、只唯实”，是治史、治学、为政、处世所应遵循的基本原则，刘兴雨认真践行了这一原则。

历史是一面镜子，但这面镜子是统治者提供的。它是哈哈镜、凹凸镜、透视镜，还是照妖镜，都是依据“为尊者讳，为贤者隐”的需要决定的。同样的历史让不同的人写，会得出完全不同的结论，“这是因为人们都为了现实的需要，才到历史的仓库中去翻析。”“阉割历史，大都为了现在的脸面与将来的利益。”正如某位哲人所说：“历史是一位小姑娘，是可以任意打扮的。”人们回避历史的真实，不敢正视历史，一方面是现实利益的驱使，一方面是由于内心的虚弱。虚弱的人不敢正视历史，同样不敢正视现实。

但毕竟墨写的文字掩盖不了鲜血凝成的史实，真相总有大白于天下的时候。“尽信书则不如无书”，诚实、善良的人们要警醒啊！

割肉与栽树

这篇杂文从秦朝、隋朝的二世而亡和汉朝、唐朝的兴盛长久对比说起，引出了“滥用民力”与“休养生息”的动因。另外，它引用唐太宗的例子叙述当一个国君，必须先保存老百姓，若损坏老百姓的利益来满足自己的私欲，就如同割自己大腿上的肉来填饱自己的肚子，肚子填了，人也死了。还通过“治国就像栽树，树根栽得牢靠，树叶才能繁茂。国君能清静无为，百姓才能安居乐业”的论述，来说明割肉与栽树是两种不同的治政理念，会导致不同的社会结果。其要害是侵害人民的利益还是维护人民的利益，是运动群众，还是关照群众。

电视剧《江山》的主题歌唱得好：“老百姓是天，老百姓是地，老百姓是山，老百姓是海。”执政为民，为群众谋福祉，是共产党治国理念的根本宗旨。不扰民，不坑民，不祸民，不骗民，让利于民，服务大众，是国家公务人员的根本职责。与民争利，损害群众利益，“只顾自己腰包鼓，不管别人饭碗空”，伤天害理，是为政之大忌。每天做着割肉的事，却毫不手软；为追求所谓政绩，塑造形象，不惜驱使群众，劳民伤财，却还自我感觉良好，认为“自己在做着利国利民的大好事”，此种行径是非常不靠谱的。

谁伤了老百姓的心，谁毁了老百姓的利益，老百姓一定会给他点颜色看看！

栽树固本，万年基业必牢固；割肉填肚，事倍功半一场空。

官无信如何

孔夫子说过：“人而无信，不知其可也。”信，就是确实，信用，诚实做人，信义做事，是一个人立身行事、创业交往的根本。个人这样，国家更是如此。“自古驱民在信诚，一言为重百斤轻。”“民无信不立。”这些经典语录似可做两种解读。一是指个人缺乏诚信，难以在社会上立足；二是说如果老百姓对统治者不信任，国家的政策就无法推行，政府就站不住脚。这就是说，只有统治者守信用，重然诺，才会赢得老百姓的首肯。“要想民信，首先要官信”，官员带头树立诚实守信形象，老百姓必然效仿。

中国历史上失信于民的事例不胜枚举。新中国建立后，也多有欺骗民众的事情发生。既伤害了民众的感情，又损害了政府的威信。老百姓不相信政府，官无信失民，政策无人拥护，行动无人支持，该是多么可怕的情景啊！

“生来一诺比黄金，那肯风尘负此心”，在全党、全军、全国人民践行社会主义核心价值观的今天，树立诚实守信、一诺千金的品格该是多么重要啊！但愿我们牢记历史教训，说实话，办诚事，信守诺言、取信于民，密切政府与人民群众的关系，把诚信建设落到实处。

百姓对子产何以先咒后颂

这篇杂文寓意深刻，宏旨丰富，启人联想，促人深思，是一篇理论与实际结合，历史与现实互现的意义凝重的优秀杂文。

子产无疑是个成熟的政治家。从他不毁乡校、不制止民众随意议论的举动，说明他是一个深谙“防民之口甚于防川”的懂民心、顺民意的当政者；从他当政后，从经济、法治、民本几个方面整治社会，使元气大伤又伤痕累累的国家逐步繁荣，证明他是一个善于治理国家的出色领导者；从他虽然执行以民为本原则，但也主张法治，树立“唯有德者能以宽服民，其次莫如用猛。夫火烈，民望而畏之，故鲜死焉。水懦弱，民狎而玩之，则多死焉”的理念，突显他是一个推行以德治国与以法治国理念相结合的合格的社会管理者。

子产的成功，说明“一个国家要想兴盛，单靠经济发展是不够的，必须有政治上的成熟作为保障。”经过30多年的改革开放的中国，从“文化大革命”的经济几近崩溃，到现在一跃而成为世界第二大经济体，堪称奇迹。但我们必须保持清醒，决不能因经济繁荣而忘乎所以，妄自尊大，为所欲为。此时，德国人韦伯的一段论述，似乎应该成为我们的座右铭；“一个长期积弱的落后民族，在经济上突然崛起，必然隐含一个致命的内在危险，而它将加速暴露民族特有的政治不成熟。这种经济快速发展与政治难以成熟之间的强烈反差，不但最终使民族振兴的愿望付诸流水，甚至会造成灾难性结局即民族本身的解体。”

这不是危言耸听，是中国正在经历的过程，必须高度重视，全力应对，化解危机，步入坦途。

冲动的天子与刚直的大臣

这篇杂文以冲动的天子和刚直的大臣之间的关系说明了独裁与民主、权利与监督互相制约的辩证关系的重要性。

“皇帝是九五至尊，口含天宪，一言为天下法”，由于他“高高在上，无人约束，无人监督，可以想杀人就杀人，想干什么就干什么”，无所顾忌，无法无天，因而使没有监督的权力导致腐败，形成绝对权力导致绝对腐败的局面。

汉代刘向说；“水广则鱼大，君明则臣忠。”独裁的暴君身边如果没有不怕死的刚直不阿的大臣敢于逆龙鳞、捋虎须，而皇帝又冥顽不化，听不得逆耳之言，那老百姓就势必深陷水火、永无宁日了。法制也就形同虚设，毫无约束作用了。

理想的情况就是唐太宗与魏徵那样的君臣关系。皇帝能虚心纳谏，从谏如流；臣子能犯颜直谏，畅所欲言。两者的良性互动就是尊重法律，维护法制。

现在皇帝老儿消失了，但独裁者还大有人在，大权独揽，个人专断，老子天下第一的现象普遍存在，在一些地方，一些领域，民主决策并未真正落到实处。

哲人们说，“一切权利来自于人民，一切权利属于人民。”要让民主制度落到实处，必须营造民主的氛围，强化监督的力度，建设民主决策的机制，创建法制约束的环境，把权力关进笼子里。上自最高领导，下至平头百姓，什么时候把法制敬若神明，奉为圭臬，认真执法，执法必严，违法必究，守法认真，国家才能走上健康发展的轨道。依法治国，不但是依法治理百姓，应该首先是依法治理政府，这样的理念才是减少独裁、专断，开辟民主监督之门的根本所在。

司马迁你何苦

这篇杂文诙谐幽默，嬉笑怒骂，正话反说，突出了司马迁的正直果敢、刚毅不阿的品格，抨击了汉武帝刚愎自用、草菅人命的恶行，引申出评判事物必须有客观标准，而不能以皇帝的好恶为原则的论断。要后行法治，破除人治，让人讲话，依法裁量，这在乾纲独断的封建社会只是个奢望。

“普天之下，莫非王土；率土之滨，莫非王臣。”视天下为私有的皇帝能按常理出牌吗?

好在独裁、专制的封建制度早已退出历史舞台，社会主义的民主法治建设为人民提供了广开言路的条件，议论时政，评价得失，建言献策，表达民意，已形成风气。这实在是社会发展之福，领导决策之助。我非常同意作者的观点；“一个社会如果总让人们为说真话付出代价，让人不敢、不肯说真话，甚至不爱听真话，这个社会一定没有希望。”但愿我们的社会能以“标准”评判言论，而不以领导的喜怒哀乐为转移。这样，“正直的人，说真话的人”才不至于遭殃。

嵇康教子的困惑

学校教育与社会现实之所以相悖是“因为社会的价值取向并不决定于上级的提倡，而是决定于现实中的吃亏与得利”。人的本性是自私的，判断是非的标准是以“我”为圆心的。趋利避害，得福纳祥，是人生的根本追求。人，只有保护了自己，满足了自己的欲望，实现了自己的价值，才能够推己及人，兼及社会。这是马斯洛需求论告诉我们的常识。

每个人都有自己的人生观、价值观。百川归海，小溪入河，汇成了社会的价值观。一个健康的社会必须树立核心价值观，以正确的导向引领人们前进。提倡什么，反对什么，褒扬什么，谴责什么，必须旗帜鲜明，观点清楚；舆论宣传，榜样示范，制度建设，措施实行，必许紧紧跟上。“什么时候，受着诚实、正直教育的人在社会上没有不适的感觉，没有痛苦的感觉”，人们的困惑消除了，诚实、正直、善良、友爱的人们不再吃亏了，社会风气从根本上好转了，我们对后代的教育也许才真正走上正轨了。

疑与不疑

唐代的陈子昂说：“天下之政，非贤不理；天下之业，非贤不成。”人才是成就事业的依靠。

用人、管人，是管理工作中最重要的内容，也是事业成败的关键所在。用人的前提是识人，管人的根本是知人。

人，是最复杂的动物，他依据形势的变化以两面派形象示人。假作真时真亦假，真假混淆难认清。要辨别其本来面目颇不容易。因为善于伪装，巧于掩饰是人的本能。“横看成岭侧成峰，远近高低各不同。不识庐山真面目，只缘身在此山中。”苏轼的诗形象地道出了识人之难，知人之困。

世界上的事物是发展变化的，人也随着环境、条件的改变而改变。“节物风光不相待，桑田碧海须臾改。”好人也可堕落为坏人，坏人也可脱胎换骨成为好人。必须用辩证的发展的眼光来看人、用人。谁忠诚，谁狡诈；谁仁厚，谁凶残；谁能干，谁愚顽，都要在时间中磨洗，在实践中考验、识别。所谓“用人不疑，疑人不用”必须是在充分考察、全面了解基础上的决策，“与其用之之疑，曷若取之之慎”，应该成为选人、用人者的座右铭。我非常同意作者的观点；“用人不疑，疑人不用，与被用者没什么关系，主要是看用人者。一方面看他的性格，一方面看他的胸怀，胆略和眼光。疑与不疑都是相对的。”

陶渊明之子怨父

这是一篇情趣盎然、意在言外的小品。它假借陶渊明儿子之口埋怨其父辞官，苦了家庭，坑了自己，来反映肮脏、腌臜的社会现实，极具穿透力，讽刺意味浓厚，批判内涵深刻，值得反复品咂，认真琢磨。

俗话说：“千里来当官，为的吃和穿。”当官即为发财，当官就是为了名和利，这是官场的显规则。像陶渊明这样，为了维护自己的尊严，不为五斗米折腰，辞官归隐，种田饮酒的无疑是另类。难怪他儿子怨气冲天，社会上也不会给予他正面评价的。

陶渊明儿子所指出的父亲辞官，给家庭带来的种种负面影响，正是折射出了官本位下社会上的种种荒唐、消极现象。这些让人惊悚、感叹的丑恶现象不但古代有，当今更有蔓延趋势。这些消极、丑陋的东西正在侵蚀着正义的肌体，败坏着和谐的环境，损坏着公平的原则，扰乱着民主的氛围，如不高度警惕，严加整饬，不唯陶渊明儿子抱怨，恐怕社会也要群议汹汹，说不定靖节先生也要后悔呢？

审判隋炀帝

这篇杂文写得很有趣，像独幕剧，上场的人物都作了淋漓尽致的表演。透过审判的表象，我们洞见了两个沉重的历史话题：一个是如何评价历史人物的功过是非问题，一个是道德约束与制度约束的关系问题。

历史人物生活在历史的场景中，对他们的评价应以当时的历史背景、时代特征、人文环境、当事人作为、民众反响、对社会的影响程度为依据，而不能拿现在的标准去衡量古人，人为地拔高或贬抑。作者以隋炀帝杨广开凿大运河为例说明，不能因为运河开通以后，对中国经济确实起到了推动作用，而否定他开凿大运河是为了自己吃喝玩乐，游幸江都，根本不是为了发展经济的罪恶。他役使上百万人劳作，使百姓苦不堪言，这血的事实是不能抹杀的。

杨广之所以敢于为所欲为，是因为他的权力没有限制。权力滥用必然为害社会，给人们带来灾难。只有将权力关进笼子里，加以严格的限制、监督，当权者才不敢胡作非为。不能单纯地相信个人的道德约束力，因为它的作用是有限的。只有强化制度约束力，加强法制建设，制度规范，依法施政，当权者才不敢滥用权力，给社会带来灾难。

唐太宗真的喜欢魏徵吗

这篇杂文提出了一个君臣如何相处的命题。唐太宗与魏徵的关系被千古传颂，奉为典范，他们之间的关系是相知相得，坦诚相待，配合默契的关系，堪称封建社会君臣融洽相处的榜样。这其中起决定作用的是太宗。皇帝至高无上，一言九鼎，有生杀予夺之权，皇帝的话就是圣旨，皇帝的决定就是政策，谁敢反对？谁敢对抗？魏徵就敢。

《左传》有云；“上下和睦，周旋不逆；求无不具，各知其极。”魏徵之所以敢于犯颜直谏，据理力争，有时竟让唐太宗下不来台，而未遭到惩处，甚而受到尊敬，是因为皇帝需要他。他谏诤时，正赶上唐太宗想治理国家，想有所作为，他需要良臣辅佐，谏臣纠错。他明白一个道理，“木材在画线之后才能锯直。君主在正直人规劝之下才能成为圣哲。”魏徵生前能得到皇帝敬畏礼遇，大概是皇帝缺不了他。他死后，唐太宗不但解除了公主下嫁的婚约，还让人推倒了他亲自为魏徵题写碑文的墓碑，就足以说明一切了。

武则天情结

这篇杂文以对比的方法论述了武则天何以成为中国历史上唯一的女皇帝，而有武则天情结者何以落败的原因，论据充分，论证有力，鞭辟入理，入木三分，极具说服力。

武则天之所以成功，离不开内因和外因的巧妙结合，恰当运用。主要是因为她巧利外物，为我所用。她的过人之处是既冷酷残忍，又刚毅果断；既有正确的治国方略，又有识人的慧眼和容人的雅量。她分得清国事、家事孰轻孰重，看得明忠臣和私属孰亲孰远。亲贤臣，远小人；明法度，抑私情，这就是武则天明智过人之处。有武则天的野心，没有她的能力；有武则天的残忍，没有她的度量，却想效法她，岂不可笑。

害虫与明主

遍查中国历史上的几百个皇帝，昏庸者居多，英明者实少。其原因复杂，难以用一篇文章几句话说得清楚。刘兴雨对此作了分析，提出了他的观点。仁者见仁，智者见智，读者诸君可作参考。

皇帝居庙堂之高，君临天下，脱离实际，脱离群众，闭目塞听，难接地气。他有限的信息大都来自臣下的奏章和身边人的鼓噪。让他在众声喧哗和颂歌盈耳中分清辨浊，正确决断，实在是勉为其难。如果身边害虫横行，益鸟潜踪，让皇帝成为明主，无疑于天方夜谭矣！

读史书时，经常会为昏君错杀忠臣、草菅人命而愤恨。读罢此文才明了，当一个英明的皇帝颇不容易。做人主更是一门高深的学问，是一门变化多端的艺术。要处理得当，要靠经验，要靠天赋，人主也有他的局限啊。

假如派个机器人

这篇杂文以唐玄宗派宦官考察安禄山和“第二次世界大战”时美国总统罗斯福派员了解苏联军队实力相比较，两方面得出了不同结论，造成了不同后果，说明了考察大员的重要作用，推导出如果没有确切弄清楚被考察者的真实情况，使考察流于形式，让被考察者带病提升，给事业造成损害，要追究考察者责任的结论，即“监督者也要受人监督”。这是用血的教训换来的真知灼见。

人们都知道，吏治的腐败是最严重的腐败，许多贪官污吏就是边贪腐边获提拔的。照理说，干部提任前既有考察，又有公示，还有领导谈话，个人介绍情况，一环扣一环，应该能确切掌握被考察者的情况，发现问题线索，引起组织注意，不至于走过场，流于形式。可是，戏法人人会变，只是巧妙不同。除了刘兴雨提到的考察者遭被考察者收买，与之串通一气、欺骗组织外，还有一种情况更值得注意，那就是某上级领导偏爱于某个干部，或某干部是他小圈子里的人，为了培植私人势力，必须提拔之而后快。他组织的考察无非是施展障眼法，走过场，图形式，欺骗视听而已。即使考察中发现了问题，或者群众举报繁多，只要主要领导闭目塞听、装聋作哑，发话提拔，组织部门又奈他何？可见，结党营私，个人专断，任人唯亲，破坏组织原则，罔顾真实情况，带病提拔，这也许才是吏治上最为可怕的顽疾。

冯道与杂草

评价历史人物颇不容易，这里首先有一个评价标准的问题，是政治气节第一，还是实际业绩优先？众说纷纭，莫衷一是。另外，还有一个历史背景问题，我们没有身处历史人物生活的时代，没有经历过风云变幻的动荡，对具体情况不可能清楚，我们只能从史书上去了解，去认识，而史书不可不信，又不可全信，这就更增加了准确评价历史人物的难度。

冯道就是一个复杂的、难以盖棺论定的历史人物。历来的评价中，贬抑者多，肯定者少。客观地说，冯道恪尽职守、忠于岗位，是个称职的公务员。在不妨碍他人及社会，并尽可能惠及他人及社会的前提下，使自己活得更幸福、更精彩这一点上，冯道做得不错。刘兴雨基本上是肯定他的，我在读完长篇小说《冯道传》后写的评论文章中也持类似观点。

我经常在思考，冯道之所以能在乱世中先后侍候五朝十帝，居相位 20 多年，大权在握，备受宠幸，成为长乐老、不倒翁，一定有处事做人的诀窍。比如他不贪色，不爱财，乐善好施，肯于助人，善于察言观色，见机行事等处世机巧就高人一筹。更为重要的是他机敏警醒，长袖善舞，左右逢源，随机应变。生逢乱世，命运如转蓬，没有高超的应对技巧和聪明睿智的头脑，像冯道这样换朝代不失相位，变皇帝不移尊崇，是不可能实现的。在某些方面来说，冯道的行止是有参照意义的。

寇准败于谁手

这篇杂文以寇准被小人王钦若陷害、罢相归隐的故事为线索，探讨了小人的特征、危害以及形成的原因，对人们识别、警惕防范小人，无疑具有启示作用。

宋代林逋在《省心录》里说："小人诈而巧，似是而非，故人悦之者众；君子诚而拙，似迂而直，故人知之者寡。"道出了小人与君子的不同特征。小人是与君子相对比而存在的。自孔夫子起，人们对小人的谴责、声讨、批判绵延几千年，但小人并未绝迹，因为现实中存在着加速他们生长的土壤和条件。缺少了小人，社会就会单调、乏味，谈不上五彩斑斓，丰富多样了。

小人之所以成势，甚至左右形势，影响领导者决策，是因为手段高超，行为乖巧。"小人其心，君子其饰，名是而实非，其天下之大害乎。"小人凭借着溜须拍马、阿谀奉承的本领，投领导所好，握领导者命门，借助领导者的权力以售其奸。整治君子，落井下石，说些损人、伤人、诬人的话，干些损人利己、损公肥私的事。

小人之所以广泛存在并受到重用，关键是领导需要。谁不愿听好话，谁不愿意被奉承，谁不愿意戴高帽，谁不愿意美滋滋？他们身边没有摇鹅毛扇、唱颂歌的人是不行的；没有看风使舵、八面玲珑、让领导舒舒服服、自我感觉良好的人也是不中的，在小人们的香风迷雾中，领导们始而警惕，继而无畏，渐而亲近，最后让小人得逞的情况是屡见不鲜的。这大概就是小人生生不息的症结所在吧？

君子为何势不两立

作者在这篇杂文中提出了"观念害人，杀人，观念也救人"的命题，振聋发聩，掷地有声，令人惊悚。

观念，是主观念想，属于意识形态范畴。观念，即主导思想，精神信仰。观念支配行动，行动体现观念。"选择了什么观念，就选择了什么命运。观念决定了人们的选择，而这种选择又决定了人生的不同走向。"

人生的过程就是选择的过程，就是在某种观念支配下实践的过程。观念的正确与否，取决于是否和社会的核心价值观相吻合，选择的对与错要看实践的最终结果。许多人之所以选择错误，是因为观念错误；唯有正确的观念，才能指导正确的行动，产生理想的结果。

我佩服王安石、司马光和苏轼这三位政治家的人品，他们是政敌，却又惺惺相惜，互相敬重。在他们认定的原则问题上，谁也不让步。可他们都是当面锣对面鼓地干，不在背后搞小动作，不干那些为人所不齿的小人行径。在人格上不互相诋毁，甚至在内心互相佩服，这迥异于常人的襟怀，肚量令人称道，他们的高风亮节高山仰止，景行行止。

苏轼缘何总遭贬

在这篇杂文中，作者探讨了苏轼何以一再遭贬的原因，他的结论是“苏轼太认真，不会来事”，他“常常只顾及自己的想法，而不顾及别人的想法”，一个人太认真，就会被人视为敌手，视为障碍。都想绕过去，绕不过去就想排除掉。这也许就是苏轼一生困顿，命运多舛的症结所在。

人们都说，性格决定命运，习惯制约性格，此话不谬。苏轼的太认真，不会来事，是他正直、倔强、率真、孤傲的性格使然。而性格一旦形成，改也难。

性格是由基因决定的，它是人的本质特征。虽然外界环境能够影响性格，但也只能改变某些习惯，要使固有的性格脱胎换骨，势比登天还难。

苏轼尽管屡遭贬谪，一生颠沛流离，一肚皮不合时宜，但并未改变其认真、求实、通脱、达观的性格。他之所以名垂千古，和他遭逢挫折、困顿，却坦荡迎对，笑面人生的性格大有关系。

诚如作者所言，“正因为有这些人在，我们才知道这世上还有公理、良知和正义，让许多在艰难中生存的人，不致对人世完全失去信心。”

柏杨为何讥讽范仲淹

这篇杂文讨论了宣传的有效性问题，很有现实意义。

古往今来，造舆论，搞宣传，让主流意识形态占领阵地，是一切统治者采取的惯用手段。何以如此？因为“凡是要推翻一个政权，总要大造舆论，总要先作意识形态方面的工作”。舆论宣传具有欺蒙视听、以假乱真的奇效，是愚弄百姓，以售其奸，掩盖真相，瞒天过海的奇谋异计。善良的人们不知就里，往往信以为真，难免上当受骗。一些无良商家肆意妄为，夸大宣传商品的效用，倾销假冒伪劣，坑害了多少消费者。因为在他们看来，“谎话重复千遍，就变成了真理。”

但在冷酷的事实面前，宣传的作用有效也有限。长期回避现实，粉饰太平，隐瞒真相，迟早有一天会露出马脚，使宣传走向反面。“虚假宣传，背离真实，在严酷的现实面前一定原形毕露，贻笑于天下的。”

岳飞死因探微

这篇杂文从探讨岳飞的真正死因入手，论及了“真士隐，假语存”，以及民族精神及人格何以被扭曲的问题。论断振聋发聩，结论引人警醒。

岳飞被杀，不是死于秦桧构陷，而是亡于宋高宗的猜忌与不满。没有宋高宗的首肯，秦桧怎敢以“莫须有”的罪名杀岳飞父子于风波亭？

岳飞的死告诉了人们一个道理：“忠果正直，志怀霜雪”，出于公心，谏诤敢言，而不看皇帝老子脸色，不揣摩最高统治者的心思，有见识又不考虑自身得失的人，不但常不得志，而且常有杀身之祸。你不顾及主子的喜怒哀乐，不按主子的需要出牌，而另搞一套，岂不找死！

《旧唐书》这样形容小人：“谄泪在脸，遇便即流；巧言如簧，应机必发。”岳飞的死造就了大批曲意逢迎、见风转舵的人。在皇帝面前，他们“既要态度谦恭，又要说话动听”，正确的意见难以表达，说真话常倒霉的现实，让人们深谙当官的诀窍，乃“多磕头少说话”，如此状态，怎能不万马齐喑？怎能不良知泯灭？

文天祥的幸与不幸

每当读到“人生自古谁无死，留取丹心照汗青”的诗句，我的心中就油然而生敬意，脑际就盘旋着文天祥铁骨铮铮、从容就义的景象，胸中就迸发出慷慨激昂的壮志豪情。

宋代的林逋说：“见善明，则重名节如泰山；用心刚，则轻生死如鸿毛。”文天祥是中华民族的脊梁，是知识分子的杰出代表，是值得世世代代景仰的民族英雄。他王气凛然，视死如归，坚持操守，保全名节，他是堂堂正气的化身，是民族精神的传承者，他的英名彪炳史册，光耀千秋。

文天祥是不幸的。任宰相后他还未能施展自己的才干，就被敌人在谈判时扣留。他更大的不幸是，他一心抗击元军，出生入死地保卫朝廷，可朝廷的代表谢道清太后却签了降表。这真是“出师未捷身先死，长使英雄泪满襟”。

文天祥又是有幸的。他给后人留下了舍生取义、杀身成仁的宝贵精神财富，他那威武不屈、正道直行的民族气节，鼓舞、激励着一代又一代中华儿女奋进前行。

我们正行进在民族复兴的康庄大道上。在实现“中国梦”的伟大征途上，我们太需要“不见风转舵，不随人俯仰，知其不可为而为之”的有识之士了。这些人好像有些愚钝，看不出火候。但恰恰是这些人，锲而不舍，顽强坚持，不怕牺牲，奋力向前，成就了我们民族的伟业。他们“是我们民族精神的烛光，让我们不至于对自己的民族失望”。

悬牌与遗训

这篇杂文分析了前代遗训为什么不能遵守、贯彻的原因。一是“人有点能力就不愿意活在别人的阴影里。有了权力后，都往往一朝权在手，便把令来行。谁用先帝的遗言来阻止，那是自讨没趣”。二是“后来人并不是一开始就有意违背，而是一开始就失掉了警觉”。三是“谁掌权都要自己说了算，都要搞自己的一套，你要想不让他搞，除非一开始就不让他掌权”。

我以为以上几条基本上是从当权者主观上寻找的原因，客观因素更不能忽视。环境、条件、情势发生了变化，先帝的遗言、遗训与现实不符，失去了执行的必要性，强行贯彻，势必弄巧成拙。此所谓“事易时移，变法宜矣”！墨守成规于事无补，开拓创新才是正途。但前代遗训毕竟是那个时候经验、教训的总结，警示作用不可小觑。

海瑞的悲哀

海瑞其人，因“文化大革命”中姚文元《评新编历史剧〈海瑞罢官〉》而家喻户晓。海瑞敢于骂皇帝，敢于藐视权贵，铁骨铮铮，其刚直不阿的性格令人赞叹；其清正廉洁、两袖清风的风骨叫人佩服。

但是，古往今来，像海瑞这样一根筋、犟死牛、不识时务、不懂变通、不虚心、不晓事、不见容于社会、不取悦于皇帝、不被同行认可、处于孤立无援、茕茕孑立地位的清流，也是蛮孤独、蛮可怜的。这是性格使然，价值观使然，怨不得环境与条件的。正如历史学家黄仁宇分析的那样；“这位正直的官员，他毕生精神之所寄，在于按照先圣先贤的训示，以全部的精力为国尽忠和为公众服务。”但这样做的后果是：“以个人而对抗强大的社会力量，加之在具体处理这些诉讼的时候又过于自信，师心自用，既没有对地方上的情形作过周密的考察，也没有宣布法律的准则，更没有建立专门的机构去调查案情，听取申辩，以作出公正的裁决，海瑞的不能成功已不待言而自明。”

即使在民主和谐的当代社会，像海瑞这样，不会变通，不讲究规则，不顾及策略，认死理，硬到底，“天下几乎没有看得惯的事情，对所有人和所有事都感到愤怒的人也是吃不开的。”有信仰与原则并不错，但这原则不是自以为是的人为原则，而是社会广泛认可的原则。当你的信仰和原则与现实与世俗发生冲突时，就应当通融、协调、寻求平衡点，在新的基础上达到妥协，皆大欢喜。而海瑞既愚且痴，固守成见，我行我素，把自己置于与别人对立的位置上，使自己陷于孤立的境地，以至于与皇帝、同僚格格不入，被视为不懂人情世故的老怪物，岂有好果子吃？别忘了曲高和寡并非誉词，和光同尘才被人接纳，“峣峣者易缺，皦皦者易污”乃实践中总结出来的真知灼见。

戚继光为何晚景凄凉

“一朝天子一朝臣”的用人原则，历尽人间沧桑，风云变幻，至今仍有市场，仍在被一些当权者奉为圭臬，频频使用。这是因为当权者需要的是“奴才”，而非“人才”。谁不想手下人都是衷心拥戴自己的人，都是俯首听命的人，都是一呼百应的人，只要是自己人，即使是凡夫庸子也要用；不是自己人，本事再大，能耐再高，也得靠边站。因为他们心中根本没有国家利益，只有个人恩怨，这样的用人观其危害不言自明。

作者在文章中介绍了两种“用人观”，一种是“不管你过去是谁的人，只要你有本事，并肯为我所用，我就放手使用”；另一种是“不管你有多大本事，只要你不是我的人，对国家有用我也不用”。戚继光战功显赫，成就辉煌，但晚景凄凉，就是这种用人观的牺牲品。第一种用人观，出以公心，五湖四海寻觅人才，使人尽其才，有所作为；第二种用人观出于私心，以人画线，斥逐人才，使竖子成名，人才匿迹。执行结果大相径庭，令人深长思之。

万历为何消极怠工

明朝万历皇帝打算废长立幼，遭群臣反对，未能得逞，遂耿耿于怀，以消极怠工的方式来抗议、报复。在长达20年的时间里，他不上朝，不视事，不批阅奏章，不答复请示，使朝政涣散，大臣离心，人人都以消极、敷衍的态度来应付局面。忠于职守者丧失信心，贪污腐败者更加有机可乘，朱明王朝走到了崩溃的边缘。

堂堂天子，赫赫皇帝，拥有天下，役使牧民，责任天大，岂容懈怠？不说做到“战战兢兢，如履薄冰”，起码应夙夜在公，忧国忧民。听良言，纳忠谏，辨贤愚，断乾纲。怎能因一己之私置江山社稷于不顾？荒唐昏聩如万历者，历史上只此一人尔。

主动作假与被动作假

这篇杂文对弄虚作假的情况作了详尽的分析，得出了“作假也分为两种，一种是积极主动作假，一种是消极被动作假”的结论。接着作者又分析了两种作假者的不同心态。“积极作假者，往往居心不良，为了邀功请赏，瞪眼胡编。”消极作假，多出于被迫，出于无奈。

窃以为，无论出于什么目的，弄虚作假，欺上瞒下，谎报事实，抛弃了真相，就等于扔掉了实事求是、实话实说的作风，背弃了说老实话、办老实事、做老实人的品格，使少数人得便宜，国家和绝大多数人吃亏。

我不敢苟同作者“被迫作假者，其人可怜，其人可鄙”的观点，无论是主动作假，还是被迫作假，皆出于私心，都是为了突出自己的“政绩”，维护自己的“形象”，获取个人的“好处”。造假之风泛滥，必然导致真话受鄙视，假语得温存；正大光明者遭贬斥，曲意逢迎、以假乱真者受重用的局面。被损害的只能是政府的威信以及人民的利益。

莫待翼满徒叹息

《论语》曰：“君子坦荡荡，小人常戚戚”，“君子周而不比，小人比而不周。”君子与小人相比较而存在，相对立而发展。表演露骨、演技拙劣的小人，人们一眼就能看清；而辨识那些以假象示人的小人，即伪君子则颇不容易。这不只是这些人精通易容术，善于伪装，而且是他们善于讨好、巴结当权者，他们向当权者表现出的绝不是恶意、嫉妒、平庸，而是效忠，还有才干。而才干平平者，因为他们会理解领导意图，揣摩领导心思，唯领导之命是从，都有把领导侍候得舒舒服服的本领，深受领导赏识和喜爱，其小人的嘴脸就讳莫如深了。

如何识别伪君子，真小人，白居易的一首诗可作参考；“赠君一法决狐疑，不用钻龟与祝蓍。试玉要烧三日满，辨才须待七年期。周公恐惧流言日，王莽谦恭未篡时。向使当初身便死，一生真伪复谁知。”

打天下用人与坐天下用人

这篇杂文很值得玩味。作者通过对君主打天下、坐天下和末世不同用人观的探讨，得出结论：“打天下时用人才，坐天下时用庸才和奴才。而到了末世，就只有用蠢材了。”

为什么打天下和坐天下的用人观如此迥异？处境不同，地位不同，权势不同，情势不同，目的不同所导致也。打天下时为了夺取政权，获得江山社稷，需要大批人出力卖命，人才越多越好。英雄不问出处，只要为我所用，效命驱驰，那是大大地欢迎，因为这时任何人才对他都构不成威胁。

而坐天下时为了保住江山社稷，坐稳龙椅，防止大权旁落。“卧榻之侧岂容他人酣睡?”用人当然要以是否对我构成威胁、是否俯首听命于我为标准了，这就要用奴才和庸才，而不能放手使用具有文韬武略的人才。总之，一切以“是否对我有用、有利无害、为核心，而根本不顾及人尽其才，量才施用。”

作者对打天下和坐天下时人主与人才的关系所做的概括既准确又生动。打天下时用人，是人主寻找人才，而坐天下用人，则是人才寻找主人。主次位置的变换是因为政治地位的改变和人主用人观的改变。用《列子》的一句话来概括这种变化也许是很恰切的；“先日所用，今或弃之；今之所弃，后或用之。”

乾隆致文人的一封信

这篇杂文写得新颖别致，于嬉笑调侃之中淋漓尽致地暴露出了文人的弱点、短板和不受人主待见之处。虽然不免偏颇，但足可令知识分子揣摩、思考。

乾隆居高临下，颐指气使，在信中毫不客气地指斥了文人们的通病和痼疾。既让我们领略了皇帝老儿的冷酷无情，阴毒狡诈，又使我们对知识分子的单纯、脆弱、多愁善感、自视甚高、自我感觉良好的劣根性有所认识。犹如一瓢冷水，泼洒在知识分子的头上，足以令他们清醒一阵子。

夫妻在一起有罪

《慎子·逸文》上说；“法非从天下，非从地出，发于人间，合乎人心而已。”

这篇杂文从太平天国制定的“夫妻在一起有罪”的规定说起，说明“一条纪律也好，一条法律也好，总要合情合理，总要下级能做，上级也能做”。即制度、纪律、法律不违背人性，合乎常理，人人都能自觉地去执行。

俗话说：“没有规矩不成方圆。”为了协调劳动，整齐步伐，统一标准，建立正常的生产生活秩序，明确制度、制定法律是必须和必要的。但制度和法律必须符合实际，符合人民群众的意愿，合乎人性，体恤人伦，有合理性和可操作性；不能凭主观臆断，割裂历史与现实，强行出台违背人性、割裂亲情、不可能彻底执行的制度、法律。这正如作者所说：“合情合理的规定，就像大河的两岸，让河水自然流淌，而不合情理的规定，像水冲巨石，肯定会激起浪花。”

慈禧做的一件好事

《格言联璧》有一段正确评价小人与君子是非的话，说得十分客观、公允：“小人亦有好处，不可恶其人并没其是；君子亦有过差，不可好其人并饰其非。”

世界上的事物都具有两重性，人也不例外。人性是复杂的，人的行为具有多面性。世上没有绝对错误的坏人，也没有十全十美的完人。坏人也可能做好事，好人也可能办错事，慈禧废除科举就是明证。

这就告诉我们一个道理；分析历史人物必须遵循唯物辩证法，具体问题具体分析，实事求是判定功过是非。既不能“棒杀”，又不能“捧杀”；既不能一无是处，全盘否定，又不能一俊遮百丑，人为拔高。客观、全面、公正是必须依据的根本原则。

珍妃死得冤吗

《韩非子·十过》指出；“贪愎喜利，则灭国杀身之本也。”一语中的，入木三分。

珍妃贵为妃子，生活奢靡，尚且不知满足，靠卖官鬻爵，大捞特捞。在一个王朝走向没落的时候，买官卖官的丑恶现象必然猖獗，贵妃的参与则更是火上浇油。正如作者所说：“一个社会的官一旦可以像商品一样买卖，这个社会保准有了毛病。人们不靠真才实学和政绩当官，而靠歪门邪道当官，这标志着一个社会开始走下坡路。”官帽一旦成为商品，权帽交易就会大行其道。卖官者手挥官帽，以职论价，高声叫卖；买官者在做了仔细、认真的成本核算，盈亏分析之后，以钱开路，舍得投入。但“投入是为了回报。凡是用钱买官的，最后都要成倍地从老百姓那里搜刮回来”。得实惠的是卖官、买官者，遭殃的是老百姓，古往今来都是如此。

我赞同作者的观点，“从古至今，一个社会只要没有完全失去理性，就不会对这种丑行不闻不问，听之任之。”

郭嵩焘的三大罪状

这篇杂文以郭嵩焘睁眼看世界，肯定西方，却被诬蔑为汉奸，不见容于朝廷，不受待见于社会的史实为例，论证了“流俗众，仁者稀”“正确的少数常常成为社会公敌”的命题。郭嵩焘的眼光与识见比当时的中国人先进20年，比有些人恐怕要先进100年，但回国后几乎没人敢用他。死后9年，仍有人要开棺鞭尸。“可见在我们国家清醒者常常是少数，而且总让人觉得不合时宜。”

为什么会出现有开放眼光的“英雄无语，俗众称持”的局面？我以为既有客观原因，又有主观因素。从客观上说，封闭的环境极权的政治，使绝大多数人眼光短浅，识见鄙陋，习惯于随波逐流，人云亦云，对新思想、新知识、新事物，总是持反对和敌视的态度，容不得有独立思想、超前意识的人。众议汹汹，群起而攻之，是必然的选择。从主观上讲，统治者出于偏见和政治需要，总是力图维护旧有秩序，一开始就将清醒的有独立见解者置于另类之不利地位，拼命扼杀其新思想、新识见，消弭其独立的人格，使其蜕变为社会公敌，哪里有发声的机会？

作者的一段话很形象地描绘出了变革先驱者们的困境：“沙漠里长不出参天的大树，板结的土地上长不出茂盛的庄稼。思想的生长，同样需要适合的土地。如果没有适合的土壤，思想的作物很难存活，即使孤单而顽强地生长了，也难免在愚昧的风暴中凄惨地倒下。”

我们现在正努力建设民主、和谐、富强、文明的社会新秩序，改革开放的大潮势不可当。保护新生事物，支持改革者，维护有超前意识，独立见解，勇于开拓的弄潮儿是每个人责无旁贷的义务。我们相信，“一个正常的社会，不会让有独立见解的人觉得无地自容，不会让他们为自己的见解丢掉工作，失去尊严，甚至丢掉生命。”

他们脑里少根弦

清代魏源有关人才的一句话说得十分到位：“人才者，求之则愈出，置之则愈匮。”在人才识别、举荐、使用问题上多根弦、少根弦，因时、因地、因人而异，不能强求一律。但设立考核标准，严格选拔程序，规范考察办法，使达到者表奖，达不到者处罚，人尽其才，充分发挥正能量，还是非常必要的。

“从古至今，用人权都是最大的权，”但权力运用是否得当，大有文章可做。荐贤者和用人者只有出以公心，为国着想，才能使人才云集，从者如流。如果每个臣子都能像狄仁杰那样，举贤不避亲，无私无畏，以国为重，何愁人才缺乏、贤人远离？如果每个皇帝都能像汉高祖那样，能听取正确意见，善于延揽、使用人才，何患天下不能得，四海不升平？

李鸿章的苦衷

1894年中日甲午海战以中国惨败而收场。这场屈辱的战争虽然已经过去了120年，但我们仍然记忆犹新，没齿难忘。

1840年第一次鸦片战争后的100多年，中国屡受外强欺辱，沦为半封建、半殖民地，签订丧权辱国条约，割地、赔款、求和，已成家常便饭。其原因，盖由中国闭关锁国、积贫积弱、国力式微、经济实力不济而致，中日甲午海战的大败亏输就是明证。

中国军舰船速慢，弹药奇缺，无枪弹可发射，怎能不在日本的坚船利炮攻击下全军覆没？为何弹药奇缺？除了慈禧太后挪用海军军费去修颐和园外，更主要的是光绪帝的老师、军机大臣翁同龢出于和李鸿章的私人恩怨，竟敢不按预算为北洋水师拨款，使海军既不能扩充新式军舰，又无弹药装备，这样的军队岂有不败之理？

"私人恩怨在所难免，问题是国难当头之际，应该一致对外，这是做人的准则。私人恩怨可以如石头一般沉于水底，却不可如墨汁把整个水弄混。"堂堂军机大臣，在国难深重之际，不顾国殇，竟运用落井下石的小人伎俩，假公济私，公报私仇，哪里还有一点重臣的气度和为人的品格？哪里还有一点民族的尊严和正气？翁同龢的丑行，人们永远都不要忘记，要世世代代把他绑缚在历史的耻辱柱上清算。

可是，痛定思痛，冷静研讨，北洋水师的覆灭，李鸿章的失败，难道真是翁同龢一人造成的吗？

秋风宝剑孤臣泪

李鸿章是个复杂的历史人物，正确评价他，给以恰如其分的定位并不容易。我们总不能把甲午海战的失败，把签订《马关条约》《辛丑条约》，割地赔款，丧权辱国的责任都推到他身上，因为决策者是慈禧太后，李鸿章只是执行者。

但李鸿章真能置身事外，毫无瓜葛吗？非也！李鸿章是个变色龙，他善于察言观色，看风使舵，尤其能准确把握老佛爷的心思与脉搏，并投其所好，为主子出谋献策。慈禧的决策中，李鸿章的影响因素不可低估，他和一系列丑行是脱不了干系的。

慈禧为什么不让左宗棠这样的"鹰派"去和外国侵略者谈判？为什么慈禧评价李鸿章是"久资以任，劳瘁不辞"？他死后，为之流涕，感叹"大局未定，倘有不测，这如此重荷，更有何人分担？"可见慈禧与李鸿章是"心有灵犀一点通"，他们的思想脉搏是互动的，他们丧权辱国的行径也是彼此一致的。

李鸿章把握住了慈禧的命门，慈禧利用李鸿章以售其奸，这才是他们"亲密合作"的基础。

统治者的闹心事

皇帝选拔接班人是颇费脑筋的麻烦事。皇帝选拔接班人的标准是一要忠诚，二要能干。"不忠诚便不可信，而不能干便无法服众。这两样缺一不可。"但愿望归愿望，现实归现实。人性是复杂的，人心是难测的，行为是多变的。大凡有能力、有本事的人做事常常不愿循规蹈矩，他们往往心气很高，不肯平平庸庸，甚至总是自己另来一套。这必然触犯禁忌，惹得龙颜大怒。虽然有"立子以嫡不以长，立嫡以长不以贤"的规矩，但嫡长子的地位并不稳固。一方面失去老皇帝信任可能被废；另一方面皇位谁不想争夺？"在夺位之争中，最后胜利者，常常不是最有能力者，而是最有心计者，最善于伪装者。"可见，立嗣与夺嗣是一场血与火的斗争，闪耀着刀光剑影，弥漫着血雨腥风，令人不寒而栗！

办张报纸为一人

这篇杂文从袁世凯的儿子袁克定伪印《顺天时报》只给老袁一个人看，以隐瞒真实情况，欺骗老袁，玩弄权谋，以售其奸说起，谈到了办报宗旨和报纸的取向问题，我以为很有现实针对性。

报纸是面向社会的宣传工具，是大众媒体。报道真实情况，反映大众呼声，引导正确舆论，宣传好人好事，使上情下达，下情上达，密切政府与人民群众的联系，是报纸担负的主要任务。诚如作者所说：“报纸的作用应该是个排气扇，老百姓有什么困难和冤屈，有报纸宣传，就不至于憋到爆炸的一天。”

哪张报纸只为少数人服务，只满足少数人的口味，而忽视了人民大众的需求，这张报纸一定是短命的。

孙中山的致命弱点

这篇杂文指出了伟大的革命先行者——孙中山先生的致命弱点：“对人一味宽宥，过分忍让。”由于他太过宽容，极度忍让，使恶人没有受到惩处，野心家没有遭到清洗，终致辛亥革命的成果被袁世凯窃取，孙先生遗憾离世，他的教训值得认真总结。

我非常同意作者的观点：“宽容并非恶德，但凡事终须有度，一过限度即生舛错。”适度宽容，让人感怀；无限宽容，即是放纵。放纵的结果，既毁灭别人，也毁灭自己。孙中山之所以发出“革命尚未成功，同志仍须努力”的慨叹，皆因他一味迁就、宽宥、退让，使一些野心家，阴谋家肆无忌惮，浑水摸鱼，革命成果付诸东流。岂不可惜，可叹！

社会纷纭，人性本恶。“没有相应的约束，就会造成灾难。对不同的过失采取不同的处理方式，才会进退有据。”绝不能宽宥像蛇一样的恶人，绝不能原谅疯狗一样的小人，绝不能相信品性使然做坏事的劣人。对敌人放纵，就是对民众的犯罪。在肆无忌惮，阳奉阴违面前，必须坚决回击，果断处理，容不得好好先生存在。

蔡元培先生的遗憾

蔡元培先生是北京大学的创建者，五四运动的领导者，德、智、体、美、世界观教育，五育并举的倡导者。“北大之大乃蔡元培之大，而蔡元培之大，是他在那个愚昧黑暗专制的时代开天辟地，高瞻远瞩，倡导思想自由，兼容并包，领袖群伦，是他竭力地鼓吹科学与民主，是他的无所不包和有所不为的博大与雄浑。”

蔡元培对大学的定义是：“大学者，研究高深学问者也”“大学为纯粹研究学问之机关，不可视为养成资格之所。”“学者当有研究学问之兴趣，尤当养成学问家之人格”。这个定义是十分恰当和准确的，就是放到今天也不过时。正如作者所说：“蔡元培是中国500年一出的圣人。在20世纪的中国能与蔡元培比肩的只有鲁迅，但蔡元培自有鲁迅所不能比较的特殊意义。”

蔡先生远见卓识，洞若观火，明确提出，“教育是个性与群性平均发达的……教育是求远效的。”这就是著名的关于“教育具有独立性”的论述，真知灼见，熠熠生辉。

蔡先生海纳百川，有容乃大。“他掌北大时，风云际会，人才济济……极一时之盛。”他无愧于一代宗师。

先生之风，山高水长；大师风范，历久弥新！

如果断了这根血脉

毛泽东是非常崇拜鲁迅的，他评价鲁迅是中国文化革命的主将，他的骨头是最硬的。“鲁迅是上苍赐给中华民族的宝贵财富，他的意义不仅在文学，更在于他的人格和思想。”“鲁迅不仅是我们民族的财富，也是‘五四’以后一条鲜活的血脉。”

但是，这条血脉，有时被扭曲，有时若断若续，有时被错误解读，鲁迅精神似乎离我们越来越远了。

中国不能没有鲁迅精神，中国人不能没有鲁迅的人格与风骨。“只要社会的丑恶存在一天，鲁迅就一天不会过时。”在建设和谐、民主、文明、富强的现代化国家的进程中，我们仍然要继承和弘扬鲁迅精神，继承和发扬他那洞若观火、明察秋毫的判断力，犀利尖锐的批判力，解剖别人同时也毫不留情地解剖自己的行动力，弘扬真善美，批判假丑恶，把社会主义核心价值观落到实处，结出硕果。

“鲁迅不仅是旧中国的鲁迅，而是中国的鲁迅，愿有良知的中国人都能懂得这一点。”

一字之易未可轻

宋代诗人黄庭坚有两句诗写得颇富理趣：“真是真非安在？人间北看成南。”道出了辨析真假颇不容易。

为尊者讳，为贤者隐，为当权者制造假相，隐恶扬善，树碑立传，似乎已成为著史的显规则。在堂而皇之的张扬下，许多历史真相被曲解，被篡改，有的甚至湮没无闻。有时候，“墨写的谎言掩盖不了血染的事实”的情况不一定会出现。

历史的真相只有一个，出于不同政治目的的需要，真相往往成了花枝招展的小姑娘，任人打扮。这就需要拨乱反正，正本清源，还历史以本来面目。

但是，“说出一个现实的真相不易，说出一个历史的真相也不易。”“说出历史的真相，不仅需要学识，也需要勇气。”共产党人是有这个勇气的。

“正视历史，敢于说出历史的真相，是有力量，有自信的表现。”随着实事求是原则的深入、扎实贯彻，随着研究风气的改变，我们有理由相信，更多的历史真相一定会逐步披露出来。

胡适为何被围剿

按时下的说法，胡适是名副其实的大学者、大先生，是新文化运动的领军人物，是开风气之先，不坠青云之志的大师。他的人格风骨，思想情怀，学术风范，学问造诣，堪称时代的榜样。

胡适先生兴趣广泛，著述丰富，对文学、史学、哲学、考据学、教育学、伦理学、红学等都有精到研究，贡献颇丰。在中国新文化运动的史册上，他的名字必须浓墨重彩地被书写。

胡先生的座右铭是“宁鸣而死，不默而生”。他的宗旨是站在公正的立场，不受党派的左右，批评所有不民主、反科学的行为，做政府的诤友和谏臣。他曾说：“我是一个爱自由的人，我最怕的是一个猜疑、冷酷、不容忍的社会。”

正因为他挚爱自由，遵从真理，维护正义，所以他的思想必然天马行空，无拘无束，言人之不敢言，批评人之不敢触及之事物，这就必然与当政者发生矛盾与冲突。因为“一个内心虚弱的专制统治者，不但碰不得，也是说不得的。”他既受到共产党的批判，又被国民党两次围剿就毫不奇怪了。

如果胡适遇上姜太公

人生就是选择，生命的过程就是选择的过程。能否精彩选择，一是自己的选择是否正确，幸运是否光顾；二是时代是否允许你自由选择，自主择业。“我们最好能赶上自由选择的时代，自己决定自己的命运。三是遇上可以商量的时代，千万别碰上不由分说的时代。”

在专权时代，人们根本没有选择的自由，你的命运是由“组织”摆布的。在“统一分配”的体制下，人的自由选择权、自我让渡权被剥夺了。你热爱的专业干不上，你不喜欢的专业偏让你干。没有兴趣，缺乏激情，穷于应付，勉为其难，既是在浪费时间，又是在虚度生命。

改革开放三十多年后的今天，人身自由了，选择权放开了，自己可以决定自己的命运了。每个人都可以根据自己的学识、特长、兴趣、爱好，去追寻中意的工作，去选择自己的生活道路。天高任鸟飞，海阔凭鱼跃，为实现自己的理想和抱负，去努力拼搏吧。

陈独秀为何被罢免

我们过去一直认为，是陈独秀的右倾投降主义导致了轰轰烈烈的大革命的失败。陈独秀是板上钉钉的罪魁祸首，是错误路线的头子。如果不是新时期的思想解放浪潮，拨乱反正，正本清源，澄清历史真相，陈独秀“断送革命的帽子”是永远摘不掉的了。

好在历史真相正在越来越多地披露出来，我们才能穿过迷雾，透过屏障，了解到许多新情况、新信息，并据以作出新的判断，得出新的结论，使诬蔑不实之词得到纠正。使历史真相大白于天下。

陈独秀为何不去延安

陈独秀为何不去延安？绝不是如他所说，守常不在了，延年、乔年也不在了，我去找谁呢？他之所以不去延安，是断难接受强加于他身上的不实之词和苛刻的条件，违心地承认自己是“托派分子”。他要维护自己的尊严，也希望得到别人的尊重。俄国文豪陀思妥耶夫斯基说：“假如你要别人尊重你，你首先就要尊重自己，这是最重要的。只有这样，只有当你尊重自己以后，你才能得到别人的尊重。”陈独秀的举动很好地诠释了这一论述。

陈独秀被罢免后，颠沛流离，过着流浪的日子，但他绝不企求别人的怜悯。死的时候，他屋里的墙角还堆着自己种的土豆。他生活需要钱，但他毅然决然地退回了时任国民党中央秘书长、教育部长张国焘寄来的500元钱。据说，周恩来的资助他也退回了。陈独秀无论在狱中还是临死之前，都保持了他的尊严。做到了“富贵不能淫，贫贱不能移，威武不能屈”。陈独秀是一座高山，巍峨壮观，令人景仰。

名节如璧不可污。陈独秀在千夫所指、万人唾骂的困境中，依然坚守节操，修身如玉，不因失意而失志，不因卸职而失德，坚持名节，恪守道义，真若日月经天，江河行地，令人叹赏！

历史是公正的，时间是最公允的裁判员。陈独秀的功过是非，他的人格、品质，他被打成右倾机会主义者、托派分子的始末缘由，他背负的历史骂名的由来，随着一幕幕的历史剧的再现和一件件史料的披露，真相越来越清晰，本来面目越来越明亮，我们对陈独秀的固有认识，对他不公正的评价，似乎应该改变了。

陈独秀与女工，胡适与小脚女人

此篇杂文从陈独秀、胡适的夫人是女工和小脚女人谈起，分析其原因，论述其影响，推导其结局。得出“他们所以如此，大概看透了人生，觉得跟谁过也是如此，不过找个相伴的保姆而已”的结论，人一旦有了消极的念头，便会有消极的行动。

人在婚姻上消极，个人生活就可能消极；个人生活消极，对整个社会生活就可能消极；对社会生活消极，就容易导致颓废；而一旦颓废，对自己、对家庭、对社会必然造成伤害。大人物的颓废，后果更加严重。颓废和腐败是孪生兄弟。他们颓废了，不但糟蹋自己，也糟蹋了国家；不但坑害自己，也坑害别人，影响恶劣，后果严重。所以，千万不可小看家庭、婚姻问题。

鲁迅、郭沫若的原配夫人

列夫·托尔斯泰说：“只有爱情才能使婚姻神圣，只有使爱情神圣的婚姻才是真正的婚姻。”以这个标准来衡量鲁迅、郭沫若与原配夫人的婚姻，无疑是痛苦、失败的婚姻。因为他们是“父母之命，媒妁之言”的产物，鲁、郭有权拒绝，有权冷漠对待。正像作者所说：“人们有权选择自己的生存轨道，别人没有资格嘲笑。人们选择哪一条轨道，都有自己的理由，这种理由不必说服别人，只需说服自己。”

朱安和张琼华的命运既让人同情，又叫人感佩。她们之所以甘愿过着“守活寡”的生活，是因为固守着自己的生活观念。而在她们的观念中，“很重要的一点是责任。”在那个时代，由于她们所受的教育，她们只能守着那个空空的名分，她们在内心深处也许认为这就是命运。而命运是无法抗拒的。

朱安、张琼华似乎甘于只有夫妻名分，却没有夫妻生活的苦寂人生。她们“不求对得起自己，只求对得起别人。”责任的萤火，照亮了她们寂寞的人生旅途。她们坚守着这份责任，对鲁、郭至死不离不弃，善良的感情，坚忍的精神，难能可贵，值得敬重。没有任何理由谴责她们的愚昧与固执！

人生，就是选择，生命的过程，就是选择的过程。朱安、张琼华选择了有名无实的“婚姻”，选择了空有名分的“守活寡”的生活，注定了她们的一生是痛苦的、落寞的。

“凝视着她们孤苦的身影”，让我们“洒下一掬同情的泪水”。

神圣的装饰

这篇杂文的主旨是反独裁，争民主；祛木偶，要真人。构思巧妙，类比形象，实例很具说服力。“对独裁者来讲，你顺从他，他就把你当成装饰，以显示自己的民主。你不顺从他，他就把你视为障碍，必欲除之而后快”。这个结论准确、精当，活化出了独裁者既强奸民意，变国会、议会为橡皮图章、表决机器，代表们形同木偶，任人摆弄的霸蛮嘴脸，又道出了代表们无所适从的两难选择。论述真实，剖析深刻，对现实很有启示作用。

文章写得别致、鲜活，没有道学先生的说教。它由领导拍照时背后做装饰物的书柜说起，过渡到国会、议会的象征性质，引申出“在独裁者眼中，它们都不过是一种装饰物而已”的结论，发展自然，水到渠成，没有矫揉造作之感。

特别值得一提的是，作者对独裁者的剖析深入骨髓，入木三分：“在他们心中，只有自己才是最聪明的，才是最有权力的。所有的国家机器都得自己操纵，而那些会里的什么人，都不过是自己可以任意摆弄的木偶。”

从延安走出的四位老人

这是四位可贵、可敬、可爱、可学的老人，这是四位一生光明磊落，追求真理永不停步的老人。寻觅他们的思想探索、精神寻幽的踪迹，令人佩服不已，激赏有加。

“疾风知劲草，板荡识诚臣”，几位老人一生矢志不渝，反对专制，追求自由与民主。虽然被当过右派，被划过右倾，被劳动改造过，甚至进去过大牢，但却虽九死其犹未悔。以追求民主自由始，以追求民主自由终。

他们四位不约而同地在晚年反对专制，呼唤民主，这不是偶然的巧合，而是共同的责任感、使命感，让他们做出了共同的选择。

四位老人更值得我们钦佩的是“不断地学习，不断地接受新的思想，不僵化，不保守”，与时俱进。他们之所以能保持自己独立的思考，有义无反顾的探索精神，有惊世骇俗、振聋发聩的著作问世，是因为学问渊博，学识宏富，学风端正，学以致用。

而反观现实，许多人沉迷于廉价、低俗的娱乐之中，兴趣盎然，不能自拔。真正视读书为快乐的人越来越少，遑论追求和探索了。现在对真正关系到社会进步与民族复兴，有见解、有思想的图书涉猎者、研究者似乎少得可怜，而那些低俗、庸俗、媚俗的玩意儿却大行其道，很有市场，其可怪也欤？这是社会的悲哀，也是民族的悲哀。

假如我是唐僧

这篇杂文从唐僧为惩治孙悟空，大念紧箍咒，疼得孙猴子在地上抱头打滚说起，从中悟出一个道理：人有了一定位置，就有了一定威严，而且要时时维护这威严。有冒犯威严者，往往就要倒霉。

唐僧不就是这样吗？他仗着自己是取经的正宗，不管什么好赖人，顺我者昌，逆我者惩，把忠勇无畏的孙大圣修理得服服帖帖，他自己也觉得至高无上。“人有了一定地位，就喜欢别人顺从，喜欢一呼百应，喜欢别人阿谀奉承，对那些敢于批评自己错误的人，心存反感，甚至必欲除之而后快。”在这样情势下，“忠诚能干的人往往被束缚，顺从而狡猾的人往往被倚为心腹，弄得小人欢心，好人伤心。”

权势、地位、话语权，都可以成为资本。人一阔；脸就变；脸一变，道走偏。在众声喧哗中，万众献媚，群族讨好，又自我感觉良好，不知反省、不辨真假的当权者、当势者难免在小河沟里翻船，弄个鸡飞蛋打的下场。

不批老马又如何

英国哲学家培根有一段话说得非常好，有助于我们理解为什么真理往往不能被人接受的原因。他说："在人类的历史长河中，真理因为像黄金一样重，总是沉于河底而很难被人发现；相反地，那些牛粪一样轻的谬误倒漂浮在上面而到处泛滥。"

俗话说："不当家不知柴米贵，不养儿不知父母恩。"人们似乎只有亲身体验到的东西，才知道重视和珍惜。可人生有限，知识无涯，虽然有些事物，我未接触过，可是先人、他人已经实践过，并总结出了切实可行的经验和办法，我们依据实行，并不会上当受骗。

但人就是怪，正确的东西并不那么容易被接受。像马寅初提出的控制人口主张遭遇就是这样，不但被断然拒绝，反而自己遭受批判。也许人们只有在"吃了大亏以后，才会痛定思痛，加以反省。没吃大亏之前，你劝告他什么，他认为是杞人忧天"，并不往心里去。这就是思维定式，或者叫惯性思维。这种思维方式和我们民族长时间的封闭、保守是大有关系的，以我为中心，以亲身实践为依据，宁信自己、不信他人的结果，就是延宕了我们的前进速度，迟滞了我们的改革步伐，我们是大大落后了，这种民族的劣根性已到了非改不可的时候了。

一个正确的观念，最高领导首先要带头接受，并积极宣传，大力倡导，起示范作用；其次是各级领导要响应最高领导的号召，率先垂范，落实正确观念；最后，普通百姓也必须拥护正确观念，拥护正确决策，在各自的工作、生活领域抓落实。只有上下同心，互相促进，正确观念才能生根、发芽，开花、结果。

悲剧可以避免吗

这则寓言式的杂文，选取三位年龄不同，职业不同，文化底蕴不同的悲剧牺牲者探讨"悲剧可以避免吗"的沉重话题。他们的共识是："人类的有些悲剧可以避免，前提是要把前车之鉴告诉大家。"

悲剧的产生离不开瞒和骗。"封锁和隐瞒是对宝贵生命的戏弄。"把人民群众视为草芥，戕害生命，又不敢公开事实真相，引以为戒，只能导致悲剧重复发生。正像作者所指出的："大家知道悲剧原因与事实真相并不能天下大乱。"而"瞒和骗只能使悲剧不断上演。"

牛虻与病梅

这篇杂文立意深刻，说理透彻，剖析犀利，论辩精当，说服力强，是一篇堪称经典的杂文。

文章从什么是知识分子的使命和作用入手，引出知识分子是"牛虻"，应叮咬国家这头庞大而行动迟缓的牲口的命题，接着分析以儒、法、道、墨为代表的中国传统文化缺乏批判精神是造成缺少"牛虻"式知识分子的源头，而历代帝王大兴文字狱，使知识分子战战兢兢，谨小慎微，都成了"病梅"，造成了"极权主义，废除了思想自由……它不仅不许你表达——甚至具有——一定的思想，而且它规定了你应该怎么思想"这样一个万马齐喑的局面。

现实的情况和以前大不相同了，但阻碍知识分子履行使命、发挥作用的障碍还不少。要想使“病梅”变回“牛虻”，一方面，要有鲁迅、顾准这样的富于责任感、敢于批评的知识分子；另一方面，也是更为重要的，是国家必须宽容，充满自信，任人挑剔，为知识分子创造和谐、宽松、温馨、民主的政治环境和社会环境。“敢于让人挑剔的国家是有自信的国家，敢于接受批评的政府是有力的政府”，我们对此满怀希望。

作者充满信心地认为：“什么时候‘病梅’都变成了‘牛虻’，我们的国家就会像一个充满新鲜气息的少年，让天下人刮目相看。”

文化昆仑与文化长城

唐代顾况《行路难》诗曰：“凡物各自有根本，种禾终不生豆苗。”说明环境，条件不同，结果也不相同。

钱钟书和南怀瑾都是文化大家、学界名人，但由于所处的政治、社会环境不同，心态也就不同，行为方式也就不同，创作实绩也自然不同。

钱钟书是躲避现实，欲说还休；而南怀瑾是直面现实，无所顾忌。钱钟书身处紧张的环境中，谨小慎微，很怕触犯各种戒律；而南怀瑾身处宽松的环境中，可以任意挥洒，出言无忌，把学问做到尽善尽美。两人所处的人文环境不同，命运和成就必然殊异。作者断言：“环境宽松一点成就大一点，如果无限宽松，成就也就会无限之大。”

但我认为，环境不是唯一的决定因素。事在人为，环境可以改变人，人也可以改变环境。身处逆境也可能创造出惊人的业绩。一个人的命运、成就，和他的性格、学识、素养、经历、做人处世的原则息息相关。评价人物要从多方面入手，全面考察，而不能偏于一隅，以偏概全。

为察见渊者言

敢说真话的人，勇于揭示真相的人，准确预言事物发展趋势的人是英雄。“他们把看到的危险说出来，既不是为了哗众取宠，也不是为了讨什么封赏，而是出于对人们的爱。”可是，在万马齐喑、黑云压城的年代，他们却成了批判讨伐的对象，“没有立足之地，不但掌权者看不上他们，普通的百姓也不接受他们。他们冷静的声音常常湮没在狂热的呼喊中”，有的甚至被摧残、迫害致死。这是多么让人痛断肝肠的惨痛教训啊！

历史的经验值得注意，谔谔之士的命运令人牵挂。现在，政治、社会环境越来越宽松，民主、自由的氛围越来越浓厚，应该鼓励人们说真话，让他们公开而充分地表达自己的观点。“不但让他们没有禁忌地说，而且不以言治罪”，不堵塞忠言之路。庶几，社会才会和谐、稳定，民主与自由才会真正实现。

不能忘记的三个人

宋代曾巩有诗曰：“举世不知何足怪，力行无顾是豪雄。”这慷慨的诗句用来诠释吕荧、万枚子和钟伟这三个铁骨铮铮的硬汉是再恰切不过了。

这三个人虽然出身不同，学养不同，地位不同，性格不同，却都敢于挺身而出，说真话，揭真相，表观点，明立场，不随波逐流，不人云亦云，因而被人们称道，被历史铭记。

“豪气贯日月，英风动大地。”在那政治环境极端恶劣、阶级斗争甚器尘上的严酷氛围中，在群情激愤、众声喧闹的躁动中，他们义无反顾，视死如归，敢于坚持真理，反映真相，难能可贵。之所以有如此胆量和气魄，“是因为他们超乎常人的勇气，”“是因为他们有超乎常人的见识，”他们“用自己的良知去判断，用常识去判断，他们并不比别人聪明，他们不过是没有丧失良知，没有失去常识而已。”

虽然，事情已经过去了许多年，三位勇士也早已作古，但我们必须记住他们，学习他们，他们不顾个人安危而为天下大声疾呼的果敢、无畏精神，坚持真理、维护真相、不惧淫威、特立独行的高贵品质，为维护公平、公正、正义而高声呐喊的光辉形象，将彪炳史册，光耀千秋。

为小人辩护

如何识别小人?《管子》告诉了我们方法：“审其所好恶，则其长短可知也；观其交游，则其贤不肖可察也。”听其言，观其行，辨其踪，识其心，小人无所遁形!

这是一篇给小人画像，揭露其伪装，展示其肮脏心态，暴露其丑恶灵魂的杂文。以“辩护”命题，旨在抨击、斥责，似褒实贬，似赞实批，痛快淋漓，活泼酣畅，入木三分，无比精当。

文章层层递进，斩木剥笋，充满睿智。以诙谐幽默的语言剥开小人画皮，揭穿他们的险恶用心，卑鄙灵魂，可耻伎俩，阴险手段。把他们的巧言令色，工于算计，阴暗嫉妒，投机钻营的本质暴露在光天化日之下，让人们认清他们狡诈、谄媚的嘴脸，看准他们的无耻行径，群起而防之，少上当受骗，少遭打击暗算。

文章的语言犀利、泼辣，穿透力强，时有经典、睿智的论断显露。如：“小人有一种不屈不挠的精神，不达目的誓不罢休。他们能集中全部精力去做一件事，去坏一个人，别人用大部分时间工作，他们用大部分时间整人。”机锋妙语，入木三分，读来大快朵颐。

圣人与妓女

人是具有多面性的动物。明代的庄元说：“小人有恶中之善，君子有善中之恶”，恰切地反映了人的行为的复杂性。

圣人与妓女，地位悬殊，声名迥异，一个是人人顶礼膜拜的完人，一个是人人鄙视的烂货。但实际上，“圣人”未必真的高尚，妓女也未必全是腌臜，关键要看光环卸去后赤裸裸的灵魂。

圣人也有七情六欲，也有私心杂念，也有厉害计算，趋利避害他们也是要考虑的，事关名利与荣辱，他们有时也会斤斤计较，也会做错事或干坏事。所以，圣人不一定事事正确，妓女也不是一无是处。文中提到的严蕊，其正义凛然、维护声名与尊严的举动不就是明证吗?

圣人未必完全可靠，妓女也未必完全可鄙。既不可对圣人迷信，也不可对妓女冷眼。都要听其言，观其行，都要靠严格的制度和有效的监督来判别。事实胜于雄辩，孰优孰劣，谁高尚谁卑下，在严格的制度和有效的监督下，一定会昭然若揭。

作者的一段话说得非常好：“与其相信一个人的道德操守，莫不如相信严格的制度和有效的监督。”在严肃、严格的制度面前，谁都会显露出庐山真面目的。

英雄与异性

这是一篇对“英雄”概念进行拨乱反正，把英雄从不食人间烟火的圣殿重新拉回到现实生活中的雄文；是祛除木雕泥塑的偶像，让英雄回归社会的呼喊。读这样的文字，品这样的语境，真有醍醐灌顶、畅快淋漓之感。

英雄出自群体，英雄源于普通。“英雄能忍常人所不能忍，为常人所不能为。但并不是说英雄就没有常人的需要，没有普通人的欲望。”英雄也是有血有肉，有七情六欲的普通人。交往异性，寻求浓烈感情，渴望爱情，追求幸福，也是他们的人生需求，但有需求，“又不为它所困，才更见得他们的不同凡响，非同寻常。”

“无情未必真豪杰”，鲁迅的诗就是对英雄丰富感情的最好说明。

远去的将军

将军决战岂止在战场？将军的血性气概不仅仅体现在金戈铁马的战场上，气吞万里如虎；也渗透在和平日子里的敢于担当、勇于迎对的大义凛然上。万义、王必成，尤太忠的拳拳之心，铮铮铁骨，谔谔之情，令人动容，叫人感慨。在血性面前，冷漠与权谋，回避与退缩，显得多么苍白无力。

何必等到自毙

这篇杂文从解析“多行不义必自毙”这句古话入手，引申出“如果让贪污者刚伸出手就把它按住，国家的钱就不会大量流失；如果让欺压百姓者刚行不义就受到谴责，老百姓就不会怨气冲天”的殷切希望。因为“与其让坏蛋多行不义，然后自毙，不如让他们刚行不义就受到制裁，”既省了力气，又省了麻烦，不仅百姓少受苦难，国家也少受损失。这种期待无疑是善良、敦厚的，作者忧国忧民的情怀值得赞许。但美好的愿望和严酷的现实总是有距离的。行不义者有个暴露的过程，人们也有个识别的过程，把罪恶扼杀在萌芽之中不太具实际操作性。

树欲静而风不止。要让行不义者及早收手，及早受到惩治，不能仅仅靠这些人的良心发现，要靠法律和监督，靠强有力的法制。只有创造出一个严密、严格、严肃、严正的法制环境，使人人敬畏法律，人人遵纪守法，行不义者才会失去作恶的条件，做了恶才会及时受到惩罚。期望行不义者良心发现，停止为非作歹是绝不可能的。

马向东胜出与张鸣岐落聘

《马向东胜出与张鸣岐落聘》是一篇以事实为依据，针砭选人、用人积弊，抨击吏治管理潜规则的好杂文。

《荀子·大略》曰：“岁不寒，无以知松柏；事不难，无以知君子。”道出了识人辨才之不易。

一个贪官和一个好官竞聘同一岗位，结果是贪官胜出，好官落聘，怎么不让人心生疑窦，大跌眼镜。

其实，仔细斟酌，耐心思量，这并不奇怪。当时，马向东正如日中天，炙手可热，罪恶尚未暴露。另外，更为重要的是，左右这一结局的是官场荐人、选人、用人的潜规则。

对这一潜规则形象化解读的是民间流传的一则顺口溜："说你行，你就行，不行也行；说不行，你就不行，行也不行。"横批是："不服不行。"在一些地方，一些领域，决定官员命运的不是德才兼备，选用官员的组织原则也不是选贤任能，量才施用。官员能否被提拔使用，是凭主要领导的好恶，靠投机者的钻营，靠背后的关系、靠山，而不是靠真才实学，群众基础。主要领导一锤定音，一个人说了算的局面不打破，跑官、要官、买官、卖官的潜规则不破除，民主集中制的原则得不到真正执行，"坏人得势，庸人升迁，好人战败"的悲剧就将不断上演。

这是一切有良知的人都不愿看到的。

想起孔繁森订《诗刊》

人生在世，潇洒一生，必须培养自己健康有益的兴趣爱好，丰富业余生活，提高文化情趣。诚如英国哲学家培根所说："有什么样的情趣，就有什么样的思想；有什么样的学识和见解，就有什么样的谈吐。"

一天24小时中，人们用于工作的时间也就8小时。8小时以外的业余生活如何安排，确实能区分出高雅与粗俗、尊崇与卑下之别。"从一个人的业余生活更能看出一个人的本来面目。"

美国的一位总统说过："权力使人腐化，诗使人净化。"孔繁森在繁忙工作之余阅读《诗刊》，陶冶情操，净化灵魂，涵养性情，提升品位，"使他始终保存着人的良知和温暖的人情味，使他无法在人们的苦难面前闭上眼睛。"

正如作者所说："一个人的业余生活，往往注定了一个人的精神等级。""高雅的业余生活，会使人的心灵变得高贵。""一个人业余时间投入的精力，可以决定你成为什么样的人。"

大千世界，五光十色，灯红酒绿，诱惑多多。举世焦虑，全民浮躁的今天，是多么需要人们沉下身来，静下心来，听听音乐，读读诗，看看名著，品品图画，给心灵放个假，给头脑洗个澡，享受宁静、安逸之美啊！摒弃喧闹和浮华，抛掉虚荣和名利吧，精神享受才是最愉悦的美！

华盛顿为何急流勇退

人贵有自知之明，华盛顿了不起！他不但领导美国人民结束了英国的殖民统治，也领导制定了美国第一部宪法。他不但是打天下的英雄，也是开国元勋，美国第一任总统。他更为人敬重的是做了两届总统后，急流勇退，不再谋求连任，把总统权杖交给了"更胜任"的人。他为民主政治开了个好头，以身作则地否定了终身制。

华盛顿之所以不贪权恋位，是因为他有自知之明。"他想得更多的是自己才疏学浅，经验不足，想的是国家利益，百姓福祉，而不是一己私利。""他的这个决定，可以说是人类历史上最有意义的决定之一。没有这个决定，没有这个表率，很难想象美国后来人能那么自觉地到两届期满就交出权杖。"华盛顿的眼光是敏锐的，他认识到了自身的不足；华盛顿的眼光是远大的，他洞察到了美国的未来；华盛顿的眼光是坚定的，为了创建民主、自由的新制度，他义无反顾。华盛顿是值得尊敬的。

林肯死因别解

受人点水之恩，必当涌泉相报，这是中国人的处事原则，它源于深厚的传统文化，绵延几千年，经久不衰，发扬光大。

外国人也身怀感恩、报恩之心，林肯为陪夫人去剧院看戏，而被一个演员刺杀。其实，他本来是不想去剧院的，因为对妻子心存感激，对妻子有求必应，才导致惨剧发生。

受了别人的恩惠，心存感激，想方设法报答，这是有良心的表现。“感激是一种高尚的感情，人怀着感激的心生活往往就心态平和”，情感就深厚纯真。现实生活中，“没有多少东西是我们理所应当得到的，得到了应感激。”

但是，千万不能把感激当作沉重的债务，债务压身，困顿不堪。受恩的人当然应该终生感激，但施恩者却不能让人一辈子报答自己。“千万别逼别人将原则和人格作了还债的东西。”把施恩当作资本的人是不道德的人；期望受恩人一辈子报答自己的人是缺乏良知的人。

施恩于人，不求回报才是最高境界。“什么时候，人们能将感激与原则、人格分开，我们才有资格说，我们成熟了。”

美国为何迟迟不卷入“二战”

这篇杂文从分析美国迟迟不参加第二次世界大战的原因入手，提出了一个如何破解思维定式、与时俱进的严肃话题。

作者指出，美国之所以迟迟才卷入第二次世界大战，是因为“历史观念”在左右着领导人的决定。所谓“历史观念”，就是在长期的政治生涯和社会活动中形成的固有观念。这种观念是教条、孤立和保守的，是和日新月异、迅速发展的客观形势严重背离的。“人们的许多决定，除了受利益、感情支配外，常常是观念在起作用。”当然，“历史观念”也有其正确的方面，那就是做事情必须对历史负责，不被历史所惩罚。

对“历史观念”必须做实事求是的具体分析。有利、有助于当下社会发展、国家进步的，我们要继承、发扬，和现实情况不符的，则不能萧规曹随，步前人的后尘，亦步亦趋，那是非延宕事物演进，犯下阻碍时代列车前进的错误的。

必须破除“历史观念”中个人的心理积淀和民族心理积淀的消极影响，必须破除一成不变，抱残守缺的消极思想。只有遵循“苟日新，日日新，又日新”的与时俱进的观念立身、行世，才能不被时代的洪流冲刷、荡涤。

克林顿绯闻之我见

作者的观点似乎是大节不亏，小节无妨，男女关系是小节。当政者只要称职、能干，“有一两个相好的，似乎不必格外计较。”作者进而提出：“我们宁可要有能力而不检点的武则天，也不要‘清白’而无能的慈禧。”这样的观点我不敢苟同。

小与大是辩证的，在一定条件下是可以互相转化的。政治人物的男女关系问题看似小事，实则既体现了人格、道德操守，又影响着政府在老百姓心中的威信。

“风起于青萍之末”，看似生活小事的男女关系问题，如不警惕、管束，任其发展蔓延，就可能发生质变，成为重大的政治问题。

如今党中央顺应民意，从匡正社会风气入手，对严重违纪违法的党政干部，往往从男女关系、生活作风入手，顺藤摸瓜，查清问题，严肃处理，绝不姑息养奸，深得人民群众拥戴。既端正了党风，又清除了腐败分子，弘扬了正气。能说男女关系是小节，对它采取睁一只眼闭一只眼的态度吗？

从救星到灾星

从这篇杂文可以强烈感受到，作者对强大的“英明者”既爱又恨，既惋惜又痛斥的复杂态度。

事物都是发展变化的，一切以时间、地点、条件为转移。英明可以转化为愚蠢，正确可以转化为错误，杰出领袖可以转化为独裁君主，没有什么是不可能的。因为“真理和谬误，英明与舛错之间，有时只有一步之差，差不了几厘米”。

事物变化的原因，有内因和外因，外因是变化的条件，内因是变化的根据，外因通过内因起作用。古往今来，那些初始英明正确、眼光独到、雄才伟略的大人物，何以在功成名就、颂歌盈耳之际忘乎所以，在天下将倾之时依然自恃天纵英明，自我感觉良好，依然我行我素，独断专行，除了阿谀奉承之风弥漫，小人欺瞒哄骗，使“救星”闭目塞听，了解不到真实情况外，主要是“救星”自己专断独裁、金口玉言、唯我正确、我行我素所造成的。一个人只要到了万民膜拜、举国称颂，深陷个人迷信不能自拔的阶段，他就会变本加厉，在错误的道路上越走越远。希望他永远英明、睿智，永远是正义的化身，这是绝对不可能的。

拿破仑　电压　汽船

这篇杂文从拿破仑对待电压和汽船的不同态度入手，说明任何人，哪怕是伟人，都有时代或知识的局限，都有认识、判断的盲区。由于有盲区，就难免判断失误；判断有误，就可能决策失误。因而，作者得出结论：“什么事情全靠一个人决断，往往容易产生弊端。”我非常赞同这一判断。

一个人的经历有限，学养有限，涉及的领域有限，知识面有限，不可能事事精通，处处明白，他只能在某一方面、某一领域有所发现，有所发明，有所创造，有所建树。对不熟悉的事物，他不可能像行家里手那样，做出恰如其分的解读，这就难免犯错误。“一个决策失误也没有的领导，几乎是没有的。”

为了减少决策失误，必须发挥集体领导的作用。众人拾柴火焰高，三个臭皮匠胜过一个诸葛亮。什么时候一把手拍脑门决策的情形消失了，我们的事业发展才会更稳健，决策才会更正确。

滑铁卢惨败之谜

滑铁卢战役中法军惨败是因为援军未到；而援军未到是因为主帅格鲁希唯命是听，“总是遵从规定的命令，绝不听从命运的召唤。”在副司令热拉尔恳求率领自己的师和一些骑兵奔赶战场驰援拿破仑的时候，格鲁希考虑了一秒钟，坚决拒绝了。“这一秒钟决定了他自己的命运，拿破仑的命运，世界的命运。”

格鲁希并没有错，因为军人以服从命令为天职。“只要没接到皇帝变革的命令，就绝不允许背弃自己的职责。”他的问题是过于刻板、教条、缺乏灵活性。其根源则是“他们情愿以别人的思想为思想，尤其是以上级的思想为思想。”而这也正是一些统治者所希望的“愚忠”。

因此，我们无法责怪格鲁希。我们只能对他的决策表达深深的遗憾。这就提出了如何正确处理原则性与灵活性的关系问题。实际上，忠诚与灵活难以两全，服从命令和从实际情况出发难以协调，当事者身处其间，左右为难，其情可鉴。滑铁卢战役拿破仑惨败留给人们无尽的思考。

希特勒为何不造原子弹

决策的科学化、民主化问题是事关国计民生的大问题，来不得半点冲动和随意。历史和现实的无数例证证明：“决策这事事关重大，一个不负责任的决策所造成的损失，有时甚至超过贪污所造成的损失。”而要做出正确的决策，就不能拍脑门，凭热情，或出于私心，追求所谓政绩，给脸上贴金，大搞面子工程。这样做的结果必然是祸国殃民，贻害无穷。

凡事预则立，不预则废。决策者在决策之前必须战战兢兢，如履薄冰，心存畏惧，殚精竭虑。因为任何工程项目都是花纳税人的钱，你必须为他们负责。决策必须建立在充分调研、广泛论证、反复比较、普遍征询的基础上。专家们的意见，哪怕代表少数人的意见，也必须认真对待，深入研判，因为真理往往在少数人手里。因人废言，因权废言是既不科学，又不民主的。庶几，才可以避免失误，减少损失，使决策的正确性和有效性大大提高。

诚如作者所言：“如果我们在进行决策的时候，少些建立个人丰碑的念头，多一些科学态度，也许我们的损失会减少许多。”

斯大林的微小缺点

这篇杂文从分析斯大林的缺点——粗暴，给家庭、党和国家带来的损害和破坏入手，引申出建立约束机制，加强对领导者强有力制度约束的必要性和紧迫性，可谓一语中的，切中肯綮。

正如作者所说：“小人物粗暴使一家哭，大人物粗暴使‘一路哭’。而顶尖级的大人物粗暴，就会使一国哭、天下哭了。”苏联和中国的历史都证明了这一点。苏联20世纪30年代的大清洗和中国的“文化大革命”不都是惨绝人寰的浩劫吗？而它们就是由“和尚打伞，无发（法）无天”的最高领导者亲自发动的。

英国的阿克顿勋爵说过：权力使人腐败，绝对权力使人绝对腐败。作为领导者，“没有束缚就会滥用权力，滥用权力就会造成灾难。”因此，一定要建立强大、有效的约束机制，把领导者的缺点限定在不带来灾难的范围，使他不敢、不能滥用权力，给社会带来动乱和灾难。

让我们记住作者的真情告诫吧：“只有强有力的制度能约束领导者，如果没有这种制度，一切灾难都会重来，一切悲剧都会重演。”

三个斯大林

这篇杂文通过分析斯大林是“神、魔、人”的结合体，提出了一个非常重要的问题：如何正确评价一个人的功过是非问题。

记不得哪位哲人说过这样的话，人是人性和兽性的结合体。人既然由兽衍化而来，当然要带着母体的痕迹。正如作者所概括的：“任何人物都可一分为三，即分为神、魔、人三种。”

金无足赤，人无完人。由于主观和客观的矛盾，环境与条件的限制，认知与性格的局限，谁都会犯错误，办混事，这是个人的局限，也是时代的局限，古今中外，概莫能外。

对人的评价，尤其是对历史人物的评价，必须秉持客观、公正的态度，而不能依据个人好恶，掺杂进感情因素；更不能采取历史虚无主义的原则，罔顾史实，随意臧否。实事求是，理性、公允，才是还人物本来面目的正确态度。

什么时候，人们不受感情左右，能远距离观察一个人，对一个人就能较为公正评价了。

赫鲁晓夫的可爱之处

这篇杂文揭示了一个很有趣的现象：人具有多面性。人生在世，第一是生存，第二是发展。生存需要、安全需要是其他需要的前提。只有安全有了保证，和他人交往，被社会承认，实现自我价值的需要才可能实现，这就决定了人必须首先保护好自己免受侵害，安全立世，然后才能谈到施展拳脚，创造辉煌人生。

俗话说：“到什么山唱什么歌，见什么人说什么话。”人们为了生存，必须认清形势，顺应潮流，做一些违心的事，说一些言不由衷的话，讨好一些内心厌恶的人，赫鲁晓夫等“大人物都如此，小人物能反潮流吗”？这是生存策略，必需的，你懂的。

布哈林的奇怪感情

这篇杂文通过列举苏联的布哈林和中国的王力变色龙式的表演，说明了一个道理：人的表现是善变的，人在得势时可以飞扬跋扈，失势时又能低眉俯首，前后判若两人，面目皆非，似乎有截然相反的两张面孔。何以至此？情势不同，地位不同，权势不同，处境不同，导致态度迥异，行动分野。这不是人格分裂，精神错位，而是顺风扯旗，活命哲学使然。“一个没有坚定信仰的人，在面临恐惧的时候，第一个反应就是出卖别人，然后就是向刽子手献媚，同时，向统治者表示忠诚。为了得到怜悯，往往顾不得脸面，顾不得人格。在他们心中，生命是高于一切的，只要能让他苟活，干什么都可以。”

我们不能一概将“寻求苟活者都斥之为贪生怕死，也不能只谴责人们的懦弱。求生畏死是人的本能，恐惧制造者制造的恐惧，使人堕落，也使人疯狂。”“最应谴责的是恐惧的制造者，没有他们，也就没有那么多的出卖，那么多的谎言，那么多的丑态。”而恐惧就像照妖镜，使许多人现了原形。

狂欢的民众

这篇杂文笔锋犀利，论辩精当，阐释鞭辟入里，分析入木三分，把老百姓何以愿做歌功颂德的顺民，统治者缘何要实施愚民政策的原因揭示得淋漓尽致，让我等顺民如醍醐灌顶，茅塞顿开。

顺民和愚民是极权政治的两翼，只有老百姓甘心做顺民，愚民政策才有施行的对象；而只有大搞愚民政治，老百姓才能俯首帖耳，甘愿被驱使。

顺民和愚民政治的结合，使专制统治得以建立，独裁得以施行。“专制与愚昧是连体兄弟，互相依存，不能单独生存。愚昧是独裁的基础，独裁是愚昧的必然。”

统治者深谙制造愚民的个中三昧，他们通过各种手段，军事的、法律的、行政的、文化的、组织的、宣传的，大肆鼓噪，深入实施，不仅不许你表达，甚至“规定你怎样思想”，让人们以统治者的思想为思想，以统治者的是非为是非。让人们感恩戴德，对拯救自己的大救星永远感激涕零。

既然人们没有了自己的思想，大脑也不再思考什么，于是就变得简单，就变得无知无识。在舆论控制下，“简单的人容易被动员起来，容易被煽动起来，形成狂热的情绪，心甘情愿地当顺民。”

这是多么残忍而又可怕的情景啊！这场景人们在“文化大革命”中经历过，但愿它不会死灰复燃。

评奖与撰稿

这篇杂文通过委内瑞拉政府为本国作家卡耶戈斯争取诺贝尔奖最终弄巧成拙的故事，意在说明“生活与生命中，有些原则是碰不得的”。这原则就是公平、公正、公开。坚持这一原则，维护真实，还事物以本来面目，是国家、政府、团体、组织、乃至个人都必须遵循的准绳，否则，社会就不可能和谐，民众就不可能服气，人民就不可能享受到真正的民主。

但坚持原则，并不排斥变通。为了国家、民族的利益，为了社会的长治久安，为了复兴大业的长盛不衰，在确保大局不受影响的前提下，必要的妥协和变通也是应该的，“水至清则无鱼，人至察则无徒”，铁板一块，墨守成规，改革就进行不了，弊端就消除不掉，事业就前进不了。国家、民族是这样，个人创业、做人处世也是这样。在不影响事物性质、方向的原则下，灵活一点，变通一点，甚至退让一点，妥协一点，也是必然的。

诺贝尔你真不幸

这是刘兴雨的另一副笔墨，让我们领略到，他不仅是尖锐、泼辣、冷峻、犀利，他还热烈、温婉、细腻、感人。

这是一篇感人至深的抒情散文，他讲述了诺贝尔一生中三段不幸的爱情和婚姻，表达了作者深厚的惋惜与怜悯之情。我被作者抒发的悲天悯人情怀深深打动了。

透过作者那感伤而慨叹的文字，我们窥见了诺贝尔光洁无瑕的灵魂、一尘不染的精神和奋发有为的人格。一个饱经爱情磨难，经受婚姻折腾的科学家，没有沉沦，没有颓唐，他以“不停地发明”积累财富，死后将积蓄捐赠，作为鼓励科学发明创造奖金的实际行动，诠释了什么是大写的人！

“假如生活欺骗了你，不要悲伤，不要心急！阴郁的日子须要镇静。相信吧！那愉快的日子即将来临。”

与诺贝尔奖失之交臂

读罢这篇杂文，我心戚戚，百味杂陈。一个被世界各国奉为圭臬的奖项，在苏联，在“文化大革命”时期的中国，却被视为洪水猛兽加以批判、声讨，闹得乌烟瘴气，不亦乐乎！

因为在那个时期，“人们的思维已经简单到非红即黑，非好即坏的程度”。凡是敌人拥护的，我们就要反对；凡是敌人反对的，我们就要拥护。社会主义与资本主义势同水火，一个资本主义国家评出的奖项，社会主义国家能够接受吗？

令人欣喜的是，随着中国逐渐融入世界，这种以政治画线的情形一去不复返了。2012年，中国作家莫言获得诺贝尔文学奖，举国欢腾，万民庆贺，证明了中国正从封闭、保守中解放出来，以崭新的姿态去拥抱世界！

高贵的下跪

不知道列宁是不是真的说过：忘记过去就意味着背叛。但这话既有历史深度，又有哲学高度是毋庸置疑的。

德国人世代不忘第二次世界大战中所做下的罪恶，诚意忏悔，真心赎罪，除不停顿地追捕还活着的“纳粹”分子外，每年都要给受纳粹分子严重伤害的人以精神和物质的补偿。德国前总统施密特在波兰犹太人死难者纪念碑下双膝跪倒，让全世界人民看到了一个真心实意悔罪的民族。而同在第二次世界大战中给亚洲人民造成深重灾难的日本，却毫无忏悔之意，更谈不上赎罪行动。多少届日本首相悍然参拜供奉有甲级战犯的靖国神社，否认南京大屠杀和“慰安妇”的存在，企图翻案，开历史倒车，实在令人愤慨！正像诗人李世非在诗中写道的：“跪着的德国总理，比站着的日本首相高大。”我们对日本右翼势力的狼子野心绝不可掉以轻心。

一个庄重的民族是不能忘记过去的；一个严肃的国家是不能否定历史的。中华民族自鸦片战争以来，饱受屈辱，屡经磨难。那痛苦不堪的过往我们绝不能忘记。因为“从对历史的态度能看出一个民族未来。”

（此文在写作时参考了相关对《追问历史》一书的评论文章）

2014年6月20日，农历五月二十三

藏　书

阅读面要广 收藏范围宜大

我过去对惊悚、玄幻、灵异、盗墓类的图书是不屑一顾的。尽管此类图书在书店里琳琅满目，青年读者趋之若鹜，但我却很少瞄上一眼。我总认为，此类书荒诞怪异，迷离惝恍，离现实太远，没有什么可读性而言。

近日读到《新华文摘》2008 年第 5 期的一篇文章《跟风潮：图书繁荣的隐患》，很受启发，从中了解了出版界的动态、走向以及种种世情现象，也知道了惊悚、玄幻、灵异、盗墓等题材的小说也有精品和可读之作。像《鬼吹灯》，走向纸媒后的首印量就高达 16 万册，并加印 4 次。接踵而来的《盗墓笔记》《守灵人》继续带领读者一头扎进阴森恐怖的墓穴世界……类似读物刺激了一些读者麻木的神经，带给他们扎大烟似的阅读快感，满足了他们心灵空虚、精神孤寂的需要。《鬼吹灯》系列图书正是在踏实的逻辑基础上，构筑了一个颇具说明力的玄怪世界，所以吸引人，打动人。这说明，玄幻、志怪、灵异、惊悚、盗墓之类的图书在社会上有需求，而且它们也并不全是糟粕与垃圾，其中也不乏优秀之作。

作者在这篇文章中就提到了萧鼎的《诛仙》，认为它是玄幻作品的经典。作者希望读者读经典，看典型，而不应以窥私、猎奇的心态跟风。现实创作中，跟风之作甚嚣尘上，它们不过是经不起风吹雨打的肥皂泡。它们过度渲染“奇遇”“怪诞”“恐怖”，内容越来越虚幻，情节越来越离谱，文笔越来越草率。物极必反，如不正本溯源，调整方向，玄幻、灵异、惊悚、盗墓之类的图书必然走向末路，被有识别能力的广大读者所抛弃。同一道理，读者面向良莠不齐、鱼龙混杂的通俗读物市场时，必须睁大双眼，仔细审视，绝不可兼收并蓄，无鉴别的购买。

其实，灵异、玄幻、志怪小说，在我国并不是空穴来风，也是有历史渊源的。魏晋南北朝时期是志怪、志人小说的滥觞发展期，《搜神记》是志怪小说的代表作，《世说新语》则是志人小说的扛鼎之作。志怪小说主要是关于巫术、方士、道教、佛教等有关故事的记录。志怪小说的作者，多半不是什么文学家，而是一批方士、道士和佛教徒。因为不是刻意而为的“小说”，所以志怪小说结构简单，内容干巴，人物形象也难说鲜明，但它毕竟为后世同类小说创作奠定了基础，提供了参照，其历史地位是必须肯定的。

作为喜爱读书的人来说，阅读面宜宽不宜窄，所谓“风物长宜放眼量”。作为收藏者，藏书的范围当然宽广一些为好。从这个层面上说，惊悚、玄幻、灵异、盗墓之类的图书也不能一概排斥，因为它们毕竟是图书海洋中的珊瑚。选择一些经典、厚重之作，作为茶余饭后的读物和充实书库的资料，是有益无害的。

本着这样的原则，我跑了趟益智书店。书店刚好进了《鬼吹灯》和《诛仙》的完整本，每部煌煌 800 多页，16 开本，显得大方、厚实，我悉数收入囊中。以后还要买《盗墓笔记》及《天眼》等代表性的作品。以弥补这方面图书的空白，扩大我的阅读范围。

2008 年 3 月 14 日，农历二月初七

写在家庭藏书达4000册之际（一）

我购买的各类图书，每隔一段时间都要进行登记、整理、分类、上架，以保证取、读方便，灵活使用。

今天上午，我将春节以来购买的图书进行了精心整理：编号、登记、盖收藏章和名章、分类，严肃认真，一丝不苟。当我将最后一本精美的图书放进书架的时候，我惊喜地发现，登记簿上的图书编号为4023号，这就是说，我的藏书已逾4000册，我已是一个富有的收藏者了。

2001年，我请图书馆的专业人员帮助我整理了近30年的藏书，数量为2700册。从那时起到现在，七年的时间，数量增加了1300多册，平均每年近200册，购书速度较2000年前放慢了，但藏书的质量却大大提高了。

2000年前，我买书不大注重品位和价值，而是见新书就买，属于兼收并蓄的购书人。新购之书难免泥沙俱下，鱼龙混杂。而2000年后我的购书标准是众中选优，优中选精，无充实的思想内容，无吸引人阅读的魅力，无优美的文笔，无长久收藏价值的书，我是不买的。这就是说，随着藏书范围的扩大、数量的增加，阅读水平的提高和鉴别能力的增长，我的识书本领也潜滋暗长地培养出来了。

英国的大剧作家莎士比亚说："生活里没有书籍，就好像没有阳光。"坐在宽敞明亮的书房，站在十几个书橱前，欣赏着体裁各异、题材迥别、封面千差万别、装帧千姿百态、尺幅大小不一、出版社林林总总的图书，我陶醉的心情难以言表，真是如品香茗，似饮美酒，如餐佳肴，似沐春风，醉醺醺，晕乎乎，其愉悦满足之态，自己也说不清、道不明。我只觉得我所拥有的丰富的精神财富，是千金万银所不能抵换的，是价值连城的物质财富所不能代替的。

"读书是最大幸福"，著名评论家谢冕的话道出了我的心声。不爱书、不读书，或者一拿起书本就犯困的人是不会理解读书人的乐趣的；不买书、不品书的人是不会体味出买书、藏书人的兴致的。"宁买一本书，不抽一包烟""宁读一本书，不浪费一分钟"，买书、读书应该成为我们日常生活的重要组成部分。要读书，就要有书；要有书，除了借就是买。我以为，如果经济条件允许，还是以有选择地自行购买为好。一是可以根据自己的喜好、兴趣和研究方向选书、读书、藏书；二是可以节约时间，方便阅读，创造较优越的读书条件，避免明代政治家宋濂那样借书读的无奈与麻烦。

我是以自买、自读为主的，我很少去图书馆。我所收藏的图书以社科类为主，兼收自然科学。社会科学中的哲学、政治、历史、经济、社会、文学、宗教、艺术等方面的经典著作，凡是能收集到的，我都要千方百计全力搜罗。特别是系列图书，哪怕出版周期再长，出版社频繁变化，我也会不遗余力地、天南海北地淘弄齐全，成龙配套。这其中的耗神费力、甘苦辛劳，只有自己能真切感受到。当日思夜想的一本书摆放在我的写字台上，新颖的封面，漂亮的装帧映入我眼帘的时候，一股暖流涌遍全身，一种快感充溢心头，轻松舒畅之情难以言说。想买的书一时又买不到的时候，我常常念念不忘，多方设法，处处询问，有时还托外地的亲友搜寻，不管价格高低，不看老伴脸色，不问对生活有否影响，非买不可。我真有点像“书痴”了，痴迷于买书、藏书，痴迷于读书、品书。这种痴自以为可爱、可敬。人，还真需要形形色色的“痴态”，许许多多的成功者不正是由于痴迷于某一事物而致大成的吗？

2008 年 5 月 12 日，农历四月初八

写在家庭藏书达4000册之际（二）

这些年出版业兴旺发达，各具特色的出版社如雨后春笋，层出不穷。出版社多，出书的种类也必然多，图书市场的繁荣自不待言。有介绍说：现在全国每年出书近20万种。种类多，数量大，难免良莠不齐，质量不一。真正的好书，有可读性、有品位的书，对社会和人生有教益的书、有收藏价值的书并不多见。因而，买什么样的书，读什么样的书，藏什么样的书就提上了购书者的日程。换句话来说，买书、藏书大有学问。它既能显示藏书者的眼光、识见和品位，又能透视出兴趣、爱好、修养和理念。

《荀子·大略》中说："先谋后事者逸，先事后图者失。"道出了谋划与做事的关系。这经典的话语对处理买书与选择的关系也是大有裨益的。可是20世纪90年代以前，我因忙于工作，闲暇时间又大都在酒桌上度过，思想浮躁，情绪焦虑，精神紧张，作风漂浮，既不能刹下心来读书，对所购之书又缺乏分析、判断、鉴别，我收藏的有些出版物，大都是跟风式的人云亦云的时尚之作，或是急功近利、东拼西凑的追求短期效应的应景之物，其价值、品位无从谈起，买回之后则束之高阁，任灰尘肆虐，蛀虫跋扈。此时大量购书，纯属附庸风雅、冒充文化人而已。

20世纪90年代后期，我退居二线，当上了巡视员，过上了闲云野鹤、轻松自在的日子。时间有了，应酬少了，干扰没了，再没有理由为读书少掩饰了。同时，赋闲的心境寂寥孤寂，惶惶不可终日，也要求自己坐下来，静下来，认认真真读书学习，来调解自己的心态，充实自己的头脑，以适应新的生活情境，迈出人生旅途的新步伐。

法国的杜阿美说："书籍是寂寞时的朋友。"奥地利的茨威格说："书籍是任何一种知识的基础，是任何一门学科的基础的基础。"我已经虚掷了几十年的岁月，浪费了数不清的光阴，我不能再浪费生命了。现在的时代是信息丰富、知识爆炸的时代，谁不学习，谁就要被时代所淘汰。我虽然年龄大了，但追求知识的劲头不能弱，读书进取的精神不能缺，争分夺秒的劲头不能少。我给自己制订了学习计划和作息时间表，每天严格按照计划学习政治、历史、哲学、经济、宗教、文学等方面的知识。由于藏书丰富，学习时我可以对照不同的版本参考着学，所需材料可以随手拈来，使糊涂的问题迅速明晰，迷茫的问题得以澄清，真正体会到了藏书的重要价值。

书是用来读的，不是用来装点门面的。无书可读是无奈，有书不读是浪费。有的人花费重金，买了大量图书，却束之高阁，一本不读，无非是附庸风雅，装门面、当摆设而已。坚持读书，让书籍成为自己的良师益友，"人生引航的北斗"，须臾离不开的精神食粮，这才是书尽其用、人尽其职。明代的薛瑄说过一句透辟中肯的话："万金之富，不以易吾一日读书之乐也"，我的心和薛瑄是相通的。

读书使我充实，丰富、鲜活、翔实、厚重的知识像涓涓细流流淌于心间，充溢于脑际。国学的精髓敦促我注重修身；历史的烽烟促使我热爱和平；哲学的原理引导我正确认识世界和自己；文学的优美形象让我获得美的享受。

读书使我快乐。徜徉在鲜花满径、五彩缤纷、数目参差、摇曳生姿的图书园林里，畅游在浪花奔涌、飞湍流瀑的图书海洋中，我的心胸为之广阔，我的精神为之愉悦，我的情绪为之振奋，我的思想为之升华。书外无我，宠辱皆忘，烦恼不在，忧愁一扫光。

读书使我睿智。“好书是人类灵魂最纯洁的精华”，卡莱尔的论断精辟、确切、准确地说明了好书的作用。好书犹如良医，医治了我的精神创伤；好书犹如清醒剂，唤醒了我迷茫、困惑、沉沦、颓丧的灵魂；好书犹如催征战鼓，督促我在人生的旅途中迈好每一步，打胜每一仗；好书犹如座右铭，指导我正确对待成功与失败，幸福与痛苦，抗争与无奈，自己与别人。

热烈地爱书吧，因为它是“人类进步的阶梯”。

2008 年 5 月 13 日，农历四月初九

写在家庭藏书达4000册之际（三）

藏书多，种类全，读书的选择余地就大。坐拥书柜前，我可以随心所欲地翻看各种书籍，可以兴致盎然地浏览自己感兴趣的内容。自己有书，心里不急。一本本的阅读，一册册的体味，耐心咀嚼，仔细欣赏。读到精彩处会心一笑，有体会时动动笔头，在书尾和日记中写下自己的认知和感悟、观感与评价，既说明自己认真品鉴了，欣赏水平日益提高了，也佐证了书没有白买，藏书没有闲置。这大概就是买书是为了看书的有机结合吧！

有的人问我："你买的这些书都认真看过吗？"在他们的意识中，似乎凡买之书必须都看，否则就不要买，买了又不看，那不是浪费吗？这种见解貌似有理，实则偏颇。买书确实是为了阅读，但并不一定每本书都必须一字不落的全看完。书的内容、品位、价值、作用、是不同的，对待它的态度也就不同。必须在选择判断的基础上，确定哪些书该略读，哪些书该详读，哪些书该反复读，哪些书可作为资料，哪些书应一翻了之。苏联作家阿·巴巴耶娃有一句话说得很形象："所有的颜色你是数不过来的，但是应该会分辨它的。"对待车载斗量的藏书，不也应该学会分辨吗？

有可翻之书。这种书内容浅薄，言之无物，干涩无味，不具阅读价值，翻翻而已。

有可扔之书。这种书封面华丽，书名显赫，装帧典雅，很容易诱惑你购买，但当你回家审视时，则发现这是涉嫌模仿、抄袭、生编乱造、委托作者的伪书，毫无价值，只能丢弃。

有可读之书。这种书或为畅销书，或为文笔优美、内容充实、手法新颖、有创见、有新意的书。这些书是必须认真通读，仔细品味的。

有可藏之书。藏之越久，价值越高，作用越大，意义越深远。像古今中外的经典著作，版式、体例、题材、体裁独具一格的作品，获诺贝尔奖、茅盾文学奖、鲁迅文学奖的作品，都必须悉数搜求，收之书柜，传之后世。

有终生学习、钻研之书，诸如国学经典，历史，文学通史，大小百科全书，字、词典之类的工具书以及大量的专业书，是必须循序渐进、持续不断地研读、吸收、借鉴、应用的，因为它们"是我们的朋友，而且是我们经常的伴侣"。

时空是无限的，人生是有限的。以有限的生命去追寻、吸收人类几千年创造的精神财富，必须学会选择。假如，我们一星期能读一本书，从儿童到离开这个世界，也就能读4000～5000册书，而且是手不释卷者才能完成。我等芸芸众生，心系家庭，琐事缠身，深陷于浮躁焦虑的社会氛围中，脚踏在柴米油盐酱醋茶的日常琐屑中，哪有专家与学者的执着与沉稳，每天能静下心来读上3～4小时就不错了，十天半月读完一本就可观了。这就提醒我们，读书不能漫无边际，随心所欲，太散太乱，必须有所选择。或集中一两个门类系统阅读，集中研判，始能循序渐进，登堂入室，窥见书海灿烂辉煌之美景；或在一段时间内，专门学习研究某一门类的图书，力图从总体上把握宏观，抓住要领。比如，要阅读中国文学史，可以先学古代，再学现代、当代，才能纵横贯通，上下沟连，获得"史"的知识。

当然，说集中，讲专修，并不一概排斥其他图书。读书学习是苦差事，尤其是学习国学典籍、政治、经济、哲学、宗教等图书更是枯涩干巴。长时间抱着啃，不昏昏欲睡，也学不进去。此时就应该换换口味，选择一些轻松、活泼、明快、优雅的时尚图书来调剂一下气氛，增加一点阅读快感，缓解一下沉闷、封闭的情绪，以便更好地深入下去，钻研出成果来，使你的阅读、学习生活更生动，更丰富，更有情趣。

2008年5月14日，农历四月初十

写在家庭藏书达4000册之际（四）

收藏是传承文化、延续历史、探索社会发展变化，研究科学技术沿革、进步的重要手段。盛世重收藏，改革开放以来，随着国力的提升，国人收入的增加，喜欢收藏的越来越多，收藏的品种越来越丰富，收藏的规模也越来越大。有收藏珠宝玉石的；有收藏书画的；有收藏火花、烟标的；有收藏粮票、布票等票证的；有收藏邮票、邮品的；有收藏图书的。收藏者的文化底蕴不同，兴趣爱好不同，起步时间不同，自然是萝卜、白菜各有所爱了。

我的收藏范围比较广泛：诸如磁卡、IC 卡、IP 卡、打火机、名酒、旅游景点门票等，都有所涉猎，但主要以邮票、邮品和图书为主，这里主要说说图书的收藏。

著名数学家王梓坤说："书籍是全人类有史以来共同创造的财富，是永不枯竭的智慧的泉源。"我从小就喜欢读书，但家贫无钱买书，只能想办法借书读，或以自己的劳动换书读。我的表兄有一本《新儿女英雄传》，央求几次他都不肯借，我只好把我一只心爱的陀螺送给他，才取得了读书权。有一位较熟悉的老乡，他家有《说唱西游记》，我用给他干一天活儿的代价，借出了这本书，在规定时间内如饥似渴地读了起来。上初中时我开始"买书"，买书的钱都是我从文具纸张费中节省下来或给家里买日用品"贪污"的，凑够块八角的，就到书店去选一本自己喜欢的书。积少成多，待我高中毕业时，已攒了一木箱书。我记得其中有吴晗主编的"中国历史小丛书""三红一创""青山保林"等。还有，我在林东上高中时，每天只吃两顿饭，用从牙缝里挤出的钱买了《古文辞类纂》和《十八家诗钞》。我对这些书视若珍宝，关爱有加，绝不借外人，弟弟妹妹们也很少能读到，主要是怕损坏丢失。1966 年夏天我调赤峰工作后，没把书带走，委托二弟保管，谁知"文化大革命""破旧立新"的风潮一起，二弟怕这些书里有"封资修"的东西，就偷偷把我的那些凝聚着心血和甘苦的藏书给烧了，幸亏母亲发现了，从熊熊烈火中抢出了《古文辞类纂》和《十八家诗抄》（上）。而今当我看到这两本烟熏火燎已经发黄变质的书，我的心都会隐隐作痛，惋惜之思挥之不去。

参加工作后，正赶上"文化大革命"，政治动乱，经济萧条，出版业一片死寂，不但无书可买，也买不起。每月 39 元的工资我挣了十年。家有妻儿老小，生活拮据煎熬，实在无力买书。我记得那些年只买过一本郭沫若的《李白与杜甫》，其他现在仍存于书架的那个年代的书，大都是单位发放的"活学活用，立竿见影"的政治书了。

改革开放以后，国家日益富强，经济日渐繁荣，老百姓的生活越来越好，我的购书能力也水涨船高，购书热情光芒万丈，几乎每天都要跑书店搜罗一番。那时买书，不懂价钱，不问品位，不探寻有无可读性，只要是新面市的社科图书，就兼收并蓄，悉数纳入，看着室内的图书越堆越高，喜不自胜，乐从中来。但现在回头看，有些书大都是缩写本、删节本、普及本，而非足本、初版本，内容不完备不说，价值也大打折扣。形象地说，是为鸡肋，食之无味，弃之可惜。

"入井观天，不过圆盖；登峰眺目，极于烟际"，人的选择、判断能力是在实践中锻炼提高的，买书、藏书的识别水平是在读书、品书的过程中逐步培养起来的。现在，只要一走进书店，什么是经典，什么是珍品，什么是畅销书，什么是普及读物，我都一清二楚，选书的标准已了然于胸，再也不会“上当受骗”了。

那么，我选书、买书、藏书的标准有哪些呢？大体说来有如下几点。

第一，宁缺毋滥，宁专勿杂，宁贵勿贱，宁初勿再，宁足勿残。

所谓宁缺勿滥，就是同一内容的书宁可等待购买权威性的，也不跟风买那些投机取巧、模仿剽窃之作；所谓宁专勿杂，就是质量上求上乘，数量上求精简。一些作家写同一题材的作品，以选择一个代表性的为佳。例如写辛亥革命、长征、解放战争、抗美援朝的报告文学汗牛充栋，我主要收藏了王树增的作品。所谓宁贵勿贱，就是要买正版书，不买盗版书，更不买伪书。盗版书虽然便宜，但粗制滥造、讹误多多，何谈价值？对于那些托名伪造之书更是不屑一顾。所谓宁初勿再，就是买书原则上买初版书，因为它保留着作品的原汁原味和作者的自由意志，版式新鲜，装帧独特，纸质散发着墨香，读初版书如喝刚出锅的“小烧”，口感好，劲头足。而再版书，是在主客观因素作用下修订的，某些方面可能强化了，某些方面则可能弱化了，失去了原汁原味。例如陈忠实的《白鹿原》，是在重重巨力下经修改才获得茅盾文学奖的，它还是原来的《白鹿原》吗？所谓宁足勿残，就是买内容齐全、文字完整的“足本”，而不买删节本、减缩本、改写本、普及本。书只有完整，才有价值，才可作为研究的资料。把它肢解了，五脏六腑摘除了，寡淡无味，精华尽除，还有阅读的兴致吗？

第二，选精品，重庄重，求典雅。

几千年的人类史，涌现过许许多多的伟大作家，创造出了浩如烟海的作品。任何人在有限的生命过程中，都不能穷尽这些作品，因而必须选读经典。何谓经典？就是影响过世界历史、文化的进程，至今还闪耀着灿烂光辉的著作。这些经典，从著作范围上说，有政治、历史、哲学、经济、宗教、文学、艺术等许多门类；从时间上说，有古代的、现代的、当代的；从空间上说，有中国的、有外国的；有亚洲的、有欧洲的、有美洲的……从语言文字上说，有中文、英文、法文、德文、西班牙文等。犹如莽莽森林，无边无际。这就要根据你的阅读兴趣和研究方向确定一个或几个领域，尽量把经典作品搜罗、收藏齐全。以历史领域为例，中国史方面，《二十六史》《资治通鉴》《续资治通鉴》《明通鉴》《通鉴纪事本末》《历代史记事本末》以及蔡东藩的《历代通俗演义》，都不能遗漏，近代、当代的史学著作，如吕思勉的《中国古代史》、范文澜主编的《中国通史》、白寿彝总主编的《中国通史》也是必须置诸案头的。

世界史方面，英国史学家阿诺德·汤因比的《历史研究》《人类与大地母亲》，美国史学家斯塔夫里阿诺斯的《全球通史》以及中国当代史学家编撰的《世界通史》（6卷本），刘景华编著的《人类6000年》，也是必须购买收藏、精心阅读、认真品评的。

第三，注意畅销书、年选书、系列书的选购、收藏。

唐代诗人卢照邻在《长安古意》诗中云：“节物风光不相待，桑田碧海须臾改。”时代更移，风俗变化，人们的阅读习惯、欣赏口味也会见异思迁。当年徐迟的《哥德巴赫猜想》曾使洛阳纸贵，刘心武的《班主任》震撼了多少国人的心灵？出版社每年都会出版一些有思想深度、厚重内容、具可读性、有品位、有收藏价值的书，供读者选购。在众中选优、优中选精的前提下不能有遗珠之憾。特别要注意系列书的选购收藏，这样的作品往往叙事宏大，题旨深远，范围广阔，涵蕴丰富。如当年明月的《明朝那些事儿》、何马的《藏地密码》、文池主编的《在北大听讲座》等，令人期待，让人畅想。年选书是近些年来新涌现的书系，深受读者喜爱。其中漓江出版社、长江文艺出版社的年选系列最佳。它们不但涵括的文学体裁全面，选家的眼光也比较敏锐、独特，各种选本的质量也属上乘。我从20世纪80年代就开始收集漓江出版社的年度散文，一本不差，至今已煌煌二三十册矣！从中我窥见了散文发展变化的端倪，聆听到了时代前进的脚步声，令我欣喜，让我深思。中国小说学会从2000年起开始评选上榜小说。由二十多位教授、评论家组成的评委会，每年评选出长篇小说五部，中短篇小说各10篇为当年的上榜作品，并结集出版《中国小说学会排行榜》年选系列书。这个排行榜既权威，又厚重；既经典，又时尚，深受广大读者欢迎。我费尽周折，多方设法，才集齐了截至2013年排行榜的这套书。

第四，工具书，鉴赏书，要精挑细选，务求权威。

俗话说："工欲毕其役，必先利其器。"读书也是这样，要读懂弄通，必须借助工具书。任何学问渊博的人也不可能先知先觉，万事通晓，他也要依靠工具书来探寻未知的、澄清模糊的、查证正确的。就一般阅读者而言，《新华字典》《现代汉语词典》《古代汉语常用字词典》《成语大词典》《辞海》《辞源》《大百科全书》《小百科全书》等都是必不可少的。鉴赏书也是工具书，经常学习，使用鉴赏书，可以快速、简捷地提高阅读能力和鉴赏水平，增强阅读的积极性。上海辞书出版社几十年间出版了成龙配套的"中外文学鉴赏辞典"，质量上乘，文笔优美，应为首选。

2008年5月15日，农历四月十一

写在家庭藏书达4000册之际（五）

藏书丰富，门类齐全，储备充盈，数量众多，是好事。研究问题，探讨学问，查找资料，寻觅答案，不用麻烦别人，不用跑图书馆，既方便又省时。但任何事物都有两面性，藏书也如此。平时嫌书少，搬家恨书多。风平浪静的日子里，尽管厚重的书籍已将多个书柜的隔板压弯了腰，发出吱吱呀呀的抗议声；尽管床头柜上、写字台旁、衣柜里全都是书，走路都不顺畅，老伴经常抗议，限制我再买书，但我不为所动，我行我素，照买不误，以至于书柜成叠床架屋之势，摆了两层，上面还要摞上书。我经常吟哦着："多乎哉？不多也"的语录，得意扬扬地遨游于图书的海洋中。

待到装修房屋和乔迁新居的时候，情况就不是那样宁静与祥和了。成百上千的图书要下架，分类、包装、打捆、装袋，尔后再扛到楼下，装在车上，拉到新址，再一袋袋扛上楼，重新整理上架、摆放，其工作量之大，繁杂度之细，身体疲惫之累，难以言说。2007年我装修房子时，室内必须清空，光图书就装了20多袋，每袋重200斤左右，我等老迈之人，岂能挪移？就是大小伙子扛一袋也累得气喘吁吁。我麻烦了四五个年轻力壮的亲朋，足足扛了大半天，才将这些书搬到临时存放之所。房子装修完毕，往回扛书时更是苦不堪言。我家住四楼，楼梯窄，两人抬袋子不方便，只好一个人汗流浃背地扛着一步一步往上挪，那简直就如负重登山。20多袋子全部扛上去，其艰难辛苦可想而知。还有更为烦人的事，那就是重新整理上架。我的图书都是分门别类存放在不同书柜的，虽然搬迁时采取了一些预防措施，但还是有相当一部分散了捆，掺了堆，必须逐一挑选、分类、上架、摆放，既费时又费力，图书还有所损坏。此时就心气不顺，后悔买了这么多书，自己发牢骚说：买这么多书干啥，不是自找苦头吗？可是工程完毕，看到五花八门的图书又都整整齐齐地排列在书柜上，仿佛在向我点头致意、等我青睐欣赏的时候，一切烦恼和不快就都烟消云散了。这就是爱书、恋书情结。生活中可以清茶淡饭，头脑中不能没有精神食粮；美酒可以不喝，香烟可以不吸，书不能不买不读。图书已成为我生命中重要的组成部分。

现在，我的藏书已达4000册，书柜已超负荷。房间再无存放图书之地，生活秩序已受到影响。尽管我的书瘾仍很大，购书欲望仍很强烈，但我也要从实际出发，控制一下购买数量了。因为我的藏书已基本成龙配套，不太缺乏必备的书籍了，因此，今后主要是购买一些年选系列书和畅销书以及茅盾文学奖、鲁迅文学奖、诺贝尔文学奖获奖作品之类的图书，在精品图书上着力了。每年的图书购买量控制在50~100册。太多，一则经济能力有限，二则造成闲置，不能充分发挥图书的作用。阅读的目的不仅仅是获得美感享受，更为主要的是学以致用。在藏书已达一定规模之际，我将在应用上下一些功夫。

2008年5月16日，农历四月十二

我为什么要藏书

——藏书感言

屈指算来，我买书、藏书的时间已长达50多年。虽然，“文化大革命”期间几乎停顿了十年，但对图书强烈追求的渴望从未消退过，搜寻图书的脚步从未停顿过。年届耳顺之年，本应蜗居斗室，无忧无烦，颐养天年，但我还是将大块的时间无偿赠予了各地、各类书店。买书、读书、品书、藏书，已成为我日常生活的重要组成部分，舍此，我不知道平淡的日子该如何度过。

盛世兴收藏，乐趣靠培养，习惯成自然，坚持才正常。人活一世，草木一秋，精彩与否，全在过程。人处天地间，总得做点有意义的事，总要留下生命的轨迹。这就要确立并培养、完善、坚持自己的兴趣、爱好，使自己的生命过程既丰富多彩，又硕果累累。陆绍珩有句话说得非常到位：“雪后寻梅，霜前访菊，雨际护兰，风外听竹，固野客之闲情，实文人之深趣。”它道出了有“深趣”的文人雅士的行径及心声，真可谓我辈的知音啊！

说起来我的闲情雅趣非常广泛，收藏种类五花八门，因为我有一颗“爱美”的心。既有被称为“方寸之地，国家名片”的邮票，又有国内外旅游景点的门票，宣传资料、火车票、飞机登机卡、商场购物卡等票券；既有各种材质、各类形状的打火机，又有国内外的上档次的或名不见经传的白酒、红酒，以及造型奇特、美观，材质迥异的酒瓶子。如果把它们陈列起来，展览出去，几百平方米的场地也许才够用。但我最喜欢、最热衷、最用力气、最有成就感的还是寻觅、购买、阅读、收藏图书。尽管花费银子，家人反对；尽管居室窄小，无处存放，我还是我行我素，乐此不疲。至今已初具规模，蔚为大观矣！

坐拥书城，面对书海，犹如身处温柔乡，快乐无限，熨帖无比；审视一架架图书，好似检阅自己的队伍，气势如虹；带着问题去读书，混沌的头脑便会豁然开朗，仿佛品饮佳酿，畅达、清爽。图书已成为我生命历程中的重要组成部分，须臾不可离开。

俗话说：“实践出真知，经历长才干。”任何事情，只要有恒心，有毅力，坚持不懈，全力以赴地去历练，都会摸索出规律和经验来，都会使你的生活有质量，有意义，都会总结出发自肺腑的心得体会来。藏书也是这样。我从开初的良莠不齐，优劣不辨，兼收并蓄，多多益善，到今天的眼光独到，辨识准确，选择精良，品位上乘，都是在买书、读书、品书、藏书的实践过程中摸爬滚打，逐步提高的。我体会最深的有以下几点。

一是选书。买书是读书的前提，选书是藏书的基础。黑德斯说：“书，犹如朋友，必须慎重选择。”“择书如择友，读一本好书就是和许多高尚的人谈话。”选书就是要选择好书，摒弃坏书。什么是好书？经过历史的磨洗，时间的淘汰，一代又一代读者的检验，价值永恒，至今仍散发着思想和智慧光芒的中外经典名著；能给人以启迪，给人以教益，教人以知识，诲人以高尚，助人以方法，促人以提高的图书；能陶冶情操，升华精神，丰富阅历，拓展视野，使人愉悦，伴人成长的图书都是好书。选书当然要选择它们。面对那些篡改、剽窃、模仿、亵渎经典著作的伪书；对那些迎合潮流、伤风败俗、思想扭曲、内容荒诞、离奇、虚假、造作，文风华而不实，人云亦云，故作高深，云里雾里，扑朔迷离，文字艰涩、枯燥、干巴、佶屈聱牙，不忍卒读的书籍必须坚决抵制。这正如法国的非尔丁所说："不好的书也像不好的朋友一样，可能会把你戕害。"要使自己的藏书有品位、有价值，非把好"选书"关不可。把不住选书关口，任凭大量坏书、伪书、无可读性的图书涌入，既浪费了钱财，又污染了眼球和心灵，害处多多，绝不可掉以轻心。

二是积累。民谚有云，木锯绳断，水滴石穿。事物的发展是由小到大，由少到多，由微观到宏观，由量变到质变的过程。唐滂说："大木百旬，根积深也；沧海百仞，众流成也；渊智洞达，累学之功也。"秦代开国宰相李斯的名言更为透辟："泰山不让土壤，故能成其大；江海不辞细流，故能就其深。"藏书也是这样，是由最初的一本两本，日积月累，渐成规模，盈箱溢柜，遂成大道的。

积累是一个漫长的渐进过程，是由盲目、随意到自觉、习惯的过程；是去粗取精，去伪存真的淘汰过程；是数量上由一到十、百、千、万，质量上由粗糙、散乱到精致、系统的提升过程；也是人的思想、行为由兴之所至到坚持不懈的锤炼过程。没有这个过程，读书人就成不了藏书家，故纸堆也成不了珍宝库。这个过程虽然漫长，但也有趣，可资回忆的东西很多、很多。要珍惜这个过程，认真对待这一过程的每个环节，力求完美；像呵护婴儿一样爱惜每一本书，保证完整。

古人云："有志者立志，无志者常立志长。"既然热爱图书，想做个名副其实的藏书家，那就要志向坚定，行止坚忍，保证积累过程的连续性、完整性，使链条环环相扣，无一断裂。善始才能善终，坚持才能胜利。积累的过程还是克服困难、排除干扰的过程。"不管风吹浪打，胜似闲庭信步"，树立恒心不动摇，满怀信心去努力，只要不半途而废，只要戮力前行，胜利一定是属于始终一贯、坚持到底的人。

三是应用。买书是为了读书，读书是为了应用，藏书是为应用系统提供精神食粮。莎士比亚说得好："书籍是全世界的营养品，生活里没有书籍，就好像没有阳光；智慧里没有书籍，就好像鸟儿没有翅膀。"书籍是我们的良师益友，它为我们提供知识、智慧、力量和方法，它指导我们去学习、生活、开拓、创造，适应社会，安排人生。运用学到的知识、方法、审视自己，修养身心，提升品位，扩大格局，升华精神，指导工作，创新途径，开辟事业，展示雄心，实现理想，那将是怎样的鼓舞和激励啊！或者心有灵犀，脑有感悟时，动笔为文，畅所欲言。针砭时弊，褒扬正义，抒发心中块垒，吐纳胸中豪气，那将是何等的痛快淋漓啊！每个人的学养、修为、经历、职业、知识储备不同，应用的范围、途径必然不同。但只要你学以致用了，书尽其能了，你的藏书就真正发挥作用了。

如果藏书丰富，数量庞大，却不去阅读，不去应用，只是为了充斯文，装门面，附庸风雅，冒充文化人，那不是对图书的亵渎、对精神食粮的玷污、对学习风气的讽刺吗？藏书是用来阅读的，从而充实头脑，丰富知识，提升文化品位，提高精神境界层次；与其不阅读，不学习，不应用，还不如不买书，不藏书，把银子用到其他方面也许更有意义，何必自我装饰，感觉良好呢？

2013 年 1 月 10 日，农历十一月二十九

我喜欢收藏《一本杂志和一个时代的××》系列图书

——藏书之乐（一）

我的藏书中有很多系列书，它们以厚重的质量和不菲的价值为我的家庭图书馆增色不少。顾名思义，系列书不是一两本，而是成系统，成序列的丛书或套书。

我喜欢阅读、收藏系列书，是因为它题材广泛，内容丰富，涵蕴深厚，规模宏大，启人心智，发人幽思。阅读系列图书就像在广阔的海洋里游泳，在宽敞的道路上奔驰，在鲜艳的花丛里采蜜，在满含负离子的旷野呼吸新鲜空气。阅读中由浅入深，由表及里，由单纯到繁复，由漫不经心到神情专注，比较、品味、斟酌、评析，那种思想上的豁然开朗和精神上的满足与愉悦，是浏览单本书所缺乏的。

纵向的系列书，在时间和空间转换中穿梭，为读者提供史识，介绍重大事件的来龙去脉，辨析历史风云中的真假虚实，揭示历史发展的显规则和潜规则，阐述哲理、玄理、义理和文理，为读者提供高分辨率的、透视古今的显微镜，鉴古察今，见微知著，看得更清，想得更明，研判更准确。

横向的系列书，在社会经纬和生活场景中截取一幅幅生动、鲜活的断面，用不同的文学样式，展示自然、社会、人世、人心和人情，人性的丰富多彩、缤纷百态。犹如千变万化的万花筒，淋漓尽致地渲染出生活的不易、社会的嬗变、时代的进步和心灵的律动，使读者在横向比较中，辨别是非，探索真相，提高认知度，领略好风景，获得新收获。

我这里要介绍的，是我众多系列藏书中的一种，也是我十分钟爱的一种。它就是我从2012年8月到2013年9月陆续购买并宝贝一样收藏的、漓江出版社出版的，题为《一本杂志和一个时代的××》的系列书。这套书沿袭了历年来漓江社的风格，封面、装帧清爽、雅致、干净、大气，印刷质量一流，拿到手，我就由衷喜欢上了。

这套书挑选了《散文选刊》《小说选刊》《小小说选刊》和《杂文选刊》四本杂志为母本，每本杂志从2001年（或2000年）到2010年（或2011年）十年间刊物选发的文章中精选出若干篇什，编成两本集子，四种杂志共精心编辑了8本书。出版的目的，就是要检阅一下21世纪前10年短篇小说、小小说、散文、杂文的创作实绩，接受读者的审视和品评，并和20世纪80年代至世纪末的同类题材作品进行比较、研究，通过这四本杂志，以小见大，判定超越的程度，寻找进步的轨迹，给出恰当的定位。

由《散文选刊》选编，葛一敏、乔叶主编的两本书是《大地的语言》和《命运深处》。两本书共选收2000—2011年精美散文129篇。《大地的语言》分为“怀念与审判”“飘逝的绝唱”“大地的语言”和“感悟与超越”四个部分。《命运深处》分为“命运深处”“情感的活水”“此岸彼岸”和“洗染人生”四个部分。作者大都是名人名家，如季羡林、余秋雨、余光中、冯骥才、铁凝等。我翻阅了一些篇章，虽篇幅短小，题旨平实，但言之有物，读之有味，文笔精练，语言优美，感觉称为经典亦不为过。

我收藏的其他新世纪散文选集中，也有类似于花城社的著作。像林非主编的《新时期中国散文精选》和李晓红主编的《新世纪优秀散文选》都是不错的选本。对照三套选本，我发现，由于选编者设定的标准不同、审美情趣不同，所选文章雷同的不多，这就给读者创造了更宽泛的阅读空间。只可惜林、李选本时间跨度只有四五年，容量不足，难免局促。

由《小说选刊》选编的两本短篇小说集是《冰雪美人》和《浮生记》，收入了从2001年到2010年该刊选载的众多短篇小说中的佼佼者61篇。按照选编者的说法，这两部短篇小说选本“代表着这十年来短篇小说创作的实绩，也展现了21世纪以来中国短篇小说创作‘突围表演’的丰富样态和独特风情”。因为我是《小说选刊》的忠实读者，集子里收录的作品大都阅读过，有些至今还留有深刻印象。现在，将它们结集出版，既方便阅读，我的藏书中也多了一套珍贵的图书。

写到这里，我想起了《小说月报》。这是一本和《小说选刊》历史一样悠久、所选作品一样精良、读者群一样庞大、口碑评价一样优秀的小说选刊杂志。它每两年评定一届获奖作品，到2012年年底正好是第十五届，前14届的获奖作品集我都有收藏，（十五届尚未评出）时间跨度30年。能在众声喧哗的消费主义时代，在文学已被边缘化的浮躁社会，专心寻觅、潜心阅读这些作品，实属不易。这种定力，我自己都认为了不起，足见百花奖获奖作品对我的吸引力之强、影响力之大了。把《小说选刊》和《小说月报》精选出来的小说集对照阅读、品鉴，对提高鉴赏水平和审美能力也许是个不错的选择。

杂文是我喜欢阅读的文体，它短小精悍、泼辣犀利，如匕首和投枪，揭露黑暗，抨击丑恶，鞭打龌龊，辨析是非，给人以鼓舞，给社会以力量。《杂文选刊》就是我经常翻阅的杂志。

由《杂文选刊》选编，刘成信、王芳主编的两本书是《对话》和《生命的尊严》，收录了2001—2010年邵燕祥、朱铁志、梁晓声、魏明伦、龙应台等大家杂文作品319篇，大抵都是优中选精之作。按照序言作者刘成信的评价，那就是“杂文作家有了长足的进步，杂文作品有了空前的发展，杂文报刊有了规模的增长，杂文图书有了历史性的突破，杂文读者成了图书市场的主力。”仔细阅读这两本书里的杂文，也许才会对刘成信的论断有清晰准确的认识。

我的杂文选本收藏颇多，数量可观。像1957年大鸣大放时发表的杂文汇编《乌夜啼》，长春出版社的《中国当代杂文精品文库》（5卷本），收录了300多位作者的500多篇杂文，称得上是中华人民共和国成立后到20世纪90年代前期的杂文大观。朱大路主编、文汇出版社出版的《杂文300篇》（1977—1998）《世纪末杂文200篇》《世纪初杂文200篇》是比较权威的系列杂文选本，阅读这三本书，可以对中国杂文的发展轨迹、杂文与社会的同气相映有个基本的认识。此外，人民文学出版社的《中华杂文百年精华》，大浪淘沙，披沙拣金，所收杂文均属上乘之作，读者一定要细细品读，才能享受到别样滋味。

由杨晓敏、秦俑编成的《小小说选刊》的两个集子，分别是《简单爱》和《在别处》，共收录微型小说300篇。小小说是小说中的轻骑兵，它的特点是短小精悍，言浅意深，蕴含丰富，启人联想。茶余饭后，劳累苦倦之际，读上几篇，当是美好的精神享受。

《一本杂志和一个时代的××》是一套编得很不错的书。它展示了21世纪前10年短篇小说、小小说、散文和杂文的创作概貌，推出了一批老中青结合，又各呈风格、特色的创作队伍，反映了新世纪文学作品对思想性和艺术性新的追求倾向，一股清新、明丽、创新、突破之风跃然纸上，使读者眼前一亮，精神为之一振，期待之情油然而生。我们有理由相信，结合这一套系列书，纵横联系，上下贯通，多读一些历史上留有印迹的同类体裁的作品，一定会在“有比较才能鉴别，有鉴别才能发展”的道路上领略更加靓丽的风景，收获更加厚重的果实。

我对阅读并收藏《一本杂志和一个时代的××》系列书感到自豪！

2013年9月22日，农历八月十八

谈谈《一生的读书计划》图书的收藏
——藏书乐之（二）

生活条件的改善，自然、社会环境的优化，医疗水平的提高，身心健康理念的普及，使人类生存的处境大为改观。体质越来越强，寿命越来越长，“人生七十古来稀”已成历史。国人的平均寿命已届73岁。延年益寿，已成全民共识，活过八九十岁，已不是奢望，百岁老人不是越来越多了吗?

但是，和无边无际的空间比，和无始无终的时间比，人的寿命还是微不足道的。难怪大文豪苏东坡感叹人生是“寄蜉游于天地，渺沧海之一粟。哀吾生之须臾，羡长江之无穷”了。

岁月无尽，人生有涯。如何在有限的生命中创造精彩，展现活力，活得充实，过得愉快，这是每一个有理想、有抱负、不愿意虚度年华的人都要考虑和面对的问题。法国文学大师巴尔扎克说：“人生是伟大的宝藏，我晓得从这个宝藏中选取最珍贵的珠宝。”大师的话告诉我们，人的一生可以说是“淘宝”的过程。每个人都在呕心沥血，孜孜以求地寻觅并力图占有自己心仪的“珠宝”，诸如名誉、地位、金钱、美女、宝车、豪宅等。只不过由于人的欲望、兴趣不同，能力、资历、机遇、奋进过程不同，所寻、所获“珠宝”，自然也大异其趣。

我喜欢英国哲学家罗素的一句话：“我的人生正是使事业成为喜悦，使喜悦成为事业。”回首往事，仕途蹉跎，碌碌无为。弹指一挥间，齿摇发白；时间飞度，感慨良多。我真的使喜悦成为了事业。反过来，事业又给了我健康的体魄和永不懈怠的进取精神。

庄子云：“人生天地间，若白驹过隙，忽然而已。”我知晓人生有涯，生命有度，我更清楚三万多天的生命历程中，每一天都很宝贵，每一分钟都要格外珍惜。我抓紧时间淘宝，节约时间用宝，殚精竭虑，日思夜想，努力使自己的宝贝发挥出更大的潜力。

“人生何谓富，山水绕吾庐。人生何谓贵，闭户读我书。”我的宝贝就是图书，就是陪伴我从少年走向老年，从单纯走向成熟，从自在走向自觉，从贫乏走向丰厚的图书。有个哲人说过，“如果没有图书，我将无法生存”，我的心与他是相通的。

千年易往，唯书长存。“自从有了文字，人类文明便得以代代相传。那些在历史上绽放光芒、泽被千秋的经验与智慧，最后都化为文字，载入史册，留与后人勘学。”当代世界正处于知识爆炸的时代，科技发展日新月异，信息广博，学问深邃，学习渠道广泛、通畅，为读书者提供了前所未有的方便、快捷通道。据介绍，2012年中国出书37万种，而读书者时间、精力有限，只能拣其要者而读之。因为人的一生，一个星期读一本书的话，一生也只能读4000～5000册书，在汗牛充栋的书海中九牛一毛而已。

为解决阅读时间有限而知识无穷、选择图书与吸收营养的矛盾，从阅读中量的积累过渡到质的提升，为读书人提供一条便捷、快速的阅读通道成为必然。许多家出版社推出了“一生的读书计划”，针对不同的阅读对象，区分政治、经济、历史、科技、哲学和文学等不同领域，出版了林林总总，五花八门的“一生必读图书”或“一世珍藏图书”，期望指导广大读者在可支配的时间，受制约的空间和有限的精力范围内，淘宝寻珍，披沙拣金，阅读到更经典、更纯粹的经典图书，学习到急需的知识。

“登高使人意遐，临深使人志清”，这些出版社和主编者的初衷和立意值得称道。在古今中外，浩如烟海的书籍中，遵循一定的标准，秉承一定的目的，把震古烁今、影响中外、纵横时空、学贯东西、历久弥香的图书推荐给读者，使他们更简捷、更从容地投身无涯的学海，吸吮更纯净、甘甜的知识乳汁；采撷更精致、可口的精神花蜜；呼吸更清新，滋润的信息空气，既充分利用了时间，避免了光阴的虚度，又极便当、实惠地获取了自己需要了解和掌握的知识，丰富了自己的人生阅历，在人类经典图书的阅读中，大力提升自己的文化品位和素养（书卷气），赢得众人的尊重（美誉度），这岂不是功德无量的善行义举？

弥尔顿说：“一本好书是一个艺术大师宝贵的血液，是超越生命之外的生命，是可以铭记和珍藏的血液。”“一生阅读”书系、“一世珍藏”书系以及“一生的读书计划”书系就是“可以铭记和珍藏的血液”，多年以前，我就开始注意寻觅、购买并收藏这类图书，至今，所获颇丰，窃窃自喜。

“一生的读书计划”书系，我收藏了中国戏剧出版社2004年3月出版的一套书。这套书题材广泛，内容繁复，共19个选题，以介绍世界和中国的名文、名篇、名书以及政治家、军事家、科学家、企业家和震惊世界的大事为主。举凡世人应该了解的，莫不囊括其中。我曾用一段时间翻阅了这套书，（不是详读，而是概览），感觉选题精良，史料翔实，内容宏大，评论透彻，文笔优美，语言通脱，既具有权威性，真实性，又有通俗性、可读性，真可以称得上是“袖珍图书馆”，随时恭候在你的枕边、桌旁。

近期，我还发现了中国华侨出版社的“一生的读书计划”书系。和戏剧出版社不同的是，它以文学艺术方面的选题为主，二者正可互相参照，互相补充。华侨社的这套书为大16开本，设计、装帧朴素，每个选题均为上下两册，价格仅为39.80元。我还没来得及仔细权衡、比较，是否购买收藏，尚待斟酌。

“一生阅读”书系，我藏有李小兵主编，团结出版社1999年3月出版的《文化的力量：影响人类的100本书》。这套书选择了近百位古今中外作家的100部经典著作，并作了提纲挈领的导读。导读概括得体，详略得当，文字简明、扼要，富于文采。主编李小兵介绍说，经典是经过时间的磨洗、经受历史的检验、经历读者的筛选而沉淀下来的。阅读这100部经典，无论是对穿梭于校园的莘莘学子，还是对奔波于茫茫人海的芸芸众生，都是一件极大的幸事。大家花上一两个周末，就能够了解古今中外的近百位伟大的思想家精华的基本轮廓。这是一种现代人最需要的精神、灵魂的文化快餐和文化套餐。这套书推荐的100本书，以哲学、社会科学著作为主，文学方面好像只有斯托夫人的《汤姆叔叔的小屋》。因为这本书“对改变世界有重要影响”，体现了反对暴虐、主张仁爱的民主思想，其意义不亚于政治著作。

与这套书相映成趣的还有黎娜主编、中国华侨出版社2010年6月出版的《人一生要读的100本书》。这本书的选目与团结社的差异较大，可能着眼点不同、选择的目的不同、读者对象不同所致吧。给我的突出感觉是，文学方面的书较多，且导读的文字简略，不如团结社的详尽、通透。但形式较活泼，既有“背景搜索”，又有“内容提要”“作品影响”“精彩语段”和“延伸阅读”，能吸引读者的注意力。团结版适宜学术研究人员参考，华侨版更适合普通读者阅读。

北京工业大学出版社2003年7月也出版了一套《一生×××》书系，我不清楚共有几本，我只买到了《一生要去的66个地方》《一生要做的99件事》《一生必读的60本书》和《一生要看的50部经典电影》。其范围涵盖旅游、电影、读书、做事，扩大了读者的阅读面，拓宽了视野，其文化价值不可小觑。

长江文艺出版社2010年编辑、出版了一套《一世珍藏的×××》书系，是纯文学体裁的藏本书，包括《一世珍藏的散文130篇》《一世珍藏的美文130篇》《一世珍藏的微型小说130篇》和《一世珍藏的诗歌200首》四本书。这套书的最大特点是所选篇章隽永、深刻、精致、优美，虽谈不上字字珠玑，也是篇篇经典。编者苦心孤诣，精挑细选，从无可尽数的中外文学作品中，觅出些许“感人心者莫先乎情”的美文佳作，使读者沿着阅读的捷径，在轻松的氛围中品味美感享受，实在是当浮一大白的快事。

2013年4月26日，农历三月十七

我所收藏的冷成金历史著作

冷成金是中国人民大学中文系教授、博士生导师，主要从事中国古典文学和传统文化研究。他不仅是众多教授中有名的“四大名嘴”之一，还是我国最有智慧的历史漫谈家，他的历史学方面的著作令人称道。

我知道冷成金并开始注意搜寻他的历史著作是从 1995 年在赤峰市新华书店购买《中国权智》开始的。经常逛书店，感受书香气息，罗致自己喜欢的图书，是我生活的一大乐趣。一个偶然的机会，在“中国历史”书架上，我发现了团结出版社出版的作者署名为冷成金的《中国权智》一书。（一套二册）翻阅“前言”得悉，此书的宗旨是总结历史经验，启迪现实人生。全书分为：致权篇、行术篇、运智篇和设谋篇四篇，68 个问题。概括地说，这书是阐述中国历史“权、术、智、谋”之运用的。“仁者当权，智者识权，多谋者运权，善术者使权”，作者抓住这四大环节，以讲述中国历史掌故的方式，冷静客观地叙述，篇末画龙点睛般的点评，使读者在史与识的结合上茅塞顿开，获益多多。我孤陋寡闻，信息不畅，私下认为这套书是冷成金历史通俗读物的发轫之作吧？我被它深深吸引了，很快就阅读完了，并从此喜欢上了冷成金的历史通俗读物。随时留意出版信息，一经发现，必尽快购到。

我寻觅到的第二套冷成金历史著作是团结出版社 1998 年 4 月出版的《智源》，这套书共四本。无论是装帧、封面设计、纸质、印刷质量，还是尺幅，都比《中国权智》有了长足的进步。素雅、端庄、大气、内敛，给人以沉稳、厚重之感。

《智源》顾名思义，举世智慧的源泉。这套书就是探讨中国历史传统文化智慧源头的。它以历史事实为经，以诸子百家的理论为纬，密集而系统地织就了中国传统历史文化中的智慧之网。它具体分为“法家之智”“道家之智”“儒家之智”“纵横家之智”“兵家之智”和“阴阳家之智”6 大类，分门别类地解析了“诸子”的独特而又渊博的智慧。他由此得出结论：中国的传统文化是智谋型文化，智谋型文化的思维方式是世界上最为灵活的思维方式之一。作者认为，“儒家谋略是中国谋略型文化中最为深刻的一页，道家谋略是中国智谋型文化中最聪明的一页，法家谋略是其中最刻毒的一页，兵家谋略是其中最冷淡的一页，纵横家谋略是其中最无耻的一页，阴阳家谋略是其中最神秘的一页。”显然，《智源》分专编集中论述“某子”的谋略智慧，比《中国权智》笼而统之，一锅烩式地讨论，更全面、更深刻、更透彻，也更具说服力。可以说，《中国权智》是《智源》的基础，《智源》则是《中国权智》的升级版。两相对照阅读，也许会对中国历史智慧的形成和发展有更清楚、更明澈的认识。

2002 年 9 月，我在北京大女儿家暂住时，星期天多会光顾北京图书大厦和生活·读书·新知三联书店。图书大厦是北京地标性建筑，南来北往爱书的人，没有不以到此购书为荣的。平时，这里的读者就川流不息，双休日那更是汹涌澎湃了。这是一种令人欣喜的现象，它说明“一切向钱看”“读书无用”的世俗滚滚洪流，并没有将所有人裹挟，买书，读书的，还大有人在，我为我能成为其中的一员而高兴、自豪。

我最喜欢社科类图书，尤其是文学、史学、哲学、经济学方面的著作，凡有入眼的，必购之而后快。虽然人流拥挤，很难靠到书架前，我还是在图书大厦“中国历史”区的书架上发现了很素朴、很“小资”，很不起眼的冷成金的新作《读史有学问》。这套标准32开本、封面色彩黑白分明、复印字迹模糊的历史著作分为上下两册，出版时间为2002年7月，出版社为南海出版公司。仔细检视封面，我发现，虽然文字漫漶，但依稀可以辨识，上面罗列的是明代官、吏、读书人的秩级，称谓。（我的判断不一定准确）这就具有了历史的沧桑感，使读者会心一笑，理解了这一模糊、苍白设计的精到之处，便生发出浓厚的购买、阅读兴趣。

令我不解的是，冷成金这套书的“前言”很简单，只有不到两页，不像《智源》那样，汪洋恣肆，挥挥洒洒，动辄万言。他只是指出：“读书要有‘学问’，且不可被漫长的历史‘骗了无涯过客’。”要善于运用自己的经验，分析历代的治乱成败，并从中总结出相应的规律；还要从自己的日常生活经验中走出来，在更高的层次上看待政治与道德的关系。“至于什么是读史的学问”冷成金并未点明，也许是让读者在读史的过程中亲自体味、琢磨吧！

《读史有学问》共分四编，第一编“认识帝王之术的学问”，讲述帝王驭权治下之术；第二编“分析治乱成败的学问”，讲述后妃、将相与天下治乱的关系；第三编“看待政治与道德的学问”，讲述官场上政治与道德的取舍，人格与名利的博弈；第四编“谙熟通权达变的学问”，讲述阳谋与阴谋的较量，正直与卑鄙的对决，良心与诡诈的拼杀。刀光剑影，血肉模糊。阅读此书，也许对我们厘清历史真相、增长历史识见、精进学问之道会有所启迪。

2003年5月，我去赤峰市昭乌达小区的几家个体书店闲逛，看看有否吸引我眼球的书。在特价书店的书架上，我发现了冷成金的新著《新资治通鉴》，厚厚两大本，由吉林文史出版社出版，里面有74幅插图，并附精解，这无疑增加了此书的吸引力。

我们都知道，《资治通鉴》是北宋大史学家司马光主编的一部杰出的编年体通史。其宗旨是希望自己的著述能为君主治理国家提供借鉴。它的内容宏富，卷帙浩繁，以政治、军事为主，也记载了社会、经济、文化、制度等各个方面。问世以后，对后世产生了很大影响。

冷成金能以《新资治通鉴》命名己书，说明他对书的分量很自信，对书的社会反响很有信心。因为该书在写作时涉及了大量的史学著作，内容丰富，史料翔实，观点鲜明，阐释透辟，确实是一部鉴古知今的有分量的史学专著。但我发现，这本书中，除《佛家通鉴》是新增的篇章外，其他史料、立论、解说均脱胎于《中国权智》和《智源》，其主旨仍未离开“权、术、智、谋”四字，其阐释的主题仍然是“仁者当权，多谋者运权，善术者使权”，从这个层面上说，它不过是前两本书的发展与提高罢了。欲取得《资治通鉴》般的效用与影响还有相当的差距。

赤峰市园林路前几年曾有过一家“金石书店”，专门经营超过销售期的正版书刊。金石二字源于荀子的“锲而不舍，金石可镂；弃而舍之，朽木不折”，意在鼓励人们刻苦读书，坚持不懈。我是金石书店的常客，隔三岔五总要光顾。因为在这里常常能淘弄到货真价廉的正版书。有些在正规书店买不到的图书，也往往能在这里觅到踪影。冷成金的《读史有智慧》我就是在金石书店花10元钱买到的。这套上下两册的书是中国档案出版社于2004年4月出版的，600多个页码，有多幅生动、形象的插图，无疑会增强人们的阅读兴趣。

但是，令人遗憾的是，这套《读史有智慧》却是《新资治通鉴》的改头换面。内容上基本相同，结构上如出一辙，史料上大体雷同，甚至小标题都一模一样，真是食之无味，弃之可惜，不得不自我安慰一番。我不知道，这是作者来不及创新，故意更改增删，搞文字游戏，还是出版社为了提高知名度，增加经济效益，而要作者这样做的。这种移花接木、瞒弄读者的手段我是不赞成的。

2004年以来，我对冷成金作品的关注度有所降低，因为我怕再上当受骗，买回些“鸡肋”样的作品。而实际上冷教授这些年似乎在潜心创作新论著，没有什么大作问世。要是有，我不会不知道的。

2013年4月，这种沉寂状态被打破了。24日我去赤峰市洪森书城购买《邓小平时代》，在“中国历史”书架的最底层发现了两本厚重的大书。拿起来一看，竟是冷成金的新作《三千年来谁著史》。此书一套四册，分别是《先秦时期的权谋游戏》《两汉时期的生存法则》《隋唐宋元时期的霸权博弈》和《明清时期的进退定律》。我在洪森书城看到的是后两本。这套书由北京联合出版公司于2012年10月出版。和冷成金的其他历史著作比起来，这套书显得大气、从容，装帧工艺，封面设计，开本版式，印刷质量，都属上乘，给人以深沉、厚重之感。至于它的内容，则是以断代、专题的形式，围绕着主题，纵横捭阖，广征博引，重现历史风云，重温历史智慧，重新梳理历史发展规律，重点品鉴以古知今，以古证今的历史内涵。我个人认为，这部著作是冷成金历史著作的新高度，其价值、地位应能超过以往的其他著作。

一套书只买到两本，总是不甘心的。从欧洲旅游归来到北京女儿家小住时，我让女婿在当当网上书店买到了《三千年来谁著史》的前两本：《先秦时期的权谋游戏》和《两汉时期的生存法则》。成龙配套的喜悦是难以言表的，我的藏书中又增添了令我惬意的新珍宝。

唐太宗李世民说：“以铜为镜，可以正衣冠；以史为镜，可以知兴替；以人为镜，可以明得失。”阅读，收藏冷成金的历史著作，等于手握一面光芒四射的镜子，清晰地辨析几千年来的中国历史。这对于我们增加历史知识、提高史鉴能力、洞悉历史真相、借鉴历史经验无疑将起到穿针引线、见微知著的作用。

我热切盼望冷教授的历史著作继续问世。

2013年7月12日，农历六月十二

我为什么要坚持阅读、收藏《中国小说学会排行榜》图书

2001年以前，我对中国小说学会几乎一无所知，直到我在赤峰新华书店看到了中国小说学会《2000年中国小说排行榜》之后，才知道有这么一个团体存在。

检索得知，小说学会是1985年成立于天津的一个全国性学术团体。首届和第二届会长分别由唐弢和王蒙先生担任。由于种种原因，2000年前的小说学会影响力不是很大，知名度不是很高，活动开展得也不是很活跃。2000年5月学会在浙江金华举行了第五届年会，选举著名作家冯骥才担任会长。小说学会的工作从此步入快车道，并逐渐开创出一个新局面。

小说学会的主要任务是对小说理论、小说流派和小说创作现象进行研究和探讨，以加强小说理论的建设，促进小说创作的繁荣。

从2000年起，小说学会每年评选、公布中国当代小说“排行榜”。小说学会的小说“排行榜”的最大特点就是突出学术性而区别于那些商业性质的媒体炒作的“排行榜”。

小说学会还设立“中国小说学会奖”，每三年评选一次。由学会的专家、教授、学者评委选出代表当代小说最高水平的作品，予以奖励，以推动当代小说创作的繁荣、发展。

中国小说学会的《中国小说排行榜》，每年评选出上榜长篇小说5部，中篇10篇，短篇10篇。

中国小说学会的《中国小说排行榜》从2000年至2012年已连续推出13年，社会反响强烈，读者好评如潮，影响力越来越大，权威性越来越高，已被广泛认可为最真实、最公正、最有质量、最受欢迎的中国小说排行榜排行榜。

伴随着中国小说学会小说排行榜前行的脚步，我也经历了千方百计搜罗、购买、阅读并收藏的快乐过程。2006年以前排行榜的购买过程颇具传奇意味，至今回忆起来还兴致盎然。买到《2000年中国小说排行榜》后，我立即如饥似渴地阅读起来。它那艺术性、专业性和民间性标准，不考虑作家的名气，不考虑作品发表的刊物和出版社，不考虑作家的年龄结构、性别、比例、地区分布，更不考虑评委与作家之间的人际关系，一切从小说艺术的本体出发，从小说自身的美学特点出发，从作品本身的艺术内涵出发。而且，实际评选出的作品切实体现了历史深度、人性内涵、艺术魅力的评选尺度，可谓部部经典，字字珠玑，读后使人震撼、感慨、警悚、深思，心情久久不能平静。

作家永远是社会消极现象、丑恶人性、卑劣品格、庸俗精神的批判者，他们手中的利器就是小说。中国小说学会《中国小说排行榜》中的作品，敢于揭露社会的阴暗面，深刻剖析人性的复杂性，直面人的精神世界，鞭挞庸俗和低劣，展示人性的嬗变和人格的扭曲，如醍醐灌顶，发人深省，我被牢牢地吸引住了，从而萌生了逐年购买、阅读、收藏《中国小说学会排行榜》的强烈愿望。

塞外小城，喜欢阅读、收藏图书的人不是很多。书店的规模小，图书种类有限，许多书买不到。我除了在赤峰市新华书店买到2000年、2001年两年的排行榜外，就再也未在赤峰见到过它的身影。通过“缺书登记”寻找也无济于事，书店是不屑于为你的一两本

书劳神费力的。当地买不到，我就借外出机会四处淘弄。功夫不负有心人，2002 年的排行榜，我在一个小县城巧遇；2003 年的是在送小女儿去哈尔滨读研时，在哈市中央大街购得；2004 年的在北京地坛书市觅到；2005 年的在深圳中央书城买上；2006 年的在北京图书大厦撞个满怀。虽颇费周折，但 7 年的排行榜尽收囊中，喜悦之情无以言表。

但从 2007 年起，我与中国小说学会《中国小说排行榜》失去联系已 6 年，在多地的实体书店，我再也未见到它的踪影。除了我自已殚精竭虑、多方搜寻外，我还委托众多亲友，四处打探，但都毫无收获。我怀疑是不是找不到合适的出版社或出版费用落实不了，改为只公布榜单，不结集出版了。但心里始终放不下，经常惦记着，渴望有一天再睹芳容，把久违了六年的排行榜一次买到。

2013 年 5 月，我和老伴儿从欧洲旅游回到北京后，在大女儿家住了下来。一天晚上，我和女儿、女婿谈及我的中国小说学会《中国小说排行榜》心结时，女婿告诉我，应该到网上书店搜索一下，实体书店买不到的，网上书店一般都有货。他说办就办，很快在当当网上搜到了 2008 年、2010 年、2012 年的“排行榜”，在亚马逊网寻到了 2007 年、2009 年、2011 年的“排行榜”，他立马下了订单。没想到日思夜想了六年的图书竟在短短的十几分钟内搞定了，网络真是太神奇了，互联网的功能真是太强大了。它震撼了我，也教育了我：再不能拒绝互联网，甘当“脑盲”了。我利用在北京的时间，让女婿教我学电脑。经过刻苦努力，反复练习，我在一个月的时间里基本上掌握了操作要领。今后，我可以自己上网搜寻喜欢的图书，及时购买到质优价廉的读物，再也不用为遍寻不遇而闹心了。

订单发出没几天，六大本“排行榜”小说集就送到了女儿家门口。手捧着沉甸甸的图书，我百感交集，激动不已。正如喜剧演员范伟所说的那样：缘分啊！我和《中国小说排行榜》确实有缘。小说学会发布了 13 年的榜单，出版了 13 本上榜小说的结集，我则追逐了 13 年，情牵了 13 年。在一定程度上说，我是《中国小说排行榜》起步、成长、发展、壮大的见证者。我亲眼目睹了它从质朴无华的 32 开本，分上下两册，发展到如今的精美别致的大 16 开本，单一册；出版社几度更换，从最初的时代文艺出版社，到山东大学出版社、作家出版社，过渡并稳定在 21 世纪出版社。在时光的流逝中，我领略到了出版社付出的心血，体味到了图书水平的与时俱进，我还从阅读中感受到了年度小说排行榜的评选工作越来越严格、规范、公平、公正，所评选出来的小说水准越来越高，专家，学者、教授们的点评文字越来越契合作品，言之有物，使读者能准确把握小说的主旨，体会出深刻的内涵。我和《中国小说排行榜》结下了深厚的情谊，它是我不可置换的精神大餐，是我识人知物、了解社会的良师益友。我喜欢它，重视它，不能缺少了它。其原因，我想借用小说学会会长冯骥才先生的论述来表白吧！

第一，小说学会的《中国小说排行榜》有一个权威的评选委员会。评委都是学会成员中长期从事当代小说研究的教授、学者和评论家。这其中，既有老一代著名的人物，也有年轻一代的新锐。他们是中国当代小说发展动态最密切的关注者，对文坛的现在时与过去时了如指掌，能确切判断一篇好小说在当代文学三维空间的位置和价值。有这样一个评委会，就保证了学术上的可靠性。

第二，小说学会的排行榜，不是简单而草率的次序排列，而是一种“研究和评论”的结果，这也是与图书市场排行榜最大的不同之处。这个排行榜应被看作是中国小说学会对年度小说整体研究的学术成果。

第三，小说学会排行榜的评选，坚持艺术性、学术性、专业性、民间性的原则与立场，一切从小说文本出发，从小说自身的美学特点出发，从作品本身的艺术内涵出发，排除人为因素的干扰与影响，全面地审度评判全年小说的艺术价值。因此，这种评选具有客观性，权威性和公平、公正性。

第四，小说学会排行榜的客观性，反映在最终的无记名投票上。评选委员会遵循：投票前充分酝酿、讨论，投票时一切听凭个人。这种在评选结果上的听其自然，才是民主原则的真正体现，正如冯骥才先生所说："图书市场针对的是书，我们针对的是作品；市场的排行榜是销售结果，我们的排行榜是研究结果。"了解了小说学会的评选原则，掌握了评选全过程的来龙去脉，《中国小说排行榜》的价值自然就凸显出来了。我相信，会有越来越多的人像我一样，信服并喜欢这个排行榜，阅读并珍藏这个排行榜。

2013年7月23日，农历六月十六

藏书刍议

盛世兴收藏。伴随着中华民族复兴的辉煌征程，老百姓的钱袋子越来越鼓，生活富足，安居乐业。生活需要满足之后，提升文化品位，享受精神熏陶，成为题中应有之义。收藏奇珍异宝，搜罗文物古董，保存书画票证，鉴赏玉石器具，附庸风雅，追求价值，蔚然成风，渐成时尚。

收藏的本义是收集、保存、储藏，是一种对物品的收集、鉴赏、分类、储存与维护的活动。收藏家的收集对象依个人兴趣、爱好、学识、专长及经济条件制约而五花八门，各有偏重，有的喜欢古董文物，有的青睐珠宝玉器，有的专注书画典籍。新时期以来，收藏的范围广为拓展，收藏种类异彩纷呈，不经意间，似乎什么东西都具有了收藏价值，人人都成了正统的收藏家。票证券卡、烟标火花、书画名片、酒瓶茶壶、钟表摆件，都相继成为收藏者的囊中之物，价值陡增，身份日隆。但按照藏品必须具备的材料的稀有性，不可替代性，保值、升值性，艺术观赏性，良好的保存性等特性来分析，有些东西是很难成为稀缺珍品而登临大雅之堂的。它们不过是收藏者出于兴趣爱好，为丰富业余文化生活，培养良好的积累习惯所做努力罢了。这是一种积极的人生态度，一种健康的生活情趣，应该大力鼓励，正确引导，使群众性收藏进入更高层面。

“余幼好此奇服兮。”屈原的诗道出了一代人的追求，我也是一个收藏爱好者。因为我对生活充满希望，对社会充满感激，对普通物件充满感情，所以，我要通过收藏来记录下我们国家不平凡的发展历程，超常规的科技进步速度，日益民主、自由、和谐、文明的社会生活时尚，美好温馨的时代变革脚步，同时也见证自己的进步、成长、成熟、成就过程。我收藏品的种类较多，邮票、钱币、磁卡、IC 卡、票证、酒水、酒瓶、图书都在我的搜罗、征集范围，但其中着力较大，颇费心血的则是邮票和图书。本文不拟对邮票展开介绍，只重点谈谈我对藏书的理解和认识。见识浅陋，恐贻笑于大方之家矣！

藏书，通俗地讲，就是对出版物的购买、阅读、利用、整理、保存的收藏活动。我国的藏书史源远流长，早在春秋战国时期，皇家藏书与私人藏书就开始分流，进入各自的发展历程。到中世纪以后，已在中国某些区域形成风气和传统。中国历史上的藏书事业，是世界史上最早、最系统、最发达的事业之一，在世界文明史上享有崇高的地位。而在繁荣、兴旺的当代中国，藏书已蔚然成风，成为全民推崇的有益的文化活动。

图书等出版物从收藏角度和出版物本身情况看，收藏价值应该由以下几部分组成：文献价值、版本价值、经济价值、鉴赏价值以及特殊品种的艺术价值。

文献价值是由出版物作者的写作水平、作品的专业水准、社会反响和给后世造成的影响等因素决定的。文献价值是图书的根本价值。

版本价值是衡量图书价值的重要标准。版本价值主要体现在底本价值、时代特点、地域特色、版本的完善度以及同类出版物中版本的权威度和对后世的影响力上。

底本是指第一次把著作变成出版物的本子，这是著作初始被排版印刷的本子，一般发行量较少，且保持着原著的本来面目，所以弥足珍贵。

时代特色，是一种出版物拥有的出版的那个时代的版本特点，它受政治风气、印刷术、纸张、设计、装帧水平的影响较大，不同时代的出版物具有不同的价值。

地域特色主要是针对古籍而言的，不同地域的出版物在刻板、印刷、装帧、纸张、版式上必然存在差异，这是比较判断图书价值必须考虑的因素。

版本的完善度以及同类出版物中版本的权威度和对后世的影响力，也是判定图书质量、价值、存世地位及反响的重要条件，在具体评价、鉴别过程中是不能忽略的。

图书的经济价值和普通商品一样，受供求关系影响。供不应求，导致洛阳纸贵；供大于求，可能无人问津，一文不值。供求关系的变化必然使图书的经济价值发生波动。图书品位高，畅销不衰，一版再版，经济效益必然水涨船高。当然，图书的经济价值还和出版时间长短、存世量多寡、文献价值、版本价值、鉴赏价值有直接的因果关系。

鉴赏价值，这是图书有无可读性，观赏性，是否受欢迎，值不值得收藏的一个重要尺度。

图书收藏既要有曲高和寡，极具文献价值，版本价值的珍品；也要有下里巴人，广大读者喜欢的普及性读物。二者完美结合，相得益彰，藏书才是完整的、全面的。

作为一个藏书爱好者，这些价值标准是必须熟悉和把握的，并据以分析，判断、评价自己藏书的质量和分量，发现不足，及时采取措施弥补。但大体上都要经历一个从喜欢的图书种类入手，由鉴赏性逐步过渡到重视文献价值、版本价值这样一个过程。

吾少也贫，家徒四壁，无力多置书，但喜欢读书似乎是我与生俱来的特质。学生时期借书、读书、买书的经历，我在《买书》部分的相关篇章中已有回忆，这里不再赘述。

“文化大革命”的十年，百业凋敝，经济萧条，出版物屈指可数，除了《毛泽东选集》《毛主席语录》，就是“批林批孔”的材料；文学图书除了宣扬“高大全”的，就是为阶级斗争、路线斗争张目的玩意，令人无所选择。这十年中，我除了购买到一本郭沫若的《李白与杜甫》外，一无所获。别说是藏书了，阅读的书都没有。

粉碎“四人帮”，思想大解放。文化禁锢被打破，出版事业渐兴旺。出版物的种类、质量、数量与日俱增，呈现出百花齐放的态势，选择余地越来越大，我个人的购买能力也由于收入的逐步增加而有所提高。我的藏书也由少到多，由粗到精，由博到专，渐成气候，有了相当的规模。

从1977年至今，已经38个年头了。38年在人类历史中不过是短暂一瞬，而在个人图书收藏中却是浓墨重彩的一笔。既有收获的快乐，又有阙如的烦恼；既有畅游书海的愉悦，又有时间不够用的无奈。到目前为止，我已收藏以社会科学为主，经史子集初具规模的图书近6000册，装满了近20个书柜。我命名我的书房为“求知斋”，意味着活到老、学到老，永不停下求知的脚步。每年，我对当年所购图书都进行精细整理：编号、登记、盖收藏章、名章、分类、装柜，查找、利用非常方便。坐拥书城，与图书亲密接触，信手拈来，展卷阅读，滋润我的心田，充实我的头脑，心情愉悦似神仙，快乐逍遥美无限。岂不快哉！

英国前首相丘吉尔说过：“回顾得越远，可能前瞻得越远。”回顾是为了总结，总结是为了提高。把自己近40年的藏书感受披露出来，一是为了发挥优势，弥补不足，百尺竿头，更进一步；二是为了与同道切磋，取长补短，共同提高。关于藏书的具体感受，我在《写在家庭藏书达4000册之际》的五篇文章中已基本介绍清楚。这里，仅就藏书的有关问题再谈一点肤浅的认识。

一是藏书是一项工程量大、耗神费力的系统工程，必须坚持不懈，锲而不舍，才能成正果、出成绩。人是要有一点精神的。“艰难困苦，玉汝于成。”表面看起来，藏书无非就是求诸书店、放之书架，兴来翻翻、兴亡束之高阁那样简单。实际上藏书也是一门学问。它不但要求藏书人爱书、惜书、读书、品书，还要具备相应的图书出版发行、分类管理、检索方面的知识。不但要有买书、藏书的热情，还要有购书、藏书的计划，确定藏书的范围。不但要关注藏书的数量、质量，时常翻捡、研究，还要有坚持不懈的毅力和恒心。常言道：“靡不有初，鲜克有终。”头脑一热，坚持一年、两年容易，不辞辛苦地淘书、访书，为寻觅到一本配套的书、找到一册珍稀的书而大费周折不容易。短时期内偶尔登记、整理一下图书容易，把平时关注和集中整理结合起来，使藏书存放整齐、完备、井井有条，方便检索、利用不容易。没有肯坐冷板凳、甘下笨功夫的精神，你的藏书是很难成龙配套、有模有样、系统规范的。在藏书事业上要有所成就，就要具备郑板桥提倡的“咬定青山不放松，立根原在破岩中。千磨万击还坚劲，任尔东西南北风”的劲头。

二是藏书活动是一个从无到有，从少到多，从单纯到广博，从粗放到精致的渐进过程，必须秉持铁杵磨针的精神，日积月累，循序渐进，保证质量。万万不可因急于求成，而滥竽充数，污染书房。《战国策·秦策》云：“积薄为厚、聚少成多。”藏书的过程就是积薄为厚、聚少成多的过程，就是从兼收并蓄到刻意挑拣、精益求精的过程。藏书者受经济条件、兴趣、爱好、购书经历和出版信息的影响，总是从单本的书籍买起，买的还不一定是品位书、畅销书。随着购书经历的丰富，识书能力的增强，图书种类的增加，买书的眼光渐趋敏锐，购买的数量也就相应增多，图书的质量也日益向好，这个过程是任何藏书者都要经历的，而且要付出买了一大堆粗制滥造垃圾书的代价。这个学费交得不冤，它对于帮助你逐步成为一个冷静、睿智、成熟的藏书家功莫大焉！

三是图书收藏目的必须明确。只有方向清晰，行动才有遵循。《韩非子》说：“目短于自见，故以镜观面；知短于自知，故以道正已。”既不能单纯为了追求经济价值而藏书；也不能只为炫耀自己的文化气氛而藏书；更不能显富摆阔，为标榜自己的文化品位而藏书。藏书是一种正常健康的文化传承活动，不能带有功利目的。买书是为了读书；读书是为了丰富知识，提升品位。买书不读，只为收藏，炫人耳目。大量买书，只为装门面，冒充文化人，这不但亵渎了藏书的积极意义，也是对图书的不尊重。人们初始买书，总是从需要出发，或从兴趣、爱好着眼的。只有符合自己实际需要，满足自己审美要求的书，人们才会买，才会读。买一些自己都不屑一顾的书，滥竽充数，既浪费钱财，又有辱斯文，毫无价值可言。藏书的品位不在数量多，而在质量好；不在博而散，而在专而精；不在五彩缤纷，五花八门，而在读书、用书上发挥作用。什么时候，藏书者们都回归理性，真正让作为精神食粮的图书显现真正的价值了，才会成为一个名副其实的藏书家。

总之，藏书活动是一项有益于身心健康的文化活动；是积累知识，开阔视野、提升品位、完善自我的修炼过程。它对于树立积极的生活态度，培养乐观向上的进取精神，塑造端方、正直、严谨、诚实的行为、品格，丰富陶冶情操、荡涤心灵的文化生活，益处多多，难以尽述，每一个买书、读书的人都应该加入到藏书者的行列来。

2014 年 8 月 3 日，农历七月初八

后　记

两年辛苦不寻常，优劣得失费思量。拙作《求知斋里话书缘——关于图书的日记》在各方的全力支持下，终于付梓。酸甜苦辣，涌上心头，我高兴异常。

唐代白话诗人王梵志说："世间何物贵，无价是诗书。""和书籍生活在一起，永远不会叹气。"（法国罗曼·罗兰语）多读书，读好书，读经典，是任何一个人成长、进步的必然选择。

我喜欢买书、读书、藏书，虽年届七十，兴趣不减。图书是我的良师益友，是我须臾不可离开的伙伴。但我又是一个"好读书不求甚解"的人，对许多书籍缺乏精读深思、辨析探讨的精神，满足于一知半解，囫囵吞枣，导致学识鄙陋，见解浮浅，论辩困顿，思想僵化。我写作这本书，就是要全面总结几十年来与图书结缘过程的经验教训，成败得失，系统梳理一下长时期买书、读书、品书、藏书的心路历程，以改变浮躁的心态，矫正读书习惯，为今后的阅读、写作提供有益的借鉴。

读书的真正意义，是提升自己的境界高度和格局阔度。文以载道，以文化人。读书在本质上和骨子里是在阅读社会，阅读时代，阅读人生，是读如何做人，"成为一个有温度、懂情趣、会思考的人。"阅读是一种习惯、一种享受，乃至一种境界。

一位哲人说过："播下一个行动，收获一种习惯；播下一种习惯，收获一种性格；播下一种性格，收获一种命运。""凡事同理，读书亦然，养成读书学习的习惯，不仅是一种行为，更是一种责任。""胸藏文墨虚若谷，腹有诗书气自华，"我愿以这本书为新的起点，畅游在文字的山谷沟壑间，享受在书山文海的馥郁墨香中，延伸人生长度，拓展人生宽度，增强人生厚度，实现人生价值。

《淮南子》有云："积力之所举，无不胜也；而众智之所为，无不成也。"《求知斋里话书缘——关于图书的日记》，虽然内容浅薄，文笔板滞，言不及义，失诸寡淡，但它消耗了我的心血，花费了我的精力，调动了我知识的库存，挑战了我思想的储备，万千辛苦，一言难尽。没有众多亲友的支持、鼓励，没有诸多同道的关照、帮助，我不可能顺利地完成创作，结集出版。在此，我虔诚地向他们表达衷心的感激之情。

我的侄儿景波在完成繁重的教学任务之余，放弃了休息，耽误了读书，不但帮我联系出版社，监督印务，把关质量，而且自愿担任了本书的编辑工作。在通读审阅全部书稿的基础上，提出了有见地的修改意见，他还亲自操刀，对一些文章加工润色，对书稿中的语句、词汇、文字错谬逐一改正，使许多篇章面貌一新。这种认真负责的态度值得称道。

屈银萍、张国臣夫妇在看护外孙的繁忙日子里，拨冗动笔，为我抄写了部分文章的草稿，改正了不少错别字。看着他们那工整娟秀的字体，想象着他们付出的辛勤劳动，我心中油然而生敬意。

我的表侄女宋艳波和她的同事们承担了部分书稿的打印任务。她们在做好本职工作的前提下，放弃了双休日，耽误了家务，影响了业余活动，争分夺秒打印书稿。她们克服了手写文字潦草、漫漶的困难，打印质量一流，错谬处不多，为我的校对、订正工作提供了方便。我诚挚地感谢她们！

宋艳波老公蒙国华为书稿的打印跑了很多路，费了很多心。他所在公司的设计员李淑静在完成本职工作任务之余，打印了大部分书稿。她的认真负责、精益求精的态度，令我感动。

亲情是甘甜的蜜，亲情是温暖的火。在写作本书的日子里，我切切实实感受到了亲情的浓烈和敦厚。女儿们经常打电话询问写作进度，给我以鼓励，提醒我劳逸结合，注意身体。她们慷慨解囊，全力赞助我出版这本书，解除了我的经济负担。

夫人对我的写作更是倾心支持，鼎力配合。可口的饭菜，舒适的环境，使我心无旁骛，专心写作。正像歌曲《十五的月亮》唱的那样，军功章有我的一半儿，也有她的一半儿。

"雄关漫道真如铁，而今迈步从头越。"我虽然已年逾古稀，但精气神健旺，进取心十足。虚度年华，无所事事，不是我的选择。有这么多亲友的关心支持，有这么多同道的鼓励帮助，我不能停下前进的脚步。我要在认真总结本书得失的基础上，以"老牛自知夕阳晚，不待扬鞭自奋蹄"的精神，自我激励，奋力前行，向着新的目标起步出发！

初耀民

2014 年 11 月 10 日于求知斋书房